思想的・睿智的・獨見的

經典名著文庫

策劃　楊榮川

五南圖書出版公司 印行

經典名著文庫

學術評議者簡介（依姓氏筆畫排序）

經典名著文庫079

蒙田隨筆【第1卷】

Les Essais

蒙田（Michel de Montaigne）著

馬振騁 譯

經典永恆・名著常在

五十週年的獻禮・「經典名著文庫」出版緣起

總策劃 楊榮川

五南，五十年了。半個世紀，人生旅程的一大半，我們走過來了。不敢說有多大成就，至少沒有凋零。

五南忝爲學術出版的一員，在大專教材、學術專著、知識讀本出版已逾壹萬參仟種之後，面對著當今圖書界媚俗的追逐、淺碟化的內容以及碎片化的資訊圖景當中，我們思索著：邁向百年的未來歷程裡，我們能爲知識界、文化學術界做些什麼？在速食文化的生態下，有什麼值得讓人雋永品味的？

歷代經典・當今名著，經過時間的洗禮，千錘百鍊，流傳至今，光芒耀人；不僅使我們能領悟前人的智慧，同時也增深加廣我們思考的深度與視野。十九世紀唯意志論開創者叔本華，在其〈論閱讀和書籍〉文中指出：「對任何時代所謂的暢銷書要持謹慎的態度。」他覺得讀書應該精挑細選，把時間用來閱讀那些「古今中外的偉大人物的著作」，閱讀那些「站在人類之巔的著作及享受不朽聲譽的人們的作品」。閱讀就要「讀原著」，是他的體悟。他甚至認爲，閱讀經典原著，勝過於親炙教誨。他說：

「一個人的著作是這個人的思想菁華。所以，儘管一個人具有偉大的思想能力，但閱讀這個人的著作總會比與這個人的交往獲得更多的內容。就最重要的方面而言，閱讀這些著作的確可以取代，甚至遠遠超過與這個人的近身交往。」

爲什麼？原因正在於這些著作正是他思想的完整呈現，是他所有的思考、研究和學習的結果；而與這個人的交往卻是片斷的、支離的、隨機的。何況，想與之交談，如今時空，只能徒呼負負，空留神往而已。

三十歲就當芝加哥大學校長、四十六歲榮任名譽校長的赫欽斯（Robert M. Hutchins, 1899-1977），是力倡人文教育的大師。「教育要教眞理」，是其名言，強調「經典就是人文教育最佳的方式」。他認爲：

「西方學術思想傳遞下來的永恆學識，即那些不因時代變遷而有所減損其價值的古代經典及現代名著，乃是眞正的文化菁華所在。」

這些經典在一定程度上代表西方文明發展的軌跡，故而他爲大學擬訂了從柏拉圖的《理想國》，以至愛因斯坦的《相對論》，構成著名的「大學百本經典名著課程」。成爲大學通識教育課程的典範。

歷代經典．當今名著，超越了時空，價值永恆。五南跟業界一樣，過去已偶有引進，但都未系統化的完整舖陳。我們決心投入巨資，有計畫的系統梳選，成立「經典名著文庫」，希望收入古今中外思想性的、充滿睿智與獨見的經典、名著，包括：

- 歷經千百年的時間洗禮，依然耀明的著作。遠溯二千三百年前，亞里斯多德的《尼各馬科倫理學》、柏拉圖的《理想國》，還有奧古斯丁的《懺悔錄》。
- 聲震寰宇、澤流遐裔的著作。西方哲學不用說，東方哲學中，我國的孔孟、老莊哲學，古印度毗耶娑（Vyāsa）的《薄伽梵歌》、日本鈴木大拙的《禪與心理分析》，都不缺漏。
- 成就一家之言，獨領風騷之名著。諸如伽森狄（Pierre Gassendi）與笛卡兒論戰的《對笛卡兒沉思錄的詰難》、達爾文（Darwin）的《物種起源》、米塞斯（Mises）的《人的行爲》，以至當今印度獲得諾貝爾經濟學獎阿馬蒂亞．

森（Amartya Sen）的《貧困與饑荒》，及法國當代的哲學家及漢學家余蓮（François Jullien）的《功效論》。

梳選的書目已超過七百種，初期計劃首爲三百種。先從思想性的經典開始，漸次及於專業性的論著。「江山代有才人出，各領風騷數百年」，這是一項理想性的、永續性的巨大出版工程。不在意讀者的眾寡，只考慮它的學術價值，力求完整展現先哲思想的軌跡。雖然不符合商業經營模式的考量，但只要能爲知識界開啓一片智慧之窗，營造一座百花綻放的世界文明公園，任君遨遊、取菁吸蜜、嘉惠學子，於願足矣！

最後，要感謝學界的支持與熱心參與。擔任「學術評議」的專家，義務的提供建言；各書「導讀」的撰寫者，不計代價地導引讀者進入堂奧；而著譯者日以繼夜，伏案疾書，更是辛苦，感謝你們。也期待熱心文化傳承的智者參與耕耘，共同經營這座「世界文明公園」。如能得到廣大讀者的共鳴與滋潤，那麼經典永恆，名著常在。就不是夢想了！

二〇一七年八月一日　於

五南圖書出版公司

導讀——「投入智慧女神的懷抱」

馬振騁

米歇爾・德・蒙田（Michel de Montaigne，一五三三—一五九二），生於法國南部佩里戈爾地區的蒙田城堡。父親是繼承豐厚家產的商人，有貴族頭銜，他從義大利帶回一名不會說法語的德國教師，讓米歇爾三歲尚未學法語前，先向他學拉丁語作爲啓蒙教育。

不久，父親被任命爲波爾多市副市長，全家遷往該市。一五四四—一五五六年，父親當波爾多市長，成爲社會人物，得到大主教批准，把原本樸實無華的蒙田城堡改建得富麗堂皇，還添了一座塔樓。

一五四八年，波爾多市民暴動，遭德・蒙莫朗西公爵殘酷鎮壓。由於時局混亂，蒙田到圖盧茲進大學學習法律，年二十一歲，在佩里格一家法院任推事。一五五七年後在波爾多各級法院工作。一五六二年在巴黎最高法院宣誓效忠天主教，其後還曾兩度擔任波爾多市市長。

蒙田曾在一五五九—一五六一年間，兩次晉謁巴黎王宮，還陪同亨利二世國王巡視巴黎和巴勒拉克。住過一年半後回波爾多，世人猜測蒙田在期間欲實現其政治抱負，但未能如願。

一五六五年，與德・拉・夏塞涅小姐結婚，婚後生了六個孩子，只有一個倖存下來，其餘俱夭折。一五六八年，父親過世，經過遺產分割，蒙田成了蒙田莊園的領主。一五七一年，才三十八歲即開始過退隱的讀書生活，回到蒙田城堡，希望「投入智慧女神的懷抱，在平安寧靜中度過有生之年」。

那時候，宗教改革運動正在歐洲許多國家如火如荼地進行，法國胡格諾派與天主教派內戰更是從一五六二年打到了一五九八年，亨利四世改宗天主教，頒布南特敕令，寬容胡格諾派，戰事才告平息。蒙田只是回避了煩雜的家常事務，實際上風聲雨聲讀書聲，聲聲都聽在耳裡。他博覽群書，反省、自思、內觀，那時舊教徒以上帝的名義、以不同宗派為由任意殺戮對方，誰都高唱自己的信仰是唯一的眞理，蒙田對這一切冷眼旁觀，卻提出令人深思的雋言：「我知道什麼？」

他認爲一切主義與主張都是建立在個人偏見與信仰上的，這些知識都只是片面的，只有返回到自然中才能恢復事物的眞理，有時不是人的理智能夠達到的。「我們不能肯定知道了什麼，我們只能知道我們什麼都不知道，其中包括我們什麼都不知道。」

從一五七二年起，蒙田在閱讀與生活中隨時寫下許多心得體會，他把自己的文章稱爲Essai。這詞在蒙田使用以前只是「試驗」、「試圖」等意思，例如：試驗性能、試嘗食品。他使用Essai只是一種謙稱，不妄圖以自己的看法與觀點作爲定論，只是試論。他可以夾敘夾議，信馬游韁，後來倒成了一種文體，對培根、蘭姆、盧梭（雖然表面不承認）都產生了很大影響。而我們則把Essai一詞譯爲「隨筆」。

這是一部從一五七二—一五九二年逝世爲止，眞正歷時二十年寫成的大部頭著作，也是蒙田除了他逝世一百八十二年後出版的《義大利遊記》以外的唯一作品。

從《隨筆》各篇文章的寫作時序來看，蒙田最初立志要寫，但是要寫什麼和如何寫，並不成竹在胸。最初的篇章約寫於一五七二—一五七四年，篇幅簡短，編錄一些古代軼事，摻入幾句個人感想與評論。對某些縈繞心頭的主題，如死亡、痛苦、孤獨與人性無常等題材，摻入較多的個人意見。

隨著寫作深入，章節內容也更多，結構也更鬆散，在表述上也更具有個人色彩和執著，以致在第二卷中間寫出了最長也最著名的〈雷蒙．塞邦贊〉，把他的懷疑主義闡述得淋漓盡致。這篇文章約寫於一五七六年，此後蒙田《隨筆》的中心議題明顯偏重自我描述。

一五八〇年，《隨筆》第一、二卷在波爾多出版。蒙田在六月外出旅遊和療養，經過巴黎，把這部書呈獻給亨利三世國王。他對國王的讚揚致謝說：「陛下，既然我的書您讀了高興，這也是臣子的本分，這裡面說的無非是我的生平與行爲而已。」

蒙田在義大利暢遊一年半後，回到蒙田城堡塔樓改建成的書房裡，還是一邊繼續往下寫他的《隨筆》，一邊不斷修改；一邊出版，一邊重訂，從容不迫，生前好像沒有意思眞正要把它做成一部完成的作品。

他說到理智的局限性、宗教中的神性與人性、藝術對精神的治療作用、兒童教育、迷信占卜活動、書籍閱讀、戰馬與盔甲的利用、異邦風俗的差異……。總之，生活遇到引起他思維活動的大事與小事，從簡單的個人起居到事關黎民的治國大略，蒙田無不把他們形諸於筆墨。友誼、社交、孤獨、自由，尤其是死亡等主題，還在幾個章節內反覆提及，有時談得還不完全一樣，有點矛盾也不在乎，因爲正如他說的，人的行爲時常變化無常。他強調的「眞」不是劃一不變。既然人在不同階段會有不同的想法與反應，表現在同一個人身上，這些不同人依然是正常的「眞」性情。

蒙田以個人爲起點，寫到時代、寫到人的本性與共性。他深信談論自己，包含外界的認識、文化的吸收和自我的享受，可以建立普遍的精神法則，因爲他認爲每個人自身含有人類處境的全部形態。他用一種內省法來描述自己、評價自己，也以自己的經驗來對證古代哲人的思想與言論；可是他也承認這樣做的難度極高，因爲判定者與被判定者處於不斷變動與搖擺中。

這種分析使他看出想像力的弊端與理性的虛妄，都會妨礙人去找到眞理與公正。蒙田的倫理思想不是來自宗教信仰，而是古希臘這種溫和的懷疑主義。他把自己作爲例子，不是作爲導師，認爲認識自己、控制自己、保持內心自由，透過獨立判斷與情欲節制，人明智地實現自己的本質，那時才會使自己成爲「偉大光榮的傑作」。

文藝復興以前，在經院哲學一統天下的歐洲，人在神的面前一味自責、自貶、自抑。文藝復興時期，人文主義思想抬頭，人發現了自己的價値、尊嚴與個性，把人看作是天地之精華、萬物之靈秀。蒙田身處長年戰亂的時代，同樣從人文主義出發，更多指出人與生俱來的弱點與缺陷，要人看清自己是什麼，然後才能正確對待自己、他人與自然，才能活得自在與愜意。

法國古典散文有三大家：拉伯雷（François Rabelais）、加爾文（Jean Calvin）與蒙田。拉伯雷是法國文藝復興時期智慧的代表人物，博學傲世，對不合理的社會冷嘲熱諷，以《巨人傳》而成不朽。加爾文是法國宗教改革先驅。當時教會指導世俗，教會不健全則一切不健全，他認爲要改革必先改革宗教。他的《基督教制度》先以拉丁語出版，後譯成法語，既是宗教也是文學方面名著。蒙田的《隨筆》則是法國第一部用法語書寫的哲理散文。行文旁徵博引，非常自在，損害詞義時絕不追求詞藻華麗，認爲平鋪直敘勝過拐彎抹角。對日常生活、傳統習俗、人生哲學、歷史教訓等無所不談，偶爾還會文不對題。他不說自己多麼懂，而強調自己多麼不懂，在這「不懂」裡面包含了許多眞知灼見。不少觀點令人嘆服其前瞻性，其中關於「教育」、「榮譽」、「對待自然與生活的態度」、「姓名」、「預言」的觀點更可令今人聽了汗顏。

城堡領主，兩任波爾多市市長，說拉丁語的古典哲理散文家，聽到這麼一個人，千萬別以爲是個道貌岸然的老夫子。蒙田在生活與文章中幽默俏皮。他說人生來有一個腦袋、一顆心和一個生殖器官，各司其職。人歷來對腦袋與心談得很多，對器官總是欲語還休。蒙田所處的時代，相當於中國明朝萬曆年間，對婦女的限制也並不比明朝鬆，他在《隨筆》裡不忌諱談兩性問題，而且談得很透徹，完全是個性情中人。當然這位老先生不會以開放前衛的名義教人紅杏出牆或者偷香竊玉。他只是說性趣實在是上帝惡作劇的禮物，人人都有份，也都愛好。在這方面，沒有精神美毫不減少聲色，沒有肉體美則味同嚼蠟。只是人生來又有一種潛在的病，那就是嫉妒。情欲有時像野獸不受控制，遇到這類事又產生尷尬的後果，不必過於死心眼，他說歷史上的大人物，如「盧庫盧斯、凱撒、龐培、安東尼、加圖和其他一些英雄好漢都戴過綠帽子，聽到這件事並不非得拚個你死我活。」這帖蒙氏古方心靈雞湯，喝下去雖不能保證除根有效，也至少讓人發笑，有益健康，化解心結。

蒙田說：「我不是哲學家。」他的這句話與他的另一句話：「我知道什麼？」當然都不能讓人從字面價值來理解。

記得法國詩人瓦萊里說過這句俏皮話：「一切哲學都可以歸納爲辛辛苦苦在尋找大家自然會知道的東西。」用另一句話來說，確實有些哲學家總是把很自然可以理解的事說得複雜難懂。

蒙田的後半生大半是在胡格諾戰爭時期度過的。他在混沌亂世中指出人是這樣的人，人生是這樣的人生。人有七情六欲，必然有生老病死；人世中有險峻絕壁，也有綠野仙境。更明白昨天是今日的過去，明天是此時的延續。「光明正大地享受自己的存在，這是神聖一般的絕對完美」。「最美麗的人生是以平凡的人性作爲楷模，有條有理，不求奇蹟，不思荒誕。」

蒙田文章語調平易近人，講理深入淺出，使用的語言在當時也通俗易懂。有人很恰當地稱爲「大眾哲學」。他不教訓人，只說人是怎麼樣的，找出快樂的方法過日子，這讓更多的普通人直接獲得更爲實用的教益。

早在十九世紀初，已經有人說蒙田是當代哲學家。直至最近進入了二十一世紀，法國知識分子談起蒙田，還親切地稱他是我們這個時代的賢人，彷彿在校園裡隨時可以遇見他似的。

蒙田的《隨筆》全集共三卷，一百零七章。法國伽利瑪出版社收在《七星文庫》的《蒙田全集》，內收《隨筆》部分共一千零八十九頁，全集另一部分是《義大利遊記》。這次上海書店出版社出版的《蒙田隨筆全集》就是根據伽利瑪出版社《蒙田全集》一九六二年版本譯出的。

《隨筆》中有許多引語，原書中都不注明出處，出處都是之後的編者所加。蒙田的用意在《隨筆》第二卷第十一章〈論書籍〉中說得很清楚：

> 因爲，有時由於拙於辭令，有時由於思想不清，我無法適當表達意思時就援引了其他人的話。……鑒於要把這些說理與觀念用於自己的文章內，跟我的說理與觀念交織一起。我偶爾有意隱去被引用作者的名字，目的是要那些動輒訓人的批評家不要太魯莽，他們見到文章，特別是那些在世的年輕作家的

文章就攻擊，他們像個庸人招來眾人的非議，也同樣像個庸人要去駁斥別人的觀念和想法。我要他們錯把普魯塔克當作我來嘲笑，罵我罵到了塞涅卡身上而丟人現眼。

此外，引語絕大多數爲拉丁語，小部分爲希臘語、義大利語和法語。非法語部分後皆由法國編者增添法語注解。本集根據法語注解譯出。

注釋絕大部分是原有的，少數幾個是參照唐納德・弗萊姆（Donald Frame）的英譯本《蒙田隨筆全集》、邁克爾・斯克里奇（Michael Screech）的《隨筆全集》中的注釋。注釋淺顯扼要，以讀懂原文爲原則。

《隨筆全集》中的歷史人物譯名，基本都以上海辭書出版社《世界歷史詞典》的譯名爲準，少數在詞典內查不到的，則以一般規則而譯，絕不任意杜撰。

《隨筆》的文章原本段落很長，這是古代文章的特點，就像我國的章回小說也是如此。爲了便於現代人的閱讀習慣，把大段落分爲小段落，在形式上稍微變得輕巧一點，至於內容與語句絕不敢任意點勘和刪節。

原版《引言》

〔法〕莫里斯·拉特

蒙田逝世時留下兩個女兒，據帕斯基埃說，「一個是婚生的女兒，他的財產繼承人；一個是過繼的女兒，他的文稿繼承人……」，後者是瑪麗·勒·雅爾·德·古內，她卻像哀悼父親那樣哀悼蒙田。蒙田歿後第二年，她去看望《隨筆集》作者的遺孀和孤女，從蒙田夫人手裡接過一個本子，上面差不多寫滿了蒙田在一五八八年版樣書邊白作的注解，原是為了再版時使用的——兩年後，在一五九五年，根據這個本子出版了對開本的《隨筆集》。

長年內戰使法國一時對暴力感到厭倦，人們準備靜心欣賞《隨筆集》內俯拾皆是的智慧。那是「正直者的枕邊書」，佩龍紅衣主教這樣說。有一位朱斯圖斯·利普修斯稱讚作者，觀其文如觀其人；有一位塞沃爾·德·聖馬特稱讚說「通篇表述無拘無束，樸實無華」；還有一位德·圖說「一個眞正的金玉良言研討會」。皮埃爾·夏隆，另一位「蒙田的見證人」，蒙田因沒有兒子做繼承者，就把家族紋章的佩帶權遺贈給了他。夏隆在《論智慧》一書中，對《隨筆集》作出大膽、有力、不摻個人感情的反響，像聖伯夫說的，頗似「《隨筆集》的教育版讀物」。

對蒙田的最初反應出現於路易十三統治末期。德·古內小姐難辭其咎，她不該活得那麼久（卒於一六四五年），成了個老學究，態度咄咄逼人，談話嘮嘮叨叨，儘管在一六三五年版中她認爲應該加進一篇序言，說一說自己對偶像的欽慕忠誠，這不但沒有平息，反而加強蒙田反對者的反感。他們指責蒙田在書中談論自己過多，使用借自加斯科涅方言或拉丁語的冷僻字眼。蓋茲·德·巴爾札克經常出入朗布耶府，爲蒙田辯護，反對那些「挑剔者」，但是他對蒙田的這種缺乏條理的文章結構也表示不滿：「蒙田對自己正在說什麼當然是知道的，但是我同時不揣冒昧，也認爲他對自己接著要說什麼就不一定知道了。」他還補充說，《隨筆集》的語言與風格粗鄙俚俗，帶上他寫作的時代與生活的外省烙印。

巴爾札克的批評是膚淺的，主要針對形式，而帕斯卡的批評則針對內容。帕斯卡受惠於蒙田的地方很多，但是，據聖伯夫的說法，他的一項主要任務是在《思想錄》中「破壞和摧毀蒙田」，甚至說出《隨筆集》的作者「通篇想的只是膽怯畏葸地死去」。薩西、阿諾、尼科爾都是純正的王家碼頭派代表人物，對蒙田的態度當然更加嚴厲，據他們的說法，蒙田「要推翻一切知識，從而也是宗教的基礎」。

波舒哀和馬勒伯朗士的攻擊更是變本加厲。前者以宗教的名義，譴責蒙田把人貶低爲動物，後者主要責怪他是「騎士型學究」，眞不願意看到《隨筆集》竟是一部小故事、俏皮話、二行詩和格言的大雜燴。《尋找眞理》的作者繼而嚴厲地說：「爲了消遣而讀《隨筆集》是危險的，不僅因爲閱讀的樂趣會對讀者的感情潛移默化，還因爲這種樂趣是出人意外的罪惡。可以肯定的是這種樂趣主要出自淫念，只會維持和加劇人的情欲，這位作者的寫作方式所以令人愉悅，只是因爲它不知不覺地觸動我們的神經，煽動我們的情欲。」

但是，十七世紀上半葉的巴爾札克和語言純潔派與下半葉的帕斯卡、王家碼頭學派、波舒哀和馬勒伯朗士不能代表整個世紀。如果說一六七六年把《隨筆集》列爲禁書，似乎認可了這些先生和奧拉托利會的嚴厲態度，然而也有另一些來頭並不小的人物欣賞《隨筆集》。皮埃爾・莫羅指出：「寫《隨筆集》的人早已是古典人物，也就是笛卡兒、莫里哀、拉封丹、拉羅什富科、聖埃勒蒙、拉布呂耶爾這樣的古典人物，他們的規則存在於自然、理性與正直中。」在十七世紀反對蒙田的人，歸根結蒂只是朗布耶府的風雅之士和信仰呆板的作家。

還有必要提一提的是，被羅馬封爲聖人的神職人員兼作家、文筆優美的弗朗索瓦・德・薩勒，還有一位主教、善於寫各類作品的作家尙－皮埃爾・加繆，從蒙田書裡獲取的營養不亞於他讀阿米奧的佳作。在其他古典人物與蒙田之間又有多少相近與相比之處！

費迪安・戈安在他出色的拉封丹研究作品中，專有一章題目是〈拉封丹與蒙田〉，埃蒂安・吉爾松把蒙田與笛卡兒比照。雖則我們剛才提到的兩位大作家做的只是閱讀與「摘引」蒙田，有人如拉羅什富科或拉布呂耶爾，不會被隱射與表面現象所迷惑，在他們的《箴言錄》或《品格論》中，吸納了《隨筆集》作者的眞知灼見。拉羅什富科的兩百五十多條箴言在思想和表達上，跟蒙田的某個章節「不謀而合」，而拉布呂耶爾只用三言兩語就阻擋了巴爾札克和馬勒伯朗士的攻擊，他俏皮地寫道：「一個人思想不深，如何能夠欣賞一個思想很深的人；另一個人思想太鑽牛角尖，也就不適應樸實無華的思想。」《品格論》的作者也是個天主教徒，不會不承認他對蒙田不勝欽佩，讀他的書感到喜悅。

在十七世紀不同類型的文人都分享他這樣的喜悅。德・塞維尼夫人就對蒙田文章的吸引力讚不絕口，一六七九年十月二十五日給德・格里尼昂夫人的信中說：「我有幾本好書，蒙田的書最佳，當人家不想蒙您時，還有何求呢？」德・蒙特斯龐夫人和她的當豐特夫羅修道院大教長的姐姐，也都讀過這部書。夏爾・索雷爾把這部書看成是「朝廷與社交界常備手冊」。于埃，這是位洞察細微的人文主義者，跟巴爾札克截然不同，稱讚蒙田寫了一部談思想的集子，「信筆寫來，也無順序」，還是從中看出它「受人歡迎」的深刻理由，因為——他寫道——「很難見到一位鄉下貴族，不在壁爐上放上一部蒙田的書，以此顯示他不同於捕兔子的鄉紳。」

十八世紀對他仍不乏好評，但是也應該看到他們會滿不在乎地以自己的方式解釋。豐特奈爾在《死者對話》中讓蒙田和蘇格拉底對話；培爾讚揚他的皮浪懷疑論思想；孟德斯鳩對他發表了這個驚人的看法：「這四位大詩人：柏拉圖、馬勒伯朗士、沙夫茨伯里、蒙田！」……這張名單上，也許用孟德斯鳩自己換下馬勒伯朗士還更合適。伏爾泰駁斥帕斯卡時大聲說：「蒙田的設想是很巧妙的，他就是這樣樸實無華地描述自己！因為他描述的是人性……」杜・德方侯爵夫人要賀拉斯・沃波爾讀一讀蒙田：「這是有史以來唯一的好心哲學家和好心玄學家！」沃夫納格侯爵平時談話謹慎，態度嚴肅，看出「蒙田是他那個野蠻時代的奇才。」

如果說讓—雅克・盧梭精神病態古板，不喜歡搖曳多姿的文章，對蒙田持保留態度，那些百科全書派、時尚文人、詩人則把蒙田引爲知己，但以自己的情趣去擺布他。格林宣稱他「超凡入聖」，議論他彷彿是個「獨一無二的」人物，散布「最純……最亮的光明」。阿讓松侯爵的兒子出版了父親的一部著作，書名叫《論蒙田隨筆的情趣的隨筆》。若弗蘭夫人的女兒德・拉・費泰—安博夫人準備出版蒙田的選集。巴貝拉克名副其實受蒙田的培育。聖朗貝爾在鄉下坐在「一棵開花的李樹下」讀蒙田。德利爾指出「他知道像賢哲那樣講話，像朋友那麼閒談」。安德列・謝尼埃多處引用蒙田的話。他的弟弟瑪麗約瑟夫看到「蒙田逐漸創造和運用了按自己天才所需要的語言」。人人按照自己的主意塑造他，據爲己有。革命派毫不猶豫地把他視爲自己「偉大的先輩」，強拉他跟笛卡兒和伏爾泰一起。

夏多布里昂開啓和統率了十九世紀，表現出這樣的特點，起初提到蒙田時是攻擊他，從他的書中就像在拉伯雷的書中看出他是斯賓諾莎的先驅之一（《論古今革命》），繼而又接受蒙田，並對〈雷蒙・塞邦贊〉的作者表示感謝（《基督教眞諦》），最後又在自己的《墓外回憶錄》中把他跟自己、自己的生活經歷相比較，彷彿在羨慕蒙田的恬靜從容：「親愛的米歇爾，你說的事輕鬆愉快，但是在我們這個時代，好心得不到你說的好報……」

第一帝國末期，法蘭西學院把頌揚蒙田作爲競賽題，年輕的維爾曼摘取桂冠；這也可說是時代的一個標誌吧！然後又是貝朗瑞對蒙田的書「不斷地」反覆閱讀，瑪塞琳・德博爾德—瓦爾摩爾喜愛他的書：

全世界在書中出現在我面前，
窮人、奴隸、國王，
我看到一切；我看到自己了嗎？

達爾巴尼伯爵夫人讀《隨筆集》是一種「安慰」；司湯達在寫《愛情論》時頻繁參照他的這部書；還可以說無處不出現蒙田，德國有歌德、席勒，英國有拜倫、薩克雷，不久美國又有愛默生都讚揚他。

在那個時代的評論家中，尼札爾能夠這樣寫道，「以《隨筆集》爲契機，開始了一系列傑作，面面俱到表現法國精神的形象。」聖伯夫認爲蒙田是古典主義者，「賀拉斯家族中的這類古典主義者。」在那些倫理學家中，只有庫辛對他的作家天賦表示異議，可是受到可親的克西梅納・杜當的反駁。

在十九世紀下半葉和我們的世紀，蒙田這個道德學家和人，受到一部分人議論和另一部分人頌揚。米歇萊，火氣十足的米歇萊，聲稱《隨筆集》散發出一種無法呼吸的臭氣；伯呂納蒂埃爾指責他是利己主義和自我至上者，且不說他生來愛好一切逸樂的傾向；紀堯姆・基佐稱他是「荒淫好色」的作家，是「庸俗的教外人士中的聖弗朗奈瓦・德・薩爾」。

另一些人讚揚他，按自己的意思使他的形象讓人樂於接受，其實從中是在說他們自己。朗松贊他是純粹世俗主義的先驅；安德列・紀德條分縷析把他拉向自己，引以爲知己。勒南、法朗士、勒梅特，都以勒南派的評論方式，只是把他看成是懷疑論者，強調蒙田說的疑問其實就是「軟枕頭」，未免有點過甚其詞。只有法蓋，善良的法蓋，寫得比誰都好，我的意思是評判較爲公正，讚揚「這位偉大的賢哲……是法國三、四位大作家之一」，用恰如其分的語言稱讚他的文筆「絕對自成一派……隱喻自然……這是智慧的一種慶典」。

最後整體回顧來看，最近五十年研究人員和學者所做的許多工作，無疑可對某些細節作出更改，對某些不足表示遺憾，思考方法也有所不同，但是改變不了作品的大體綱要。有人立志研究他的天主教身分，有人研究他的享樂主義一面，還有人，如亞歷山大・尼科萊，研究蒙田的內心世界、社交生活與政治活動。在一位馬塞爾・普魯斯特之後有一位蒙泰朗，在一位波瓦萊夫之後有一位加克索特，都精細入微地找出他的某方面特徵。高等學府的評論家，從福圖納・斯特羅夫斯基到皮埃爾・莫羅，到皮埃爾・米歇爾，到雅克・維埃爾，到凡爾登・L・索尼埃，對蒙田的理解與剖析都比上一世紀要深刻得多，還像聖伯夫說的那樣明白，「我們的心中沒有眞正的底，只有無盡的表面。」這些層層疊疊的「表面」，德國的一位弗雷德里希，紐約的一位唐納德・M・弗萊姆，東京的一位前田洋一，都曾仔細地分解。阿曼戈博士在半個多世紀以前創立了蒙田之友協會，今日會員幾乎遍及世界各國，從巴西和加拿大直至印度和日本。

總之，《隨筆集》在全球皆有讀者，這是一種標誌，說明這位從綜合來說是我們第一位大政治家，我們第一位大道德學家，在世界上具有極強的生命力。

致讀者

「讀者啊！這是一部眞誠的書。一開頭就提醒你，我沒有預設什麼目標，純然是居家的私語。我絕不曾有任何普濟天下與追求榮名的考慮。我的才分達不到這樣一個目的。只是寄語親朋好友作爲處世之道而已。當他們失去我時（這將是他們不久要面對的事實），還能在書中看到我的音容笑貌，以此對我逐漸保持一個更完整、更生動的認識。若要嘩眾取寵，我自應更用心思塗脂抹粉一番，矯揉造作地走到人前。我希望大家看到的是處於日常自然狀態的蒙田，樸實無華，不耍心計：因爲我要講述的是我。我的缺點，還有我幼稚的表現，讓人看來一目了然，儘量做到不冒犯公眾的原則。有些民族據說還生活在原始的自然法則下，享受溫馨的自由，假若我身處在他們中間，我向你保證，我很樂意把自己整個赤裸裸地向大眾描述。因此，讀者啊！我自己是這部書的素材，沒有理由要你在餘暇時去讀這麼一部不值一讀的拙作。再見了！蒙田，一五八年三月一日。」①

---

① 並不是所有的版本都有這篇《致讀者》。日期也不盡相同。在一五九五年的版本中是一五八年六月十二日，而在一五八八年版本中是一五八八年六月十二日。

目次

第一卷

第一章　收異曲同工之效

我們一旦落入曾受過我們侮辱的人之手，而他們又對我們可以恣意報復時，軟化他們心靈最常用的方法，是低聲下氣哀求慈悲與憐憫。然而相反的態度，如頑強不屈，有時也可產生同樣的效果。

威爾士親王愛德華，曾長期統治我們的居耶納地區，他的遭遇與身世中有許多值得一書的偉大之處。他遭到了利摩日人的莫大羞辱後，用武力把他們的城市攻了下來。村民包括婦女與兒童，都被拋下遭受屠殺，高聲求他寬恕，還在他腳邊跪下，都無法使他住手；只是在他率部進入城內時，看到三位法國貴族懷著非凡的勇氣，單獨抵抗他的軍隊乘勝進擊時才下令停止。他對這樣的勇敢精神不勝欽佩，怒氣也煞了下來，禮待這三個人，連帶也饒恕了全城的其他居民。

伊庇魯斯君主斯坎德培追殺手下一名士兵。士兵忍氣吞聲，百般哀求，試圖平息他的怒火，最後無奈手握寶劍等待著他。這番決心卻打消了主人的怒氣，看到他準備決一死戰不由非常欽佩，也就寬宥了他。（有的人沒有讀過這位君主的神勇事蹟，看了這個例子或許會有另一種不同的解釋。）

康拉德三世圍攻巴伐利亞公爵蓋爾夫，不顧對方如何卑躬屈膝迎合他，他賜予的最大的寬恕是允許那些與公爵一起受困城裡的貴婦人，徒步安全撤離，並隨身帶走她們能帶走的一切東西。她們深明大義，決定把丈夫、孩子和公爵本人都馱在背上。皇帝看到她們那麼高尚賢淑，高興得喜極而泣，以前對公爵不共戴天的仇恨也就一筆勾銷，今後和和氣氣對待他和他的家庭。

上述兩種方法都很容易打動我。因爲我這人生性寬容憐恤，狠不下心來，從而同情比尊敬更適合我的天性。可是對斯多葛派來說，憐憫是一種邪惡的感情，他們要我們幫助不幸的人，而不是心軟同情他們。

這些例子在我看來是合適的，尤其因爲看到受這兩種方法襲擊與考驗的心靈，能夠承受其中一種方法毫不動搖，對另一種方法卻又低頭認輸。是不是可以說，動惻隱之心是和氣、溫良或軟弱的表現，因而那些天性柔弱的人，如婦女、兒童和庸人，更易陷入這種情態；而蔑視眼淚與哀求，只認爲美德凜凜然不可侵犯，這才是崇高堅強的靈魂的體現，對不屈不撓的大丈夫行爲懷有的愛戴與欽佩。

可是驚異與欽佩對於沒有那麼高尚的心靈也可產生同樣的效果。底比斯人可以作爲例子。他們要求法庭對某些將軍處以極刑，因爲他們任期過後沒有交出兵權，佩洛庇達在這些控訴下屈服了，哀告求饒保證不再重犯，勉強獲得了寬恕，而伊巴密濃達則相反，他把自己的功勛頌揚一番，自豪放肆，要老百姓記住。大家聽了再也無心投票，散會時大大讚揚這位人物的膽略與勇氣。

老狄奧尼修斯經過長期苦戰，攻下了勒佐，並俘獲了菲通統帥。菲通是個正人君子，曾英勇地負隅頑抗，老狄奧尼修斯要在他身上進行殘酷的報復。他首先對菲通說，他在前一天如何下命令把他的兒子和其他親族都淹死了。菲通淡然回答說：他們那一天要比他過得幸福。然後他命令劊子手扒下菲通的衣服，押著他滿城遊街，還殘酷地鞭打他，惡言惡語羞辱他。但是他態度自若，勇敢面對。他甚至還神色嚴峻地高聲宣說，不讓祖國落入暴君之手是他願意爲之而死的光榮輝煌的事業，並警告對方將遭到神的懲罰。狄奧尼修斯從自己部隊士兵的眼中看出，他們不但沒有被這位敗將的挑釁性言辭激怒，反而看不起自己的領袖以及他的得勝；這種非凡的勇氣叫他們吃驚，爲之動情，醞釀反叛，還可能從他的衛隊手裡劫走菲通，於是他下令停止折磨，派人悄悄把他投入大海淹死。

當然，人都是出奇地虛榮、多變、反覆無常。很難對人作出標準統一的評價。從前，龐培對馬墨提人非常反感，只因爲公民芝諾願意單獨承擔大眾的責任，並要求獨自接受懲罰，而對全城市民網開一面。蘇拉在佩魯賈城內也顯示出同樣的美德，卻對己、對人都沒有得到一點好處。

然而與前面的例子截然相反的是亞歷山大，他是天下第一勇士，對戰敗者極其寬厚。他經過苦戰以後襲擊加沙城，遭遇守將貝蒂斯。亞歷山大在圍城時親眼目睹過他打仗勇冠三軍，現在他孤身一人，手下士兵都已潰逃，他的武器已經折斷，遍體鱗傷，血跡斑斑，被好幾個馬其頓人團團圍住，四面八方受到攻擊，他依然奮戰不止。亞歷山大爲打贏這場仗付出了高昂的代價，除了其他損失以外，自己身上還添了兩處新傷，因而憤怒之至，對他說：「貝蒂斯，你要死也不會讓你死，你聽著，一個俘虜會遭到的各種各樣的苦刑，都讓你嘗一遍。」另一個聽了不但面不改色，反而神態傲慢不遜，面對他的威脅不說一句話。亞歷山大看到他頑固驕傲，一聲不出，說：「你沒有屈過膝？你沒有討過饒？好吧！我要打破你的沉默，要你發出聲來，我就是不能讓你說出一句話，至少會讓你發出一聲呻吟。」他怒上加怒，下令刺穿他的腳跟，把他縛在一輛車子後，把他活活拖死，粉身碎骨。

是不是在他看來，勇敢不足爲奇，於是既不欣賞，也不尊重，或許是他認爲勇敢只是他個人的特性，看到別人身上的勇敢不亞於自己，就妒性大發，或許是他天生殘暴一發不可收拾？

說實在的，如果他的脾氣可以克制的話，那麼在占領和掠奪底比斯城的過程中，看到那麼多勇士潰不成軍，失去集體自衛的能力，都成了刀下之鬼，令人慘不忍睹時，他就可以這樣做了。那次屠殺了六千人，沒有一人逃跑或求饒，恰恰相反，人人都視死如歸，在滿街亂跑時遇到得勝的軍隊還有意挑釁，以求光榮一死。即使全身是傷也不屈服，只要一息尚存就尋思報復，只有拼死一個敵人後自己才甘心死去。這樣悲壯的場面引不起他一點憐憫，一天時間也不夠他亞歷山大用來報仇雪恥，不流盡最後一滴血，這場屠殺是不會停止的。最後只有放下武器的人、老人、婦女和兒童才倖免於難，其中三萬人當了奴隸。

第二章　論悲傷

我屬於最不會悲傷的人了，儘管大家眾口一詞都對這種感情格外垂青，我既不喜歡也不推崇。人常說這背後掩藏的是智慧、美德與良心——愚蠢惡劣的外衣。義大利人更恰當，對於惡意才用這個名詞稱呼。因爲這總是一種友善的、瘋狂的，也總是怯懦卑鄙的品質，斯多葛人不讓他們的賢哲表現出這種感情。

傳說埃及國王普薩梅尼圖斯被波斯國王岡比西擊敗俘虜以後，看到女兒成了囚犯，穿了奴婢的衣服，被人使喚去打水，走過面前，周圍的朋友都流淚哀號，他自己默不作聲，一言不發，眼睛盯著地面；不一會兒又看到兒子被人拉走處死，他依然保持原來姿勢；但是窺見自己的一名男僕夾在俘虜隊伍中，他捶打腦袋，痛苦異常。

這與我們的親王最近遇到的事，可以說無獨有偶。他在特朗特聽到長兄的死訊，長兄是他全家的頂梁柱和光榮；不久又聽到第二個兄弟的死訊，他是家裡的第二個寄託，他經受這兩次打擊都神色不變，才幾天後又獲悉一個手下也死去了，這最後一樁遇難摧垮了他的意志，使他難以自持，陷入極度悲痛與悔恨，有人以此爲據，說只是最後一次打擊才觸動了他。事實是他已經達到悲憤的極點，任何微小的刺激都會衝破他堅忍的籬笆。

我說也可以用同樣的道理去解釋我們的歷史。這次說的是岡比西，他問普薩梅尼圖斯，爲什麼對自己子女的痛苦表現淡漠，而對朋友的痛苦那麼難以釋懷，他回答說：「對朋友的痛苦可以用眼淚舒解，對子女的痛苦是任何方式都無法表達其感情的。」

說到這裡也可以古代那位畫家的作品爲例。他創作伊菲革涅亞獻祭一畫，在畫面上的人，按照他們對那位美麗少女死亡的關心程度，表示各自不同的哀悼。畫家已用盡了藝術的種種技巧，要畫少女的父親時，他讓父親用手遮臉，彷彿什麼樣的姿態也無法表達他的悲痛傷心。這就是爲什麼詩人們只能編造，說那位不幸的母親尼俄柏，首先失去七個兒子，然後又是七個女兒，傷心過度，最後變成了一塊岩石，

她痛苦得成了石頭，

——奧維德

當意外事件已經超越我們的承受力量，我們感到沉痛、痲木，心如槁木死灰，只能用這個來表達。

是的，痛苦到了極點，必然會攪動我們整個心靈，奪去它的一切活力，就像我們剛聽到一個非常不幸的消息會魂飛魄散、瞠目結舌、動彈不得，只有痛哭流涕、大聲喊冤以後，才會回過魂來，靜心斂神好好思考，

痛苦終於哭出了聲音，

——維吉爾

費迪南一世國王在布達附近，討伐匈牙利已故國王約翰的遺孀一役中，德國統帥雷斯西亞克看到運來一具騎兵的屍體，由於大家曾見過他在戰鬥中異常英勇，也就跟著眾人一起哀悼。但是他和其他人同樣好奇，脫去死者的甲冑以後，發現這是他的兒子。在大家的哀號聲中，只有他站著不出一聲，不掉一滴眼淚，雙目直視，愣愣地盯著他看，直至悲痛使他熱血凝固，直挺挺地倒在地上死去。

可以描述的火都是不猛烈的火，

——彼特拉克

情人要表達一種不可忍受的熱情時，是這樣說的：可憐啊！我的感官失去了功能。

見到你，累斯比，
語言與靈魂，
消逝無蹤。
一團火苗燒遍四肢，
嗡嗡之聲衝擊耳膜，

眼睛蓋上了
沉重的夜幕。

——卡圖魯斯

這裡豈不是在說感情處於最激烈動盪的時刻，我們不善於哀聲歎息，訴說衷腸，精神上疑慮重重，肉體也因相思而慵懶無力。

有時會出現意料不到的機能不足，不合時宜地襲擊著有情人，由於極端熱情，就在享受懷抱的時刻，突然如同跌入冰水之中。一切讓人體驗與回味的熱情，都只是平凡的熱情，

小悲易表情，大悲無聲音。

——塞涅卡

不期而至的好事同樣使我們吃驚，
一見到特洛伊軍隊簇擁著我過來，
她摸不著頭腦，神思恍惚，

臉色蒼白，目光定定的昏倒在地，
隔了好久才說出一句話。

——維吉爾

除了這位羅馬婦女，意外地看到兒子從卡尼潰敗中歸來，驚喜而死以外，還有索福克勒斯和暴君狄奧尼修斯也是樂極生悲，塔爾瓦聽到羅馬元老院要給他授勛時即刻死於科西嘉；我們這個世紀利奧十世教皇，渴望攻下米蘭，聽到米蘭城破之時，欣喜若狂，突發高燒，爲此一命嗚呼。人類的愚蠢還有一個更好的例證，據古人記載，辯證學大家狄奧多洛斯，由於在經院無法當眾解答人家向他提出的論題，羞愧到了極點，竟猝死在現場。

我很少陷入這類強烈的情緒。天性魯鈍，天天用道理開導自己，也就變得更加木訥了。

第三章　感情在我們身後延續

有人責怪大家對未來事物總是充滿嚮往，告誡我們要抓住眼前的財富，安心享用，因爲我們對未來毫無把握，甚至比對過去更加無可奈何。大自然觸動我們繼續去做它未竟的事，在我們心靈上隨同其他假象還印上了行動重於認知的假象，他們若敢稱這爲謬誤的話，那麼這些人點破了人類最普遍的謬誤。我們從不安於現狀，我們永遠要超越自身。恐懼、欲望、期待都使我們朝向有待發生的事，敗壞我們對現狀的想法與重視，而對未來甚至我們已不存在時的事物忙碌不已。「擔憂未來的人眞可悲。」（塞涅卡）

「做自己的事，懂自己的心」，這句重要的箴言往往歸之於柏拉圖；上下兩句一般來說各自包含我們的責任，又好像相互依存。誰要做自己的事，必須看到他第一件要學的事是認識自己是什麼樣的人，什麼是他該做的事。人認識了自己，不會把外界的事攬在自己身上；自愛其人，自修其身，是頭等大事；不做多餘的事，排斥無益的想法與建議。「愚者即使得到他所期望的東西還心猶未甘，而智者有了什麼會心滿意足，絕不再去自尋煩惱。」（西塞羅）

伊比鳩魯不要他的智者去預測和操心未來。

諸多有關死者的法律中，我覺得最站得住腳的那條是君主身後功過留待他人評定。他們即使不是法律的主人，也是法律的夥伴。正義不能觸動他們的人身，但觸動他們的聲譽或繼任者的利益也是有道理的——這些事我們往往比生命本身還重視。遵守這一傳統的國家可以獲得很多出人意外的好處，賢君也很樂意這樣做，不然會埋怨有人把他們跟昏君相提並論。我們在任何國王面前必須俯首帖耳，唯命是從，因爲這攸關於他們行使職權，但是欽佩與愛戴則要看他們是否賢德。當他們的權威需要我們支援，我們爲了維護政治秩序，可以耐性地容忍他們的無能，掩飾他們的罪惡，對他們的庸庸碌碌提出諫言。但是當這層關係不復存在，就沒有理由不崇尚正義，不自由表達我們眞正的情緒，尤其沒有理由去抹煞忠良之臣深知君主昏庸，還是畢恭畢敬、忠心耿耿地輔助他的功勞，這樣會讓後代失去這個賢良的楷模。有些人抱著個人恩怨，對一位昏君也妄稱賢良，這是以私心在損害公道。泰特斯・李維說得對，在王朝中成長的人，說話總是充滿誇張虛飾，無一例外地對他們的君主歌功頌德，捧上了天。

那兩個當面頂撞尼祿的士兵，我們可以否定他們光明磊落。一個人被問到他爲什麼要加害他：「當你值得愛戴時我愛戴你，但是自從你成了個殺人犯、縱火者、賣藝人、馬車夫，我恨你也是你活該。」另一個爲什麼要殺他：「因爲我找不到其他方法讓你不再作惡。」但是尼祿死後成爲千夫所指的暴君，他的惡行永遠爲後人痛斥，明白事理的人誰會否定這些事呢？

斯巴達這麼明智的政體中也摻雜這麼一種裝腔作勢的儀式，這令我不快。國王死後，盟友鄰邦，所有奴隸，男女老幼，都要在額上劃道口子以示悲痛，聲淚俱下地哀悼這人不論生前如何，都當作最賢明的國王歌功頌德，愈是後來的得到的稱頌愈高。

亞里斯多德對什麼都要質疑，他引用梭倫說的那句話，「沒有人在生前可以稱爲幸福」，問如果這個人名聲不佳，如果他的後代貧困潦倒，那麼這個人一生過完天年後死亡，是不是可以說是幸福的呢？當我們可以行動時，我們可以把自己帶到喜歡的地方去；但是一旦脫離肉身，我們跟存在沒有半點聯繫。因而應該告訴梭倫，沒有人是幸福的，既然人只有在不存在以後才是幸福的。

沒有人一下子告別生命，
誰都等待身後出現什麼；
既不能離開，又不能放任不管
一個被死亡擊倒的軀體。

——盧克萊修

朗東城堡在奧弗涅的布伊城附近，貝特朗·迪·蓋克蘭在圍攻城堡時死亡。受困的人後來投降，不得不把城堡鑰匙放在這位死者的遺體上。

威尼斯軍隊將領巴托羅米厄·阿爾維亞諾在布雷西亞戰爭中戰死疆場，他的遺體必須經過敵方領土維羅納運回威尼斯，軍中大多數人提出向維羅納人要求安全通行權利。但是泰奧多羅·特里伏爾齊奧力排眾議，主張不惜一戰也要闖陣，他說：「他一生不怕敵人，死後怎麼可以要他示弱，這不成體統。」

希臘法律也有相似的規定，誰向敵人索取一具屍體進行安葬，明確放棄勝利，他再也無權誇耀戰績，而被要求的一方則冠以勝者的稱號。尼西亞斯就是這樣失敗的，雖然他對科林斯人占有明顯的優勢。相反地，阿格西勞斯二世對比奧舍人的勝算並不明朗，卻占了上風。

這樣的事情可以說看來奇怪，要不是每個時代都不只關心我們身後的事，還相信上天的恩澤會陪伴我們進墳墓，繼續影響到我們的遺骸。古代這些例子不計其數，也就不用再談我們自己的了，免得我在此贅述。英格蘭國王愛德華一世曾與蘇格蘭國王羅伯特長期作戰，打得相持不下時，看到親自出馬總是能夠帶來有利的轉機得勝歸來，臨死前要他的兒子莊嚴起誓，在他死後把他的屍體煮得肉骨分離；把肉入土埋葬，把骨頭保存下來，若跟蘇格蘭人開戰，就帶在身邊隨軍出征。彷彿命運讓勝利與他的軀體息息相關。

約翰・維斯卡由於為威克利夫的錯誤辯護，造成波希米亞局勢混亂，要求他死後讓人剝下皮做一隻長鼓，跟敵人打仗時帶著，認為這會繼續他生前禦敵時的武運昌順。有的印第安部落跟西班牙人作戰時也帶了他們某個首領的遺骸，想到他活著時是名福將。世上還有其他民族，在戰爭中帶著在戰場上死去的勇士的屍體，祈求好運，汲取勇氣。

上述例子只是把生前行為得到的名譽惠及身後。下面的例子要說的是他們死後還有作為。貝亞爾將軍的事蹟最好說明這一點。他身上中了一槍，自覺此命難保，有人勸他退出火線，他回答不會在最後時刻把背轉向敵人，他戰鬥到筋疲力盡，一個踉蹌從馬背上摔了下來，命令他的馬弁把他躺在一棵樹下，讓他死時猶如生前面孔朝著敵人。

在這方面我還必須提出同樣一個出色的例子。當今菲利普二世國王的曾祖父馬克西米連一世皇帝，不但品德高尚，還美若天人。他有一個脾氣與其他君主不同，他們爲了處理緊急事務，把馬桶當做御座；他絕不這樣做，沒有哪個管家會那麼私密，緊跟著他到換衣間裡面。他小便也偷偷摸摸，猶如少女那麼守身如玉，不管醫生還是誰，都不暴露習慣上掩藏的部位。我這人口無遮攔，可是天性對此很爲靦覥。若不是出於極端需要或感情衝動，絕不會在人前暴露有礙瞻禮的肢體與失常的動作。我想到這對於一個男人，尤其我這樣地位的男人不合適，而更覺不自在。但是馬克西米連卻到了迷信的程度，在遺囑中明確規定，駕崩時必須給他穿上襯褲；還在追加遺囑中說給他穿褲子的人必須閉上眼睛。居魯士大帝二世規定子女以及其他人在他的靈魂脫離以後都不准看見或接觸他的肉體。我對這事看作是個人願望。因爲他和他的歷史學家，終其一生都在要求他對宗教執著虔誠。

我的一位姻親不論平時或戰時頗有名聲。一位親王對我說了他的故事，我聽了不很高興。他年事已高，結石使他極度痛楚，在宮裡的最後時刻熱衷於給自己安排一個盛大隆重的葬禮。他囑咐前來探望的貴族答應給他送殯。殷切懇求最後時刻來看他的親王務必全家出席，舉出許多例子和理由證明他這樣地位的人理應如此待遇；在得到遵照自己的意思安排葬禮規格和程序的承諾以後，才像是含笑而逝。我還從沒見過這樣頑固的虛榮。

相反的怪事，在我自己家族內也出過不少，這次好像發生在一個堂兄弟身上，他操心葬禮的安排，精打細算，斤斤計較，吝嗇得連多一個僕人與一盞燈籠也要躊躇再三。我看到有人讚賞這種做法，還有馬庫斯・伊米利厄斯・李必達的命令，他不許繼承者對他使用傳統的厚葬。花費與奢望是如何產生的，我們已無從查考，不這樣做總是節儉與樸實吧？這項改革既容易又代價不大。假若這件事也必須定出規則的話，我的意見是在這件事上如同生活中的其他事上，每人都可按照自己的財力來定。哲學家里科明智地囑咐朋友，把屍體葬在他們覺得最佳的地方，至於葬禮既不鋪張也不呆板。我只按照習俗來舉行儀式，交給誰負責也就完全聽憑誰的安排了。「這件事我們自己要完全不計較，但是您的家人則不能不計較」（西塞羅）。有一位聖人說得頗有聖人風度：「葬禮儀式、墳墓選擇、送殯排場，與其是對死者的稱頌，更多還是對生者的安慰。」（聖奧古斯丁）

所以，蘇格拉底臨終時，克里托問他後事如何安排，回答說：「按照你的心意辦吧！」如果我必須事前去做的話，我覺得更爲灑脫的是仿效那些人，他們好端端活著時就高高興興籌劃墓葬事宜，樂於看到自己被雕成大理石的死相。懂得享受和賞識無知無覺，拿自己的死亡來生活的人，是有福了。

每次想起雅典人的不人道與非正義，就不由對一切民眾專制恨個不已，雖然表面看來是最自然與最公正的。他們英勇的將領在阿基努塞群島附近的一場海戰中打敗了斯巴達人，這是希臘人在海上投入力量最大、最有爭議和激烈的一次戰役。他們抓住戰機乘勝追擊，而沒有停下來收拾和掩埋陣亡的人。雅典人不由分說也不聽那些將領聲辯就把他們處死了。狄奧莫東的所作所爲更使這場判決醜惡。他也是被處決的人之一，在政治與軍事上都享有崇高威望。他聽完判決書後上前說話，這時法庭靜了下來，他沒有利用這個機會爲自己的事業辯護，也沒有揭露這場嚴厲的判決毫無公道可言，卻一心一意袒護法官。他祈禱神以這份判決爲他們造福。他還把他與將領爲了感謝這樣光榮的命運而許下的願公之於眾，不然神會降怒於他們。然後他不說一句話，不聲不響勇敢地走赴刑場。

幾年以後，命運也以同樣的理由懲罰了雅典人。雅典海軍統帥卡布里亞斯在納克索斯島對斯巴達海軍上將波利斯作戰中略占上風，這場對雅典人事業十分重要的勝利眼看在望，卻爲了不致遭受上一樁案件的惡運，一下子優勢喪失殆盡。只因不拋下在海水漂浮的幾具朋友的屍體，竟讓活生生的一大批敵人逃生，後來反撲過來讓他們飽嘗這場迷信的惡果。

你要知道你死後在哪裡嗎？
就在未生之人所在的地方。

——塞涅卡

另一位詩人則讓沒有靈魂的軀體重新得到安息：

軀體擺脫了生命與苦難，
不用墳墓與港灣棲息。

——西塞羅

大自然就是這樣讓我們看到，許多死亡的東西跟生命還保留隱祕的關係。地窖裡的葡萄酒，根據葡萄季節的變化而味道不同。據說，醃製野味也是根據活獸時的狀態而改變方法與風味的。

第四章　如何讓感情轉移目標

我們中間有一位貴族，風濕症很嚴重，醫生敦促他完全戒掉吃鹹肉的習慣，他常常嬉皮笑臉回答說，當病痛劇烈折磨他時，他就要找個出氣筒，怪聲大叫，一會責怪鹹香腸，一會詛咒牛舌頭和火腿，罵得愈凶愈感到輕鬆。說明白了，正像我們舉手要出擊，若是打空了就會弄痛自己。也像要看到美景，就不能把目光茫茫落在空中，停在適當距離才會逮住目標。

若沒有森林屏障，
風勢就會減弱，消散在空中。

——盧卡努

心靈在激動和搖擺時也是如此，若沒有依託，也會迷失方向；應該給心靈提供目標，讓它聚精會神，絕不旁騖。普魯塔克說到那些拿猿猴、小狗當寵物的人，因爲他們的愛心得不到正常的發洩，與其讓它枯萎，還不如寄託在庸俗無聊的東西上。我們看到當心靈內熱情衝動時用在一件虛假臆想的東西上，即使連自己也不敢相信，也勝過毫無對象的好。

動物也是這樣，被石頭和鐵器傷了以後，會對著它們狂怒，也會露出牙齒狠咬疼痛的部位以示報復，

帕諾尼的熊變得更加凶猛，
當它被利比亞獵人的梭鏢擊中，
矛頭捅入傷口滿地打滾，
團團追逐在身下躲閃的那根鐵尖。
——盧卡努

當不幸降臨到我們身上，有什麼原因我們編不出來？當我們需要發洩時，不管有理無理，有什麼東西不能責怪？當一顆不幸的流彈擊斃了你心愛的兄弟，你不用拉扯你金黃的頭髮，狠命捶打你白皙的胸脯，因爲有罪的不是它們，該怪的是別的。李維談到羅馬軍隊在西班牙失去兩位親兄弟大將軍時說：「所有的人都痛哭流涕，猛捶腦袋。」這是習俗。哲學家皮翁說到那位國王因悲傷而揪頭髮，不是風趣地問：「那人認爲禿頭可以減輕悲傷了嗎？」誰沒見過有人賭輸了錢要報復，把紙牌嚼碎嚥下肚裡，把一組骰子吞了下去。澤爾士一世鞭打赫勒斯旁海峽，用鐐銬鎖住，對它百般辱罵，並向阿托斯山下挑戰書。居魯士渡金努斯河心驚膽戰，把全軍將士折騰了好幾天，來向這條河流報仇。卡里古拉皇帝把一幢非常漂亮的房屋毀了，因爲他的母親高興他這麼做。

我在年輕時聽人說，鄰近一位國王曾挨了上帝一頓鞭打，發誓要報仇，下令老百姓十年不禱告，不提上帝，只要他在位就不相信上帝。透過這則故事，他們要說的不是國王的愚蠢，而是民族固有的自豪感。惡習從來不是孤立的，但是這些行爲說實在的是愚昧無知，更多的還是妄自尊大。

奧古斯都·凱撒在海面上遇到暴風雨襲擊，決心要向海神尼普頓挑戰，在羅馬競技場比賽時把海神像從諸神像中撤下，以示報復。在這件事上他比前面幾位將領更不可原諒；但是跟他後來做的事相比，又較可原諒。昆蒂里厄斯·瓦魯斯在日爾曼一仗打敗後，他氣憤絕望，用頭撞牆，大叫：「瓦魯斯，把我的士兵還我！」因爲這些人超越一切瘋狂，尤其還褻瀆神明，向上帝或向命運之神發難，彷彿他們有耳朵聽到我們的攻擊似的，比如色雷斯人，當天空打雷或閃電，就向天空射箭，進行巨人的報復，用射箭叫上帝就範。然而正如普魯塔克作品中一位古代詩人說的：

不該對事情發火，
它們是不會理會的。

但是對自己的精神錯亂，我們從來都是罵得不夠多。

第五章　身陷重圍的將領該不該赴會談判

羅馬軍軍團長盧西烏斯・馬西烏斯在跟馬其頓國王佩爾修斯打仗時，爲了爭取時間部署軍隊，放風同意談判；國王受了麻痺，同意休戰幾天，就此讓敵人得到機會和時間進行調整，自己也走向最後的滅亡。

可是元老院的老臣們，恪守祖輩的戒律，指責這樣的做法完全背離了古訓；他們說古人打仗遵守信義，不使詭計、不夜間偷襲、不佯裝逃跑、不意外反攻，在叫陣以後，往往還指定開戰時間與地點後才交鋒。根據這樣的觀念，他們把叛徒醫生交還皮洛士，把不忠不義的校長送歸法利斯克人。①這是眞正的羅馬做法，跟希臘人的計謀與布匿人的狡黠不同，後兩種做法是以智取比勇勝更光榮。

羅馬人認爲欺詐只能奏效一時，若要別人認輸，就不能依靠狡計或運氣，而應在一場光明磊落的戰鬥中兩軍對壘以勇取勝。從這些謙謙君子的話聽來，顯然不曾讀過這句有道理的警句：

> 狡黠與勇敢，對待敵人還不都一樣？
>
> ——維吉爾

---

① 醫生答應敵人毒死伊庇魯斯國王皮洛士。校長出賣法利斯克的貴族學子，把他們交給羅馬人。

據波里比阿說，亞加亞人憎惡在他們的戰爭中使用任何形式的欺詐，只有把敵人的勇氣打垮才算是勝利。另一人說：「賢德的人知道，保全了信仰與榮譽而獲得的勝利才是眞正的勝利。」（弗洛勒斯）

爲你還是爲我，命運保留著一個王座？
讓我們用勇氣來證明吧！
——埃尼厄斯

被我們口口聲聲稱爲野蠻的民族中，有一個代納特王國，他們習慣上先宣戰後打仗，還詳盡地列出戰爭中使用的手段：哪些人、數量多少、用什麼樣的彈藥、進攻性和防禦性武器。這樣做了以後，如果敵人不退讓或不妥協，他們再使用陰招，才認爲不會被人斥責爲不守信義、詭計多端或不擇手段去取得勝利。

古代佛羅倫斯人從沒想過用偷襲去戰勝敵人，他們甚至會提前一個月不停地敲一種他們所謂的瑪西內拉戰鐘，關照敵人他們將派兵上戰場了。

至於我們，沒那麼小心眼，我們認爲誰有戰果，誰獲得軍功；還跟著來山得說這樣的話：得不到足夠的獅子皮，來塊狐狸皮也可湊合，因而在用兵上普遍講究出奇制勝。我們說，在談判與締約正在進行時，將領尤應時時刻刻保持警惕。爲此原因，我們這個時代的軍事人員嘴裡常說的一條規則，就是圍城的守將絕不應該親自出去談判。

在我們父輩那個時代，德．蒙莫爾和德．拉西尼兩位領主，保衛穆松要塞抵抗納索伯爵，這樣做就受到了譴責。但是說到這類事，做了以後最終獲得安全與利益，那還是可以原諒的。例如居．德．朗貢伯爵圍困勒佐城時就遇到這樣情況。（這是按杜貝萊的說法，古西亞蒂尼則又稱這是他不是別人。）當時德．雷庫領主前來談判；因爲他走出要塞不遠，談判時發生了爭執，德．雷庫領主和他身邊跟隨的軍隊處於劣勢，不但亞歷山大．特里維斯因此喪命；連他自己爲了安全，也在伯爵作出承諾後跟他逃進他的城裡躲避攻擊。

安提柯一世把歐邁尼斯困在諾拉城裡，催他出城談判，經過幾番商量以後，還說他更偉大、更強大，理應是歐邁尼斯前來會他的。歐邁尼斯卻作出這個豪邁的回答：「只要我手握寶劍，我不承認有誰比我更偉大。」後來安提柯一世應他的要求送出他的姪子普托洛梅作爲人質，他才同意前去。

也有一些人聽了圍城者的承諾後得到好下場的。比如香檳地區騎士亨利．德．沃，他被英國人困在科梅西城堡裡，指揮圍攻的巴泰勒米．德．博納已叫人扒去了城堡的大部分城牆，只須一點火就可以讓受困者埋在廢墟中，他敦促亨利出城談判可以保全他的利益，在他以前已有三個人這樣做了。亨利也看到毀滅迫在眉睫，心裡也異樣地感激敵人，也就率兵投降了，接著炸藥點燃，承重牆的木柱坍塌，整個城堡灰飛煙滅。

我這人輕易相信別人的話。但是察覺到他這樣做是出於絕望或缺少勇氣，而不是坦率與誠意，我就很難信任他了。

第六章　談判時刻充滿凶險

最近，我看到鄰近米西當要塞一役中，那些被我們的軍隊驅逐的人以及他們這一派的其他人，都叫嚷這是背信棄義的行爲，因爲雙方正在談判簽約時，有人對他們進行了襲擊，把他們擊潰。似乎只有上世紀才會出現這類的事。

正如我在前面說的，我們的做法完全不顧這樣的規則。在約束性的大印最後蓋上以前，誰都不能相信對方；有時這樣還是不夠。一座城市在優惠慷慨的條件下投降，並讓對方士兵乘勝自由出入，滿以爲凱旋的軍隊會樂意遵守協議，這樣的主意總是吉凶難料。

羅馬大法官伊米利厄斯·勒日呂試圖用武力占領弗凱亞，由於居民英勇抵抗自衛，久攻不下，於是跟他們訂約，把他們看做是羅馬人民的朋友，入城也像進入一座結盟的城市，使他們消除恐懼，不做任何敵對的行動。爲了使入城儀式威風凜凜，他帶大軍開進去；但是不管他如何使用權力都無法約束那批士兵，就在他眼前把大部分城市洗劫一空，貪婪與報復的欲望要超過他的權威與軍紀。

克里昂米尼曾說，在戰爭中不管對敵人做出什麼樣的傷害，都高於公義，不受制於公義，在神前與人前都一樣。他和阿爾戈斯人約定休戰七天，第三天夜裡，他趁他們在熟睡時發起攻擊，把他們殺死，詭稱休戰條款裡沒有談到黑夜。但是神對這個背信棄義的詭計進行了報復。

凱西利努城就是在談判中想給居民安全時被人偷襲的，這還是由正直的將領率領紀律森嚴的羅馬部隊時發生的事。因爲這不是說在任何時機與場合，我們不可像利用敵人的膽怯那樣利用敵人的愚蠢。不錯，戰爭中自然有許多不講道理而又言之有理的特權，「但願誰也不要處心積慮去利用他人的無知。」（西塞羅）這樣一條規則是不存在的。

但是色諾芬用他的聖明的居魯士大帝二世的言論和豐功偉績，對這些特權加以發揮，這使我很驚訝；他固然是這方面一言九鼎的理論家，傑出的將領，蘇格拉底門下的哲學家，但我不能同意他在一切方面任意取捨的做法。

多比尼王爺圍困加普亞城，經過一場劇烈鏖戰，守將法布里齊奧・科洛納大人從一座城臺上開始談判，他的士兵都放鬆戒備，我們的人乘機襲取，破城後搗毀一切。我們還記得不久以前，在伊伏瓦城，朱利安・羅梅羅大人冒冒失失出城跟陸軍統帥談判，回去時看到城市已被占領。奧塔維亞諾・弗雷戈斯在我們的保護下統治熱那亞城，佩凱爾侯爵包圍了熱那亞，爲了我們撤離時不致沒有酬賞，雙方進行討論，進展到了最後階段，差不多已可達成協議，西班牙人突然侵入，像獲得全勝般爲所欲爲。後來在布里埃納伯爵駐守的巴爾地區利尼城，被查理五世御駕親征包圍，伯爵的副官貝特耶出城談判，談判還在進行時城市就給攻占了。因而有人說：

無論什麼時代戰勝總是光榮
不管靠運氣還是靠詭計。

——阿里奧斯托

但是哲學家克里西波斯大概不會同意這個觀點，我也是。因爲他說，那些搶著快跑的人，應該把全身力量放在速度上；至於伸手拉住對方，或者伸腿把他絆倒，這都不值得加以絲毫讚賞。

那位偉大的亞歷山大更加慷慨豁達，波呂佩貢向他建議利用黑夜造成的優勢，去襲擊波斯國王大流士，他說：「絕不，偷襲取勝不是我做的事。」「我寧可埋怨命運，而不爲勝利臉紅。」（昆圖斯・庫提尤斯）

他不願在奧羅岱逃跑時把他打倒，
也不願從背後施放冷箭，
他追上他，面對面較量，
不用暗算而用力量戰勝他。

——維吉爾

第七章　我們做的事要從意圖去評判

據說，死亡使我們擺脫一切義務。我知道有人對這句話進行各種不同的解釋。菲利普一世是馬克西米連皇帝之子，或（更顯赫地說）是查理五世皇帝之父。英格蘭國王亨利七世跟菲利普一世簽訂協定，菲利普一世把蘇福爾克公爵交給他（蘇福爾克公爵是亨利國王的仇家，屬白玫瑰家族，逃亡到荷蘭避難），[①]條件是對公爵的生命不加傷害。可是亨利七世臨終時對兒子留下遺詔，他一旦去世就立即處死蘇福爾克公爵。

最近，阿爾布公爵又讓我們看到，在布魯塞爾發生了霍納伯爵和埃格蒙伯爵的悲劇，[②]這裡面有不少引人注目的情節。當初，是在埃格蒙伯爵的承諾與保證之下，霍納伯爵前來向阿爾布公爵投降，埃格蒙伯爵堅決要求首先把他處死了，這樣可以使他免除他對霍納伯爵所作的擔保。死亡似乎沒有使亨利國王擺脫承諾，而埃格蒙伯爵即使不死也算是實現了諾言。

我們無法超越自己的能力與手段去遵守諾言。在這方面，結果與做法完全不爲我們掌

---

① 一四五五—一四八五年間，英國宮廷發生內訌，一方是約克王族，以白玫瑰爲標誌，一方是蘭開斯特王族，以紅玫瑰爲標誌。最終亨利七世所屬的紅玫瑰家族獲勝。

② 霍納伯爵與埃格蒙伯爵，俱曾爲荷蘭的獨立而奮戰，一五六八年六月四日在布魯塞爾被斬首。歌德曾以此爲題材寫過一部劇本。

控時，我們所能掌控的就只有自己的意志了。人的一切責任與規則也就有必要建立在意志上。因此，埃格蒙伯爵，由於實施的權力不掌握在他的手中，他在心靈與意志上還對諾言承擔責任，即使他死在霍納伯爵之後也就無疑擺脫了他的義務。

但是英格蘭國王，原來就沒有遵守諾言的意向，就是等到死後才做出這件不義之事，也無法叫人原諒；同樣不可原諒的是希羅多德家的那個泥瓦工，他一生忠心耿耿，對他的主子埃及國王的寶藏嚴守祕密，卻在臨終前洩露給自己的子女。

我一生就見過不少人僭奪別人的財物而良心不安，立遺囑準備在死後予以糾正。但是這麼一件緊急的事卻遲遲不予以實現，糾正這麼一件傷天害理的事不內疚也無感覺，他們做的事也就無足輕重了，他們務必付出自己的代價。他們所付的代價愈大，愈艱難，也就感到更真誠更深的滿足感。補贖需要心情沉重。

還有一些人更糟，他們一輩子對一位很接近的人懷著刻骨仇恨，至死才表現出來。他們在回憶錄中儘量詆毀，毫不顧忌自己的名譽，更少顧忌自己的良心，即使死亡本身也不能消除他們的憎恨，還要把它的生命延續到自己的身後。這是些不公正的法官，當他們對事情已經不明是非時，還要賴著繼續審判。

我若能夠，會防止自己死後還去說生前沒說過的話。

第八章　論懶散

正如我們看到一些閒地要是肥沃富饒，就會長滿千百種無益的野草；若要加以利用就必須翻地播種，才能對我們有用。正如我們看到婦女獨自就會生育一堆不成形的葡萄胎，若要培育新一代優秀人才，必須接受外來的播種。思想也是如此。如果不讓思想集中在某一事物上，不加指引，無所約束，就會漫無目的地迷失在幻象的曠野中。

猶如水在銅盆裡發顫，
把白日與明月反射，
空氣中亮晶晶，
光芒直逼房間的吊頂。

——維吉爾

騷動中產生的無非是瘋狂與空想：
如同病人的亂夢
充滿顛倒的幻象

——賀拉斯

靈魂沒有既定的目標，就會迷失方向；因爲猶如大家所說的，到處都在也即是到處不在，

馬克西默斯，到處居住也即無處居住。

——馬提雅爾

最近我退隱在家，儘量擺脫雜務，不管閒事，躲著人安度餘生。我以爲最讓我的精神受惠的是無所事事，養氣斂情，全由自己。原本希望這樣會更加輕鬆自在，哪裡知道隨著時間心境愈來愈沉重，愈頹唐。我覺得

無所事事會胡思亂想。

——盧卡努

它反而如脫韁之馬，帶給自己的煩惱，超過專心做事時一百倍；腦海中的念頭怪誕不經，層出不窮，既不連貫也無頭緒；爲了安然觀察這些想法的荒謬詭異，開始把它們記錄在案，以備日後看著自感羞愧。

第九章　論撒謊

說到記憶力，沒有人比我更不適合參加議論了。因爲我頭腦中幾乎不存在一絲一毫的記憶，也不認爲世界上還有誰的記憶比我更糟。我其他方面的品質也低庸平凡。但是我相信我的記性尤爲怪異，實屬罕見，值得一書，讓它揚名於天下。

記性是必不可少的，柏拉圖很有道理稱它爲有權有勢的女神；我生來就有這個缺陷。此外，由於在我的家鄉一個人不明事理，大家就說他沒有記性，當我埋怨說自己記性不好時，還是遭到大家的責怪與懷疑，彷彿我在說自己是個傻瓜。他們看不出記性與聰敏有什麼區別，這更使我做人難上加難。

他們是在錯怪我，因爲從經驗來看，事情恰恰相反，良好的記憶樂意與低能的判斷爲伍。他們還在下面這件事上錯怪我，我這人最看重友誼，因此用這樣的話來責怪我的毛病，這就是說我不講交情了。因爲我記憶不好而說成不夠熱情，這就等於把一個天生的缺陷當作一個良心的缺陷了。他們說，「他早把這件請託的事或承諾的事忘了」、「他從來不會想到朋友」、「他從來想不起幫我個忙去說什麼，去做什麼或者隱瞞什麼的」。確實我這人很容易忘事，但是對於朋友託我辦的事，我不會忽略的。但願大家容忍我的缺陷，不要認爲這是狡猾，狡猾跟我的天性是相互抵觸的。

我還是有所安慰。從這個缺陷我悟出一個道理，去改正很容易在我身上產生的更大缺陷：那就是「抱負」。對於不得不跟外界打交道的人，記性差是一種不可容忍的缺點。自然界進化法則中也有許多例子說明，隨著記憶力的衰退，身上其他的機能會得到加強；我若依靠記憶的好處，就會記住其他人的創造與意見，自己思想與判斷力也會跟隨別人的足跡而人云亦云，毫無活力，與大家一樣，不思自身努力；我說話也更加少，因爲記憶庫比創意庫明顯豐富；如果記憶長期不衰退，我會喋喋不休說得朋友兩耳欲聾，閒談又可增強詞藻修飾的功能，說得更加慷慨激昂，精彩動人。

這眞是無可奈何的事，我曾在好朋友身邊進行觀察。他們的記性好得可把事情完完整整說出來，從開天闢地開始，無關緊要的情境一個不漏，雖然故事不錯，也可講得精彩，要是故事不好，要怪的是他們記憶好，還是他們判斷差。一旦人家開了口，那就很難叫他結束或中斷講話。最佳觀察馬力的辦法，莫過於看牠能不能漂亮地收住腳步。我還看見有的人說話很有分寸，他們就是願意也不能夠剎住話頭。他們尋找機會要把話說完時，還是廢話說個不停，拖拖沓沓像個體力不支要跌倒的人。尤其是老人更爲可怕，往事的回憶抹不去，囉囉嗦嗦說了幾遍又記不得，我就見過有的故事很有趣，在一位領主嘴裡變得很討厭，只因他身邊的人被灌了不下一百遍。

第二個原因，像那位古人說的，也可以少想起受過的侮辱。不然我要像波斯國王大流士那樣舉行一種儀式，爲了不忘記他被俘時受雅典人的侮辱，叫一名宮廷侍從每次在他上桌以後，到他的耳邊唱上三遍：「陛下毋忘雅典人。」而今我故地重遊，舊書重讀，始終讓我有一種新鮮感。

有人說誰覺得自己記性不夠好，那就不要去撒謊，這話不是沒有道理的。我知道語法學家對「說的不是眞話」與「說謊」是有區別的；還說「說的不是眞話」指說的是一件假事，但說的人把它當作了眞事；而「說謊」這個詞的定義在拉丁語（法語源自拉丁語）中，還含有「違背良心」的意思，因而只是指「說話違背自己所知之事的人」，我說的是這樣的人。所以這裡談到的人是那些編造部分或全部故事的人；或者隱瞞和歪曲眞相的人。當他們隱瞞和歪曲什麼時，那就讓他們把同樣的事說上幾遍，這樣不露出馬腳是很難的，因爲事實先入爲主留在了記憶裡，透過意識與認知在腦海中留下印記；而假事在腦海中是留不住的。當你每次要重複一樁事時，當初得知的眞情在腦海中不斷地流過，很難不把那些僞造、虛假或硬湊的事逐漸沖刷掉。

至於徹頭徹尾編造的故事，尤其因爲不存在反證來揭穿事情的虛假，他們以爲有恃無恐，不怕胡說八道。然而也因爲如此，內容既空泛，又不著邊際，若記性不是很牢靠，太容易把它忘了。

我經常見到這樣的事，有意思的是吃虧的總是那些以花言巧語爲常事的人，他們說話隨機應變，時而要做成談判的生意、時而要取悅正在說話的大人物。他們讓自己的信仰與良心服務於千變萬化的情境，語言也時時不同；同一件東西，他們可以一會兒說黑，一會兒又說白；人前人後兩面三刀；把這些人相互矛盾的說法加以比較，這類花招又會怎樣呢？且不說他們經常陷入混亂；他們自己在同一件事上編造了那麼多不同的情節，要有怎麼樣的記性才能記住它們？我看到現時有許多人羨慕這種小心謹愼的聲譽，他們不會認爲是徒有虛名。

說謊的確是一個令人痛恨的惡習。我們只是有了語言才成了人，相互維繫不散。如果對說謊的可惡可怕有所認識，就要對它比對其他罪行更加猛烈譴責。我覺得我們平時對小孩無所謂的錯誤隨意給予很不適當的懲罰，對他們並不造成後果的一時魯莽橫加折磨。說謊本身，稍輕一些的還有頑固，我覺得這些事都必須隨時防止其產生與發展。這些缺點會跟著他們成長，一旦說話不誠實，革除這個習慣就會難得出奇。因此我們看到一些正直人也會積習難返。我的一名青年裁縫，人還不錯，就是我從沒聽見他說過一句眞話，即使對他有好處的眞話也不說。

假若謊言跟眞理一樣，只有一張面孔，我們的關係就會好處理多了。因爲我們就可把與謊言相對立的話看成是正面的。但是眞理的反面有千萬張面孔和無限的範圍。

畢達哥拉斯派說善是確定的和有限的，而惡是不確定的和無限的。走到目標的道路只有一條，走不到目標的道路有千條。但是依靠厚顏無恥和信誓旦旦的謊言，即使會躲過一場明顯的大災難，我也不敢保證自己會說得出來。

從前一位神父說，跟一條熟悉的狗也比跟一個語言不通的人在一起好。「陌生人不被別人當作人。」（普林尼）假話遠比沉默更難與人交往。

弗朗索瓦一世誇口說自己用戳穿的方法把法蘭西斯克・塔韋納逼得走投無路。塔韋納是米蘭公爵弗朗塞斯可・斯福札的大使，能言善辯，他受主子的派遣，就是爲一件後果嚴重的過失來向國王賠禮道歉的。事情經過如下。

弗朗索瓦一世不久前被逐出義大利，但是爲了從義大利，甚至從米蘭公國獲取祕密情報，建議在公爵身邊安置一名貴人，其實是大使，但是表面上保持私人身分，佯裝留下來辦理個人事務；此外，米蘭公爵有許多事依賴查理五世皇帝，尤其因爲他正欲與皇帝的姪女、丹麥王的女兒洛林公爵女繼承人訂立婚約；因此被人發現跟我們還有勾結來往，就要遭受極大的利益損害。有一名米蘭貴族最適合完成這項任務，那就是國王的御廄總管梅維伊。此人帶著大使的祕密國書、指示、其他給公爵的推薦信，以便掩護和僞裝他的特殊使命。但是他在公爵身邊日子太久，引起皇帝不滿；接著發生的事我們認爲一定與此有關。公爵製造暗殺的假象，派人深夜去砍他的頭顱，案件只兩天就予以了結。因爲弗朗索瓦國王已向全體基督教國家的親王和公爵本人發函詢問緣由，法蘭西斯克．塔韋納早已準備了一篇捏造事實、強詞奪理的長報告。

他在一天早晨參加覲見，說明他對事件看法的根據，爲此目的舉出許多表面上合情合理的事實，說他的主子向來把這位貴族看作是以私人身分到米蘭，像其他臣民來辦自己的私事的，他在生活中也從未用過其他身分，甚至否認以前知道他爲法國王室服務，國王也認識他，更不用說把他當大使了。國王說話時，提出各種不同的異議和要求，設下圈套，最終逼著他說出那天夜裡是偷著做那件事的。那個可憐人這下子爲難了，只得如實回答說公爵出於對國王的敬意，不敢貿然在光天化日下處決他。我們大家可以想像，在弗朗索瓦一世這麼精明的人面前，他說話矛盾百出，如何感到無地自容了。

朱利烏斯二世教皇，給英格蘭國王派了一名大使，鼓動他反對弗朗索瓦一世據。[①]大使把他的使命陳述完畢，英格蘭國王在答辭中強調，要對付這麼強大的一個國王，做好必要的備戰工作是有困難的，他還列舉了幾條理由，大使卻不適當地回答說他也曾想到這些問題，並對教皇陳述過。

大使原來的建議是策動英格蘭國王立即投入戰爭，而今這話又離此相去甚遠；英格蘭國王從事後的發現去對照這套論點，不由懷疑這位大使私心傾向法國。教皇得到密報後，大使的財產全部充公，還險些喪了性命。

---

① 《七星文庫・蒙田全集》注解，應爲路易十二。

第十章　論說話快與說話慢

人不是生來都有各種才能

——拉博埃西

因而我們看到，有的人天生好口才，能說會道，就像大家說的出口成章，遇上任何場合都能應付自如；有的人較遲鈍，不事前考慮斟酌就從不說一句話。女士要運動和健美，總是按照她們自身的特長制定規程；同樣、若要我在這兩種不同的口才特點方面提出看法，我覺得在我們這個時代主要使用口才的是布道師和律師，說話慢的宜於做布道師，說話快的宜於做律師。因爲布道工作允許他有足夠時間準備講稿，然後又毫不間斷地循著思路說完；而律師的職業隨時隨刻督促他如臨大敵，對方無法預料的反駁會打亂他的陣腳，這時他必須隨機應變，尋找新的對策。

克萊芒教皇和弗朗索瓦一世在馬賽會面時，發生了相反的事。普瓦耶先生一生從事律師職業，享有盛譽，負責在教皇面前致辭；他花了很長時間琢磨推敲，據人說，還把講稿從巴黎帶了過去；但是致辭那天，教皇擔心講話中別有什麼冒犯在他身邊出席的各國親王的使者，囑咐國王說一些他認爲此時此地最合適的話。但是恰恰與普瓦耶先生精心準備的內容背道而馳。因此他的講稿就使用不上了，他必須迅速重撰一份。但是他自感無法完成，也就由杜貝萊主教大人代勞了。

做律師要比做布道師難，可是大家認爲——我也是這個意見，稱職的律師比稱職的布道師多，至少在法國如此。

看起來善於思考的人動作敏捷靈活，而善於判斷的人動作緩慢沉著。有的人沒有時間準備就啞口無言，有的人有了時間也不見得會好好說，這兩種人都同樣不正常。有人說塞維呂斯·凱西烏斯即席發言更精彩，他這個才能來自天賦，不單是勤奮，受人干擾時發揮更好，他的對手都怕刺激他，唯恐他發怒時更加能言善辯。

我從經驗上知道，這類天性不會在事前深思熟慮。若不讓恣意發揮，就談不出有價值的東西。我們說有的作品艱難深奧，看得出是日以繼夜、嘔心瀝血完成的。但是另一方面，對於自己的工作患得患失、心靈上過於緊張束縛，也會挫傷、阻礙和損害這份天性，猶如洶湧激盪的水流找不到寬闊的河口傾瀉而過。

我所說的這種天性，還會出現這樣的情況，它不能受到強烈情欲的刺激和震撼，如凱西烏斯的怒火（因爲這感情會過於激烈），它需要的不是激怒，而是誘發，需要外界、現實和偶然的事件來振奮和甦醒。沒有這一切，只會無精打采，拖沓慵懶。激動是它的生命與聖寵。

我對自己的脾性也很少自制力。偶然因素更容易左右我。用心思、動腦筋，不及機會與夥伴的出現、甚至自己聲音的變化那樣使我有主意。

若對不講價值的東西也加以比較的話，語言比文章更有價值。

我就是遇上這種情況：苦思苦想找不到要說的話，信手拈來反而表達得更加傳神。書寫時會出現一些妙句。（我的意思是，在別人看來很平凡，對我自己已夠琢磨。別提那些客套話了，每個人都是根據自己的能力來說的。）抓不住中心後，壓根不知在說些什麼，經常還是旁人在我之前明白我的意思。我若把這種情況下寫的這些話刪去，整篇就會絲毫也不剩下。幸而白天有的時候，我寫的東西比中午的太陽還要明白，讓我也奇怪自己在猶豫什麼。

第十一章　論預言

早在耶穌基督出世以前很久，神諭已開始失去威望，這是可以肯定的，因爲我們看到西塞羅著力探討神諭衰落的原因：「爲什麼在德爾斐島上，不但現在，而且很久以來，從不見神諭靈驗，還有什麼比它更受輕視呢？」（西塞羅）

至於其他占卜形式，有的來自祭神儀式上禽獸骨骼解剖（柏拉圖認爲人對動物肢體結構的知識部分有賴於此）、雞的顛足、鳥的飛翔（西塞羅說：「我們認爲有些鳥生來就是占卜用的。」）、打雷、河流改道（腸卜師預見許多事，占卜也預見許多事；許多重大事件是由神諭宣布的，許多是占卜，許多是托夢，許多是奇觀。——西塞羅）。這種種都是古人處理大部分公事和私事作爲依據的活動，而我們的宗教把它們全都廢除了。然而在我們中間還留下一些依照星辰、神鬼、身體外形、夢和其他的預卜方法——這是人天生強烈好奇的明顯例子，高興爲未來的事操勞，彷彿當前的事卻用不著花多少心思去解決似的。

奧林匹亞的神，爲什麼要世人愁上加愁，
用凶兆宣布他們的不幸？
讓你策劃的計謀出其不意襲擊！
讓他們的靈魂對未來的命運一無所知！
讓他們身處恐懼中也懷著希望！

——盧卡努

「知道前途毫無用處。徒勞無益地折磨自己實在可憐。」（西塞羅）儘管如此，占卜的權威大不如前了。

這說明爲什麼法蘭西斯・德・薩呂佐侯爵的例子，在我看來很有意義。他是弗朗索瓦一世在阿爾卑斯山的駐軍司令，極受朝廷寵倖，尤令他感激的是他的侯爵領地原是他兄弟的，充公後國王再賜給他。其實他並不想乘機背叛，況且這在他的感情上也是抵觸的，據稱他是被當時流傳四方的預言嚇著了，都說查理五世皇帝必勝，而我們必敗。

即使在義大利，這些瘋狂的預言也迅速傳播，以致在羅馬聽到我們即將垮掉，銀行裡大筆的錢進行兌換。他私下對朋友談到他的悲哀，在他看來法國王室和他的朋友將不可避免地遭受厄運，他叛變了，改旗易幟了。不管星象是怎麼說的，他已大難臨頭。

不過，他的行爲像個內心充滿感情衝突的人。因爲城市與軍隊都掌握在他的手中，安東尼奧・德・萊瓦率領的敵軍離他僅咫尺之遙，而我們對他的行爲毫無察覺，他本來可以對我們造成更多的傷害。然而，儘管他變節，我們並沒有損失一兵一卒，也沒有失去城市，除了福斯諾，這是在爭奪很久後陷落的。

神藉口未卜先知，
把未來掩藏在黑影裡，
嘲笑世人

毫無緣由地過於慌張。
眞正有主見的人這樣，
他過一天說這一天：「是我親身的經歷！」
根本不管什麼明天、天父
在空中布滿暴風驟雨，
還是燦爛陽光！

——賀拉斯

樂於享受現在的靈魂
絕不會爲今後操心。

——賀拉斯

誰相信下面這句相反的話，誰就錯了：「他們的論點是：有了占卜，就有了神；有了神，就有了占卜。」（西塞羅）帕庫維尤斯說的話要聰明多了：

精通鳥語的人，
了解動物肝臟多於了解自己內心，
我可以聽他們，但不能相信他們。

舉世聞名的托斯卡納占卜術是這樣產生的。一個農民犁地很深，挖出了半神塔霍，他有一張孩子的臉，但有老人的智慧。大家聞訊而來。他的智慧的話被蒐集下來保存了幾個世紀，這些話包含了占卜術的規則方法。什麼樣的時代編什麼樣的故事。

我寧可擲骰子也不願用這樣的夢囈來處理自己的事務。

說來也怪，任何國家都對命運予以極大的關注。柏拉圖任意虛構他的國家組織，讓許多重大問題都由占卜來決定，特別提到在好人之間抽籤締結婚姻，他對偶然選擇的結合那麼重視，甚至提出只有他們生的孩子才有資格歸共和國撫養，而壞人的後代則逐出國門。然而，被驅逐的兒童中有人在成長過程力求上進，可以把他召回；留在本土的兒童在少年時期沒有出息，也可把他放逐。

我看到有的人研究和注解曆書，常用發生的事來證實它的權威性。曆書裡什麼都說，眞話、謊話都包含在內。「成天抽籤的人，哪能不抽中一次呢？」（西塞羅）看到偶然說中了，並不能使我對他們有更好的看法；反而更可肯定的是他們今後只會振振有辭說假話。此外，也沒有人記錄他們說錯的預言，因爲天天發生，記不勝記。正確的預言確實需要宣揚，因爲太少、太不可相信、太令人驚異了。

迪亞戈拉斯外號叫無神論者，他在薩莫色雷斯島，有人給他看許多海難倖存者在萬神殿的許願和許願圖像，再問他：「您認爲神對凡人的事漠不關心，可是有那麼多的人受恩寵而得救，您有什麼說的呢？」「確有這樣的事」，他回答說，「沒有留下圖像的溺水者，數目遠遠要多得多。」西塞羅說，在所有相信神存在的哲學家中，唯有克羅封的色諾芬尼曾經試圖消除一切形式的占卜。我們看到那些親王有時還不顧威望，去迷戀這樣虛無荒謬的事，也就不足爲奇了。

我十分高興親眼領略了這兩部奇書：加拉布里亞教士約希姆的書，他預言未來的教皇、他們的名字和爲人；另一部是利奧皇帝的書，預言希臘的皇帝和主教。然而我眼裡看到的則是下列的事，當人在社會動亂中遇上厄運，必然會走向迷信，向老天和前世去尋求他們不幸的原因。到了今日，他們做得那麼成功，說服了我，這猶如頭腦靈活但又無所事事的人的消遣，精於奇門遁甲的人，反覆揣摩，在任何書寫的文字中，總能找出他們所需要的東西。作者高明之處是使用的語言晦澀難懂，夾雜怪異曖昧的術語，從不給予任何明確的意義，以便後世人能夠按照自己的意思來理解。

蘇格拉底所說的魔鬼，可能是某種意願的衝動，從他的內心生出，不需要任何理性的解釋。事情可能是這樣，像他這樣的一顆靈魂，終日在考慮智慧與道德，早已得到淨化，非常可能是他的傾向儘管大膽唐突，還是值得重視，可以作爲借鑒。

每個人都會感到在心中存在某些衝動的魔影，會急於提出直接、熱烈、意料不及的意見。我必須對這些事看得很重，雖然我對人的智慧看得很輕。這些衝動理性不足，然而在說服或勸說別人時都很急躁，在蘇格拉底身上這些表現得都很平常。幸好我在這方面受到薰陶得益匪淺，或許也可認爲是神明的某些啓示吧！

第十二章　論堅定

決心和堅定的法則，並不是說在能力範圍內不應該進行自我保護，避開威脅我們的壞事和麻煩，也不是不用怕它們突然降臨我們頭上。相反地，任何光明正大保護自己不受侵犯的手段不僅是允許的，還應該予以讚揚的。講究堅定，主要是耐性忍受那些對之無可奈何的不幸，從而利用身體的靈活，揮舞手中的武器，若能保護自己不受襲擊，都是好的。

許多好戰的民族在戰鬥中還把逃跑作爲主要的戰略戰術，把背朝向敵人其實要比把臉朝向敵人更加危險。

土耳其人還多少保留了這種做法。

柏拉圖筆下的蘇格拉底就嘲笑拉凱斯，把「堅定」定義爲「面對敵人堅守陣地」。他說：「這樣說來，走出陣地打擊他們就是怯懦了嗎？」他還引用荷馬如何頌揚埃涅阿斯的逃跑戰術。後來拉凱斯改正錯誤，同意斯基泰士兵，最後在騎兵中都採用這個戰術；蘇格拉底又向他提出斯巴達步兵的例子，斯巴達這個民族尤其擅長守住陣地戰鬥，在爭奪普拉提亞那天，攻不破波斯人的方陣，用計把兵力分散往後退，同時放出風聲要全面撤兵，誘使對方走出方陣前來追趕。用這樣的方法他們才贏得了勝利。

談到斯基泰人，有人說大流士要去征服他們時，多次斥責他們的國王見到他總是向後退，避免爭鋒。安達蒂爾蘇斯——這是他自稱，對此回答說，這既非怕他，也不是怕其他活人，但是這是他的民族行軍的方式，他們沒有耕地、沒有城市、沒有房屋需要保衛，不用擔心敵人加以利用；如果他眞的急於跟他打仗，那就叫他走近來看看他們祖先的葬身之地，他也可以對他們聊上幾句。

然而在炮戰時，人正處在大炮射程之內，這在戰爭進行時常有的事，讓他在炮彈落地開花前躲躲閃閃就不妥當了，炮彈的威力與速度使我們無法避開。但是還是有不少士兵或者舉手、或者低頭來躲，這不免引起同伴的嗤笑。

查理五世入侵普羅旺斯向我們進攻時，瓜斯特侯爵去阿爾城偵察，他挨著一座風車靠近去，露出身子正被德·博納瓦和駐阿讓的司法總管兩位大人發現，他們正在競技場的舞臺上散步。他們把侯爵指給炮兵指揮德·維利埃大人看，他立即轉過長炮，要不是侯爵看到有人裝彈藥，滾在地上，想必身上要中彈了。

同樣好幾年前，洛倫佐·德·美第奇，烏爾比諾公爵，卡特琳·德·美第奇王太后的父親，圍困義大利要塞蒙多爾夫，人稱維卡利亞的土地，看見有人正在給一座瞄準他的大炮點火，撲倒在地幫了他的大忙。不然這枚炮彈不只是在他頭上擦過，而是打中他的腹部。

說實在的，我不相信這些動作是有理智支配的，事實那麼突然，您怎麼評斷瞄準的高低呢？還不如相信驚慌中靠命運幫忙，因爲下一次同樣的動作會讓他們躲過炮彈或挨上炮彈。

如果沒有一點預料時，槍聲突然在耳邊響起，我禁不住會發抖；我見過比我勇敢得多的人也會這樣。

即使斯多葛派人也不認爲他們賢人的靈魂能夠承受最初突如其來的幻影怪像，認爲他們聽到比如說晴天霹靂或者坍塌巨響，會嚇得臉色蒼白、肢體抽筋，這都是生理本能。其他激情也是如此，只要他的理智安全無損，他的判斷不受任何打擊和影響，不被痛苦和驚嚇所壓倒。對於不是賢人來說，第一種反應是一樣的，第二種反應則有所不同了。因爲激情留下的印象對他來說不是停留在表面，而是深入內心，毒害和腐蝕他的理智。他根據主觀經驗進行判斷，難以擺脫。從這位斯多葛賢人的這句話可以充分理解他的心態：

他心堅如鋼鐵，熱淚依然流。

——維吉爾

這位逍遙派賢人不缺乏激情，但是他會加以節制。

第十三章　王者待客之禮

在這部大雜燴裡，任何題目都不嫌瑣碎，可占一席之地。

按照習俗，一位平輩，尤其是一位重要人物，事前告訴你要來造訪，來了你卻不在家等候，這是個極爲失禮的行爲。在這方面那瓦爾的瑪格麗特王后說，對於一位貴族，不論客人如何尊貴，不能像現在經常的做法，走到街上去迎接他，這極爲失禮；爲了表示尊敬與客氣，除非怕他找不到路，要等在自己家裡接待，在他離去時送一送也就可以了。

而我經常忘記這兩種虛禮，在家裡從不講究任何規矩。若有人感到冒犯，我做什麼呢？寧可我冒犯他一次，也不要我天天受冒犯；這將會是沒完沒了的受罪。如果在自己的窩裡也受這樣的奴役，那擺脫宮廷生活的束縛又有什麼意義呢？

這也是大庭廣眾與人相處的共同規則，就是地位稍低的人先到場，地位稍高的人則讓別人等待片刻。可是克萊芒七世教皇與弗朗索瓦國王在馬賽會晤時，國王命令做好一切接待工作，然後離開馬賽，讓教皇有兩三天的餘暇進城安頓，然後他再來會見教皇。同樣，當教皇與查理五世皇帝在布洛涅會談時，皇帝有意讓教皇先到，接著他才來。

據他們說，親王們約會都是這樣安排禮節的，尊貴者要比其他人，甚至是約會地點的主人，先到約會地點。從這個做法來看，是表示地位較低的人去找尊貴的人，因而他們造訪他，而不是他造訪他們。

不但每個國家，而且每個城市和每個行業都有它自己的特殊禮儀。我童年時受過周到的禮儀教育，我又生活在有教養的人中間，當然熟悉法國各種規矩，還可以身傳言教。我喜歡遵守這些規矩，但是不能在日常生活中處處受拘束。有些是繁文縟節，若是有意而不是因爲不懂而不去遵守，依然還算是從容有禮的。我經常看到有的人過分有禮，反而成了無禮的人；過分客套，反而成了討厭的人。

總的說來，人與人相處是一項非常有用的學問。就像文雅與美麗，都有助於交際與熟悉的最初接觸；從而向我們敞開大門，向其他人的楷模行爲學習，若學到了有所啓發和値得交流的東西，也可培養自己成爲別人的楷模。

第十四章　善惡的觀念主要取決於我們自己的看法

古希臘的一句格言說，人不是受事物本身，而是受自己對事物的看法所困擾。如果這個論點可以到處通行，這對人類不幸的處境極有裨益。因爲，如果說壞事只是由於我們的判斷而出現在我們中間，那麼我們也就有能力去對它們不屑一顧或避凶趨吉。如果事物可以由人支配，爲什麼就不能掌握它們，爲我所用呢？如果我們心中的惡與煩惱，本身不是惡與煩惱，只是來自於我們任意對它們的定性，那也由我們來改變吧！

如果不受任何束縛作出選擇，還讓自己終日煩惱不已，被疾病、貧困、嫌棄弄得愁眉不展，我們眞是蠢得出奇了；我們可予以樂觀對待，命運僅是提出內容實質，形式則可由我們確定。那樣，我們所稱的惡事，本身不是惡，哪怕就是惡，至少也可由我們使其不成爲惡，因爲原來就是同一回事，從另一個角度和體會來對待罷了。

如果我們害怕的事物從本質上說，都是我們無可奈何要接受其支配時，那麼大家都是一律待遇。人人屬於同一物種，程度上雖有不同，都具備同樣用於思考與判斷的機能和天賦。但是我們對同樣的事物有不同的看法，清楚說明事物進入我們內心經過重新組合。縱使有一人接受了事物眞正的本意，還是有千人會給予它一個新的相反的歧義。

我們視死亡、貧困、痛苦爲大敵。

有人稱死亡爲怕中之怕的一件事，不是還有人說它是苦難人生中的唯一避風港嗎？大自然的善良主宰？自由的唯一支柱？醫治百病的速效醫方？有人等著它來心驚膽戰，有人覺得它比生還更好受些。有一人抱怨死亡來得太容易：

死神啊，但願你放過懦夫吧！
只向勇士索取生命的代價！

——盧卡努

且不說這些光榮的勇氣。狄奧多羅斯面對以死亡相威脅的萊西馬庫說：「你再厲害，也不過是斑蝥一刺！」大部分哲學家不是對死亡早有準備，就是加快促成死亡的到來。

大家幾曾看到多少普通人，像蘇格拉底一樣走向死亡，不是一般的死亡，而是摻雜恥辱，有時甚至怨憤的死亡，那麼從容不迫，或出於頑強、或出於磊落，跟平時一樣神態自如，處理家事、囑咐朋友、唱歌，向大眾宣傳主張相互交談，有時甚至談笑風生，向相識的人敬酒。有一人要被押往刑場，還提出不要走某條路，因爲很可能有一位高人來揪住他的衣領討一筆舊債。還有一人對劊子手說不要碰他的脖子，他怕癢，會顫得笑了起來。還有人聽到懺悔師說他那天可以與天主一起用餐，對他說：「您自己去吧！因爲我守齋。」另一人要求喝水，見劊子手喝了再給他，就說不願意在他後面喝，怕傳染梅毒。

大家都聽說過庇卡底人的故事，他已上了絞刑架，有人帶來一個少婦（我們的法律有時允許這樣做），他若娶她，就可以赦免不死。他對她細看了一會，發現她走路跛腳，就說：「套繩子吧，套繩子吧，她是個瘸子！」

據說同樣在丹麥，有個人被判斬首，已上了高臺，有人向他提出同樣的條件，被他拒絕，只因爲送來的那個姑娘臉太扁、鼻子太尖。圖盧茲的一個僕人被人控爲異端，說他這樣信仰的唯一理由是參照了他的主人、一個與他同牢的青年學者的信仰而來的。僕人寧可去死也不聽信他人說主人犯了教規。我們還讀到阿拉斯人的故事，當路易十一攻下該城時，許多市民就是吊死也不願喊：「國王萬歲！」

在納森克國，即使今日還是，教士的妻子要隨同死去的丈夫活埋。其他婦女則在丈夫葬禮上活活燒死，不但要神色平靜，還要高高興興。當國王駕崩火化時，他的所有後妃、寵姬，一大批官員奴僕，興高采烈撲向火堆，跳入火中，他們覺得給先王伴駕是極其光榮的事。

在阿諛奉承的弄臣中間，有人臨死前也不放棄裝瘋賣傻。有一個人，當劊子手要推他時，大叫：「開船啦！」這是他的口頭禪。還有一人躺在火爐前的草褥上，快要斷氣時，醫生問他哪裡痛，他回答：「板凳與火之間痛。」那位神父要給他做終敷儀式，摸到他因病而縮回的雙腳，好塗上聖油，他說：「您可以在我兩腿的頭上找到啊。」那人勸他把自己託付給上帝，他問：「誰上那裡去？」

「上帝願意的話，您不久就可以去了。」另一人回答。

「那我明天晚上到那裡……」

「您要把自己託付給他，您不久就要到了。」

「那樣的話，」那個人說，「不如我自己跟他說吧！」

我聽父親說，最近跟米蘭的幾次戰役中，城市幾次失而復得，老百姓實在忍受不了命運反覆無常，決心不惜一死，盛傳至少有二十五個家族族長在一周內自殺身亡。克桑西城也發生相似的事，在布魯圖斯圍城時期，城裡人不論男女老幼，紛紛衝出城門，懷著那麼急切的欲望，只會做一切去找死，絕不做什麼去偷生；以致布魯圖斯好不容易才救出一小部分人。

任何觀念都很強烈，讓人不惜一死也願意去接受。在米底亞戰爭中，希臘人立下和遵守的莊嚴誓言，第一條就是每個人願意以死亡換取生命，也不以希臘法律換取波斯法律。在土耳其與希臘的戰爭中，我們看到多少人寧可接受殘酷的死亡，也不願放棄割禮而改行洗禮？

這說明沒有事情是宗教做不到的。

卡斯提爾國王把猶太人趕出國土，葡萄牙國王若昂二世向他們出讓避難所，一人收八埃居，約定在某天要離開；他答應提供船隻把他們運往非洲。到了約定日子，不服從的人淪為奴隸，但是船隻提供不足，上了船的人受到水手粗暴虐待，除了各種各樣侮辱以外，還有意在海上戲弄他們，船一會兒往前，一會兒後退，直至他們吃完隨身所帶的乾糧，被迫向水手購買，價格昂貴，行期拖延又長，當他們終於上岸時，除了身上的襯衣以外已一無所有。

這一非人待遇的消息傳到還在陸地上的人的耳朵裡，大多數人決定做奴隸，一部分人做出樣子要改宗。

曼努埃爾一世繼承王位，首先讓他們恢復自由，後來又改變了主意，限定他們時間離開，指定三座港口供他們出海。據近代最傑出的拉丁歷史學家奧佐里烏斯說，國王讓他們恢復自由，卻沒能叫他們皈依基督教，於是希望他們像同胞那樣走上艱難的旅程，遭受水手的掠奪，離開他們習慣奢華生活的故鄉，到異鄉僻谷去過日子，這會使他們回心轉意。

但是他哪裡知道，那些猶太人都決心渡海，他又撤去他已答應的兩座港口，讓旅程的時間長而不便，促使有的人重新考慮；還把他們集中在一個地方，以便更容易實施他已擬定的計畫。這就是他下令從父母手裡奪走全體十四歲以下的兒童，送他們到看不到、接觸不到的地方，在那裡讓兒童接受我們的宗教教育。他們說這種辦法造成的景象慘不忍睹。父子親情，再加上對他們古老信仰的熱誠，對這個粗暴的命令進行抗拒。到處可見父母自殺身亡，更爲可怖的是在愛心與同情的衝動下，把他們的孩子推入井內逃避法律。這時他給他們預設的期限已到，還是沒有其他解決方法，他們又淪爲奴隸。一部分人做了基督徒。至今一百年過去，儘管習慣與時間長久會比任何壓制更叫人俯首貼耳，還是很少葡萄牙人相信這些猶太人及後裔改宗。「多少次不但我們的將領，還有全體士兵，奔向肯定的死亡！」（西塞羅）

我自己就有一位好友，他視死如歸，在他心中有一種眞正的熱情根深蒂固，我用種種理由也無法說服他打消念頭；一旦戴著榮譽光環的死亡機會降臨，他如饑似渴投身過去。

在我們這個時代也有許多例子，大人甚至孩子害怕些許的挫折就不惜一死。對於這樣的事，一位古人說：「懦夫選擇作爲避難所的地方我們也怕，那還有什麼我們不怕的呢？」

不同性別、不同學派中都有各種各樣的人，在較爲太平的年代平靜等待或者有意尋找死亡，尋找不但是爲了逃避今生的痛苦，還爲了逃避今生的滿足；還有人希望來生過得更加美滿，對這樣的人我是說也說不完的。因爲比比皆是，說實在的我還不如輕輕鬆鬆給貪生怕死的人列個清單呢！

且說哲學家皮浪，有一天在船上遇到大風浪，對周圍最驚慌的人指出，並鼓勵他們要以船上的一頭豬爲榜樣，它毫不在乎風吹雨打。所以敢不敢說我們那麼自豪和尊敬的理智，自詡有了它成爲萬物之靈、眾生之王，其優點就是讓我們在心中產生恐懼嗎？事物不認識時內心恬靜安寧，認識後會驚慌失措，使我們的處境比皮浪的豬還糟糕，那又何必去認識呢？我們獲取知識是爲了謀求更大的利益，而今用來違背自然法則和打亂宇宙秩序，豈不是在毀滅自己嗎？宇宙秩序是要每個人利用自身的工具與手段得到福祉。

好吧！有人會對我說，您的規則適用於死亡，但是對貧困您又有什麼說的呢？還有病痛，亞里斯提卜、希羅尼姆和多數哲學家都認爲病痛是最後的苦難，他們嘴上不說，實際上是這麼認爲的，您又怎麼說呢？波西多尼烏斯患了一種痛苦的急性病，受極大的折磨，龐培來看他，道歉說選擇了這麼一個不合適的時間向他討教哲學問題。波西多尼烏斯對他說：「感謝上帝，還不致讓病痛壓倒我，讓我連哲學也探討不了。」於是他大談蔑視痛苦這個哲學命題，可是疼痛還是不停地發作，使他難以忍受。他對著它大喊：「疼痛，我不說你弄痛了我，你就是發作也白搭。」這則故事被後人傳為佳話，但是對疼痛的蔑視又帶來什麼呢？他只是在口頭上論證，如果這陣陣疼痛沒讓他感覺，為什麼不繼續講自己的課呢？為什麼他認為不把疼痛稱為苦難是件了不起的事呢？

其實這一切並不都出於想像。我們對其他各抒己見，這卻是確鑿無疑的科學在扮演自己的角色。就是我們的感覺也在作出判斷，

感覺若不可靠，理智也就完全不成立。

——盧克萊修

難道我們能叫皮膚相信鞭子抽上來是為了撓癢癢？讓味覺相信蘆薈跟格拉夫葡萄酒一樣味道？皮浪的小豬其實跟我們一樣。它可能不怕死，但是挨了打也會叫也會痛。普天下所有生靈遇到痛都會發抖，難道我們會超越這個普遍天性嗎？即使是樹受到傷害也會呻吟呢。死亡只有透過理智才會感覺，這還是暫態間的行動：

死亡不是過去就是未來，從來不是在現在。

——拉博埃西

死不及等死那麼難受。
——奧維德

成千上萬的牲畜與人寧可死，也勝過受威脅。其實我們說到對死亡的恐懼，主要是恐懼死前常會遭受的病痛。

然而，可以相信一位聖人的話，「死的痛苦全是死後帶來的。」（聖奧古斯丁）而我說的話還更實在，就是死亡前與死亡後都不屬於死亡。我們在爲自己作錯誤的辯解。我從自身經驗覺得，還不如說對死亡不可忍受的想像，才使我們對病痛難以忍受，還由於病痛包含死亡的威脅更使我們加倍的難過。但是理智責怪我們的怯懦，竟會害怕這麼一個突如其來、無從躲避、無知無覺的事情，我們才去找出另外這個更可原諒的藉口。

只有疼痛而無其他危害的病，我們都說是不礙事的；牙痛、風濕痛不管怎樣痛，只要不危及生命，誰把它看成是病呢？那就讓我們假設，我們在死亡中看到的主要是疼痛。就像貧困使人害怕的，也只是一旦擺脫不了貧困，就會受饑渴、冷熱、難眠之苦。

那麼讓我們只談疼痛。把疼痛看作是人生最大的禍害，我是太樂意了；因爲世界上沒有一個人像我那麼害怕疼痛，逃避疼痛。到現在爲止，感謝上帝！還沒有大病大痛過。但是病痛還是在我們身內，即便不能消除它，至少透過隱忍去減輕它。當肉體受苦時，讓心靈與理智保持剛毅。

如果不這樣，我們之間還會有誰去崇尚德行、勇敢、力量、寬宏和決心？如果不去挑戰疼痛，這些品質又在哪裡得到展示？「勇敢者渴求危險。」（塞涅卡）如果不需要露宿野地，全身披掛忍受中午的烈日，吃驢馬肉充饑，看到自己遍體鱗傷，從骨頭裡取出子彈，忍受縫合、燒灼、用導管之苦，又從哪裡去培養超過凡人的優良品質呢？

賢人的教誨就是不要躲避壞事與痛苦，那些有益的事情中愈是艱難的愈值得去做。「尋歡作樂、聲色犬馬是輕浮的夥伴，與它們為伍其實並不快活；處於逆境堅定平靜，經常更為幸福。」（西塞羅）

在這方面不可能去說服我們的祖先，就像在戰爭的機緣中憑武力的征服，不比穩穩妥妥靠計謀的征服更加有利。

愈難實現的德操愈美好。

——盧卡努

此外我們可以聊以自慰的是，從生理上說，疼痛愈強烈時間愈短；疼痛時間愈久也愈輕，「疼痛愈強愈快，愈久愈輕」（西塞羅），你若感覺痛得太過，你就不會痛太久；它不是自己消失，就是使你消失；這兩者到頭來是一碼事。你若對它不能承受，它就把你帶走。「你要記住，劇烈的疼痛會被死亡結束，輕微的疼痛有許多斷續，中等的疼痛我

們能夠應付。可忍受的我們忍受；不可忍受的我們可以像離開一家戲園。離開不愉快的人生躲避。」（西塞羅）

我們所以那麼不耐煩去忍受疼痛，是不善於去發現心靈中的主要滿足，對它沒有足夠的期待，其實它是我們處境和行爲的唯一至高無上的主宰。身體只有一種狀態和一種反應，除了程度上的不同。而心靈多姿多彩、變化無窮。身體上的感覺與其他一切外界事件，不論是什麼樣的，心靈感受後都會作出反應。然而必須對它探討研究，激發它內在的強大活力。任何理智、規章和力量都不能牽制它的傾向與選擇。它具備成千上萬種感應，讓它作出一種最有利於我們太平無事的感應，這樣的話我們不但能夠免受任何衝擊，若適當的話還要歡迎，甚至鼓動衝擊與痛苦。

心靈可以一律從中得到好處。即使謬誤與夢想，也可像一件好事爲它妥善利用，保我們安全，令我們滿意。

不難看到刺激我們內心痛苦與肉欲的是精神的尖刺。動物的精神是封閉的，由身體來表達它們自由與直接的感覺，因而從它們行動的相似性中看到，差不多每個獸種都是一致的。

如果我們不去干擾，讓肢體來自由地支配自己，可以相信我們處境會更好些，大自然會讓它們對痛苦與肉欲有一種適度正確的脾性。

大自然對一切一視同仁，也就不會不恰如其分。可是由於我們已經脫離了自然的規範，任憑自己的想像力恣意妄爲，至少讓我們自救，把想像力朝向愉悅方面發揮。

柏拉圖擔心我們陷入痛苦與肉欲而不能自拔，從而把心靈束縛得不能動彈。而我有相反的看法，這會使肉體與心靈兩下分離。

這樣就像敵人見我們逃跑變得更囂張，痛苦看到我們不寒而慄也更猖狂。誰迎著它不服輸，就會壓下它的氣焰。必須奮起反抗。畏懼退縮，反而受到威脅招致毀滅。身體綳緊了，更勇敢抵擋衝突，心靈也是如此。

但是讓我們談一些更適合我這個心靈脆弱的人的例子，我們從中看到疼痛就像寶石，全憑把它襯托在什麼樣的金屬片上顯得更亮還是更暗，全看我們認爲它多痛就是多痛。聖奧古斯丁說，「他們對疼痛想到多少，也就疼痛多少」。外科大夫的剃刀一劃，我們會比激戰時中了十劍還痛。醫生，即使是上帝，都認爲分娩的痛苦是巨大的，我們奉上了許多儀式，而在有的國家絲毫不當它一回事。

斯巴達婦女我不談，且說隨我們步兵出征的瑞士兵的妻子，您發現有什麼不同嗎？就是看到昨天還在她肚子裡的孩子，今日掛在脖子前，自己跟著丈夫在小跑行軍了。這些冒牌的埃及婦女，沿途接收進來的吉卜賽人——她們自己到附近的河流裡給剛出世的嬰兒和自己洗澡。除了那麼多少女天天都在偷偷懷孩子和養孩子以外，還有那位羅馬貴族薩比努斯的賢淑妻子，爲了他人的利益，獨自生了一對雙胞胎，沒有人幫助，不喊叫、不呻吟。

一個斯巴達男孩偷了一隻狐狸（他們一時糊塗偷了東西，害怕受辱，更甚於我們害怕受罰），把牠藏在斗篷裡，為了不被人家發現，寧可忍受牠在咬他的肚皮。另一個人在獻祭時燒香，炭火跌落到他的衣袖內，為了不驚擾聖事，寧願讓火燒到骨頭。

還看到許多斯巴達人，根據他們的培育制度，只是考驗一下品德，在七歲時經受鞭打，打死也不改變臉色。西塞羅看到他們成群結隊相互拳打腳踢，用牙齒咬，絕不認輸直至昏倒。「習俗從來不曾征服過天性，因為天性是不可戰勝的，但是我們由於好逸惡勞，遊手好閒，毒化了心靈，用成見和惡習又軟化與腐蝕了心靈。」（西塞羅）

每個人都知道穆西烏斯·塞沃拉的故事，他潛入敵營去刺殺敵酋，沒有成功，他想到了一個奇異的方法為自己立威，給國家解圍，向他的謀殺對象波塞那國王坦白了自己的計畫，還說在他的兵營裡還有一大批羅馬人，都像他一樣是這項計畫的同謀。為了證明自己是一條漢子，叫人拿來一盆火，看著自己的胳臂烤焦，直到敵人也看不下去，命令撤走火盆。

還有人在手術開刀時，不是不願放下手中的書不讀嗎？有人不停地盡情嘲笑人家加在他身上的痛苦，惹得給他上刑的劊子手惱羞成怒，發狠對他施加各種各樣酷刑，接二連三，還是不得不承認他贏了，這還是一位哲學家呢！還有凱撒的一名角鬥士，總是臉帶笑容讓人掰開傷口療傷。「哪個平凡的角鬥士發出過呻吟或變過臉色？哪個不論站著還是倒下，讓人見到過畏畏縮縮？哪個倒在地上接受死亡時扭轉過脖子？」（西塞羅）

女人也可在此談一談。誰沒聽說過巴黎一位婦女為了追求肌膚嬌嫩鮮豔，竟願換上一身皮。有的人把自己健康完整的好牙拔掉，只是要使聲音更加溫柔動聽，或者排列更加整齊。這類不怕痛的例子還有多少？她們什麼做不成？她們害怕什麼？只要這樣做了能夠增添美麗。

她們細心拔去白髮，
消除皺紋換上新顏。

——提布盧斯

我還看有人吞沙子，嚥香灰，處心積慮要敗壞食欲胃口，求個臉色蒼白。爲了有個西班牙式的苗條身材，她們不是吃盡了苦頭，束腰夾板，兩側勒緊嵌進了肉裡？是的，有時幾乎昏死了過去。

當代許多國家裡，有人爲了表示言而有信，任意自殘也是很普遍的。我們的國王亨利三世，說了許多他在波蘭當國王時見到當地發生這類轟動的事。但是，我知道在法國也有些男人在模仿，此外我見過一個少女，爲了證明誓言的眞誠與堅定不移，從頭髮上取下簪子，在胳膊上扎了四、五下，扎得皮開肉裂，鮮血直流。

土耳其人爲了情人在自己身上扎個大口子，取了火猛地貼在傷口上，摁上好長時間讓血止住，結好傷疤留下來。親眼目睹的人寫信告訴我，並發誓這是千眞萬確的。爲了幾個小錢，土耳其每天都有人向手臂或大腿上深深捅上一刀。

令我高興的是，這類證人不必往遠處去找，這裡多得很；因爲基督教國家也可向我們提供足夠的例子。在我們的神聖導師作出榜樣以後，許多信徒都願意背十字架表示虔誠。我們從一個非常值得信賴的見證人那裡知道，聖路易國王穿粗布衣服，直到暮年懺悔師才讓他脫下；每星期五他讓他的神父用五根小鐵鍊抽他的肩膀，爲此他總是把鐵鍊放在一只小箱子裡。

威廉，我們最後一位居耶納公爵，是那位把公爵領地納入法國和英國王室的埃莉諾的父親，在生命的最後十二年，長年在教士服下穿一副鎧甲作爲補贖。安茹公爵富爾克徒步走到耶路撒冷，爲了站在主的聖墓前，脖子套根繩索讓兩名男僕鞭打。大家不是還看到，每年聖週五耶穌受難日，各地許多信男信女相互廝打，直至皮開肉綻方才甘休？這類事我已屢見不鮮，沒有好感。有人說，（因爲他們戴面具）有的人是拿了錢在替別人行宗教義務，愈不顧疼痛，說明愈虔誠愈花錢大方。

昆圖斯·馬克西默斯埋葬他的執政官兒子，小加圖埋葬他的已任命大法官的兒子，L·波勒斯幾天內連失二子，都非常鎮靜，臉上毫無喪痛的表情。幾天前，我諷刺過一個人，說他不把神的正義當作一回事。他的三個孩子慘遭橫死，消息在一天內給他送了過來，按照常理這該是一個沉重的打擊，他差不多把它看成爲天賜之福。我也曾失去過兩、三個還在餵奶期的孩子，不是沒有遺憾，至少不十分悲痛。意外事故最令人傷心。我見過許多其他一般的悲傷時刻，若落在我身上，我感覺不會太深；若是以前發生的，我更是置之腦後，這都是大家會痛加指責的，因而我不敢在人前自誇而不難爲情。「由此看出悲傷不存在於天性，而是存在於理念。」（西塞羅）

理念是一個強大的對手，橫衝直撞，沒有約束。誰都想平平安安過日子，哪個人像亞歷山大和凱撒那樣要搞得個天下大亂？西塔爾塞的父親泰雷斯常說，不打仗的時候，他覺得自己跟馬夫沒有差別。

執政官小加圖爲了確保西班牙的幾座城市安全，只是禁止那裡的居民攜帶武器，許多人都自殺了：「野蠻的民族，不認爲人可以沒有武器而生活。」（李維）我們知道又有多少人棄家離開溫柔的生活和眾多的朋友，到無法居住的沙漠去歷險，投身到絕塞草荒的地方，引以爲樂，還怡然自得。

波羅曼奧紅衣主教最近在米蘭逝世；他出身貴族，年富力壯，金玉滿堂，在義大利風氣下原可過上花天酒地的生活，可是他一生艱苦樸素，夏天穿的袍子到冬天還在穿，一張草褥就當作是床；教務以後留下的時間裡，跪在地上孜孜不倦日夜研究，書本旁邊放一點水和麵包，這就是他的一日三餐，其他時間什麼也不吃。

我知道有人獻上老婆而升官發財的，這話一說出來叫許多人聽了吃驚。

視覺若不是最必要的，也至少是最愉悅的感覺，但是我們器官中最有用與最令人快活的是用於生殖的器官。可是不少人對它們恨之入骨，只是因爲它們太令人喜愛了，由於它們的價值與用途而被拋在一邊。有的人剜掉自己的眼睛也是這個道理。

人間最普遍與最有益的看法，認爲子女成群就是福；而我和少數人認爲無子無女也是福。

有人問泰勒斯，他爲什麼不結婚，他回答說不想留下後代。

我們的理念定出事物價值，這從許多事情中都可以看出；我們不是看事物，而是看自己定出價位，那就不妨先看自己。我們不考慮它們的品質，它們的用途，而是我們得到它們所花的代價；彷彿這才是它們的實質，並不是把它們所具有的東西稱爲價值，而是把我們帶給它們的東西稱爲價值。在這方面我承認我們對自己的付出很善於管理。付出多大，就當作多大的付出來使用。我們的理念從不讓它白白流失。金剛鑽的價值在於有人買，美德的價值在於實行難，虔誠的價值在於痛苦，而良藥的價值在於難以下嚥。

某人爲了當個窮漢，把金幣拋入海中，在同一片海面上其他人四處打撈聚錢財。伊比鳩魯說，富裕的本質不是減輕煩惱，而是變換煩惱而已。說實在的，產生吝嗇的不是匱乏，而是富餘。在這個題目上我要說一說自己的經驗。

童年以後，我在三種狀況中生活過。第一階段差不多歷時二十年之久，生活來源很不穩定，依靠別人的施捨賑濟，得過且過，無固定收入。我花錢也按照得到的難易程度，無憂無慮，隨緣而定。我從來沒有活得這樣好過。我也沒有遇到朋友向我關上他們的錢袋，因爲我下決心做到，有事再急也急不過我在定下的期限之前把債還清。朋友看到我爲還債作出的努力，成千次同意我延期再付，以致我以誠實可靠，不欺不瞞回報他們。

從我的天性來說，我覺得還債自有其樂趣，彷彿從肩上卸下一只討厭的包袱，不再是一個受奴役的人。因而我暗喜自己做了一件使別人滿意的正當事。然而那些必須討價還價和編造理由的還債不在其內。這些事我要是找不到別人代勞，也就難爲情地也無禮地儘量拖延，害怕引起爭執，那是我這個脾氣，這個說話方式絕對應付不了的。

我對討價還價深惡痛絕。這完全是一種爾虞我詐、不講廉恥的交易，經過一小時的爭論與砍價以後，總有一方爲了五分錢的便宜做出失信和食言的事。所以我借債經常吃虧，毫無心思登門催討，就寫信碰運氣，這種做法很不得力，也更易遭到拒絕。安排事務，我更高興依靠星辰，也比後來依靠天命和感覺更爲自在。

持家的人大多數認爲朝不保夕的生活很嚇人。首先他們沒有想到大多數人都是這樣過日子的。多少老實人放著安定的生活不過（還是天天有人這樣做），而去追求國王與財富的飄忽不定的寵倖。凱撒投入了全部家產，還欠了百萬黃金的債，爲了去做凱撒。又有多少商人變賣莊園，籌了款子到印度去做生意。

經受多少驚濤駭浪！

——卡圖魯斯

當前做善事的人很少，卻有成千上萬的修道院日子過得舒坦，每天盼望上天垂憐，賜他們糧食。

其次，他們不明白自己依據的這種可靠性並不比風險本身更確定和更少風險。我有兩千埃居的年金，看到貧困依然近在眼前，彷彿隨時會向我撲過來。因爲除了命運會在我們的財富上打開成百個通往貧困的缺口，巨富與赤貧之間經常也是沒有中間地帶的：

> 財富是玻璃做的，發光也易碎。
>
> ——普布利流斯・西魯斯

貧困會把我們的防線與堤壩沖得蕩然無存。我看到形成貧困有千條理由，在富貴人家與蓬門蓽戶都同樣普遍存在；還要說的是單獨過窮日子，還比與富人相處更少不自在。財富來自管理，還多於來自收入：「人人都是自己財富的工匠。」（薩盧斯特）依我看一個煩惱、忙碌、事務纏身的富人比一個單純的窮人更爲可憐。「處在財富中的窮人實在是窮中窮。」（塞涅卡）

最偉大富有的親王常因貧困與匱乏陷入絕境。因爲暴君和不正義的僭奪者搜刮老百姓的錢財，這不是窮途末路中的下策嗎？

我的第二階段是有了錢。我非常吝惜，不多時就積蓄了對我的地位來說是一大筆錢；認爲除去正常開支以外還有剩餘，那才是占有，至於今後期望的收入即使再有把握也不能作爲依靠。因爲我說，我若遇上了某個事故又怎麼樣呢？有了這類不必要的古怪想法，我對什麼都會不必要的精打細算，積錢以防不測。有人對我說，不可預測的事多得不可勝數，我還會回答，防不了全部，防上幾個也是好的。這些事要做就要費好大的心思。我還偷偷摸摸做，我這人說到自己話頭很多，說到自己的錢則謊話連篇，像大家一樣，富的人裝窮，窮的人裝富，心裡根本沒有誠意要談自己有些什麼樣的事。可笑可恥的謹慎。

我出門旅行，總是覺得裝備不夠。口袋裡帶的錢愈多，心裡裝的煩惱也愈多。一會兒怕旅途不安全，一會兒怕送行李的人不可靠，就像我所認識的人，只要東西不在眼前從來不會安心。把我的箱子留在家裡吧！又猜疑、又胡思亂想，更糟的是跟誰都不能說，但會一直惦念。總的來說，守財比掙錢還煩。

上面所說的事就是不做，那麼不讓自己這樣去做也是很操心的。我從寬裕中獲益極少，甚至得不到好處。有了更多的錢可花，花錢也讓我心事重重。正如皮翁說的，不論頭上有毛還是沒毛的，拔掉他一根都是同樣不高興。當你已經習慣把幻想建立在一堆東西上以後，這堆東西已不再爲您服務，你不敢再去觸動它。這就好像是一幢房子，你覺得一碰就會坍塌。逼得你非用不可時才能動它。

從前，還沒到這麼緊迫的程度，我就典當衣服、把馬賣了，現在我絕不會去動我放在一邊的心頭寶藏。危險還在於好不容易給這樣的欲望設定明確的界線（對於心目中的好東西是很難設定界線的），對藏東西的癖好有個限制。東西總是愈堆愈大，愈積愈多，甚至守著自己掙來的財富可憐巴巴地不去享受，只會看管，不去使用。

按照這樣的說法，那麼最有錢的人應該是看管大城市城門城牆的守衛。依我看，有錢的人都是守財奴。

柏拉圖對於人的有形財產是這樣排列的：健康、美麗、力量與財富。據他說，財富不是盲目的，當它受謹愼的指引時，是非常明智的。

小狄奧尼修斯在這方面做得很有風度。有人向他報告，他的一個敘拉古人在地下埋了一筆寶藏。他下命令要他把寶藏帶來，那個人做了，但是偷偷留下一部分，後來攜帶潛逃到另一座城市；在那裡他失去積錢的癖好，開始大手大腳花費。小狄奧尼修斯聽到後，下令把原來獻上的財富還給他，說既然他已學會花錢，很樂意把這筆錢還給他。

有好幾年我就是這樣。我不知是哪個精靈幫大忙，讓我像那位敘拉古人醒了過來，拋棄了這個瘋狂的念頭，出手闊綽去旅行，把這筆儲蓄花得精光。就這樣我進入了第三階段的人生（我怎麼感覺就怎麼說），當然有更多生趣也有更多安排。我做到量入爲出，有時稍微超出，有時稍微多餘，但是兩者相差不多。我過一天算一天，只要足夠眼前的日常開銷也就滿意了。至於特殊需要，那是全世界的物質也是難以解決的。

指望財富給我們足夠的武裝去對付財富，那是痴心妄想。要用我們自己的武裝去抗擊它。意外事件到時候總會來出賣我們。我現在還存錢，這只是爲了近期使用，不是要買對我

無用的土地，而要買樂趣。「不貪求就是財富；不濫花就是收入。」（西塞羅）

我不擔心財產少去，也不想財產增加。「財富的果實在於豐碩，滿足就是豐碩的表示。」（西塞羅）

我特別感到慶幸的是，在生理上開始吝嗇的年紀，把這個缺點改了過來，沒有染上老年人的這個通病——也是人類最可笑的瘋狂。

費羅拉斯經歷過兩種命運，他認爲財富的增加，並不增加他吃、喝、睡眠、擁抱妻子的欲望（反而在肩上增加財務管理的重擔，如同我一樣），決心滿足他的忠誠朋友——一位貧財的窮青年。把他多得花不完的全部家產，以及從他的主人居魯士的賞賜和戰爭中日常聚積的錢財，統統送給他；只要他把他像客人和朋友似的留在家裡，供他平常的一日三餐。後來他們這樣生活，非常幸福，都對地位的變換很滿意。這樣的事我也要鼓起勇氣去模仿。

我還要高度讚揚一位老主教的做法，我看見他把積蓄、收入和投資完全託付給一個選定的僕人或其他人照看，多少年過去一直不聞不問，就像個外人。相信他人的正直，不啻是在證實自己的正直，所以得到上帝的讚揚。我看沒有哪家比他家管得更加有條理、更加穩定。幸福的人就是會把自己的需求，根據他的財富能力安排得恰到好處，不用操心、不用插手，不用爲分配統籌而放下按照自己心意正在做的更合適、更安靜的工作。

富裕與貧困取決於各人的理念，財富、光榮與健康，只是占有者認爲有多美好、多快樂，就是多美好、多快樂。各人好與不好也全憑自己的感覺。不是人家認爲他快樂，而是他自己認爲快樂才是快樂。在這方面，信念才是本質與眞理的依據。

財富對我們既不好也不壞，它給我們的只是物質與種子，我的心靈要強過財富，可以按心靈的要求改變和利用財富，這才是我們處境快樂與不快樂的唯一原因與主導。

外部的附加物有了內部的結構才產生了氣味與顏色，猶如衣服可以暖身，用的熱量不是來自衣服，而是我們自己，衣服用於保暖和儲熱而已。衣服若蓋在一件冷的物體上，對冷也起同樣的作用；冰雪就是這樣儲藏的。

同樣道理，讀書對於懶漢、戒酒對於酒鬼，都是一樁苦事。節儉對於揮霍的人是酷刑、鍛鍊對於虛弱好閒的人是體罰，其他事也一樣。事物本身不是那麼痛苦，那麼困難；但是我們的軟弱與怯懦使事物看來如此。要評判事物偉大高尙，必須有一個同樣的心靈，否則我們把它們看成是卑微的，這卑微來自我們自身。一支直的船槳在水裡好像是彎的。重要的不是看事物，而是如何看事物。

以上說了那麼多道理，從不同方面勸說大家要蔑視死亡、忍受痛苦，爲什麼我們就不去找一個適合我們自己的道理呢？想出那麼多方法去勸說別人，爲什麼每個人不根據脾性選擇一個用於自己身上的呢？要是他不能消化有腐蝕作用的烈性藥去根除病痛，至少他選用鎭靜劑去緩解病痛。「不論對待歡樂還是痛苦，我們總受一種缺乏剛強、沒有價值的偏見支配。當我們的心靈崩潰軟弱的時候，給蜜蜂蜇一下也忍不住要叫喊，最主要是有自制力。」（西塞羅）

目前，我們開口不離哲學，大談痛苦的嚴酷與人性的軟弱。因爲有人強迫哲學回到這些戰無不勝的詭辯上去：若過苦日子不好，那又何苦去過苦日子呢？

人自己有了錯，才會長時期痛苦。

誰沒有勇氣去忍受死亡與生存，誰不願抵抗或逃避，別人又能爲他做什麼呢？

第十五章　無理由死守陣地者必須懲辦

勇敢如同其他品德，都有界線；越過界線，就走上了罪惡的道路；若不知道克制，會從勇敢變成魯莽、固執、瘋狂，到了那時就難以自拔。

出於這樣的考慮，就產生了一條戰爭時使用的慣例，誰固守一座從軍事觀點來說無從防禦的陣地，要懲辦，甚至處死。若不加以懲辦，哪個雞籠子都要用來抵擋一支大軍了。

在帕維亞圍城時期，德・蒙莫朗西陸軍統帥奉命跨過提契諾河，進駐聖安東尼郊區，被一座橋頭堡擋住去路，守兵負隅頑防，攻下後裡面的人全部吊死。還有一次陪同王儲出兵越過阿爾卑斯山，攻下維拉諾城堡，裡面的人都在士兵的狂怒下被分屍，此外守將和旗手也被他下令吊死和絞死，都是出於同樣理由。

馬丁・杜・貝萊統帥當都靈總督時，也在這個地方做同樣的事。S・波尼將軍和他的手下人在城破以後都慘遭屠殺。況且判斷一個陣地的堅固與否，要根據攻守雙方軍力的對比而言，因而有的人堅決抵抗兩座輕型長炮是有道理的，但去抵抗三十門大炮那就是發瘋；還要考慮的是出征親王的威望、名聲、受人尊敬的程度，這就有造成天平向這一方傾斜的危險。

還會遇上這種情況，圍城者對自己和掌握的兵力自視甚高，認爲誰敢於向他們叫陣是自不量力，只要哪裡遇到抵抗就舉起大刀；只要兵運不變就爲所欲爲。東方國家的君主以及他們今日在位的繼承者，自豪、高傲、蠻不講理，在敦促投降的通牒中充滿這樣的威脅。

葡萄牙人入侵印度，在占領地區發現有些邦有這條普遍使用、不容違背的法律，那就是凡是被國王或總督親自征服的敵人，不予以贖身和寬恕的考慮。

因此，首先要儘量避免落入這樣一個以你爲敵、耀武揚威、全身武裝的審判官手裡。

第十六章　論對懦夫行爲的懲罰

曾聽到一位親王、傑出的將領說過，一名士兵不能因喪失勇氣而被處死。他在用餐時聽到德．韋爾萬領主一案，後者因獻出布洛涅而判處死刑。

因軟弱造成的錯誤與因惡意造成的錯誤，中間有巨大的差別，這樣說實在是有道理的。惡意是我們有心鼓動自己違背天性形成的理智規則。至於軟弱，不妨也可拿天性來自我辯護，說是它造成我們這樣的不完美和缺陷。以致不少人想到，只有違背自己良心做事才可以加以責備。這條規則，使一部分人形成這樣的看法，反對對異教徒和無信仰者使用極刑，同樣認為律師和法官不必承擔無知瀆職的責任。

但是，說到懦夫行為，最常見的懲罰是當眾羞辱。據說這條規則最早是由法學家夏隆達斯提出的，在他以前，希臘法律以死處分臨陣脫逃的人。夏隆達斯只是罰那些人穿婦女服裝在廣場中央坐三天，指望他們羞愧後恢復勇氣，還能入伍打仗。「與其讓男人血流在地上，還不如讓他血湧到臉上。」（德爾圖良）

從前，羅馬法律對逃兵也是判以死罪。因為據安米阿努斯．馬西利納斯的敘述，在帕提亞戰役中，有十名士兵衝鋒時轉身往回跑，朱利安皇帝先把他們逐出軍隊，後來據他說根據古法處死。然而另一次，有人犯了相似的罪過，他只是處分他們跟囚徒一起待在輜重部隊。羅馬人對在卡尼戰役中逃跑的士兵，還有在同一場戰爭中隨同執政官法爾維烏斯吃敗仗的士兵，懲罰再嚴也不致把他們處死。

然而有一事必須提防的，羞辱使他們失去顏面，不但會冷漠無情，也會成為敵人。

在我們祖輩那個時代，弗朗傑領主，當過德・夏蒂永元帥的副官，受德・夏巴納元帥派遣，取代杜・呂德大人當富恩塔拉比亞總督。他把富恩塔拉比亞拱手讓與西班牙人，被廢除貴族稱號，他與他的後代都貶爲平民，要繳人頭稅，不准入伍當兵。這一嚴厲的判決是在里昂執行的。後來納索伯爵帶軍開進吉茲時，城裡的全體貴族都遭到類似的懲罰；後來其他類似的事也復如此處理。

然而，如果無知與懦夫行爲過於惡劣或明顯，超出了一般的程度，那時就有理由把它看成是確鑿的證據，說明當事人狡猾和惡意，並以此定罪。

第十七章　幾位大使的一個特點

跟人交流總能有所得益（這是世上最好的學校之一），我在旅途中採用這樣的方法，把話題拉到對方最熟悉的事物上去。

讓水手跟我們只談風，
農夫談牛，軍人談身上的傷痕，
牧民談羊群。

——義大利民謠

但是經常也有相反的情況，有人寧可選擇妄談他人的職業，而不是自己的職業，企圖藉此再給自己帶來新名聲。阿基達默斯對柏利安得的指責可以爲證，說他捨棄良醫的美名，甘當一個平庸的詩人。

還可看到，凱撒談到他在橋梁建築設施方面的創見如何興高采烈，相比之下，談到他的職業軍人生涯，指揮民兵驍勇善戰時，則很含蓄。他的戰績足以證明他是傑出將才，卻要讓人認識到他還是個出色的工程師，這完全是另一種才能。

一位從事法律的人，前幾天由人陪著去參觀一家事務所，滿滿一屋子五花八門的書籍，專業與非專業的都有，他對此卻沒有找機會說幾句。而對拴在事務所螺旋樓梯口的一個屏障設施，卻信口開河誇誇其談；上百名將官士兵天天見到從不發表議論，也不覺得礙眼。

老狄奧尼修斯是卓越的軍事首領，與他的地位很相稱。他刻意向人推薦說自己主要是詩人，其實他對詩一竅不通。

慢牛要馬鞍，小馬想犁頭

——賀拉斯

這樣做事，一事無成。

因此，必須讓建築師、畫家、鞋匠等，各司其職。這裡說到閱讀歷史書，那是人人都會涉獵的，我的習慣是首先注意作者是誰。如果他們以寫作為生，我主要欣賞他們的文筆與語言。若是醫生，我更樂意聽他們說天氣溫度、親王的健康狀況、體傷與疾病；若是法學家，要傾聽他們談司法爭論、法律、制訂法令和諸如此類的事；若是神學家，那是教會事務、教廷書刊檢查制、赦免、婚姻；若是朝臣，那是風俗與禮儀；若是軍人，那是他們負責的戰事，特別是對他們親身經歷的戰事評介；若是外交官，那是折衝樽俎，手段運用。

朗傑領主精於此道，我就非常注意他對往事的敘述，要是換了別人寫這些事我就會忽略過去，他首先談到查理五世在羅馬紅衣主教會議上的出色發言，我們的使節馬孔紅衣主教和杜·維利領主都在場；那次他針對我們法國說了不少難聽的話。主要的有：如果他麾下的將領士兵不比國王的更忠誠、更善於用兵，他本人立即在脖子上套根繩索去向國王求饒（這話聽起來好像他眞有這個意思，因爲同樣的話，他在後來說過兩、三次）。

他還向國王挑戰，脫去上衣，拿了劍和匕首，兩人去一艘船上決鬥。那位朗傑領主接著又說，這兩位使臣火速呈遞了一份報告給國王，隱瞞了大部分事情經過，前面的兩條內容根本提都不提。這麼一位人物，在這麼一個莊重的會議上，發出這樣嚴重的警告，一位使節居然有那麼大的權力，可以不向國王呈報，這使我感到很奇怪。我認爲臣子的職責是把發生的事完整如實地彙報，而讓主人憑此自由地下命令、作判斷、做決策。

因爲對他歪曲或隱瞞眞情，是害怕他做出不該做的事，或促使他採取不利的對策；然而讓人不了解自己的事務，這個權力在我看來應該屬於當權者，不屬於受權者，應該屬於監護人或導師；不屬於不但在權柄上、而且在審愼和計謀上都應自認爲低下的人。無論如何，我在處理自己的小事時，不願意別人用這種方式爲我服務。

我們總愛任意找個藉口不聽指揮或濫用權力。每個人生來愛好自由與權力，因而對於上司來說，爲他服務的下屬必須具有最可貴的品質，就是百依百順。

選擇性服從，而不是等級性服從，會造成指揮不當。P．克拉蘇被羅馬人視爲五次逢凶化吉的福將，在亞細亞當執政官時，寫信給一位希臘工程師，他在雅典看到兩根桅杆，命令他把一根粗的桅杆運去，裝在炮臺設施上。那位工程師以科學爲依據而自作聰明，擅自決定作出另外的選擇，按照他的工程理論，帶了那根使用更方便的細桅杆前去。克拉蘇耐心聽完他的陳述，下令給他狠狠一頓鞭打，認爲紀律的道理比工程的道理更重要。

可是另一方面，也可以認爲這樣一絲不苟的服從，只適用於非常明確具體的命令。使臣肩負的職責更爲廣泛，在許多場合必須用自己的才幹來駕馭。他們不只是執行君王的意圖，也要透過自己的看法幫助君王形成和提出他們各自的意圖。我看到當今一些擔任指揮職務的大臣，被撤職的原因是過於從字義上執行國王的旨意，而不是根據身邊的形勢隨機應變。

善於領會的人還指責波斯國王的做法，他們給手下將官的指示具體而微，不給予任何迴旋餘地，遇上一點小事都要向國王重新請示；在一個幅員如此遼闊的帝國，這樣的耽誤往往對事情造成慘重的損失。

克拉蘇給一位行家寫信，告訴他桅杆打算做什麼用的同時，不是也像在跟他商討，請他發表自己的看法嗎？

第十八章　論害怕

我恐懼，毛骨悚然，說不出一句話。

——維吉爾

我不是個所謂的博物學家，不清楚害怕是透過什麼途徑影響我們的。但是這確是個奇異的情欲，據醫生說沒有另一種情欲更會使我們的判斷失常。確實，我看見過許多人因恐懼而失去理性；情緒發作時，連最沉得住氣的人，也會心慌意亂，驚恐萬狀。

且不說普通人，令他們害怕的，一下子是老祖宗披了裹屍布從墳墓裡走了出來，一下子是出現了狼人、精靈、怪物。按理說，當兵的應該渾身是膽，但是多少次他們不是害怕得把羊群當成了鐵騎兵？把蘆葦稈子當成執鐵杆長矛的軍人？把朋友當成敵人？把白十字當成紅十字？

當德·波旁殿下攻打羅馬時，守衛在聖彼得鎮的一名旗手，一聽到警報嚇得丟了魂，從廢墟的牆洞裡衝出城外，手擎軍旗，直奔敵人而去，還以爲自己正朝著城裡跑哩！德·波旁殿下的隊伍以爲是城裡人往城外衝，排開陣勢來截住他，旗手一見才恍然大悟，扭轉頭往回跑，再從原牆洞鑽進去，剛才已深入戰場三百多步遠了。

當聖波德萊昂從我們手裡被德·布林伯爵和杜·勒殿下奪走時，朱伊爾司令官的旗手就沒有那麼幸運了，他嚇得魂飛魄散，帶了軍旗鑽城牆的炮眼到了城外，被攻城者粉身碎骨。在這同一次圍城中，還值得一提的是一名貴族突然嚇破了膽，全身冰冷直挺挺倒下，死在垛口上，肌膚上無一處受傷。

有時會一群人集體受驚。在日爾曼的尼庫（德魯蘇）跟德國人的一次交鋒中，雙方大軍驚恐之下，逃上兩條相反的道路，都朝著敵軍過來的方向跑去。

恐懼有時會使我們腳跟插上翅膀，如前面兩個例子；有時又會使我們腳背釘上釘子，動彈不得，猶如史書上記載的泰奧菲洛斯皇帝，他在一場輸給亞加雷納人的戰役中，簡直是嚇呆了，竟想不到要逃跑：「驚慌得連逃命也害怕！」（昆圖斯・庫提尤斯）

直至他軍隊中的一位主將馬尼埃爾來拉扯他，才把他像從沉睡中搖醒，對他說：「您若不跟著我，我會把您殺了；您毀了生命，也比您當了俘虜再毀了帝國的好。」

恐懼使我們喪失勇氣去盡責任與捍衛榮譽，然而，恐懼也會顯出它最後的力量，使我們在它的驅使下，奮不顧身地顯示出勇氣。在羅馬輸給迦太基的第一場激戰中，森普羅尼烏斯執政官指揮的一萬名步兵驚慌失措，不知道往哪裡狼狽逃命，反而往對方的大軍衝了過去，奮力突破，殺了大量迦太基人，原本是一次恥辱的逃亡，卻像一場輝煌的勝利，叫敵人付出了同樣的代價。因而我最害怕的是害怕。

因此，害怕的危害超過其他一切不幸事件。

龐培和他的朋友在船上，目睹他的士兵遭到可怕的屠殺，還有什麼感情比義憤填膺更強烈的呢？可是埃及船隻正開始在向他們靠近，他們害怕得氣也透不過來，據史書記載，他們趕快催促水手加快划槳逃命，一直划到了蒂爾才放心，回想起他們遭受的損失，不由號啕大哭、熱淚縱橫，原來都被那種更強烈的感情壓抑在心裡了。

害怕奪去心中一切勇氣。

——西塞羅

在戰鬥中掛彩的人，即使受傷未癒、出血不止，也可以在第二天再送上戰場。但是對敵人膽戰心驚的人，千萬不能讓他們面對面。深怕失去財產、被流放、被壓制的人，終日憂心忡忡生活，食不甘味、夜不成寐；同樣處在這個情景，窮人、流放者和奴隸會經常跟其他人一樣高高興興過日子。多少人忍受不了陣陣襲擊的驚恐而上吊、投河、跳崖，豈不是在跟我們說害怕比死亡還要折磨人，還難以忍受嗎？

希臘人還知道另一種恐懼，不是理性失誤而導致的，而是據他們說沒有什麼明顯的理由，是來自上天的衝動。往往是整個民族和整個軍隊都驚呆了。就像給迦太基帶來絕望哀傷的那種恐懼。到處鬼哭狼嚎。居民從家裡奪門而去，如同聽到了警報，相互苦鬥廝殺，彷彿是敵人來占領他們的城市了。嘈雜混亂一片；最後用禱告和獻祭才平息神的憤怒。他們稱這種恐懼爲中了魔邪。

第十九章　死後才能評定是不是幸福

必須等待他的最後時刻，
死亡與葬禮以前，
誰都不敢說幸福與不幸福。

——奧維德

小孩都知道克里瑟斯國王的這個故事。他被居魯士俘虜，正要處決時，他大喊：「哦，梭倫，梭倫，梭倫！」這句話呈報給居魯士，他問這是怎麼一回事，克里瑟斯透過傳令官說，他以身受的災難證實了梭倫從前對他提出的警告，那就是不論命運女神對他露出多麼美麗的面孔，人絕不能自稱是幸福的，只有到生命的最後一天才見分曉，因爲世事變化無常，稍有波動情況立刻起變化，與以前迥然不同。

有一人說波斯國王幸福，因爲他年紀輕輕就統治一個如此強盛的國家，斯巴達國王阿格西勞斯對他說：「是的，但是普里阿摩斯在這個年紀也沒有不幸福啊！」亞歷山大大帝的繼任者，馬其頓諸王，在羅馬當木匠和筆錄員；西西里的暴君在科林斯做教書匠。龐培，半個世界的征服者，統率過那麼多軍隊的皇帝，卻成了可憐蟲，在埃及國王的一位卑微軍官面前苦苦哀求；這位偉大的龐培煞費苦心才苟延殘喘多活了五、六個月。

在我們祖輩那個時代，這位呂多維可．斯福札，第十任米蘭公爵，長期是義大利全境叱吒風雲的人物，但後來在法國洛什度過了十年最慘的日子，最後瘐死獄中。最美麗的王后，最強大基督教國家國王的遺孀，不是不久前才死於屠夫之手嗎？①這樣的例子舉不勝舉。因爲這好比風雨雷電首先打擊的是建築物上驕傲高聳的屋頂，天上也有神靈嫉妒人間的大人物。

> 冥冥中一種力量仇視人的強大，
> 把執政官的束棒和斧子踩在腳下，
> 當作可笑的玩具。
>
> ——盧克萊修

彷彿命運有時剛好看上我們生命的最後一天，爲了顯示威風，把花費多年心血建成的東西毀於一瞬間；使我們在拉布里烏斯之後叫喊：「顯然，今日是我不該超過壽命多活的一天！」（馬克羅比烏斯）

---

① 指蘇格蘭女王瑪麗·斯圖亞特（一五四四—一五六七）。一五五八年與法王子結婚，王子繼位後不久去世，一五六一年返蘇格蘭親政，因信舊教爲貴族不滿。一五六七年被廢黜，後圖謀奪取英格蘭王位，被英女王伊莉莎白一世處死。

因而梭倫這句金玉良言必須理性對待。但是他是哲學家；對於哲學家來說，命運的恩寵與失寵無所謂幸福與不幸福，榮名與權勢都看得很淡漠。我認爲實際上他看得更遠，要說我們的人生幸福取決於有教養人的安詳和滿足，練達者的果斷與自信，只要一個人尚未演完人生戲劇中的最後一幕——無疑也是最難的一幕，就不應當說他幸福或不幸福。

此外，凡事皆有掩飾。哲學中的漂亮言辭只是讓我們做人體面；而那些意外也沒有眞正刺中要害，讓我們還能保持神色不變。但是在死亡與我們之間這場最後的對手戲，不是裝腔作勢所能對付的，必須實話實說，抖露出罐底裡裝的眞貨色，

> 唯有那時從心底湧出了眞話，
> 面具跌落，露出本相。
>
> ——盧克萊修

這是爲什麼人生中一切其他行爲都必須用這塊最後的試金石檢驗的道理。這是主的日子，這是一切的審判日；一位古人說，這一天對我從前的歲月作出審判。我讓死神來檢驗我的研究心得。我們將可看到我的言論出自嘴皮子還是出自心田。

我看到許多人一生的毀譽俱由他們的死亡來決定。龐培的岳父西庇阿生前沒有好評，但他死得磊落，使聲譽得到了昭雪。伊巴密濃達被人問到，卡布里亞斯、伊菲克拉特與他自

己，三人中他最敬重誰，他答道：「那必須看到我們死後才能下定論。」確實，假若忽略了他死時的榮耀與偉大而去評價他，這個人的聲名必然遜色不少。上帝使他如願以償。

但是在我這個時代，我認識三個最可惡的大壞蛋，對他們的一生深惡痛絕，他們死得卻是規規矩矩，處處無可挑剔。

有的人死得幸運及時。我認識一個人，正當年富力強、青雲直上時，生命之線戛然中斷，依我之見，他的雄心壯志反因不能繼續而顯得更加了不起，他提出了目標，而壯志未酬，留給人們的景仰超過他的預期與希望。他的隕落要比他走完全程獲得更大的威信與聲譽。

在評價別人的一生時，我總是觀察他的結局是如何；我對自己一生的主要關注是活得健康，也就是說平安無事，不聞不問。

第二十章　探討哲學就是學習死亡

西塞羅說，探討哲學不是別的，只是準備死亡。尤因探討與靜觀可以說是讓我們的靈魂脫離肉體而獨自行動，有點像在學習與模擬死亡；或者也可以說，人類的一切智慧與推理歸根結蒂，就是要我們學習不怕死亡。

說實在的，理智不是在冷嘲熱諷，就是把目標定在我們的滿足上。理智的工作，總的是要人活得好，要我們如《聖經》所說的「終身喜樂行善」。世上人人都是這種看法，儘管表達形式各有不同，快樂是我們的目標；不是這樣的看法一出籠就被排斥，若有人說什麼他的目的是讓我們受苦受難，那誰會去聽呢？

在這方面，哲學宗派之間的分歧只表現在口頭上。「別去聽那些美妙的妖言。」（塞涅卡）在這麼一個神聖的學科中不應該有那麼多的頑固與惡言。某人不論扮演什麼角色，扮演的總是他自己。他們不論說什麼，即使談到美德，瞄準的最終目標也是感官享樂。他們聽到這個詞那麼反感，而我偏要在他們耳邊說個不休。如果這個詞意味著最強的歡樂與極度的滿足，那時美德的介入才勝過其他東西的介入。這種感官享樂不論如何縱情胡鬧，粗野強健，也只是更加享樂而已。我們還不如稱爲歡樂，更容易接受、更溫和自然，而不是曾用的「精力」一詞。

另一種感官享樂——若也可用這個好名詞的話——較爲庸俗，也是應該相提並論的，但並不更占優勢。我覺得它不像美德那樣不包含放肆與邪念。除了感受更短暫、更流動、毫無新鮮感，它還有熬夜、挨餓、辛苦和血與汗；此外還有各種各樣的情感折磨，然後再有這種沉重的滿足，這無異於一種受罪了。

我們還大錯特錯地認爲，這些磨難可以成爲溫情的刺激物與調味品，好像大自然中的萬物相生相剋；也不要說當我們轉向美德時，同樣的障礙與困難會壓倒它，使它變得嚴峻、不可接近；而在美德介入的情況下，會使這種神聖完美的歡樂更高尚、更興奮、更昂揚，要勝過低級的享樂許多。

一個人權衡他的所失與所得，不知道美德的溫馨與作用，當然是不配認識這種歡樂的。有人勸導我們說美德的追求艱辛曲折，美德的享受則是愉快的，這豈不是在對我們說它不會令人快樂嗎？因爲哪個人曾有法子獲得過它呢？最成功的人也只是做到嚮往它、接近它，而沒有獲得過它。

但是那些人錯了，要知道追求我們所認識的任何樂趣，這本身就是樂趣；行動包含的樂趣，存在於我們眼前的美好目標，因爲這是與大部分激情共生共滅的。在美德中閃閃發光的愉悅福樂，自有千百條管道小路，引導你進入第一條入口，直至最後一道牆。那時美德的主要好處是對死亡的蔑視，這樣使人的一生過得恬然安逸，讓我們專注於愉悅的享受，若不如此，其他一切享樂都會黯然無光。

這說明爲什麼一切規則都集中和匯合在這個主題上。雖則那些規則也一致認爲要蔑視痛苦、貧困和其他隸屬於人生的遭遇，這在關心的程度上不一樣，因爲有的遭遇不是必然發生的（許多人一生中沒有經歷過貧困，有的還不曾有過疼痛的病患，如音樂師色諾菲呂斯，他活了一百零六歲，身體一直良好），還可以在萬不得已時輕生，把煩惱一了百了。但是死亡本身則是不可避免的。

人人都被推向同一個方向，
我們的命運在缸裡轉動，
遲早會從裡面躍出，
上了船
帶往不歸路。

——賀拉斯

因而，要是死亡使我們害怕，這就成了一個說不完的痛苦話題，而又不能使心情舒解一絲一毫。死亡到處都可以向我們襲擊；我們就會不停地左右窺視，像進了一座疑陣以防不測：「這就像永世懸在坦塔羅斯頭上的岩石。」①（西塞羅）我們的法院經常把罪犯送到案發地點處決，一路上押著他們經過漂亮的房子，讓他們揀好吃的吃個痛快，

① 據希臘神話，他把兒子剁成碎塊祭神，觸怒主神宙斯，罰他永世置於隨時會砸落的岩石下。

……西西里島的盛宴
也引不起他的饞涎。
鳥語與琴聲
都不能使他入眠。

——賀拉斯

不妨想一想，他們能夠高興起來嗎？遊街的最終意圖昭然若揭，就不會敗壞他們領受這一切恩典的興致？

他打聽道路，他掐算日子，
走了多少還剩下多少，
想到眼前的極刑痛不欲生。

——克洛迪安

我們生涯的終點是死亡，我們必須注視的是這個結局；假若它使我們害怕，怎麼可能走前一步而又不發愁呢？凡人的藥方是把它置之腦後。只是愚蠢透頂才會這麼懵然無知！眞是把馬籠頭套在了驢子尾巴上。

因爲他決定了往回走。

——盧克萊修

他經常跌入陷阱也就不足爲奇了。這讓我們這些人一說到死亡就害怕，大多數人像聽到魔鬼的名字一樣劃十字。由於遺囑中必然提到這件事，就別指望在醫生給他們宣讀終審判決以前，他們會動手立遺囑。在痛苦與驚慌之間，他們會以怎樣清晰的判斷力，給你湊合出一份遺囑，只有天知道了。

由於這個詞聽在他們的耳裡太刺激，這個聲音對他們又像不吉利，羅馬人學會了用婉轉的說法來減弱或沖淡它的含意。不說：他死了，他停止了生命；只說：他活過了。只要是「活」，即使過去式也感到安慰。我們的「故人某某」就是從他們那裡借來的。

說到這裡，是不是像俗語說的，時間就是金錢？我生於一五三三年二月的最後一天，是按現行的以正月爲一年之始的年曆來說的。[②]恰好十五天前剛過了三十九歲，至少還可以活那麼久；可是急著去考慮那麼遠的事不是發瘋嗎？但怎麼說呢，年輕人與老年人同樣都會

② 原先以復活節爲一年之始。

拋下生命。剛剛進來的人照樣可以隨即離去。再衰老的人，只要還看到瑪土撒拉。③走在前面，都相信自己的身子還可以撐上二十年。

再說，你這個可憐的傻瓜，誰給你規定了壽限啦？你這是根據醫生的胡說八道，還不如瞧一瞧事實與經驗吧！按照事物的常規，你活到今天已是鴻運高照了。你已超過了常人的歲數。爲了證明這一點，算一算你的朋友中有多少人在你這個年齡以前已經謝世，肯定比達到你的年齡的人要多。再來列一張表，記上一生中名聲顯赫的人，我敢打賭在三十五歲前死的要比在這以後死的多。把耶穌基督作爲人類的楷模，也是十分理智與虔誠的，因爲耶穌在三十三歲就結束了人生。亞歷山大是最偉大的凡人，也是在這歲數去世的。

死亡又有多少種襲擊方式？
時時刻刻需要提防危險，
人是難以預料的。

——賀拉斯

③《聖經·舊約》中人物，據說活了九百六十九歲。

且不說發高燒和胸膜炎病人。誰想到一位布列塔尼公爵會在人群中擠死？我的鄰居克萊芒五世教皇進入里昂也是這樣。你沒看到我們的一位國王在比武遊戲中被誤傷喪了命嗎？他的一位祖先竟會被一頭公豬撞死？埃斯庫羅斯眼看一幢房子要坍塌，徒然躲到空地上，有一隻蒼鷹飛過空中，從爪子裡掉下一塊烏龜殼，把他砸死了。還有人被一顆葡萄核梗死；一位皇帝在梳頭時被梳子劃破頭皮而死；埃米利烏斯·李必達腳絆在門檻上，奧菲迪烏斯進議院時撞上了大門。還有死於女人大腿間的有教士科內利烏斯·加呂、羅馬巡邏隊長蒂日利努斯、曼圖亞侯爵吉·德·貢薩格的兒子呂多維可。

更糟糕的例子是柏拉圖派哲學家斯珀西普斯和我們的一位教皇。可憐的伯比烏斯法官給訴訟一方八天期限，自己卻突然得病，沒有活到那個時候。凱烏斯·朱利烏斯是醫生，在給病人上眼藥膏時，死神來給他閉上了眼睛。我還該說一說我自己的弟弟，聖馬丁步兵司令，年二十三歲，早已顯出大膽勇敢，打網球時球擊中他左耳上方，表面看不出挫傷和破裂，他甚至沒有坐下來休息。但是五、六小時後，他死於這次球擊引起的中風。

這些都是發生在我們眼前的例子，稀鬆平常，怎麼還能夠不去想到死亡呢？每時每刻不覺得死神在卡我們的脖子呢？

你們或許會對我說，既然不管怎樣總是要來的，大家就不用去操這份心了吧？我同意這個看法；若有什麼方法可以躲過死亡的襲擊，即使是藏在一張牛皮底下，我也不是個會退縮回避的人。因爲我只要過得自在就夠了；我儘量給自己往最好方面去做，至於榮耀與表率則不在我的考慮之內。

我寧可被人看成傻子與呆子，
只要我的古怪令我痛快，叫我開心，
也不去當個聰明人憤憤不平。

——賀拉斯

以爲這樣就能做到了這也是妄想。他們來了、他們去了、他們騎馬、他們跳舞，閉口不談死亡，這一切多麼美好。毫不注意、毫不防範，當死亡降臨到他們身上，或者他們的妻兒朋友身上，則悲痛欲絕，搶天呼地，憤怒失望！你們幾曾見過如此萎靡、恍惚，混亂！我們必須及早防範。在一個明白人的頭腦裡，對待死亡時卻像動物似地混混沌沌，我認爲這是要不得的，也會讓我們付出沉重的代價。如果死亡是個可以躲開的敵人，我建議大家不妨拿起膽小鬼的武器。但是既然它是不可避免的，既然退縮求饒和勇敢面對，它都是要把你抓走的，

他對逃跑中的壯漢窮追不捨，
也不放過膽怯的後生

露出的腿彎與背脊。

——賀拉斯

既然沒有鐵甲保護你，

躲在盔甲下也是枉然，

死神會讓他露出後縮的腦袋。

——普羅佩提烏斯

我們必須學習挺身而出，面對著它進行奮戰。爲了打落它的氣勢，我們必須採取逆常規而行的辦法。不要把死亡看成是一件意外事，要看成是一件常事，習慣它，腦子裡常常想到它。時時刻刻讓它以各種各樣的面目出現在我們的想像中。馬匹驚跳、瓦片墜落、針輕輕一刺，立即想到：「要是這就是死亡呢？」這時候我們要堅強、要努力。

歡天喜地的時候，總是想到我們的生存狀態，不要縱情而忘乎所以，記得多少回樂極會生悲，死亡會驟然而至。埃及人設宴，席間在上好菜時，叫人抬上一具乾屍，作爲對宴客的警告。

照亮你的每一天都當作最後一天，
讚美它帶來的恩惠與意外的時間。

——賀拉斯

死亡在哪裡等著我們是很不確定的，那就隨時恭候它。事前考慮死亡也是事前考慮自由。誰學習了死亡，誰也學習了不被奴役。死亡的學問使我們超越任何束縛與強制。一個人明白了失去生命不是壞事，那麼生命對他也就不存在壞事了。可憐的馬其頓國王當了波勒斯・伊米利厄斯的俘虜，差人求他不要把他帶到凱旋儀式上，伊米利厄斯答覆說：「讓他向自己求情吧！」

其實，在一切事情上，天公若不助一臂之力，手段與心計都很難施展。我本性並不憂鬱，但愛好空想。從小對什麼事都沒像對死亡想得那麼多，即使在放蕩的歲月也是這樣。

年少風流，青春歡悅。

——卡圖魯斯

在女人堆裡尋歡作樂時，有人以爲我站在一旁醋性大發，或者抱著希望拿不定主意，其實我在想著今已不知是誰的那個人，他就在幾天前突然發高燒一命嗚呼了；當他離開這樣一次盛會時，滿腦子是閒情、愛欲和好時光，像我一樣，耳邊也響著同樣的話：

好時光即將消逝，消逝後再不回來。

——盧克萊修

這個想法不會比其他事情更叫我皺眉頭。最初想到這類事不可能沒有感觸。但是日子一久，翻來覆去想多了，無疑也就習以爲常了，否則我會終日提心吊膽；因爲從來沒有人會那麼捨棄生命，沒有人會那麼不計較壽命的長短。直到今天爲止，我一直精力充沛，極少生病，健康既沒有使我對生命的期望增大，疾病也沒有使我對生命的期望減少。我覺得自己每分鐘都在逃過一劫。我不停地對自己唱：「另一天會發生的事，今天也會發生。」

說眞的，意外與危險並不使我們更靠近死亡。如果我們想到，即使沒有這樁好像威脅著我們的最大事件，還有成千上萬樁其他事件懸在我們頭上，我們就會明白，不論精力充沛還是高燒難退，在海上還是在家裡，戰場上還是休息中，死亡離我們都一樣近。「誰都不比誰更脆弱，也不比誰對明天更有把握。」（塞涅卡）

去世前我有事要做，即使只需一小時就可完成，我也不敢說一定有時間去做完。日前有人翻閱我的記事冊，發現一份備忘錄，列上我在死後要做的事。我對他實實在在說，那時離家才一里路，還精神十足，心情愉快，匆匆把這些事記了下來，因爲沒把握一定能夠回得到家。我這個人腦子隨時隨地在想東西，隨即把它們記在心裡，時刻作好充分準備；當死亡突然降臨，對我也不算是突如其來的新鮮事。

應該隨時穿好鞋子，準備上路，尤其要注意和做到的是這事只與自己有關。

短短的一生內何必計畫成堆？

——賀拉斯

不算上這件事我們已經夠忙碌的了。有一個人抱怨死亡，只是因為死亡使他功虧一簣，沒有打完一場漂亮的勝仗；另一個人自思自歎，沒把女兒出嫁或孩子教育安排好就會撒手人寰；這人捨不得拋下妻子，那人離不開兒子，這都是人生的主要樂趣。

我現在——感謝上帝——處於這樣的狀態下，可以應召離開，對什麼事都毫無牽掛，雖然對人生尚有依戀，失去它會感到哀傷。我正在給自己鬆綁，已跟大家告別了一半，除了對自己以外。沒有人對離開世界作了那麼乾脆與充分的準備，那麼徹底擺脫一切，如同我正在做的一樣。

可憐啊！可憐，他們說，只要一個凶日

會擄走我在世上的全部財富！

——盧克萊修

而建築師說：

工程未完成，前功盡棄，
牆頭砌到一半，搖搖欲墜。

——維吉爾

凡事不必籌備過於長期的規劃，至少對於看不到其完成的事也保持熱誠。我們生來是爲了行動：

當我死，但願正在工作時。

——奧維德

我願意大家行動，大家儘量延長生命的功能，死神來時我正在園子裡種菜，不在乎它，更不在乎園子還沒種完。我看見過一個人死去，他到了人生關頭，不停地埋怨命運割斷了他手中的歷史之線，他還只寫到我們的第十五或第十六位國王。

> 誰也不能說，對財物的留戀
> 不會在你的殘骸中也存在。
>
> ——盧克萊修

應該擺脫這些庸俗有害的心態。正因爲如此，墳墓蓋在教堂附近，在城市裡人來人往最多的地方，據利庫爾戈斯說，這是讓男女老少不要看到死人而發毛，不斷看見骸骨、墳墓和送靈，提醒著我們什麼是人的處境：

> 古代用殺人給宴會助興，
> 讓武士相互殘殺，
> 身子跌倒在酒杯上，
> 鮮血灑滿宴席。
>
> ——西流斯・伊塔利庫斯

埃及人在宴會結束後，給賓客展示一張死神的巨像，舉像的人對著他們大叫：「喝吧！

玩吧！死後你就是這個樣。」因而我也養成了習慣，不但心裡老惦念著死，嘴邊也叨念著死，無論如何都沒那麼樂意地去打聽人的死亡，他們那時說過些什麼，臉上表情怎麼樣，神態如何；讀史書時也最注意這方面的章節。

我的書裡充斥著這些例子，也可看出我對這些材料情有獨鍾。如果我編書，就要出一部集子，評論形形色色的死亡。教人如何死亡，也是在教人如何生活。

狄凱阿科斯編了一部題目類似的書，但內容不同，不很實用。

有人跟我說，事實遠遠超出想像，當人到了那個地步，劍法再高明也有失手時。讓他們去說吧！事前考慮必定大有裨益。再說，臉不變色心不動，從容前赴，難道不算本領嗎？

況且，大自然會伸出援助之手，給我們勇氣。如果是暴卒，我們來不及害怕。若情況相反，我發覺隨著病情的進展，也自然而然對生命日益蔑視。我發現身體有病時比身體健康時更易下決心去死。尤其我並不眷戀人生的歡樂，理由是我已開始失去享受的樂趣，對死亡也看得不如以前那麼害怕。這使我希望做到離生愈遠，離死愈近，也愈容易實行生與死的交替。

我在許多情況下試驗過凱撒的說法：事物遠看時常比近看顯得大。我發覺自己健康時要比生病時更怕死亡。當我高高興興時，歡樂與力量使我把生與死的狀態看得明顯地不成比例，成倍誇大煩惱以及它們造成的心理壓力，我眞的有病纏身時從來不至於如此。我希望死亡來時也是這樣好心態。

讓我們看一看日常身受的變化與衰退，也好比是大自然悄悄讓我們在不知不覺中衰敗凋零。往日青春年少的活力，在一位老人身上還留下多少？

唉，老人身上還剩下多少生命。

——馬克西米努斯

凱撒有一名衛兵，神情憔悴，在街上向他走來，要求他批准自己去尋死，凱撒看他失魂落魄的樣子，風趣地回答：「你居然以爲自己在活著。」誰要是猝然消失，我相信我們誰都難以忍受。但是我們被它牽著手，從一條感覺不出的斜坡上，慢慢地一步步滑入這種慘境，再與之相適應。所以當青春在我們體內消逝時我們不覺得震動。雖然從本質與實情來說，青春消逝也是一種死亡，要比鬱鬱而死、要比壽終正寢更加嚴酷的死亡。尤其從惡活到不活這個跳躍不是很沉重，還比不得從青春歡樂的人生跌入痛苦艱難的境地。

佝僂的身材背不起重擔，心靈也是如此。必須讓心靈開朗飛揚才能頂住這個死敵的壓力。因爲心靈害怕時就永遠不會安寧。一旦心靈安寧了，它就可以自豪地說焦慮、恐懼、甚至微不足道的煩惱不足以干擾它。這差不多超越了我們人類的處境。

堅如磐石的心動搖不了，

無論是暴君威逼的目光，
亞得里亞海上肆虐的風暴，
還是朱庇特的霹靂掌。

——賀拉斯

心靈就成了情欲與貪婪的主宰，匱乏、羞恥、貧困和其他一切厄運的主宰。誰能夠就應去獲得這種心靈優勢。這才是至高無上的自由，給我們養成浩氣去取笑武力與不公，嘲弄監牢與鐵鍊：

我叫你帶上手銬腳鐐，
交給一個惡吏看管，——神會來救我的。
——你是說：我會死的，以死來一了百了？

——賀拉斯

在我們的宗教中，人最可靠的基礎就是蔑視生命。不光是理智的推理要我們這樣去做：有一件東西失去後不可能後悔，我們又爲什麼害怕失去呢？還因爲我們受到那麼多死亡方式的威脅，害怕一切方式還不如忍受一種方式而少受些痛苦嗎？

既然死亡是不可避免的，什麼時候來也就不管它了吧？當蘇格拉底聽人說：「三十僭主已經判了你死刑。」他回答：「自然法則也會輪上他們的。」

走在擺脫一切苦難的旅程上難過起來，這是何等的愚蠢！

一切事物隨我們誕生而誕生，同樣，一切事物隨我們死亡而死亡。爲一百年後我們不會活著的一切哭泣，猶如爲一百年前我們不曾活過的一切哭泣，都是一樣傻。死亡是另一種生命的開始。正如我們當年哭鬧著到來，正如我們艱難地走進這個生命，正如我們進去時換下了以前的面紗。

凡事僅有一次也就無所謂痛苦。有什麼理由爲瞬息的事去擔那麼長久的憂？活得短與活得長在死亡面前都一樣。對於不復存在的東西，長與短也不存在。亞里斯多德說，希帕尼斯河上有些小動物只能活上一天。上午八點鐘死的屬於青春夭折，下午五點鐘死的屬於壽終正寢。把這段時間的幸與不幸斤斤計較，我們中間誰見了不會嘲笑？我們最長與最短的生命，若與永恆相比，或者跟山川、星辰、樹木甚至某些動物相比，也是同樣可笑。

但是大自然逼迫我們走上這條路。它說：你們怎麼來到也就怎麼走出這個世界。從死到生這條路你們走時不熱情也不害怕，從生到死你們也這樣去走。你們的死亡是宇宙秩序中的一個組成部分；地球生命中的一剎那，

世人之間傳遞生命，

就像賽跑手交接火炬。

——盧克萊修

事物這樣緊密安排，我能為你作出任何改變嗎？這是你誕生的條件，死亡也是你的一部分；你這是在躲避自己。你享受的人生對生與對死均是有份的。你誕生的第一天引導你走向死，也同樣引導你走向生。

第一時刻提供生命，同時也侵蝕生命。

——塞涅卡

誕生時開始了死亡，根源中包含了終結。

——馬尼利烏斯

你生活的一切，是從生命那裡竊取的；你活著是對生命的侵害。你一生中不斷營造的是死亡。當你在生命中，你也是在死亡中。當你不再活著時，你的死亡也過去了。因此，你若更喜歡如此，那麼活過了以後再死吧！可是在生活中你是個垂死的人，垂死的人要比已死的人遭受死亡的衝擊更嚴酷、更強烈、更本質。

你若得到過人生的好處，享盡了歡樂，那就心滿意足地走吧！

爲何不像酒足飯飽的賓客離開人生宴席？

——盧克萊修

你若不曾歡度人生，它對你沒有用處，失去它又有什麼要緊的呢？你留下又做什麼用呢？

必然要失去的時間，一事無成的時間，

又何必苦苦去延長呢？

——盧克萊修

生命本身既不好也不壞：按照你給它什麼位子才會有好壞之分。你若生活了一天，也就一切都看見了。一天與天天是相同的。沒有其他的光，也沒有其他的暗。這個太陽，這個月亮，這些星星，這樣的排列，跟你的祖先欣賞到的一樣，也將讓你的後代同樣欣賞。

你的祖先看到的不是別的，

你的後代也不會看到其他。

——馬尼利烏斯

再差的話，我的喜劇裡每一幕的演員搭配與劇情變化也都在一年內輪轉一遍。如果你注意到我的四季更替，這四季包含了塵世的童年、青年、壯年和老年。它完成它的工作，沒有其他奧妙，只是周而復始，永無止境。

我們繞著我們永遠待著的圈子在轉。

——盧克萊修

一年四季環繞著自己的足跡轉動。

——維吉爾

我絕不會故意給你設計其他的新消遣。

我不能給你有什麼創新，

新的遊戲同老的遊戲一樣。

——盧克萊修

你讓出位子給別人，猶如別人曾讓出位子給你。

平等是公正的主要組成部分。人人逃脫不了的地方你也逃脫不了，這能怨誰嗎？不管你活著還是不活，你不能把你死的時間減少一二。這一切都是徒勞的，你在你害怕的這個狀態裡依然待得這麼長，猶如你在餵奶時死去也一樣，

你就是稱心如意活了幾世紀，
死亡還是千秋萬代存在下去。

——盧克萊修

我將妥善安排你，不讓你有任何怨言，

你知道吧？死亡不會讓
另一個你活下來，站在
你的屍體前哭泣。

——盧克萊修

也不讓你留戀你那麼難捨的生命，

無人會想起他一己的生命，

我們也不會悼念自身傷心。

——盧克萊修

死比無還不值得害怕，還有什麼比無更少的嗎？

在我們看來死亡代表失去，

但已經是無，還能失去什麼呢？

——盧克萊修

這跟你在生時與死時都無關；生時，因爲你還存在；死時，因爲你不再存在。

誰都不會在壽數已盡前去世。你死後留下的時間，正如你生前過去的時間，都不是你的，跟你無關。

從前天長地久的時間，

對我們已了無影蹤。

——盧克萊修

你的生命不論在何地結束，總是整個留在那裡。生命的價值不在於歲月長短，而在於如何度過。有的人壽命很長，但內容很少；當你活著的時候要提防這一點。你活得是否有意義，這取決於你的意願，不是歲數多少。你不停往前走的地方，你可曾想過會走不到嗎？何況條條道路都是有盡頭的。

如果有人相伴可以給你安慰，世界不正是跟你並肩而行嗎？

你的生命結束，萬物跟隨你死亡。

——盧克萊修

不是一切都隨著你搖晃而搖晃嗎？哪有什麼不跟著你一起衰老的呢？成千上萬的人、動物、其他生靈都在你死亡的一刻死亡：

白天接著黑夜，黑夜接著白天，
不會不聽到
葬禮上的哭喪聲
與嬰兒的呱呱聲響成一片。

——盧克萊修

既然身後無路，倒退又有什麼用？你見過不少人很樂意死去，借此結束了莫大的苦難。但是不樂意死去的，你曾經見過嗎？有的事你沒親自經歷過，也沒透過別人體驗過，就加以譴責豈不是太天眞了嗎？你爲什麼要抱怨我和命運？我們錯待你了嗎？是你控制我們，還是我們控制你？你雖說年紀還不大，生命已經到了盡頭。人小與人大都是一個完整的人。人及其生命都不是以尺來丈量的。薩圖恩是掌管時間與生命的神，兒子喀戎聽了他介紹不死的條件後，斷然拒絕永生。

「你可以想像對於人來說永生永世不死，實在比我給他規定的有限人生更難忍受、更艱苦。如果你不會死，你會不停地咒罵我沒給你準備死亡。我有意在死亡中增添了一些悲情，免得你看到死亡來得方便，過於迫切和隨便地去擁抱它。爲了讓你把節制銘記在心，既不逃避生，也不逃避死，這是我對你的要求，我把生與死調節在苦與樂之間。」

「你們七賢中的第一人泰勒斯，我教導他說生與死並無區別；因而，有人問他那麼他爲什麼不去死，他非常聰明地回答：『因爲這並無區別。』」

「水、土、火以及我們這個球體建築的其他要件，既構成你的生命，也構成你的死亡。你爲什麼擔心最後一天？它並不比其他的每一天更促成你的死亡。勞累不是最後一步走出來的，只是在最後一步表現出來了。每天都走向死亡，最後一天走到了。」

以上是我們大自然母親的忠告。我經常思忖怎麼會的，就是戰爭期間，我們在自己和別人身上見到死亡的面目，沒像在家裡見到的那麼猙獰，無從相比，要不又是一大群醫生與哭哭啼啼的人。同樣是死，村民與老百姓心裡要比其他階層的人泰然得多。

我相信實際上還是我們圍繞死者露出可怕的神情，製造陰沉的氣氛，比死亡本身更加嚇人。生活完全變了樣，老母妻兒號啕大哭，驚慌發呆的親友前來弔喪，臉色蒼白、兩眼垂淚的一大群僕人四處張羅，不見日光的一個房間裡點著蠟燭，床頭圍著醫生與教士；總之，我們四周驚恐萬狀。在那時候，我們未死的人也被埋葬在土裡了。孩子看到自己的小朋友戴了面具會害怕，我們也是這樣。人的面具與事物的面具同樣應該摘掉。摘掉以後，我們發現罩在面具之下的這個死亡，跟不久前一名僕人或丫環平平靜靜的死亡並無兩樣。

剷除了這一切繁文縟節，死亡是幸福的！

第二十一章　論想像的力量

「事情來自豐富的想像」，做學問的人這樣說。我屬於很受想像影響的人。人人都會跟想像相撞，有人還被它撞翻。我則被它刺中心窩。我的對策是避其鋒芒，不是擋其去路。我只會跟健康快樂的人交往。看到別人焦慮也會引起我的焦慮，我的感情經常僭奪了別人的感情。

有人咳嗽不止，會鬧得我的肺與喉嚨癢癢的。探望按情分要探望的病人，比探望交情不深、關係不大的病人更不樂意。我琢磨什麼病，就會染上什麼病，驅之不去。有些人讓想像力天馬行空，導致發燒死亡，我也不會覺得奇怪。

西蒙·湯瑪斯是一代名醫。我記得有一天他在一位患肺病的老富翁家裡遇到我，正在跟他討論治療方案，他說其中一個方案是讓我答應高高興興留下作伴，讓他眼睛看著我朝氣蓬勃的面孔，心裡想著我青春煥發的愉悅與活力，借我身上的精氣使他感到渾身舒泰，病情或許會有所好轉。但是他忘了說我的健康或許同時會有所傷害。

加勒斯·維比烏斯研究精神病的本質與規律絞盡了腦汁，結果理智出了問題，再也不能恢復正常，簡直可以誇說自己由於聰明而變成了瘋子。有人嚇得不用煩勞劊子手動手就先完蛋了。有人給人鬆了綁聽到赦令後，一時大喜過望猝死在斷頭臺上。

想像力活躍波動時，我們出汗、發抖、臉色發白髮紅；躺在羽毛床上，覺得身子激動不已，有時甚至爲之窒息。就是在睡夢中，旺盛的青春會使人欲火中燒，也會迷迷糊糊滿足自己的性要求。

彷彿正在雲雨一番，
濃露滴滴弄髒了衣衫。

——盧克萊修

看到有人上床時頭上沒有角，一夜之間長了出來，雖然這也不是什麼新鮮事，可是義大利國王西魯斯一事還是值得一提。他白天興致勃勃觀看鬥牛，整夜做夢自己頭上長了角，後來也靠了想像的力量額上眞的長出角來。

克羅瑟斯的兒子生來發聲極差，父親將死時悲痛倒使他有了好嗓音。安條克看到斯特拉托尼絲的美貌，刻骨銘心想得發了高燒。大普林尼說他看到呂西烏斯·科西蒂烏斯在新婚之日由女人變成了男人。蓬塔努斯和其他人都講述過去幾個世紀裡在義大利發生這類雌雄變性的事。由於他自己與母親的急切願望，

伊菲斯完成了女孩時要做男人的宿願。

——奧維德

經過維特里·勒·弗朗索瓦時，我可以看見一個男子，蘇瓦松的主教給他行堅信禮時取名日爾曼，但是那裡的村民都認識這個人，看著他在二十二歲前都是女兒身，名叫瑪麗。現

在他滿臉大鬍子，蒼老、獨身。據他說，他在跳躍時用了力，男性器官就長了出來。當地女孩子中間至今還流傳一首歌，歌詞中她們相互告誡不要跨大步，怕像瑪麗・日爾曼那樣變成了男孩。這類事雖屬偶然也是常有的，沒什麼奇異。因爲想像若在這方面可以起作用，它連續地強烈地專注在這件事上，爲了不致屢次三番被這種欲望撩得心火上躥，還不如一勞永逸地讓女孩變成男身。

有人把達戈貝爾國王和聖弗朗奈瓦身上的傷疤，歸因於他們的想像——一個害怕生壞疽病，一個思念耶穌受害情景——造成的。有人說身體還可憑想像挪動地方。塞爾蘇斯說到一名教士，他做到靈魂出竅，讓身子長時間不呼吸無感覺。聖奧古斯丁還說出另一人的名字，只要讓他聽到厲聲怪叫，就會昏厥過去，不省人事，任憑別人怎樣搖晃吼叫，指掐火燙都無用，只有等他自己醒來。這時他說自己聽到聲音，像從很遠的地方傳過來，發現身上的掐痕與燙印。他在那個狀態下既無脈息也無呼吸，這說明他也不是有意不顧自己的感覺。

奇蹟、幻覺、魔法和這類奇異功能讓人篤信的主要原因，很可能是來自想像的威力，它對普通人較爲軟弱的心靈產生作用。做到他們深信不疑，自以爲看到了並沒有看見的東西。

這些作爲笑話的新婚夜暫時性陽萎，使我們大家深受其害，見面時不談其他；我依然這樣認爲，其實是受了懼怕與擔心的影響引起的。我有一個朋友，我可以對他像對我自己那樣負責，我從經驗知道，他沒有絲毫懷疑自己有缺陷，也不像中了魔法，只是因爲聽了一位友伴講述恰在最不該遇到的時候遇到了一次意外的陽萎；當這位朋友處在同樣情景，這個故事駭然出現在他腦海中，強烈刺激了他的想像，以致也遭受同樣的命運，此後這個倒楣的回憶揮之不去，使他屢試屢敗，嚴重地困擾他、折磨他。

他找到治療方法，用另一種夢幻代替這一種夢幻。這就是自己事先主動承認和說明有這個缺陷，這樣舒緩了他的心理負擔，若失敗也在意料之中，義務減輕，壓力也隨之卸去不少。當他有機會去選擇一試時，思想輕鬆舒解，身體處於良好狀態，在對方完全知情的情況下他嘗試成功，皆大歡喜，病也就這樣霍然而愈了。

若有一次做成，以後絕不會不成，除非是眞正有障礙。

心靈過度渴望或尊重時，才要在這類事上擔心發生這樣的不幸，尤其在倉促無備的情況下。情急中難以恢復鎭靜。我還知道有人做這事適可而止，讓這份瘋狂的勁頭平靜下來，他隨著年齡增長，由於較少逞能也就較少無能。還有一個人聽朋友保證說，學會了一套魔法對策自能永保青春。這怎麼一回事值得我在此一提。

一位出身名門的貴族，是我的知友，跟一位美貌的女士結婚，那個曾經追求過她的人也參加婚禮。這使他的朋友很爲難，尤其是一位老太太，他的親屬，婚禮由她主持，還在她的家裡舉行，擔心那個客人施展那些魔法；她把心事告訴了我。我請她把這事放心交給我辦。我在珍藏盒裡恰好有一枚扁平的小金幣，上面鐫刻幾位天使，放在頭蓋骨部位，可以防暑止頭痛。把它縫在帶子裡繫住下巴就不致落下。這就是我們談的那個幻覺的偏方。

這個奇怪的禮物是雅克・佩爾蒂送給我的。我想起來就派上了用場。我對伯爵說他可能像其他人要碰運氣，賓客中有人要給他製造麻煩，但是他放心去睡，我做朋友會幫他一把，對於他的需要，我有能力施展奇術，只是他要名譽擔保嚴守祕密；夜裡有人會給他送上宵夜，他若情況不妙只需給我遞個暗號。他到了時候果然精神萎靡、垂頭喪氣，陷入想像混亂，給我送來了信號。

我告訴他，他藉口要把我們趕出去從床上起來，鬧著玩似的剝下我身上的睡袍（我們兩人身材相差無幾），穿在自己身上，直至執行完了我的指令為止。指令如下：等我們走後，他就去解手；把某些禱詞念三遍，做某些動作；每次念的時候，把我交到他手中的緞帶繫在腰裡，注意讓緞帶上的圖像處於某個位置。這樣做完後，拉緊緞帶，不讓它鬆開或移位，他可以放心大膽去做那件事，不要忘記把我的睡袍鋪在床上蓋住他們兩人的身子。

這樣裝神弄鬼具有良好的療效，在思想上不會不去琢磨這麼古裡古怪的做法必然有其神祕的道理吧！空的東西產生實的分量，令人肅然起敬。總之，可以肯定的是金幣上那些文字壯陽的效果要勝過防暑，付諸行動要好於防治。我也是一時高興與好奇才去做這件事，其實與我的眞性情相去甚遠。我反對裝腔作勢、故弄玄虛，憎恨玩弄小詭計來讓大家好玩、給某人出力。行爲雖不惡劣，但做法卻不敢恭維。

埃及國王阿瑪西斯二世娶希臘美女拉奧迪斯爲妻；他在其他一切場合都意氣風發，跟她行房事總是力不從心，認爲這是某種魔法作祟，威脅要殺死她。因爲這類事出於胡思亂想，拉奧迪斯讓他向神求助，國王向維納斯許願，獻祭後的第一夜，他就神奇地恢復正常。

女人不該用小娘兒的爭吵或躲閃的態度來對待我們，這會燃起而又熄滅我們的心火。畢達哥拉斯的兒媳說，女人跟男人睡覺，應該把羞恥心與短裙一起拋開，重新穿起襯裙時再擺出羞顏。求偶者數次受不同的驚嚇，很容易失去心情。想像會使男人感到羞慚（只是最初幾次交歡會有這樣感覺，因爲那時更加熱情澎湃，迫不及待，還因爲初試雲雨尤其害怕失敗），開局不利，這種挫折引起焦慮不安，一直會影響到日後的機會。

夫婦有的是時間，不必要倉促行事，也不必要沒有準備就要一試；新婚之夜充滿激情和興奮，不妨等待另外更爲隱祕平靜的機會，與其出師不利引起驚愕失望而貽害終身，還不如無可奈何地讓洞房之夜虛度。在結合以前，有障礙者必須分幾次試試勃起與送入，不要強求，固執地想證明自己一定是行的。那些知道自己生來器質聽話的人，只需要去拆穿心態的詭計。

誰沒見過這個器官自作主張、不聽使喚，當我們不想做什麼時卻不合時宜地躍躍欲試，當我們最需要時又不合時宜地萎靡不振，強烈否定我們意志的權威，對我們內心的與手工的哀求不屑一顧，就是一個勁兒不接受。這玩意的背叛固然需要譴責，給予量刑，可是若出錢聘我辯護這件案子，我就會懷疑到我們身上的其他器官——都是它的同伴，嫉妒它的用途那麼受重視，那麼受寵倖而懷恨在心，蓄意跟它鬧，串通一起來作弄它，實際上是把大家的過錯不懷好意地怪在它一個身上。

我請你們想一想，我們身上是不是也有一個其他器官，經常拒絕按照我們的意志採取行動，或者經常違反我們的意志貿然行動。每個器官都有自己的情欲，情欲的甦醒與沉睡都不需要我們的批准。多少次我們臉部出現勉強的表情，是在給現場的人洩露出我們內心隱藏的想法。促動這個器官的同樣原因，也在我們不知不覺間促動心、肺和脈絡；看到一件悅目的東西，會在我們體內不察覺地燃起熱情的火焰。難道只有這些肌肉、這些血管既不需要我們的意志掌控，也不需要我們思想承認就會膨脹，就會收縮的嗎？

遇上欲望與恐懼時，我們沒有下命令要頭髮倒豎、要皮膚發顫。手經常自動伸到我們沒送它去的地方；舌頭自會發硬、聲音自會哽咽。甚至沒東西放進油鍋時，我們也樂意節食，吃與喝的胃口不爲所動，還是會牽動所屬器官，不多不少恰似另一種胃口；由著它自己高興，也會把我們撂下不顧。清胃的器官有自己的脹縮規律，不理睬我們的意見；排泄的器官亦復如此。

爲了證明我們意志的絕對權威，聖奧古斯丁聲稱見過一個人，能夠命令他的屁股要放多少屁都可以。聖奧古斯丁的注疏者維維斯，又加上他那個時代的例子，說還有人按照詩歌的音律來放屁的，不要因此設想這個器官會絕對言聽計從；一般說來也有不安分與魯莽的。我還認識一個人搗蛋蠻橫，四十年前他逼他的師傅不停地放屁，不容他喘口氣，這樣把他送上了西天。

為了貫徹意志的權利，我們提出這項責難，但是實際上常可看到意志也有行為不軌，不聽話，揭竿而起造反的呢！難道它總是要我們要迎合它所要的嗎？它不是經常要我們不許它要的，以致造成我們明顯的損失嗎？它會好好聽從我們理智的結論嗎？

最後，我要為我的當事人閣下發言：「請大家考慮這樣的事實，我的當事人的案子跟大夥的關係是密不可分的，鑒於控辯雙方的情況，不把這些論據與責難分攤給上述同伴。而今不分青紅皂白把罪名都扣在它一個頭上，從而控方的敵意與非法性不就昭然若揭了嗎？」

不論如何，大自然根本無視法官與律師在吵架與判決上白費力氣，還是我行我素；讓這個器官擁有一種特權，給世人實行傳宗接代之大業，這實在是太有道理了。就是蘇格拉底也說繁衍生息是神聖的事業；包含愛、永生的欲望和不朽的精靈本身。

可能由於想像的作用，有個人在我們這裡治癒了頸淋巴結核，而他的同伴就沒治癒又把這病帶回了西班牙。①這說明為什麼這類事情傳統上要求心理作好準備。為什麼醫生在治療以前反覆誑說可以手到病除，是建立病人的信心，最終不也可以讓想像的作用去彌補藥物的

---

① 據說法國國王有治病的天賦。自從弗朗索瓦一世在馬德里遭到囚禁（一五二五—一五二六）以來，患淋巴結核的西班牙人越過庇里牛斯山讓法國國王撫摸治病。文獻中有幾處提到法國國王以虔誠感動上天后具有特異功能治病的事例。

無效？他們知道有一位神醫在留給後世的著作中說過，有些人一看見藥對病就有了起色。

恰好現在心血來潮讓我想起了一個故事。是先父的一名懂配方的僕人告訴我的。樸實的瑞士人，這個民族的人不虛榮不說謊。圖盧茲的一名商人他已認識很久，身體虛弱，患結石病，經常需要服草藥，根據病情要求各個醫生開了各種不同的方子。藥送來後，按照平時常規的服用方法一樣不漏，經常還摸一摸藥是否太燙。他躺下、翻身，要做的動作都做完，就是不讓人給他灌藥。

儀式後，藥劑師退出，病人感到舒適，彷彿眞的服過了藥，他也覺得像服了藥的人一樣見效。要是醫生認爲療效還不夠好，同樣方式再做上兩三次。我的見證人發誓說，爲了節省開支（因爲他像眞的用藥那樣付錢），病人的妻子有幾次嘗試叫人摻上些溫水，一試就看出是用了假藥，因爲毫無效果，必須重新再來。

有一位婦女，以爲吃麵包時呑下了一隻別針，大叫大鬧，好像卡在咽喉裡痛得不可忍受。由於表面看來既無腫脹也無異狀，一個有經驗的男人斷定只是嚥麵包時哽了一下造成的幻覺與心理作用。他讓她嘔吐，在嘔吐物中偷偷放了一隻彎曲的別針。這位婦女以爲吐了出來，頓覺痛感全失。我知道有一位貴族在家裡宴請客人，三、四天後開玩笑說把一隻貓做在麵食裡讓他們吃了下去（其實沒這回事）；賓客中有一位小姐聽了大駭，嘔吐不止，高燒不退，從此一病不起，再也沒有救回來。就是牲畜也像我們一樣受到想像的影響。比如狗，失去主人也會傷心而死。我們也看到狗在夢中會吠叫扭動、馬會長嘶掙扎。

這一切都可以說明精神與身體的密不可分，相互傳遞彼此的感應。想像有時候不但影響到本人的身體，也影響到他人的身體，那是另一回事了。這就像一個身體把自身的病害傳染給周圍的人，在瘟疫、天花和紅眼病中見到的相互傳染：

好眼見到病眼如同針扎一般，
許多病會在人體內傳染。

——奥維德

同樣，想像受到激烈震動，也會放出利箭傷及外界物體。遠古時代說斯基泰王國有些婦女，若對某人懷恨在心，對他看一眼就可把他殺死。烏龜與鴕鳥用目光就能孵卵，說明他們的目光有射精功能。至於巫師，被人家說起來眼睛都很毒，見誰傷誰：

我不知道我的羔羊被哪隻眼睛懾服了。

——維吉爾

對我來說，魔法師是缺乏誠信的人。我們從經驗知道女人會給自己腹內的胎兒打上幻覺的烙印，那個生下摩爾人的女人就是個例子。②有人領了一個比薩附近的女孩，來到波希米亞國王和皇帝查理面前，她全身長硬毛，據她母親說是在懷孕時期，常看掛在床頭的施洗約翰穿獸皮的圖像。

動物也一樣，例如雅各的羊群皮毛變色，③鷓鴣和野兔在山中被雪染成白色。最近看到家裡一隻貓窺視樹枝上的一隻鳥，四目對視了好一會兒，不知是受自己想像的迷惑，還是被貓的磁力吸引，像死了似的跌落在貓爪子之間。愛鷹獵的人聽說過馴鷹人的故事，他舉目死盯著空中飛翔的一隻鳶子，打賭說單用目力就可把牠拉回地面，據人說果然做到了。這些故事我在此借用，也因爲對說故事人的眞誠深信不疑。

推理是我做的，都從理智出發，而不是從經驗出發；每個人都可加上自己的例子；舉不出例子的也不妨相信其有，因爲世上事無奇不有。

要是我的例子舉得不恰當，望其他人爲我舉例。

---

② 傳說一位白人公主，生下了一名黑孩子，被控與人通姦，希臘醫生希波克拉底解釋說這是公主床邊放了一張黑人肖像畫，日常看到所致，遂得到赦免。

③ 雅各的羊群皮毛變色，事見《聖經·創世紀》第三十章。雅各把各種樹枝剝皮，插在水溝和水槽裡呈各色斑紋，羊群來喝時對著交配，就會生下皮色與樹紋相吻合的小羊羔。

因而，在我對人類習俗與行爲的研討中，稀奇古怪的見證只要是可能的，都當作眞人眞事來使用。不論是否發生過，在巴黎或在羅馬，在此人還是那人身上，這總是人類才幹的一種表現，敘述出來對我也是有益的啓示。虛的也罷，實的也罷，我都同樣看待，爲我所用。歷史書中記載的形形色色事件，我有意採用最珍貴最値得記憶的內容。有的作者著書，其宗旨是敘述發生的事。而我的宗旨——若做到的話——是敘述可能發生的事。哲學中缺乏依據時是允許提出相似性的假設的。我並不這樣做，在這方面我超過一切歷史的眞誠，簡直似宗教般的迷信。凡是我舉的例子，不論是我聽到的、做過的或說過的，我嚴禁自己擅自對情境作出任何細微和不必要的改動。我的良心絕不會去僞造一絲一毫，我的知識那就不好說了。

在這方面，我有時想由一位神學家、一位哲學家和那些眼力正確，下筆謹愼的有識之士寫歷史可能更爲合適。他們怎麼可能信任一個民間信仰呢？怎麼對陌生人的思想負責，把他們的臆測當作一回事呢？對於眼前發生涉及眾人的行動，就是把他們拉到法官面前宣誓，他們也絕不會提供證詞的。他們對那些人並不熟悉，也就不會對他們的意圖給予充分的擔保。

我認爲寫古代事比寫現代事少擔風險；因爲作家只是報告一件取自別人的事實。有人力促我寫當代的事，認爲我觀察事物的目光跟別人相比較少感情色彩，也更貼近，因爲命運讓我有機會見到各方面頭面人物。但是他們沒說的是，即使給我像歷史學家薩盧斯特這樣的榮耀，我也不會費這份心的；因爲我是責任、勤奮和恆心的死敵；長篇大論的描述最不符合我的寫作風格；經常寫寫停停缺乏連貫，既無章法也不深入主題，對於日常事物還不如孩子知道怎樣用詞造句。

然而我知道說的事我會說得很好，以我的力量來操縱題材；我若由別人指揮著寫什麼，必然達不到他的要求；由於我這人的自由太自由，會按照自己的心意，根據事物的情理，發表出來一些人人口誅筆伐的悖論。普魯塔克對我們談到他寫文章時，舉的例子都面面俱到，不容置疑，那是別人的作品；舉的例子對後世有益，像一盞明燈照亮通往道德的道路，這是他的作品。

一部舊帳本不是一帖藥，寫成這樣那樣的還不至於危險。

第二十二章　一人得益是他人受損

雅典人狄馬德斯譴責同城市的一名出售殯儀用品的商人，說他謀取暴利，若沒有許多人去死，這份暴利就不可能讓他獲得。這種論點未免失之偏激，因爲沒有一種利潤不是損及別人而來的，按他的說法一切盈利都應該譴責了。

商人只是靠年輕人揮霍才有好生意；農民靠麥子漲價；建築商靠舊房毀壞；司法官靠大家打官司鬧糾紛；神職人員的榮譽與職權也是靠我們的死亡與罪惡維持的。古希臘喜劇家菲萊蒙說，沒有一個醫生見了朋友身體健康會高興，沒有一名士兵見到城市太平會開心；以此類推。更有甚者，讓每個人審察自己的內心，可以發現大部分願望的產生和滋長是損及他人利益的。

從這點出發，我在胡思亂想中領悟到大自然在這方面並沒有背離它的普遍規律。因爲自然科學家持這樣的看法，每一事物的產生、成長與生殖俱是另一事物的變異與衰老：

一個生命一旦改變形態與本質，
此前的存在立即死亡。

——盧克萊修

第二十三章 論習慣[1]與不輕易改變已被接受的法律

① 法語coutume一詞，包含「習慣」與「習俗」的意思，此章內顯然也兼含此兩義。

我覺得這個故事的第一位編寫者非常理解習慣的力量。說一名村婦，一頭小牛一出生時就抱在懷裡輕輕撫摸，這樣養成了習慣一直改不掉，小牛成了大牛她還要抱。確實，習慣是個粗暴而陰險的女教師。它悄悄地不聲不響在我們身上建立權威。一開頭溫良謙恭，隨著時間的幫助扎根壯大，不久向我們露出猙獰凶暴的面目，使我們連得抬眼看一看這張臉的自由也沒有。我們看到它處處違反自然規律。「習慣在一切事物上都是個卓越的教師。」（大普林尼）

我相信柏拉圖《理想國》中的洞穴譬喻，②還相信醫生經常放下他們的醫學理論而遵從習慣的權威。還有那位國王別出心裁，服毒使胃習慣毒性。據德國神學家阿爾伯特斯的記載，有個女孩習慣吃蜘蛛過日子。

在那個稱爲新印度的大陸上，發現一些龐大的民族，生活在氣候差異很大的地區，就以蜘蛛爲生，還儲存養殖，同時也吃蚱蜢、螞蟻、蜥蜴、蝙蝠；糧荒時一隻蛤蟆可以賣六埃居。他們煮熟後再加上各種醬料。還有的民族認爲，我們吃的一些肉食則是有毒的，可致人於死命。「習慣的力量是巨大的。獵人在雪地上過通宵；在山裡忍受烈日的熏烤。拳

---

② 事見柏拉圖《理想國》，他認爲人類如同生長在洞穴裡的男女，認爲洞穴外精神世界反映在牆上的影子是眞正的現實。

鬥士被牛皮拳套擊中連哼也不哼一聲。」（西塞羅）

這些奇怪的例子其實並不奇怪，如果我們考慮到——我們平時試過——習慣使我們的五官遲鈍。我們不需要去了解他們對尼羅河大瀑布附近的人是怎麼說的，哲學家認爲是天體音樂是怎麼一回事。說軌道中的星球是固體的，運行時相互摩擦輕碰，不會不發出一種悅耳的樂聲，隨著它的抑揚頓挫調節星辰的軌跡變化。但是這種聲音再大，人的耳朵不會察覺，因爲他們的聽覺由於這個聲音持續不斷而變得麻木，就像那些埃及人。

鐵匠、磨坊工人、製兵器師傅，要是聽到響聲像我們一樣吃驚的話，就承受不了衝擊他們耳膜的噪音。我的綴花領子很好聞，若連續戴上三天，只對旁人的鼻子有香味了。有一點更怪，儘管時間間隔了很久，習慣還是可以綜合和建立一種印象，對我們的五官產生影響。比如住在鐘樓附近的人就是這樣。我住在一座鐘樓裡，每天早晚大鐘要敲一遍《聖母經》。叮聲震得鐘樓也害怕；最初幾天我覺得難以忍受，不久漸漸習以爲常，甚至聽了不覺得刺耳，經常還醒不過來。

柏拉圖訓斥一個愛玩骰子的孩子。孩子回答他說：「爲這點小事也要罵我。」柏拉圖說：「習慣可不是小事。」

我發現我們身上的最大惡習都在幼年時已見端倪，最主要的教養由乳母一手造成的。母親看到孩子擰斷雞的脖子、追打一條狗和一隻貓，只當是種消遣。而父親更是愚蠢之至，看到兒子對著一個無以自衛的農民或僕人又打又罵，當成是尚武精神的好苗子；看到他對同伴刁滑欺騙，當成是機靈的表現。

這些實在是殘酷、暴戾、不講信義的種子與根源。在那時候發芽，茁壯成長，成了惡習後難以剷除。以年幼無知或雞毛蒜皮小事爲由而原諒這些不良傾向，這是後患無窮的教育方法。首先，這是天性在說話，聲音還尖細，因而也更純、更響。第二，欺騙的醜惡並不在於騙取的是金幣還是別針，而是其本身。因而我認爲這樣說是有道理的：「既然他會騙別針，怎麼就不會騙金幣呢。」這要勝過另一種說法：「他只是騙別針，要是金幣就不會這樣做了。」

應該細心教育孩子從情理上去憎恨罪惡，識別它們本質上的醜陋，不僅在行動上，而且在心靈上都要遠遠躲開；不論罪惡戴著什麼假面具，一想到就厭惡。

我從小受教誨要走正道，厭惡在遊戲時弄虛作假（必須指出兒童的遊戲絕不是遊戲，應該看作是他們最嚴肅的行爲），因而我知道，不論多麼消閒的娛樂，我總是率性自然地去玩，絕對厭惡從中作弊。我玩牌賭小錢，就像賭大錢時那麼認眞，跟妻子與女兒玩贏了還是輸了，根本不在乎，也玩得挺高興。我的眼睛無處不在，監督自己規規矩矩，沒有人會看得比我更嚴格、更較眞。

我剛才看到家裡來了一位南特人，身材矮小，生來缺少胳膊，他訓練雙腳去做手該做的事，動作嫻熟，以致兩腳幾乎忘了天生的功能，而且他稱腳爲手；他使用刀切東西、上膛打槍、穿針引線、縫紉寫字、脫帽子、梳頭髮、玩紙牌擲骰子，熟練程度不輸於別人；我付他錢（因爲他靠表演爲生），他用腳就像我們用手接了過去。

我見過一個孩子，雙手舞一把劍，手忙著，還用脖子彎玩一根長矛，再把它們拋向空中接住，扔匕首、揮鞭子啪啪響，簡直是個法國馬車夫。

習慣在我們的心靈中一往無前扎下根，產生的奇特印象使大家更可看出它的效果。它對我們的判斷力與信仰還有什麼做不到嗎？若有什麼離奇的思想（我且不說宗教中信口開河的欺騙伎倆，多少大國、多少自以爲是的大人物對此沉湎不醒；因爲這部分的信仰是人類理智解釋不清的，那些沒有受神明聖恩照耀的人迷失在裡面還情有可原），也離奇不過人心中建立的這個思想，正應了古人的這句感歎：「自然科學家的任務是觀察和探索大自然，卻要求受習慣蒙蔽的人爲眞理提供證據，這豈不難爲情！」（西塞羅）

我認爲人的頭腦中任何稀奇古怪的想像，無不可以在世俗生活中找到例子，從而在理智中建立立足點和打下基礎。在某些民族，向人致意是背向對方，不朝對之表示敬意的人看上一眼。有的國家裡，國王要吐痰，最寵的宮廷貴婦伸手去接；還有的國家裡，國王拉完屎，身邊最顯赫的貴族趴在地上用布去收拾。

讓我們留出篇幅講個故事。一個叫弗朗索瓦的貴族，總是用手擤鼻涕，這是很失禮的動作。他這人以說話機智出名。他爲這個行爲辯解的同時，問我這個髒東西有什麼特權，要用一塊刺繡精緻的手帕去接、去包好，然後小心翼翼揣在懷裡，這樣做只會使我們更討厭、更噁心，還不如扔在什麼地方就是什麼地方，像對待其他髒物一樣。

我覺得他說的話不是沒有一點道理。是習慣使我對這件事見怪不怪，要是這發生在另一個國家我們聽見就覺得不堪入耳了。

奇蹟的存在是根據我們對大自然的無知程度，不是根據大自然的本身。習慣蒙住我們判斷的眼睛。野蠻人不值得我們大驚小怪，就像我們也沒有更多理由值得他們這樣做。一個人要是親身經歷了這些新事例，設身處地考慮，正確地比較，也會承認這一點。

人的理智是一種顏料，差不多劑量均衡地注入了我們所有的看法與習俗，不論它們以什麼形式出現的，物質上無窮無盡，花色上也無窮無盡。

我再回頭來說。有的民族，除了他的妻兒以外，誰對國王說話都要透過傳話筒。在這同一個國家，處女把私處露在外面，而已婚婦女則小心遮蓋。另一個地方存在一種風俗與此相仿，貞操只是婚後才須遵守，而未婚女子可以隨便委身予人，懷孕後用土方墮胎，從不隱瞞。

另一個地方，一位商人結婚，應邀參加婚禮的所有商人都在新郎以前跟新娘睡覺。客人愈多，新娘愈光榮，愈顯示她能幹耐勞。軍官結婚也這樣做；貴族與其他人也一樣做，除了農民或平民百姓沒有這個份，那時此事就由領主代勞了。儘管大家還諄諄囑咐婚姻期間要忠誠。

有的地方還有男妓院，還可以男人與男人結婚；有的地方，女人隨丈夫去打仗，不但參加作戰，還參加指揮。有的地方，戒指不僅戴在鼻子、嘴唇、臉頰、腳趾頭上，還有將沉匍匐的金環串在乳頭和屁股上。有的地方，吃飯時在大腿、陰囊和腳掌上擦手指。有的地方，有繼承權的不是子女，而是兄弟與姪甥；其他地方只是姪甥，王位的繼承一事除外。有的地方，共同財產共同管理，往往是某些官員全面負責土地耕作和按照各人需要分配果實。有的地方，死了孩子痛哭、死了老人慶祝。

有的地方，十來對夫妻同居一室。有的地方，因丈夫猝死而守寡的女人可以再嫁，其他女人不行。有的地方，婦女極受鄙視，女嬰出世即被殺害，需要時到鄰國去買女人。有的地方，丈夫可以不用任何理由休妻，妻子有任何理由都不可以休夫。有的地方，丈夫可因妻子不孕而把她們賣掉。

有的地方，他們把屍體煮熟，然後搗碎直至成糊狀，摻在酒裡一起喝下去。有的地方，最想望的葬禮是被狗、還有是被鳥吃掉。有的地方的人相信幸福的靈魂自由自在生活在什麼都不缺的美麗原野上。我們聽到的回聲就是這些靈魂發出來的。有的地方的人在水裡打仗，一邊游泳、一邊搭弓射箭。有的地方的人必須聳肩低頭才算表示服從，走進王宮要脫掉鞋子。有的地方，看管修女的太監不許有鼻子和嘴唇，使他們不可能被愛；而修士則摳去眼睛，以便跟精靈交往，看到神諭。

有的地方，每個人喜歡什麼都可奉爲神，獵人奉獅子或狐狸、漁夫奉某種魚，人的每個行動和情欲都有偶像；太陽、月亮和地球是主要的神；賭咒的方式是看著太陽觸摸土地，還吃生魚生肉。有的地方是以本鄉已故的好人名字，用手摸著他的墳墓宣重誓。有的地方國王送給藩王的新年禮物是火。使臣帶著火抵達時，家家戶戶的燈火全滅；封邑內的老百姓都必須來此取新火回家，不然就是犯了瀆君罪。

有的地方，當國王宣布退位全心全意奉獻給宗教（這樣的事例常有），他的第一繼承者也有義務這樣做，而把王權交給第三位繼承者。有的地方，政權形式多樣化，根據時局形勢需要。必要時也可令國王遜位，讓老臣負責政府工作，有時甚至由人民大眾治理國事。有的地方，男女都行割禮，都受洗禮。有的地方，士兵經過一次或幾次戰鬥後，能向國王獻上七顆敵人首級便可封爲貴族。有的地方，相信靈魂死亡是種罕見、不文明的想法。

有的地方，女人分娩不喊痛不害怕。有的地方，女人在兩條腿上都戴銅套，若被蝨子咬了，反咬牠是她們的崇高職責。國王若要她們的童貞，沒有獻給他以前不敢嫁人。有的地方，向人致意時手指觸地，然後再指向天空。有的地方，男人挑擔子用頭，女人用肩膀。女子站著而男人蹲著方便。有的地方，男人送上自己的血表示友誼，對崇敬的男人如同對神般焚香。

有的地方，親戚之間結婚至少隔四層血緣關係，甚至更遠。有的地方孩子哺乳到四歲，還常有到十二歲的；在同一地方，第一天給嬰兒餵奶被認爲有生命之虞。有的地方，父親負責懲罰男孩，母親負責懲罰女孩；懲罰的方法是縛住雙腳倒懸空中用煙熏。有的地方，給女人行割禮。有的地方，什麼草都吃，除了氣味不好的才小心愼食。

有的地方，一切都是敞開的，不論房屋多麼講究美麗，沒有門窗，箱子從不上鎖；抓到小偷則比別處加倍嚴懲不貸。有的地方，人像無尾猴似的用牙齒咬死蝨子，看到用手指掐感到噁心。有的地方，一輩子不剪頭髮、不修指甲；其他地方他們只修右手的指甲，左手的指甲還需悉心護理。有的地方把右半身的毛髮任其生長，把左半身的毛髮刮得精光。鄰近的地區有留前半身毛髮的，也有留後半身毛髮的，總是把另一邊的剃掉。有的地方，父親出租孩子、丈夫出租妻子給客人作樂。有的地方，兒子可以名正言順給母親生孩子，父親可以跟女兒和兒子廝混。有的地方在歡慶時可以互借孩子。

這裡可以食人肉；那裡殺死上了年紀的父親是盡孝道；其他地方，孩子尚在娘胎裡，父親就安排哪個可以留下來餵養，哪個要拋棄和殺死；有的地方，年老的丈夫把妻子讓年輕人享用；有的地方，女人跟大家睡覺不算罪，有的甚至跟過多少男人交歡，在裙子邊上縫上多少美麗的纓子以示榮耀。習俗不是也創造了一個女兒國？讓她們拿起武器？組織軍隊，參加作戰？任何哲理都無法在最聰明的頭腦裡生根的東西，習俗單個發號施令，不也是讓最粗俗的人都學會了嗎？

因爲我們知道，有的全國上下無不鄙視生命，慶祝死亡，七歲的孩子被鞭子抽到死也面不改色；財富那麼不被人重視，城裡即使最清貧的人也不屑彎下身去撿一袋金幣。要知道有些豐衣足食的富庶地區，最常見的與最美味的食物只是麵包、水芹和清水。

習俗不是在希臘希俄斯島創造了奇蹟，在過去七百年間，不曾有過一個女人、少女做出傷風敗俗的事嗎？

總之，依我的看法，習俗沒有什麼事是做不成和不能做的；據人跟我說，品達稱習俗乃是世界的王后和皇后。這不無道理。

有個人給人看到在揍父親，回答說這有家風淵源的，他的父親曾經打過他的祖父，祖父也曾打過他的曾祖父。他還指著兒子說：「當他到了我現在這個年紀，也會打我的。」

父親被兒子在大街上生拉硬拽，接受命令到了某扇門前停住，因爲他當年也是把自己的父親拽到這裡爲止；這就是這個人家的兒子對父親施行世襲性虐待的界限。亞里斯多德說，出於習俗，經常也出於病態，女人拔自身的毛、啃指甲、吃煤炭和泥土；同樣出於習俗和天性，男人跟男人睡覺。

意識的規律我們說是生自天然，其實是生自習俗；被周圍大眾同意並接受的意見與風俗，被每個人奉爲神明，要擺脫則心有不甘，去追隨則歡欣雀躍。

從前克里特島島民要詛咒一個人，就祈告神讓他養成壞習慣。

然而習慣的最大威力就是抓住我們不放，蹂躪我們，以致我們靠自身力量很難擺脫，恢復自我，對它的種種霸道做法進行反思與理論。說來也是，我們隨著出生後餵奶的同時也在吮吸霸道的汁液，第一眼看到的世界就是這副面目，也就好像我們生來凡事就要按此辦理。看到四周頗受重視的普遍想法，被父輩灌輸到心靈中，覺得這是天經地義的了。從而認爲不符合習俗的，就不符合理智。上帝知道十之八九情況下是多麼沒有理智。

我們這些研究過自己的人已經學會了這樣做，誰聽到一句格言，立即考慮如何適用於自身，不是看它說得機智聰明，而是看它對自己平庸愚蠢的判斷是一個良好的鞭策。但是大家聽到具有眞知灼見的話，都覺得這是針對他人而不是針對自己而言的。不是運用到習俗中去，而是保留在記憶中，非常愚蠢、非常無用。讓我們繼續談習俗的霸道吧！

受自由與自律思想培育的人民，認爲其他一切政體都是不近人性和違反自然的。受君主制統治的人民也一樣。不論命運提供他們多麼順利改變處境的機會，當他們千辛萬苦擺脫了一個君主的暴政，又會同樣千辛萬苦去扶上一位新君主，因爲下不了決心去仇恨君主制。

波斯大流士一世問幾個希臘人，什麼情況下他們會採用印度人的習俗去吃死去的父親（這是印度人的做法，認爲向死者提供最好的墓葬就是把他們吃進自己腹中），他們回答說不論什麼情況下他們都不接受；他也曾試圖說服印度人放棄自己的做法，採納希臘人的習俗，把父親的屍體焚化，印度人對此感到更加駭然。人人都如此，因爲習慣對我們蒙蔽了事物的眞面目，

世上再偉大再美妙的東西
也會漸漸失去魅力，平淡無奇。
——盧克萊修

從前，爲了宣揚早被我們定爲絕對權威的一種觀點，我不願意像一般的做法那樣，僅

僅用法律與例子的力量去證實它，而是尋根究底，窮源溯流，這時發現這個根基其實很淺薄，以致很厭惡據此去說服別人接受。

柏拉圖企圖消除他那個時代違背自然的愛情，他使用的那種藥方被他認爲是包醫包治的，那就是讓輿論譴責它們，讓詩人和大家寫警世勸俗的故事。有了這個方法，最美麗的女兒也不會讓父親產生邪念，最英俊的兄弟也不會讓姐妹動心，即使是提厄斯忒斯、伊底帕斯王、馬卡勒斯的寓言，借用悅耳的歌聲也可把這個有益於身心的理念，灌入到兒童幼小的心靈裡去。

貞節的確是一種美德，其道理人所共知；但是按照天性去對待和遵守實在很難，按照習俗、法律和禮儀去遵守較爲容易。最初爲人們普遍接受的理由已不易探究。我們的先師在講授時不是泛泛而談，就是不敢觸動其本質，就慌忙當上了習俗的衛道士，自吹自擂，輕鬆獲勝。

那些不甘心被逐出這種原始論調圈子的人，更是謬論百出，接受了野蠻人的論點，如克里西波斯，在著作裡多次宣揚他對任何形式的亂倫行爲都不以爲意。

誰要擺脫習俗的這種強烈偏見，就會發現許多鐵定的，不可置疑的東西，其實經過年深日久的沿用，都已白髮皓首，滿臉皺紋了。但是一旦撕去這個面具，使事物恢復本相與理性，他覺得自己的判斷雖被徹底推翻，然而卻回到更可靠的狀態。

比如，我那時會問他，一個民族必須遵守他們並不理解的法律，束縛在一切家庭事務中，諸如結婚、捐贈、遺囑、買賣，既不懂其規則，也不是用他們的語言寫成和發表的，出於需要還必須花錢去弄明白和應用，這讓人見了不奇怪嗎？依照伊索克拉底的精闢見解就不該這樣。他呈請國王讓其臣民自由貿易，免繳稅收，有利可圖；如果他們爭吵討論勞民傷財，就課以重稅。但是根據另一種可憎的意見：情理可以買賣，法律成爲商品流通。

我要感謝命運的是，據我們的歷史學家說，是一位加斯科涅貴族、我的同鄉——首先反對查理大帝把拉丁羅馬帝國的法律強加給我們。一個國家裡，法官職位可以任意買賣，判決用現金來決定結果，都屬於合法的習俗；一個國家裡，按法理可以拒絕無錢的人打官司，法律成了眾相爭購的商品，以致操縱官司的人在政治中形成第四等級，成爲教會、貴族、平民這三個老等級以外的新生勢力，這種種現象豈不令人望而生畏？這樣一個等級，掌握法律，操生殺予奪之權，在貴族以外形成一個獨立集團；因此有了雙重法律，榮譽的法律與正義的法律，這在許多事物上都是背道而馳的（前者嚴厲譴責有仇不報，後者嚴厲譴責有仇必報）；從尚武的職責來看，誰忍受恥辱有損於榮譽和貴族身分；從民事的職責來看，誰進行報復就要受極刑（誰因受辱而訴之於法律，就會名譽掃地，誰不訴之於法律而私自進行報復，就會受法律制裁）。

這是兩個截然不同的職能部門，卻同屬於一個主管：一個維持和平，另一個掌管戰爭；一個要利益，另一個要榮譽；一個多學問，另一個多美德；一個重言辭，另一個重行動；一個講正義，另一個講勇敢；一個訴諸理性，另一個訴諸武力；一個穿長袍，另一個穿戎裝。

也可舉衣服之類，無足輕重的事爲例。衣服原來是爲身體的舒適服務的，也決定其本身的優雅與得體；誰要是想把衣服回復到原有的使用目的，我要向他說，怎麼會有人想出這麼難看的東西，那就是我們的那些方帽子，一條彎彎曲曲拖在女士頭上的絲絨長尾巴，再加上花花綠綠的花飾，和那個毫無意義與用途、叫我們實在羞於啓齒的器官狀的掛件，居然還在大庭廣眾面前招搖過市。

儘管這樣認爲，也沒法不讓一個有心人去追求時髦。因此，反過來想，我覺得一切標新立異的做法不是來自眞正的理智，而是來自瘋狂與別有用心的做作；聰明人內心必須擺脫束縛，保持自由狀態，具備自由判斷事物的能力；但是行止上又不得不隨波逐流。公眾社會不會理會我們在想些什麼；至於其他，我們的行動、工作、財富、乃至生活本身，必須符合社會需要和公眾輿論，就像這位善良偉大的蘇格拉底拒絕拯救自己的生命，而去違抗法官，即使是一位非常不公義的法官。每個人遵守當地的法律，這是規則中的規則，法律中之大法：

服從國家法律是好事。

——克斯里平

下面是另一個桶裡釀製的葡萄酒。一條現成的法規不管怎麼樣，改變它即使會帶來明顯的利益，也要充分想到動搖法律是有傷害的。作爲一項政策，就像一幢大樓，是由各個部位密切結合而成的，不可能一個部位晃動，整體結構還安然無恙。

希臘立法者夏隆達斯規定，誰提議廢除一條舊法規或制訂一條新法規，必須脖子套繩索來見人民；如果新法規沒有被眾人通過，也就立即把他絞死。斯巴達立法者利庫爾戈斯奮鬥終生，要他的公民作出可靠保證，不違背他制訂的任何一條法令。弗里尼斯在七弦琴上增添了兩根琴弦，斯巴達法官不由分說把兩根弦砍了，他才不管樂器是否改進，音色是否更豐富；對他來說只要這是對舊方式的一種破壞，就可以加以譴責。馬賽法庭上的那支生鏽的劍放著不擦也是這個象徵意義。

我厭倦了革新，不論它以什麼面目出現，這是有道理的，因爲我見到它帶來許多非常有害的後果。多少年來壓在我們身上的宗教改革，當然不是一切都是它造成的，但是可以振振有辭地說它是罪魁禍首，後來的混亂與破壞都是借用它和反對它而產生的。這不能不讓人歸罪於它，

> 啊呀，我被自己的亂箭刺傷！
>
> ——奧維德

首先對國家造成動亂的人，往往首先隨著國家的毀滅同歸於盡。動亂的果實不會落到製造動亂的人的手裡；他把水攪渾，讓別人渾水摸魚。這個王朝、這幢大樓的牆體與結構已經年久失修，被改革撞得搖搖欲墜，受了這樣的衝擊已是百孔千瘡。一位古人說，君權從山腰跌至山下，還比從山頂跌至山腰更快。

但是，如果說始作俑者更有破壞性，模仿者③則更爲邪惡，他們經歷和遭受過的恐怖與罪惡，就會被他們毫不忌諱地仿效。如果做壞事也有一定程度的光榮，他們是從別人身上學來創造的光榮與敢爲天下先的勇氣。

一切形形色色的作惡者，都從這最初的豐富源泉中任意汲取用以興風作浪的主意與榜樣。我們的法律原是醫治這第一大患的，大家卻從中看出它對各種各樣壞事的教唆和辯解。修昔底德說到他那個時代內戰發生的事，也正發生在我們中間，爲了寬容公眾的罪惡，煞費苦心創造更溫和的新詞彙來加以原諒，用偷樑換柱的方法篡改眞正的含義。

然而這樣做的目的是重塑我們的良心與信仰。「這個藉口倒是不假。」（泰倫提烏斯）但是革新的最好藉口也是非常危險的：「對舊制度的任何改革都實在不值得贊成。」（李維）因而恕我直說，我覺得這是極大的自戀與自負，才那麼重視自己的看法，

③ 始作俑者指新教徒，模仿者指聯盟中的死硬派天主教徒。

直至爲了樹立這些看法不惜攪亂老百姓的和平生活，引起內亂。帶來那麼多不可避免的痛苦，導致世風日下，道德淪亡，政體變質，這類後果嚴重的事都會發生在自己的國家內。爲了消除有爭議、可商量的錯誤，助長那麼多實在的與眾所周知的罪惡，這樣做不是得不償失嗎？攻擊我們自己的良心和天然的認知，還有比這更惡的罪惡嗎？

羅馬元老院在處理它與人民對於宗教事務管理的分歧時，敢於使用這句遁詞作爲回答：「讓神而不是他們去做這類保護工作，神自會不讓祭祀受到褻瀆。」（李維）這跟米底亞戰爭中神諭對德爾斐人的回答是相符的。德爾斐人害怕波斯人入侵，問神如何處置神殿中的聖物，是藏匿還是帶走。神回答說他們什麼都不要搬動，只需照管好自己，神是能夠照顧好屬於神的東西的。

基督教素以極端正義與濟世爲標榜，最明顯的莫過於諄諄勸誡要服從公權和支持政體。「父的智慧」留給我們的例子多麼美妙，爲了拯救人類，引導人類對死亡與罪惡取得光輝的勝利，只有在我們聽從政治秩序的擺布時才願意這樣去做到；讓人類的進步與這一項普濟世人的大事，受制於我們對陳規陋俗的盲目遵守與不公義，讓無數受寵的選民無辜流血，忍受長年的痛苦去催熟這顆無比珍貴的果子！

遵守本國政制法律者的事業與企圖掌控與改變本國政制法律者的事業，這中間有極大的差別。前者提出淡泊，服從與爲人師表來說明自己的心志；不論遇到什麼，不可以耍奸，大不了是不幸而已。「煌煌歷史遺存中保留和證實的古代，誰對此會不肅然起敬？」

（西塞羅）

而伊索克拉底則有另一種說法，節制要比過火帶來更多缺陷。主張改革者的處境更爲艱難，因爲他們需要選擇與改變，奪取作出判斷的權力，具備察看摒棄之物的缺點與引進之物的優點的能力。下面這個平凡的看法使我堅持了自己的準則，即使是較爲魯莽的青年時代也甚爲收斂：那就是要爲至關重要的學問負責，我的肩膀是挑不起這副重擔的；對於人家問我一些無關緊要、貿然答錯了也不會造成損害的問題，我也不敢輕易給予明確的看法。

個人的思想搖擺不停，公眾的法制與教規則穩定不變，讓後者去服從前者；任何政體對民法不做的事，卻要對神法去做，我覺得都是非常不公正的（個人的理智只用於個人的裁決）。雖然人的理智還可對法制作出許多貢獻，法制還是至高無上的，乃一切執法官中的執法官。人盡其最大的才智是去解釋和擴大已爲大眾採用的做法，而不是去改弦易轍，重起爐灶。

有時上帝也曾繞過我們必須遵守的規則，這不是要我們就此不再遵守。這只能是由上帝神聖之手來完成的，我們只應讚美，而不應模仿。這些神奇的例子，都附有特殊明白的標誌，如同神向我們顯示的奇蹟，說明神無所不能，超越我們的秩序和力量，人若試圖表現，那就是自不量力與褻瀆行爲了。我們不應仿效，而是驚異地凝視。神之所爲，非我輩凡人所能爲。

羅馬雄辯家科達說得非常恰當：「在宗教問題上，我相信科倫卡尼烏斯、西庇阿、

塞沃拉這些權威人物，而不相信芝諾、克里昂特斯或克里西波斯。」（西塞羅）

上帝是清楚的，在當前的宗教鬥爭中，有上百條重要和深刻的教規要廢除和恢復，可是又有多少人敢說自己正確了解對方的理由與論據呢？說什麼人數眾多，眞是人數眾多也嚇不著我們。另一批人又往哪裡去呢？他們急忙要投效到誰的麾下？他們開的藥不見得比其他劣質和不對症的藥更有效。下藥原本是要清除我們身上的體液，反而由於藥性衝突使體液發熱攪混，留在體內排不出來。藥味不強，內毒不清，反而使身體虛弱；以致這番手術以後毒性留在體內，反而得到了長期痛苦的腸胃道後遺症。

然而命運總是凌駕於我們的道理之上，保留著它的權威性，有時向我們提出迫切的需要，即使法律也要爲它讓出位子。

改革者橫衝直撞，勢不可擋，當你要抑制這個勢頭，若時時處處要按部就班、循規蹈矩去對付，這個義務使你處於危險與劣勢地位；因爲那些人亡命天涯，爲了推行計畫可以不擇手段，只要有利可圖可以無法無天。「相信背信棄義的人，是慫恿他去損害別人。」（塞涅卡）

太平國家的一般法治應付不了這些重大變故，它預先組成一支隊伍，包括主要成員和部門，對執行與隸屬關係有一種共識。遵照法制的步驟是一種冷冰冰、呆板和受牽制的步驟，絕對擋不住一種爲所欲爲、不顧廉恥的步驟。

眾所周知，至今還有人指責這兩位大人物奧塔維烏斯和小卡圖，一個在蘇拉發動的內戰中，一個在凱撒發動的內戰中，寧可讓祖國陷於水深火熱之中，而不願觸動法律去拯救，去力挽狂瀾。

說實在的，在這兵荒馬亂的最後關頭，聰明的做法可能還是低下頭準備挨打，也勝過死命地抱住什麼不放，反讓暴力迸發把一切都踩在腳下；既然法律已不能做它要做的事，還不如讓法律去做它能做的事。

這也有例可援，阿格西勞斯二世下令讓嚴厲的斯巴達法令沉睡二十四小時；亞歷山大一世那次把日曆廢除了一天；還有人把六月換成了第二個五月。斯巴達人遵守國家法令非常虔誠，也曾遇到法律禁止同一人兩次當選海軍司令的限制，但是國家形勢又極端需要來山得繼續擔任此職，於是他們任命一個叫阿拉庫斯的人當海軍司令，而讓來山得當海軍總監。

還有一個極妙的例子，他們把一位使者派往雅典人那裡，要雅典統帥伯里克利改動一項法令，伯里克利對他說，法令一旦刻在木板上就不能取下，使者對他說那就把木板翻轉過來吧！這在法律上是不禁止的。希臘哲學家普魯塔克讚揚菲洛皮門天生是個軍事家，說他不但按照法律指揮，當公務需要時還會指揮法律。

第二十四章　相同建議產生不同結果

法國賑濟大臣雅克・阿米奥，有一天說了這個故事給我聽，讚揚我們的一位親王①（他貨眞價實是我們的，雖然他原籍在國外）。在盧昂圍城期間（一五六二年）最初發生騷亂，該親王得到王太后的警告說有人陰謀殺害他，她在信中還提到那個執行人，他是昂儒或曼恩的一位貴族，爲了這項任務平時出入親王府甚勤。

親王得到這條消息對誰都不說，但是第二天在聖卡特琳山上散步，炮彈就從這裡射向盧昂——這是我們圍城時期——他身邊是上述那位賑濟大臣和另一位神父，他窺見那位信上提到的貴族，叫人讓他過來。當他走到面前，親王看到他內心恐慌，臉色蒼白，身子微微發顫，就對他這樣說：「某某閣下，您想必猜到我要您過來做什麼，您的臉上都擺著呢。您不用瞞我什麼，因爲您的任務我早已聽說了。您試圖瞞住，只會對您的前途更加不利。這裡面的關節（包括這場陰謀中最機密部分的來龍去脈）您都知道；給我把這項計畫的前前後後全部說出來，不要害了自己的性命。」

當這個可憐蟲感到自己已被逮住，罪名坐實（因爲一切都是由一個同謀向王太后告密的），只有雙手合十，向親王告饒求恕，他還要跪到親王腳下，但親王擋住了他，繼續這樣說：「到這兒來，我以前冒犯過您嗎？我對您的家裡人有過不共戴天之仇嗎？我認識您

---

① 指弗朗索瓦・德・吉茲公爵（一五一九—一五六三），他是洛林家族成員，當時洛林尚未歸入法國版圖。

還不到三個星期，什麼原因促使您要我的命？」貴族顫聲回答說，這不是個人恩怨，而是爲了他的教派大事業的利益，有人勸說他接受這麼一個虔誠可嘉的仇殺行動，不論用何種方法去給他們的宗教剷除一個強大的敵人。親王接著說：「那麼，我來讓您看看我支持的宗教比您信仰的宗教不知要溫和多少。您的宗教派您來殺我，既不要聽我申辯，也沒受過我任何冒犯。我的宗教則囑咐我原諒您，雖然很清楚您沒有任何理由就要殺我。走吧！離開這裡，不要再讓我見到您。您若是個聰明人，從今以後做事找幾個光明磊落的顧問。」

奧古斯都皇帝在高盧時，得到警告說柳希厄斯·秦那正在密謀反對他。他決意報復，爲了這事要在第二天召集朋友商議，但是當天夜裡他輾轉不安，考慮到他不得不處死一位望族的青年、龐培的姪子。他也提出不少理由感到自己很委屈，他說：「怎麼，人家會說我自己終日提心吊膽，卻讓要殺我的凶手逍遙法外？我身經百戰，在陸上打、在海上打，保留下了這顆頭顱，而他對它攻擊了以後就可一走了事嗎？現在我給全世界帶來普遍和平，他不但要謀殺我，還要把我作爲祭品，難道就該寬恕了嗎？」因爲這場陰謀要求在他祭祀時把他幹掉。

這樣說完以後，沉默了一段時間，又開始說，聲音更響，責怪自己：「有那麼多人要你死，你又爲什麼活著？你又會沒完沒了地復仇和施虐？你的生命就值得做出那麼多傷天害理的事來保存嗎？」他的妻子利維婭見他焦慮不安，對他說：「要不要聽一聽女人的忠告？學醫生是怎麼做的，當常用的方子不起作用，他們會試一試相反的藥。你手段嚴酷，至今沒有見效，薩爾維迪努斯謀反以後接著是李必達，李必達後是穆雷納，穆雷納後是凱庇奧，凱庇奧後是埃格納提烏斯。不妨試一試用溫和仁慈的方法後看會怎麼樣。秦那認罪了，那就寬恕他，今後他不會傷害你，會讚揚你的光榮。」

奧古斯都爲找到一位說話正中心意的辯護士十分高興，謝過妻子以後，取消跟朋友的議事會，下令叫秦那單獨前來見他。把其他人都請出房間，給秦那一個座位坐下，對他這樣說：「秦那，首先我要求你靜靜聽，不要打斷我說話，我會給你留出充裕的時間回答。秦那，你知道你是我從敵營中帶過來的。你不只是與我爲敵，而且從身世來說也是我的敵人，我卻救了你，還把你的全部財產悉數歸還給你，讓你的生活安逸舒適，連得勝者也羨慕你這位失敗者的境遇。你向我要求大祭司一職，我給了你，其他人我都不給，而他們的父親還曾跟著我南征北戰，你欠了我那麼多恩情，卻密謀要暗殺我。」

秦那聽了大叫，說他頭腦裡從來沒有閃過這樣的惡念。奧古斯都接著說：「秦那，你沒有遵守你答應我的諾言；你向我保證不會打斷我的話。是的，你密謀要暗殺我，某地、某天、在某個戰役、用某個方式。」他聽他說出這些事驚駭不已，不出一聲，這不是遵守不說話的諾言，而是良心在受拷問。奧古斯都又說：「爲什麼你要這樣做？想當皇帝嗎？假若只有我在阻擋你得到帝國，國家大事眞是糟糕。你連自己的家也保護不了，最近還把官司輸給了一個普通公民。怎麼，你除了暗算皇帝以外就沒有其他事可做了嗎？如果只是我阻礙你實現希望，我就離開帝國。你以爲波勒斯、法比烏斯、科薩人和塞爾維利烏斯人會容忍你嗎？還有一大批貴族，不但門第高貴，而且德高望重，會容忍你嗎？」還說了許多其他的話後（因爲他獨自說了整整兩個小時），對他說：「走吧！秦那，你是叛徒、殺人犯，我饒你一命，就像從前你是敵人，我饒了你一命。但願從今天起我們開始產生友誼；看看我們兩人誰更講信義，我這個饒你一命的人，還是你這個撿了一命的人。」

他說了這話就跟他分手了。不久以後，他任命他爲執政官，還怪他不敢開口向他要。此後他們成了生死之交，秦那還是奧古斯都唯一的財產繼承人。

這件事發生在奧古斯都四十歲時，自此以後，再也沒有人密謀反對他，他的寬容得到了公平的報酬。但是我們的親王的遭遇就不同了。他的寬宏大量沒能使他日後不落入類似的背叛者的羅網。②人的謹愼都是空費心機，無濟於事。命運可以透過我們所有這些計畫、忠告與預防去左右事件。

治病本領很高的醫生，還被我們稱爲幸運的醫生；彷彿他們的醫術不能獨立存在，基礎薄弱難以支撐，救死扶傷還需要靠運氣幫忙。醫學有用或無用那是見仁見智，我都相信。因爲——感謝上帝——我們並不一起打交道。我這人與眾不同，因爲我一直看不起醫學；但是當我生病時，不是去就醫，而是開始對它更恨、更怕。有人催我趕快服藥，我回答說至少等

② 指弗朗索瓦．德．吉茲一五六三年二月十八日，在奧爾良城前遭胡格諾派波爾特羅．德．梅雷的暗殺。

到我恢復體力與健康，才有更好的心情去經受藥力與風險。我讓自然發揮作用，設想自然會長出利爪與尖齒，抵擋病魔的襲擊，防止身體組織瓦解。當自然跟病魔短兵相接時，我不前去幫忙，害怕沒有幫上反而幫了倒忙，給它招來新的麻煩。

於是我說不但在醫學上，就是其他較爲確切的學科也靠幸運。詩情靈感湧來時使詩人情緒高揚，不能自已，我們爲什麼不能歸之於他的運氣呢？既然他自己也承認這些神來之筆超越他的才情，來自身外，不是他本人所能控制的。那些雄辯家說到慷慨激昂之處，內容越出原來的意圖，他們自己也無能爲力。

繪畫也是如此，有時畫家下筆，畫出的線條超過他的構思與技巧，令自己也歎爲觀止。但是在所有這些藝術作品中，表現得最爲幸運的在於含有的靈氣與神韻，不但是創作者沒有意識到的，可能還是他從未見過的。有鑒賞力的讀者往往在作品中發現作者不經意創造的完美，也使作品的意義與形象更加豐富。

至於在軍事戰役中，人人看到幸運是如何發揮作用的。就是在我們的建議與商討中，肯定也包含了機緣與運道；因爲我們的智慧能做的沒什麼了不起；它愈敏感活躍，包含的弱點愈多，對本身也愈加產生懷疑。

我同意蘇拉的看法。當我對幾場輝煌的戰役深入研究後，我看到——我覺得是這樣——那些指揮官執行決議與部署時只是敷衍了事，戰鬥的關鍵問題都聽任運氣的安排，他們對好運的到來深信不疑，在每件事上都超出一切理性的範圍。在商議過程中有毫無根據的樂觀，也有莫名其妙的憤怒，促使大家採取了表面看來最沒有根據的決議，也使勇氣增長到了超出理性的態度。從而有不少古代名將，爲了讓人相信這些魯莽的建議，對他的部屬說他們來了靈感，受了神的啓示才做出來的。

每件事物都有不同的特點與境況，要看清和選擇其中最有利的去做實在無能爲力，這就使我們舉棋不定和手足無措。當一切考慮都對我們不合適時，最可靠的方法以我來看，是採取最誠實與最正義的做法；既然看不清最短的路，永遠走最直的路；在我剛才提出的那兩個例子，毫無疑問，那個受到冒犯的人給予原諒，要比採取其他做法更爲高尚慷慨。如果第一例的那個人被害了，那也不能責怪他的好心。他若採取相反的做法，是否能夠逃過命運的安排，也在未定之天；若那樣做了，他也失去了做大好事的榮耀。

綜觀歷史，心懷這種恐懼的人不少，大多數人趕在針對他們的陰謀實施以前進行報復和大施酷刑。但是我看到這個做法收效甚微，那麼多羅馬皇帝可以爲證。身處這種險境中的人切不可太相信自己的力量與警惕。因爲要提防的敵人往往就是我們身邊假仁假義的朋友，要識破這樣的面具，要看清我們左右輔弼的意圖與城府，眞是談何容易！

僱用外國人當衛隊，身邊永遠不缺武裝警衛，都無濟於事。誰要是不怕自己丢命，總是可以叫別人喪命。還有日夜疑神疑鬼，使親王對任何人都不放心，這在他必然也是可怕的折磨。

狄翁聽說卡利普斯在設計謀害他，根本不想去打聽消息，說他既要防敵人，又要防朋友，身處這樣的慘境，活著還不如死去的好。亞歷山大在行動上更爲激烈、更爲強硬。帕爾梅尼奧的一封信告訴他，他的最親信的醫生菲利普受了大流士的賄賂要毒死他；他把那封信交給菲利普看的同時，照樣服下他遞給他的湯藥。這是不是在表明這個決心：假若朋友要殺他，他同意他們這樣去做？這位君王是個天不怕、地不怕的孤膽英雄；但是我不知道在他的一生中還有沒有比這更加鎮定的行爲，這樣豐富地表現出他的風采。

那些大臣勸君王對人嚴加防範，表面是勸他們注意安全，其實是勸他們走向毀滅與恥辱。高尚的事無一不是冒著風險去做的。我認識一位君主，他生性好武，敢作敢爲，天天有人進讒言要他相信：他要跟自己人抱成一團，絕對不要跟宿敵和解，與人疏遠，不管對方作出什麼諾言，諾言對他如何有利，不要信任比自己強的人。

我還認識另一位，他聽取了完全相反的意見，意外地一切都很順利。人們急切追求勇武行爲的光榮，需要時勇武是無處不可以表現的，不論穿民服還是穿戎裝，不論在書房還是在兵營，不論舉手還是垂手，都可以做得同樣漂亮。謹小愼微，多疑猜忌，是做大事的死敵。

大西庇阿，爲了貫徹爭取西法克斯的意圖，知道要離開他的軍隊，放棄他尚未把握的新征服的西班牙，帶了兩艘普通的戰船前往非洲，踏上敵國的土地，面對一位強大、信奉異教的野蠻人國王，沒有簽信約，沒有扣留一個人質，他的安全完全依靠他本人的無比勇氣、他的幸運、他對自己崇高期望作出的承諾：「好意通常會換來好意。」（李維）

一個人雄心勃勃，要揚名天下，必須反過來做到不要引起他人猜疑，也不要自己多疑。擔心與多疑會引起傷害，招致攻擊。我們最多疑的國王③為自己的事業打基礎，主要在這以前為了取得敵人的信任，首先表示自己完全信任他們，甘願把自己的生命與自由交在他們手中。面對軍營中發生的武裝叛亂，凱撒只是拿出威嚴的神態與說出傲慢的言辭；他對自己與自己的命運那麼信任，並不害怕出現在一支叛軍中間。

他挺立在山丘上，目空一切，
毫無畏懼，反使別人產生敬畏之心。

——盧卡努

不過，說實在的，只有那些想到死及其以後會發生壞事而不怕的人，才會表現出這種完全的、天真的強大自信。因為顯得哆哆嗦嗦、遲疑不決，對於促成一個重大的和解會議是毫無裨益的。為了贏得別人的心與意願，遷就與信任是良策。只要在自由和並非迫不得已的情況下去做到就行。在這樣的環境下，大家就會帶著一種坦然純潔的信任，至少臉上毫無懷疑

③ 指路易十一國王，先後兩次去孔弗朗城堡和佩龍與大膽的查理會談，被史家認為是冒險之舉。

的神情。

我在童年時代見過一位貴族，他是一座大城市的總督，憤怒的民眾暴動使他急忙前往。爲了撲滅這場方興未艾的動亂，他決心走出他所在的安全營地，來到暴民中間；在那裡他遭到不幸，悲慘地被殺害了。我不覺得他走出去有什麼錯，但是平時大家談到他時總是責備他，好像他選擇了一條屈從軟弱的道路，想以依順而不是引導、以訴求而不是訓誡來平息民憤。而我認爲溫和與嚴厲相結合，以萬無一失充滿信心的軍力爲後盾，符合他的身分與職責的尊嚴，這樣做至少他的結局會更光榮更從容。

做什麼也不要指望激動的狂獸講人道與溫情；他們更易接受的是敬畏與恐懼。我還要責備他的是，既然他下了這個以我看來勇敢多於魯莽的決心，以弱對強，不穿鎧甲，投入到這片失去理智的洶湧人潮中，應該對一切逆來順受，而又不失自己的身分；但是他就近看到了危險來臨，畏縮不前，原先卑躬諂媚，頓時變得驚慌失措，聲音與眼神裡充滿駭怕與悔恨。他還想一溜了事，更激起了怒火，燒向自己。

有一次大家決定舉行各個部隊大閱兵（這其實是祕密復仇的理想之地，要做的話哪裡都沒這裡順利），種種跡象顯示，負責檢閱的主要人物恐怕有大麻煩。④這事非同小可，還會

---

④ 指一五八五年在波爾多舉行的一次閱兵典禮，當時蒙田是第二次任市長，大家十分擔心神聖聯盟成員瓦亞克暴動，因爲德·馬蒂尼翁元帥在離開波爾多以前，革去他特隆佩特城堡指揮官職務。

有嚴重後果，於是大家提出各種方案。我提出他們首先必須避免顯出驚慌的樣子，要混在檢閱隊伍中，昂首挺胸，不要刪去任何閱兵內容（其他人的意見主要針對這點），反而要他們通知士兵不惜彈藥，向觀眾致敬時把禮炮放得好聽歡快。這對於那些受懷疑的部隊是一種禮遇，自此推動雙方有益的相互信任。

朱利烏斯·凱撒的做法，我認爲最爲漂亮。首先他試圖以寬容與仁慈贏得敵人的愛戴，有人向他報告有密謀，他聽到只是淡淡說一聲他知道了；然後，他作出一個非常崇高的決定，不慌不忙也不操心，等待事態的發展，讓自己聽任神與命運的安排，當他被人暗殺時也肯定處於這個狀態。

有一個外國人到處說，如果敘古拉的僭主狄奧尼修斯給他一大筆錢，他可以傳給他一個方法，正確無誤地察覺和發現他的臣民針對他在搞什麼陰謀詭計。狄奧尼修斯聽到報告，叫他進宮說一說這門對他那麼有用的統治術。這個外國人對他說，這門法術其實不是別的，就是給他一大筆錢，並向外界放風說從他那裡學到了一種奇術。

狄奧尼修斯覺得這是個聰明的創意，賞給他六百埃居。給一個陌生人付了那麼一大筆款子，那就不會不是學到了一種非常有用的本領，這樣一傳使他的敵人不能輕舉妄動。君主得到有人圖謀他們生命的情報，總是明智地公諸於眾，讓人相信他們消息靈通，若有風吹草動他們不會不知道。

雅典公爵在佛羅倫斯建立他的專制統治初期，做了許多蠢事，最大的莫過於下面這件事。雅典人正在密謀反對他，其中一個參與者馬代奧・迪・莫羅佐，給他發出第一聲警告，他卻下令把他殺了，抹煞這個事實，不讓外界知道雅典城會有人不滿意他的正確統治。

這使我想起從前讀到的一個羅馬人的故事，他是個顯貴，在逃避三頭政治的暴政過程中，全靠足智多謀，屢屢逃過追捕者的掌心。有一天，一隊騎兵奉命來抓他，跑過了他藏身的一片矮樹林，沒有發現他。但是他在這個時刻，想到自己長期以來爲了逃脫官府的天羅地網，東躲西藏，這樣的生活實在少樂趣，與其永遠處於驚魂不安之中，還不如一死了之，他自己去把他們叫了回來，說出自己的藏身之地，任憑別人千刀萬剮，他們與他雙方都不用再相互折磨了。

向敵人自首，這個做法不夠男子漢氣概。然而我相信，終日提心吊膽，面對一個無法走出的困境，還不如採取那個做法。但是，既然一個人所能採取的預防措施充滿不安與不確定性，那就不妨鎮定自若地戒備一切可能發生的壞事，若發生沒料到的好事多少也是安慰了。

第二十五章　論學究式教育

義大利喜劇中，總是有一位鄉村教師給人逗樂，他的外號在我們中間也很少有敬意；我小時候看了經常會感到氣惱。因爲既然我已交給他們管教，我至少也得珍惜他們的聲譽吧？我常以碌碌無能與博學多才中間有天資上的差別爲由爲他們辯解；況且他們的生活方式彼此也大相徑庭。但是爲什麼最高雅的貴族最瞧不起他們，這下子我就糊塗了，比如我們傑出的杜・貝萊：

我最恨迂腐的學問。

這種看法由來已久；因爲普魯塔克說，「希臘人」和「學生」在羅馬人嘴裡是罵人話和貶義詞。

後來隨著年歲增長，我發現這話說得很有道理，「最有學問的人不是最聰明的人。」（拉伯雷書中的引語）一個博古通今、見多識廣的人思想不見得敏捷活躍，而不通文墨的粗人不用多學，就像世上滿腹經綸之士那麼通情達理，這又是怎麼一回事，我還是不明白。

我們公主中的公主提到某人時對我說過這樣的話，把其他那麼多人博大精深的思想放在頭腦裡，自己的思想爲了讓出地方就擠壓得很小了。

我想說的是植物吸水太多會爛死，燈灌油太多會滅掉，同樣，書讀得太多也會抑制思維活動。思想中塞了一大堆五花八門的東西，就沒有辦法清理，這副擔子壓得它萎靡消沉。但是也有相反情況，因爲心靈愈充實愈敞開。回頭看古史中的例子，管理公共事務的能人，掌控國家大事的文武高官，也同時都是博學之士。

至於遠離人間雜務的哲學家，他們有時也確實遭到同時代的任意嘲笑，他們的看法與舉止也傳爲笑柄。你願意他們來評判一場官司的權益和一個人的行爲嗎？他們確也非常合適！他們還會追問有沒有生命、有沒有運動、人是不是不同於一頭牛？什麼是訴求和被訴求？法律與正義是哪門子的動物？

他們是在談論官員，還是對著官員在談論？都表現出一種大不敬的自由行爲。他們聽到有人讚美他們的親王或國王呢？對他們來說他是個牧羊人，像牧羊人那麼閒著，只是給自己的牲畜擠奶、剪羊毛，但是比牧羊人還粗手粗腳。你認爲還有誰比擁有千萬畝土地的人更偉大？他們慣於把全世界都看做是自己的財產，才不屑一顧。

你吹噓自己家族已是七代豪門嗎？他們不認爲你有什麼了不起，竟沒有想到天下都是一家親，哪個人不是有數不清的祖先：富人、窮人、當國王的、當下人的、希臘人、野蠻人。當你是赫拉克勒斯第五十代孫，他們認爲你大可不必炫耀這個命運的禮物。

因而普通人看不起他們，連最平凡的俗事也不懂，還盛氣凌人，自視甚高。柏拉圖描繪的哲學家形象跟當代人心目中的形象相距甚遠。大家羨慕他們高踞於時代之上，脫離公眾活動，過著一種特殊不可模仿的生活，遵循某些倨傲、不同凡俗的原則。而當代哲學家，受歧視，彷彿居於社會的下層，彷彿不能擔當公務，彷彿在普通人後面過一種苟延殘喘的卑賤生活。

讓行爲惡劣、巧言令色的人見鬼去吧！

——帕庫維烏斯

我要說的是這樣的哲學家，他們知識淵博，行動更加令人讚賞。就像大家提到的敘古拉的幾何學家阿基米德，爲了保衛祖國，放棄哲學探討，從事於實用研究，不久研製出可怕的軍械戰具，效果超過一切人的想像，然而他本人對這一切機械製造不以爲然，認爲做這件事有損於他的哲學尊嚴，這些發明只是學徒的生計與兒童的玩具。如果讓他們在行動中發揮，可以看到他們展翅高飛，翱翔天空，對事物有更透徹的了解，心靈大大開闊。

但是有些人看到政權都掌握在庸人手裡，紛紛躲開。那人問克拉特斯，他談哲學要談到幾時才甘休，得到了這樣的回答：「直到我們的軍隊不再由趕驢的人當指揮。」赫拉克利特把王位讓給弟弟，以弗所人責備他不該把時間花在神廟前跟孩子玩耍，他回答說：「做這件事不是還比跟你們一起治理國事要強嗎？」

有的人，他們的思想超越財富與世俗事務，覺得法官的位子與國王的寶座都是低微卑賤的。恩培多克勒拒絕阿格里琴坦人獻給他的王國。泰勒斯有幾次斥責大家只關心小家庭和發財，有人指責他說這是狐狸吃不到葡萄的論調。他突發奇想，空閒時試一試理財方法，利用他的聰明才智去致富發財，做了一樁大買賣，一年之內賺的錢，是最有經驗的商人一輩子也掙不到的。

據亞里斯多德說，有人把泰勒斯、阿那克薩哥拉這類人稱爲聰明的人，而不是實際的人，對於實用的事物不夠注意；除了我對這兩詞的區別還不大吃透，這也不能給我的那些人護短。看到他們安於缺衣少食的清貧生活，我們很有道理用這兩個詞，稱他們既不是聰明的人，也不是實際的人。

第一個原因我就不解釋了，倒不如相信這個弊端來自他們對待學問的錯誤主導思想；按照我們接受教育的方式，學生與教師雖然知識會學到更多，但是人不會變得更能幹，這是不足爲奇的。當今的父輩花費心血與金錢，其實只是在讓我們的頭腦灌滿知識。至於判斷力與品德則很少關注。

有人經過時你不妨對大家喊：「嗨，那是個有學問的人！」再有一人經過時：「嗨，那是個好人！」不大會有人轉過身朝第一人看一眼，表示敬意。必須有第三人喊：「嗨，那是個博學的人！」我們就會樂意打聽：「他懂希臘語還是拉丁語？他寫詩歌還是散文？」但是他是否變得更優秀或更明白事理，這問題才是主要的，卻是最沒人提及的。應該打聽的是他是不是學得更好了，而不是學得更多了。

我們學習只是讓記憶裝滿，卻讓理解與意識空白。猶如鳥兒出去覓食，不嘗一嘗就銜了回來餵小鳥，我們的學究也從書本裡蒐集知識，只是掛在嘴邊，然後吐出來不管被風吹往哪裡。

妙的是我這人本身何嘗不是蠢事的例子。本書中的大部分文章不是也在做同樣的事嗎？我從書籍中隨時摘錄我喜歡的警句名言，不是爲了記住，我這人記性不好，而是爲了用到這部書裡，說實在的，不論在這裡還是在原文本裡都不是我原創的。我相信，我們不是依靠過去的也不是依靠未來的，而是依靠現在的知識才做上個有學問的人。

但是更糟的是，他們的學生和孩子都不以知識充實自己、營養自己；只是把知識輾轉相傳，唯一的目的是炫耀自己，娛樂大眾，當作談話題材。像一枚不流通的籌碼，除了計個數扔掉以外，沒有任何實際價值。

> 他們學會了跟別人說話，不是跟自己說話。
>
> ——西塞羅

> 要的不是說話，要的是指導。
>
> ——塞涅卡

大自然爲了表示在它的指導下不會有野蠻的東西，往往在藝術教育不發達的民族中產生的精神作品，可以與最佳的藝術傑作媲美。關於我的這句話，加斯科涅有一句諺語說得很巧妙，來自一首歌謠：「吹啊吹，學會手指哪裡按。」

我們會說：「西塞羅是這樣說的；這是柏拉圖的思想特點；這是亞里斯多德的原話。」但是我們自己說什麼呢？自己評判什麼呢？自己做什麼呢？可以說是鸚鵡學舌。這種做法使我想起那位羅馬富人，他花大錢用心搜羅精通某門學科的人，讓他們時刻不離左右，當他有機會跟朋友談到某一主題時，他們代替他的位子，人人都準備好向他提供資料，這人一條論據，那人一句荷馬的詩，誰都派得上用場。他認為在那些清客頭腦裡的學問也是他的，就像有些人的才學都關在他們豪華的書房裡一樣。

我認識一個人，當我問他知道什麼，他向我要了一本書指給我看，他若不在詞典裡查到什麼是疥瘡，什麼是屁股，就不敢跟我說他的屁股上長了疥瘡。

我們接受了他人的看法與學問，僅此而已。必須把這些看法與學問化為自己的。正像那個到鄰居家去借火的人，看到爐子裡的火燒得正旺，就留在那裡烤火了，卻忘了取火回家這件事。肚子裡塞滿了肉而不把它消化，不轉化為自身的養料，不健壯體格，這對我們有什麼用呢？盧庫盧斯沒有經驗，透過書本成為一名大將，我們怎麼相信他是像我們這樣學習的嗎？

我們讓自己使勁靠著人家的胳膊走路，也耗盡了自己的力氣。我要武裝自己去克服死亡的恐懼嗎？去向塞涅卡討教。我要為自己或為別人找些安慰話嗎？去向西塞羅討教。我若早已融會貫通，就不用向誰討教了。我不喜歡這種時時求助於人的依賴性。

雖則可以用別人的知識使自己長知識，可是要聰明那只有靠自己才會聰明。

我討厭對自己不聰明的聰明人。

——歐里庇得斯

因此，埃尼厄斯說：聰明人不能利用自己的聰明，也是不聰明。

——由西塞羅引用

他若貪婪、虛榮，比歐加內的羔羊還懦弱。

——朱維納利斯

光有聰明是不夠的，還要會用。

——西塞羅

第歐根尼①嘲笑語法學家，他們只關心打聽尤利西斯的毛病，而不知道自己的毛病；音樂家調諧自己的笛聲，卻不會調諧自己的習慣；演說家頭頭是道講正義，卻不會貫徹正義。

① 原文爲狄奧尼修斯。據《七星文庫・蒙田全集》注解，應爲第歐根尼。按此改正。

如果我們的心靈不走向健康，如果我們的判斷力不改進，我寧可讓學生打網球消磨時間；至少身體可以更矯健。看看他從那裡學了十五、六年回來，沒有什麼是用得上的。在他身上多了的只是，學了拉丁文和希臘文後使他比離家前更神氣與尖刻。他原該帶回一個充實的心靈，而今卻是虛空的；沒有茁壯長大，只是浮腫虛胖。

這樣的教書先生，就像柏拉圖說的詭辯學家——他們的叔伯兄弟——口口聲聲說自己是一切人中對人類最有用的人，其實是所有人中唯有他們不把人家交付的工作，像木匠、泥瓦匠那樣做好，反而做壞，還要對他們做壞的事付報酬。

普羅塔哥拉給他的弟子立下規矩，他們要麼按照他的定價付學費，要麼到神殿去宣誓，按照從他的教學中得到的好處來交束脩。如果遵照這後一個辦法，我的那些教師在聽了我的經驗之談必然會感到失望。

我用佩里戈爾方言把這些小文人戲稱爲Lettre-ferits，就像大家說的Lettre-ferus，從意思來說，就是「列印在腦子裡的文字」。說眞的，他們好像經常被打得失去了常識。因爲農夫和鞋匠，你看他們簡單樸實地過自己的生活，說他們知道的東西；而那些人靠著腦海中漂浮著的一些知識抬高自己，神氣活現，不斷地陷入尷尬境地，脫不了身。他們說出來的漂亮話，要由別人去做。他們知道羅馬名醫蓋倫，卻一點不了解病人；他們會在你的腦袋裡塡滿法律條款，卻找不出案件的癥結。他們知道一切事物的理論，卻要找人付諸實施。

我看到來做客的一位朋友，爲了消磨時間，跟這樣一個人交談，造怪句子，前言不搭後語，意思生搬硬套，時時又穿插一些辯論用語，就這樣糾纏著那個蠢人玩了一天，而那人還眞以爲在回答人家對他的反駁。那人還是頗有聲望的文人，穿一件華麗的長袍。

你們這些豪門子弟，背後不長眼睛，
小心轉身看見嘲弄的鬼臉。

——柏修斯

這類學究遍布各地，誰對他們仔細觀察，就會像我一樣發現大多數情況下他們不懂自己說什麼，也聽不懂別人在說什麼；他們記的事很多，判斷力很差，莫不是他們這方面就是天生與眾不同。

我見到阿德里亞努斯·圖納布斯，他除了文學以外沒有做過別的事，在這方面依我看來是千年一逢的大人物，他沒有一點學究氣，不過他穿長袍，從社交觀點來看外表不夠正規，這都是些小事。我討厭我們這些人，認爲長袍比扭曲的心靈還更受不了，憑行禮方式、儀表和靴子來判斷一個人。從內心來說他是世界上最有教養的人。我有時有意引他談一些他陌生的話題；他目光敏銳，悟性高，判斷正確，彷彿他的事業向來都是指揮戰爭，治理國家。眞是經邦濟世之大才，

善良的普羅米修士用沃土
塑造他的這顆心。

——朱維納利斯

雖然教育不良也是頂天立地存在。然而不讓教育腐蝕我們還是不夠的，更要讓它培育我們。

我們的法院招聘人才，考官只測試他們的知識；另一些法院還加試一樁案例考查他們的判斷力。我覺得後者的做法要好得多。其實這兩種考試都不可或缺，應該並存，實際上對知識的要求不及對判斷的要求重要。有判斷可以不要知識，有知識不可不要判斷。因爲像這句希臘詩說的：

缺了理解力，知識有何用？

——斯多巴烏斯

但願上帝爲了司法的利益，讓這些部門在具備知識以後，還多多培養兼有理解力和良心的人！「他們教育我們不是爲了生活，而是爲了傳播。」（塞涅卡）因而不應該把知識貼在心靈表面，應該注入心靈裡面；不應該拿它來噴灑，應該拿它來浸染。要是學習不能改變心靈，使之趨向完美，最好還是就此作罷。這是一把危險的劍，如果掌握在弱者不知使用的手裡，只會使主人礙手礙腳，受到傷害——還不如什麼都沒有學到（西塞羅）。

或許這正是我們和神學家不要求女子多才的原因。當有人向布列塔尼公爵、約翰五世的兒子法蘭西斯提親，娶蘇格蘭公主伊莎貝拉，還說她從小的教育很簡單，沒有學過一點文化，公爵回答說，這只會使他更愛她，女人只要知道區分丈夫的襯衣和束腰短上衣，就算是夠懂事的了。

因而我們的祖先並不重視學問，即使今日在國王身邊只是偶爾幾位主要謀士有些文才，也就不值得奇怪了。今日提倡司法、醫學、教育，還有神學，唯一的目的是發財致富，這才使大家看重學問，否則會看到它跟從前一樣處境悲慘。學問若不能教我們好好思想與行動，那多麼可惜！「自從出現了有學問的人，就很少見正直的人。」（塞涅卡）

一個人不學善良做人的知識，其他一切知識對他都是有害的。但是我剛才尋求的理由也來自下列事實：在法國，學習除了謀利以外幾乎沒有其他目的。除非那些人生來可以去從事比營利更高尚的工作，他們就是做學問也往往時間很短，還沒有感到興趣，就抽身去做跟書本毫無關係的工作。一般說來，留下來全心全意做學問的，只是那些貧寒出身的人，也只是尋求謀生手段而已。

這類人的心靈出於本性、家庭教育和不良影響，不能得到學問的眞諦。因爲學問不會給一團漆黑的心靈帶來光明，就像不能使盲人看到東西；學習的職責不是提供視力給他，而是調整視力，如像一個人必須有了挺直有力的腿腳，才可以訓練他的步伐。

知識是良藥，但是不管什麼良藥因藥罐保存的品質差，都會變質失效。一個人可以看得清，不一定看得準，從而看到好事不去做，學到知識不會用。柏拉圖在《理想國》中的主要條例，按照公民的天性分配工作。天性能做一切，一切也由天性去做。腳跛的人不宜做體力運動，心靈跛的人不宜做智力運動；惡劣與庸俗的人不配學哲學。看到一人腳上穿雙破鞋，我們就會說他是鞋匠誰都不會奇怪。同樣經驗好像也在告訴我們，與常人相比，經常還是醫生不好好服藥，神學家不好好懺悔，學者不好好充實自己。

從前，希俄斯島的阿里斯頓說得有道理，誰聽了哲學家的話都會貽誤終生，尤其是大多數人都不知如何應用他們的教益，不會用於好處，而會用於壞處：「可以說從亞里斯提卜學派出來的是淫棍，從芝諾學派出來的是野人。」（西塞羅）

在色諾芬提到的波斯人教育中，我們發現他們培育兒童品德，就像其他民族培育兒童文藝。柏拉圖說他們繼承王位的長子就是這樣教育的。太子一生出來，不是交給婦女，而是交給國王身邊德高望重的太監。太監負責鍛鍊他有一個健美的體魄，七歲教他騎馬狩獵。到了十四歲，給他配備國內最賢達、最正義、最節儉、最勇敢的四個人，對他進行培訓。第一人教他宗教；第二人教他做人真誠；第三人教他如何清心寡欲；第四人教他大無畏精神。

利庫爾戈斯的高明做法值得稱道，實在可以說臻於完美無缺，對兒童的教育做到無微不至是國家的主要職責，即使在繆斯的領域也很少提到學說；彷彿這些優秀高尚的青年，藐視品德以外的一切約束，他們需要受業的不是知識的導師，只是勇敢、謹愼和正義的導師——柏拉圖把這個例子寫進了他的《法律》一書中。

波斯人的教學方式是向學生提問，對人及其行爲作出判斷；他們對這個人或這件事進行譴責和讚揚時，必須用理由說明自己的說法，透過這個方法共同提高認識，學習法律。

在色諾芬的書裡，曼達娜②要居魯士說一說最後一課書的內容，居魯士說：「在我們學校有一個大男孩，穿了一件小衣服，脫下給了他的一個小個子同伴，再去脫下小個子身上穿的較大的衣服。我們的教師要我給這場爭吵評評理，我說事情這樣很好，兩個人穿了好像都感到更舒服；他教育我說我做錯了，因爲我只是考慮舒服，首先應該考慮公正，公正要求誰都不可以強求屬於他人的東西。」他還說他爲此挨了鞭子抽，就像我們在村子裡忘了背希臘語「我打」的不定過去時規則。

我的教師引經據典用「褒貶法」訓了我一通，然後要我相信他的學校不遜於那所學校。他們要走捷徑，但是知識是這樣的，即使走直線去獲得，也只能教我們學到謹愼、清廉和堅定，他們願意一開始就讓兒童接觸實際，不是用道聽塗說的事來教育他們，而是用行動實驗

② 原文是阿斯提亞格，他是波斯國王居魯士的祖父，據《七星文庫·蒙田全集》注解，居魯士是向母親曼達娜敘述這件事。按此改正。

來教育他們，不僅用箴言警句，主要還運用實例與實踐，生動活潑地培養和塑造他們，使這一切不是只記在心靈上，就是他們的思維與習慣；不單是後天養成的，還是先天具備的資質。對這個問題，有人問斯巴達國王阿格西勞斯二世，他主張孩子應該學習什麼，他回答說：「學習他成了大人以後該做的事。」難怪這樣的教育產生那麼卓越的成果。

據說，到希臘其他城市去找修辭學家、畫家和音樂家；但是到斯巴達去找立法官、法官和軍事將領。在雅典學好演說，在這裡學好辦事；在那裡要洞悉詭辯的論點，不受巧言令色的矇騙；在這裡要拋開欲望的誘惑，以大勇消除命運與死亡的威脅；那裡的人忙著演講，這裡的人忙著幹事。這裡不停地操練舌頭，那裡不停地錘煉心靈。

當安提派特向波斯人索取五十名兒童當人質，他們的回答完全不同於我們，說寧可獻出兩倍多的成年人作抵押。這並不奇怪，因爲他們認爲這會是本國教育的巨大損失。阿格西勞斯邀請色諾芬送他的孩子到斯巴達養育，不是爲了學修辭學或辯證法，而是爲了學習（據他說）最好的學問，那就是服從與指揮。

看到蘇格拉底如何以他特有的方式取笑僭主希庇亞斯是很有趣的。希庇亞斯向他敘述，他如何在西西里島一些小城鎮裡教書賺了大錢，在斯巴達則分文也沒有掙到。因此那裡都是些痴呆、不會量尺寸、不會算數目、不重視語法和詩歌，整天忙著去記載歷代國王的順序，各個國家的興亡——這麼一筆糊塗帳。蘇格拉底把他說的話聽完，然後從小處入手，誘使他承認他們的政權精於治國，他們的生活幸福質樸，讓他去領會他的那些治人之道歸根結蒂都是無用的。

在這個尚武和其他類似的政體中，許多例子都向我們說明追求知識，使勇氣削弱和渙散，更多於增強和堅定。當今世界上顯得最強大的國家是土耳其；那裡的人民同樣也是受尚武輕文的教育。我認爲羅馬發展文治後不及從前驍勇善戰。當今，最好戰的民族是最粗魯與無知的民族。斯基泰人、帕提亞人、帖木兒都可爲我們做佐證。

當哥特人蹂躪希臘時，使所有圖書館免遭兵燹之災的卻是一名哥特人，他到處宣說應該把藏書原封不動留給敵人，可以讓他們不思軍事操練，坐在家裡看這些閒書取樂。至於我們的查理八世，不用拔劍出鞘，就占領了那不勒斯王國和托斯卡納大部分土地，隨同他出征的貴族把這次意想不到輕而易舉的征服，歸之於義大利的親王和貴族更有意於聰明博學，而不是強壯善戰。

第二十六章　論兒童教育——致戴安娜・德・弗瓦，居松伯爵夫人

我還從未見過哪個父親，因兒子是癩子或駝背而不願認他的。這不是因爲過於鍾愛而看不到這個缺陷，而因爲這總是他的骨肉。我也是比誰都看得清楚，我的這些文章只是在兒時對學問學了些皮毛的人在說夢囈而已，只記得一個模糊不全的印象，東扯西拉，一知半解，倒是十分法國式的。

因爲，總的來說，我知道有一門醫學、一門法學，數學分四學科，以及它們大致針對的是什麼。可能我還知道學問一般是爲人生服務的。但是我從沒深入探討，苦心孤詣研究現代知識之父亞里斯多德，或者對哪門學科鍥而不捨。也沒能對一門藝術進行概括。中級班的哪個學生都可以說比我懂得多，我甚至沒有資格用他的第一課書去考他這裡面說什麼。若要逼我這樣去做，我只能勉強出些一般性題目，以此考查他們天生的判斷力，這課目對他們是陌生的，就像他們的課目對我也是陌生的。

我從來不曾扎扎實實讀過一部有分量的書，除了普魯塔克和塞涅卡；我從他們的著作中汲取知識，但像達那伊得斯，不斷地往無底洞裡灌水與放水。我有什麼領會就寫在紙上，很少記在心裡。

歷史是我的狩獵目標，還有詩歌我對它情有獨鍾。因爲，如克里昂特斯說的，聲音鑽過狹窄的喇叭管，出來時更尖、更響，我覺得名句受到詩韻的種種束縛，掙脫出來更有力量，對我的衝擊也更大。至於我的天賦——這部書對它是一場考驗——我感到它在重壓下彎下腰來。

我的觀點與看法只是在摸索中漸漸形成，猶豫搖擺，趔趄不前。當我儘量往前走遠時，沒有一次感到滿意。可以看到遠處的城郭，但是如墜雲霧中模糊不清。使用自己的語言如實表達偶然出現在思想中的東西時，經常會在名家的著作中碰巧遇到我已嘗試談論的主題，例如不久前在普魯塔克作品中正好讀到他對想像的論述，我必須承認與這些人相比，自己是多麼軟弱無力、麻木魯鈍，也不由得自憐自貶起來。

但是也使我感到欣喜的是，我的看法有幸與他們的看法相遇在一條路上，雖則我遠遠落在後面。我還知道——不是人人都這樣明智，我與他們之間的巨大差別。然而我還是照樣發表我的一得之見，淺薄孤陋，不因在比較中發現缺陷而用他們的話來粉飾和掩蓋。跟這類人物並肩而行必須有挺直的腰桿。我們這個世紀裡那些下筆輕率的作家，在他們不値一提的作品中整段照抄古人文章炫耀自己，效果適得其反。因爲這兩者的文采高下懸殊，判若雲泥，反使抄襲者顯得更加蒼白醜陋，實在是得不償失之舉。

這是兩條迥然不同的奇怪做法。哲學家克里西波斯在自己的作品中不但整段抄襲，還整本照搬其他作家的作品，歐里庇得斯的《美狄亞》就在他的一部書裡。阿波羅多羅斯說，誰要是把他抄襲的內容刪去，他的紙上就只留下一片空白。伊比鳩魯則相反，在他傳世的三百卷作品中沒有一句引語。

有一天，我偶然遇到一段文章。那些法語句子無血無肉，空洞抽象，眞是法國式廢話，讀來索然無味。無精打采讀了很久，突然看到了一篇富有文采，精美絕倫的文章。要是覺得坡度平緩，攀登不急，這還可理解。而這是一座懸崖，筆直陡峭，剛讀了六句話，就把我帶往另一個世界。從那裡我發現剛才走過來的那個淵谷，實在是太淺太低了，再也無心回到那個地方去。如果把這樣的美文塞到我的一篇文章中，反襯出我的其他文章更加不堪入目了。

批評別人身上自己也有的缺點，還有批評自己身上別人也有的缺點（我常這樣），我不覺得兩者是不相容的。我們必須揭露它們，使之無處藏身。而且我知道這需要有多大的勇氣，讓我時時嘗試去趕上我的抄襲之作，跟那些作者平起平站，還懷著僥倖的希望，瞞住評論家的眼睛不讓辨認出來。這要依靠我應用得法，還有賦予新意和表達有力。

此外，我不會和這些先師正面衝撞，打肉搏戰；反覆輕微騷擾而已，不會迎頭痛擊，只是虛晃幾招；也不會表示出非得這樣做不可。

我若能使他們感到爲難，那是我這人言之有物，因爲確是說中了他們牽強附會的地方。

我發現那些人在做的事，就是穿上別人的盔甲，連個手指頭也不露出來，把古人的思想東拼西湊來實行自己的計畫，這對於有知識的人做這類人云亦云的題目還不易如反掌。對那些人偷偷摸摸竊爲己有，首先是不正義和怯懦行爲。他們自己沒有什麼有價值的見解，千方百計盜用別人的來標榜自己，更爲愚蠢的是，樂於用欺詐去騙取庸人的盲目讚揚，在有識之士面前自貶身價，其實只有他們的稱頌才是重要的，而今他們對於剽竊的文句，只會嗤之以鼻。

我做什麼也不會去做這樣的事。我引用別人是爲了更好表達自己。我不是指那些集句詩，這本來作爲彙編出版的，我見過除了古人以外，當今也有編得很精緻的集子，尤其是卡庇魯普斯主編的那部書。從這些著作中處處看出時代的智慧，利普修斯在那部博學的巨作《政治》中也這樣。不管怎樣，我想說的是，不論什麼荒謬的想法，我都不會去有意掩飾，就像我的一張禿頂灰髮的肖像畫，畫家畫上的是我的臉，不要是一張十全十美的臉。因爲這裡寫的是我的想法與意見；我寫出來的是我信仰的東西，不是要人相信的東西。我在這裡的目的是袒露自己，要是新學的東西使我改變的話，這個自己到了明天可能會不同了。我沒有權威要人相信我，也不奢望這樣的事，覺得自己學識淺陋，不配去教育別人。

讀過上一篇文章的那個人，一天在我家裡對我說，我應該對兒童教育的理論再深入談一談。那麼，夫人，我在這方面還有什麼看法的話，最好是把它獻給即將出世的小公子（夫人生性慷慨，頭胎肯定會是個男孩）。從前我有幸爲您服務，自然希望您萬事如意；除此以外，我還曾積極促成您的婚事，有權利關注一切由此而來的門第光耀昌盛。但是說實在的，在這件事上我知道的只是，人文科學中最難與最偉大的學問，似乎就是兒童的撫養與教育。

如同在農業中，播種前的耕作以及播種本身，方法都可靠簡單；可是讓種下的作物存活茁壯，這裡面就有無數的學問與困難；人也是這樣，受孕懷胎無什麼技巧，但是一旦到了人世，大家就要給他種種關懷，教育他、撫養他，需要終日操心與害怕。

幼年時，孩子的性格傾向不強烈不明顯，天資也沒有那麼確定無疑的表現，很難對此作出任何有根據的判斷。

您看西門、瑟米斯托克利和其他許多人，他們早年與後來的行爲多麼不一致。小熊與小狗顯出自然天性；而人受困於習俗、看法和法律之中，很容易改變自己或僞裝自己。

強迫天性還是很難的。由於選錯了道路，訓練孩子去做今後無法讓他們立足的事，往往多年心血白費，這樣的事常有發生。由於這樣的困難，我主張引導他們去做最有益最有效的工作，不應該從他們童年的行爲對他們的前途妄加猜測。即使柏拉圖，我也覺得他在《理想國》一書給予兒童過多的權力。

夫人，學問是華麗的裝飾，也是奇妙的服務工具，尤其對於夫人這樣富貴人家來說。說實在的，學問在貧賤者手裡起不了應有的作用。學問用於指揮戰爭、統治百姓、跟君王或異國結盟，遠比用於找論據、寫訴狀或開藥方顯赫得多。因而，夫人，我相信您不會忘記對自己孩子的這部分教育，因爲您出身書香門第，受過閨中教育（因爲我們至今保存幾代德·弗瓦伯爵們的文稿，您的丈夫伯爵閣下和您都是這一脈的後裔，您的叔父弗朗索瓦·德·弗瓦，康達勒伯爵每日寫作，將使貴府的文章才華綿延幾個世紀不絕），我只想對您獻上一條不同於世俗做法的拙見，這也是我對夫人的效力。

兒童教育的成敗完全取決於您對教師的選擇，教師的職責涉及許多其他重大方面；但是對此我沒有值得一聽的見解也就略過不談；關於職責我向教師提出一己之見，他若認爲有可取之處不妨採納。對一位貴族子弟，學知識不是爲了謀生（因爲這個庸俗的目的不配得到繆斯女神的垂青與眷顧，此外這還涉及到別人，取決於別人），不是爲了跟外界交往，更重要的是自身要求，豐滿心靈，提高修養，更有意培養成一個能幹的人，而不是有學問的人。我還要進一言，就是用心給他選擇一名導師，不需要學識豐富，而需要通情達理，兩者兼備自然求之不得，但是性格與理解更重於學問；他必須以一種新方式工作。

有的教師不停地在我們的耳邊絮聒，彷彿往漏斗裡灌水，我們的任務只是重複他對我們說的話。我要他改正這種做法，一開始，根據他所教的人的智力，因勢利導，教他體會事物，自己選擇與辨別；有時給他指出道路，有時讓他自己開拓道路。我不要老師獨自選題，獨自講解，我要他反過來聽學生說話。蘇格拉底，後來的阿凱西勞斯都是首先讓弟子說話，然後再是他們對弟子說話。

> 執教的人高高在上，大部分時間損害要學習的人。
>
> ——西塞羅

教師讓學生在前面小跑，判斷他的速度，然後決定自己該怎樣調節來適應學生的力量，這是個好方法。如果缺少師生的配合，什麼都做不好。善於選擇這種配合，穩步漸進，據我所知這是最艱難的工作之一；名師高瞻遠矚，其高明處就是俯就少年的步伐，指導他前進。我上山的步子要比下山更穩健、更踏實。

我們這裡的做法是，不論學生的資質與表現如何不同，都是用同一的教材與規則來教導，於是在一大群兒童中只能培養出兩、三個學有所成者，也就不足為奇了。

教師不但要學生記住課本中學過的詞，還要理解詞的意義與要旨；評估學生的成績不是去證明他記住了多少，而是生活中用了多少。按照柏拉圖的教學法循序而進，對學生剛學到的知識，要他舉一反三，觸類旁通，檢查他是否融會貫通，成為自己的東西。吞進的是肉吐出的還是肉，這說明生吞活剝、消化不良。吞進胃裡的東西是需要消化的，胃沒有改變它的內容與形狀，那就沒有產生應有的作用。

受五花八門思想的影響，受書本權威的束縛，我們的心靈都是在限制中活動。脖子套了繩索掙不脫，也就不會有輕快的步伐。我們失去了活力與自由。

我們永遠做不到自己駕馭自己。

——塞涅卡

我在比薩城私訪一位正人君子，是個極端的亞里斯多德信徒，他最大的信條是：衡量一切正確思想與眞理的試金石，就是看它是否符合亞里斯多德的學說；除此以外，都是胡思亂想；亞里斯多德什麼都見了，什麼都說了。他這個信條得到廣泛和歪曲的傳播，從前使他長時期成爲羅馬宗教裁判所裡的常客。

教師要讓學生自己篩選一切，不要僅僅因是權威之言而讓他記在頭腦裡。亞里斯多德的原則對他就不是原則，斯多葛派和伊比鳩魯派的原則也不是。要把這些豐富多彩的學說向他提出，他選擇他能選擇的，否則就讓他存疑。只有瘋子才斬釘截鐵地肯定。

我樂於知道，也同樣樂於懷疑。

——但丁

因爲，如果他透過自己的理念接受色諾芬和柏拉圖的學說，這些學說不再是他們的，而是他自己的。跟在人家後面的人，跟不到什麼東西。什麼都沒找到的人，是因爲他沒尋找。

我們頭上沒有國王，讓各人自己支配自己。

——塞涅卡

至少讓他知道他知道什麼。他必須吸收他們的思想精華，不是死背他們的警句。他可以大膽忘記從哪裡學到的，但必須知道把道理爲我所用。

眞理與理智對誰都是一樣的，不看誰說在前、誰說在後。也不是根據柏拉圖說的、還是我說的，只要他與我理解一致，看法一致。蜜蜂飛來飛去採花粉，但是隨後釀的蜜汁，這才完全是它們的。不管原來是萊蒁還是牛至了。這也像學自他人的知識，融會貫通，寫成自己的一部作品，以此表達自己的主張。他的教育、他的工作和研究，都用於對自己的培養。

讓他把學到的東西藏之於心，把創新的東西呈之於外。剽竊者、人云亦云者炫耀的是他們造的房屋，他們購的東西，而不是他們學自他人的心得。你看不到一名法官收受的禮品，只看到他爲孩子招來好親事和獵取榮譽。沒有人公開他的收入；每個人都不隱瞞他的獲得。

我們在學習上的獲得，才使自己更完美更聰明。

埃庇卡摩斯說，有了理解才看見與聽見，有了理解才可以利用一切，支配一切，才可以行動，掌握與統率：其餘的東西都是瞎的、聾的、沒有靈魂的。當然，不讓理解有自由發揮的餘地，就會失去活力與豁達。誰曾問過他的弟子，對西塞羅某名句的修辭與語法是怎麼想的？他們只把這些句子一股腦兒往我們的記憶裡裝，彷彿是一點一劃都有其重大含義的神諭。會背誦不等於懂，那只是把東西留存在記憶中。了然於心的東西不妨自己支配，不必看老師的眼色，也不必轉睛對照書本。純然的書本知識是可悲的知識！我可以接受它作爲裝飾，但不是基礎，柏拉圖也是這個看法，他說堅定、信仰、眞誠是眞正的哲學，其他另有目標的學科都是點綴而已。

我多麼樂意當代傑出的宮廷舞蹈家帕瓦里或龐培，只要求我們觀看他們表演，不必要離開位置就可以學會蹦蹦跳跳。這就像那些人要我們提高理解力卻不要動腦子，要我們學騎馬、擲標槍、彈琴或練聲，又不要我們練習，要我們學習明辨是非和善於辭令，又不要我們說話和判斷。要學習，眼前看到的一切都可以作爲合適的教材：侍從的狡猾、僕役的愚蠢、席間的談話，統統都是新內容。

最適宜於進行這樣學習的是與人交往，還有就是到國外遊歷，不是像我們法國貴族那樣，帶回來的只是聖洛東達神殿有多少臺階，利維亞小姐的短褲多麼精緻；還有像另一些人議論從某些廢墟出土的尼祿頭像，比某個金幣上的頭像長多少或闊多少；而是要帶回這些國家的民族特性和生活方式，讓我們的思想與他們的思想發生衝撞和相互磨礪。

我多麼樂意孩子幼年時就帶他遊歷，這樣做一舉兩得，先到語言與我們相差較大的鄰國去，語言若不自小訓練，舌頭不會靈活。

所以，大家通常認爲，在父母身邊培養孩子不是道理。骨肉之情會使即使最明白事理的父母過於心軟，導致放縱。他們捨不得懲罰他的過錯，看到他生活像常人一樣隨便和冒風險。他們也受不了他汗流浹背，滿身塵土從操練回來，有熱喝熱，有冷喝冷。看不得他騎在烈性馬上，手執無鋒劍或拿起第一把火槍跟嚴厲的教師對抗。因爲你若要他具有男子漢氣概，別無良策，且不說青春年少時不能姑息，經常還有違於醫學規律，讓他處於曠野，四周草木皆兵。

——賀拉斯

不僅要磨礪他的心靈，還要錘鍊他的筋骨。心靈若沒有筋骨的輔助，會壓力太重，獨自難以承受兩副擔子。對此我深有體會，我的心靈就因身子那麼單薄嬌弱，壓得它步履艱難。我在學習中讀到，我的老師經常舉例談起，一個人銅筋鐵骨，耐苦耐勞促成自己大智大勇。我見過一些男人、女人和兒童，天生強健的體魄，受一頓棍棒打比我被一根手指戳還不在乎，挨揍時不吭一聲，不皺眉頭。當競技家模仿哲學家比賽耐力，他們的力量來自筋骨更多於心靈。工作中耐勞其實是耐痛：「勞動磨出耐痛的老繭。」（西塞羅）

要孩子忍受訓練的勞苦與疼痛，是鍛鍊他們經受脫臼、腸絞痛、灼傷，還有坐牢和苦刑的勞苦與疼痛。在我們這個時代，好人與壞人都會遇到後兩種苦難，他或許也難以倖免。我們有例子爲證。無法無天的人，正在用鞭子與絞索威脅精英分子。

再說，教師的權威對他必須是至高無上的，父母在場就會使權威中止與受到妨礙。知道自己的家族有財有勢，再加上全家對他畢恭畢敬，以我之見，在這個年紀對他會有不小的妨害。

與人交往方面，我經常注意到這個缺陷，我們不去認識別人，而一心標榜自己，不思努力獲取新知識而兜售自己的貨色。沉默與謙虛是交談中非常有用的品質。當這個孩子得到知識後，要教導他謙虛謹愼；有人在他面前說話不中聽，聽到不要怒形於色；因爲抨擊一切不合自己心意的東西，這是極不禮貌的討厭行爲。讓他樂於自我改正，不要自己不願做的事都怪別人，不要跟大眾的習俗背道而馳。「做人聰明也可以不張揚、不傲慢。」（塞涅卡）

要改掉飛揚跋扈的樣子。還有這種年輕好強，要裝聰明來顯示能耐，指摘別人與標新立異圖虛名。猶如只有大詩人才可在藝術上打破韻律的約束，同樣只有一代風流人物可以在行爲上不拘一格。若有個蘇格拉底和亞里斯提卜行爲詭異、放浪不羈，這不是說他就可以這樣照著做；在他們的國家，超凡入聖的賢人才允許不拘小節。（西塞羅）

要教導孩子只有遇到工力悉敵的能手，才與他探討與爭論，那時也不使用一切可用的招數，而只用一些最有用的招數就夠了。要教導他善於選擇自己的論據，說話得體，也就言簡意賅。尤其要教導他面對眞理就要俯首貼耳，繳械投降，不論這是由對方說出來的，還是自己深思後體會的。因爲一個人上了講臺就不要說些現成話。不是自己同意的事不要任意介入。凡是可以用錢販賣懺悔和承認錯誤的自由的地方，不要參與那裡的任何工作。「人不是非得捍衛一切文明規定的思想觀點。」（西塞羅）

他的教師若能按我的意思去做，他要讓學生立志忠心耿耿對待君主，表現熱情勇敢；但是純然限於公務，其他私心都要打消。有了私交以後，坦率程度就會受損，帶來許多不便；除此以外，一個人被僱用或收買後，他的判斷就不會全面和自由，要不就會輕率和沒有切中要害。

君主從成千上萬臣民中選擇了他，養在府裡調教，這位侍臣除了取悅君王以外，沒有權利，也不思說和想任何不悅耳的話。這種寵倖與功利關係很有理由妨礙他直言諫勸，也使他顧盼自雄。因而經常聽到這些人的說話跟國內其他人不同，在這類事上很少値得相信。

讓他語言中閃爍良知與美德，唯理智作爲指引。讓他懂得，若在論說中發現錯誤，雖然別人尙未感到，也要改正，這是判斷與誠實的表現，也是他追求的主要品質；堅持與否認錯誤是常人的素質，愈庸俗的人中愈明顯；補偏救弊，知過必改，當機立斷放棄壞主意，這都是一種罕見的、強有力的哲學家風度。

要關照他，與人相處時要時刻留個心眼兒；因爲我發現最前面的位子往往被平庸之輩占據，大富大貴的人不一定有才華。

我看見坐在餐桌上座的人，閒談的是某塊掛毯的華麗或希臘馬姆塞葡萄酒的醇厚，而另一端的許多妙言雋句卻沒有人聽到。

他要觀察每個人的特長：放牛人、泥瓦匠、過路人；應該懂得利用一切，學習各人之所長；因爲一切都是有用的；即使從別人的愚蠢和弱點中也可學到東西。仔細觀察一個人的舉止風度，心頭就會產生想法，羨慕優雅的，鄙棄低俗的。

培養他鍥而不捨、探究一切的好奇心。周圍一切稀奇古怪的事都去看一看：一幢房子、一口井、一個人、古戰場遺址、凱撒或查理大帝的行軍道路：

什麼樣的土地在霜凍下變硬，在烈日下變沙粒，
什麼樣的風把帆船吹到義大利。

——普羅佩提烏斯

他還要了解各個君主的習慣、實力和盟約關係。這些東西學起來饒有興趣，知道了十分有用。

對人交往中，我還要包括——這很重要——那些生活在書籍與回憶中的人物。他透過歷史了解偉大時代的偉大人物。看各人的意願，可以是清閒的學習，也可以是富有成果的研究，如柏拉圖說的，這是斯巴達人留給自己享用的唯一學習。在閱讀普魯塔克《名人傳》時，他怎麼不會大有收穫呢？但是我的導師必須記住自己的職責所在，不要讓學生死記迦太基覆滅的日期，而要了解漢尼拔和西庇阿的性格；不要他知道馬塞魯斯在何地喪命，而要明白爲什麼他沒有盡責才死在那裡。

老師不要他學那麼多的歷史故事，而要他去判斷。在我看來，我們的智慧在這方面表現得最爲不同了。我在李維的著作中讀到的一百件事，別人沒有讀到；普魯塔克從中讀到的一百件事，我又沒能看出來，可能這是作者的言外之意。對某些人來說，這是純然的語法學習，對其他人是哲學剖析，從中深入到人性最奧祕的部位。

在普魯塔克著作中有許多長篇論述值得一讀，因爲依我看來他是這方面的一代宗師；

但是也有許多論述只是一言帶過，只是給有意深入的人指引方向，偶爾在關鍵問題上提個頭。這些章節我們必須剝離，予以適當闡述。比如他說亞洲的居民只服務於一個人，也發不出那個單音節的詞：「不。」可能是他說的這個詞引起拉博埃西的深思和靈機，寫出了他的《自願奴役》。

還可看到普魯塔克從某人的生平中取出一件小事或者一個詞，這看起來無甚意義，但卻是一篇演說。可惜的是有識之士喜歡說話那麼簡要；無疑他們以此名聲更隆，而我們這樣做會名聲更差。普魯塔克寧願我們讚揚他明辨是非，而不是學識淵博。他寧願讓我們多向他討教，而不是使我們滿足。他知道人們對好事總是說得太多，亞歷山德里達斯很有道理責備那個過分給民選法官說好話的人：「喂，外鄉人，你說你該說的話，不要用這種方式。」身體瘦小的人塞麻布充胖子，腦袋空空的人用廢話來填滿。

廣泛接觸世界，有助於對人性的判斷，可以做到洞若觀火。我們都自我封閉，目光短淺，只看到鼻子底下的東西。有人問蘇格拉底從哪裡來。他不回答說：「從雅典。」而是說：「從世界。」他經天緯地，把宇宙看做是自己的城市，從全人類的角度來議論他的學問、他的交往與他的感情，不像我們只顧到自己的眼前。

當我的村子裡葡萄凍壞了，我的神父就引經據典說是上帝降怒於全人類，並斷言野蠻民族快要渴死了。再看我們的內戰，誰不大叫這個地球已經亂了套，最後審判的日子已經掐住我們的咽喉，沒有想到以前有過更糟糕的事，天下百姓不還是在過從前好時光嗎？

而我，儘管看到戰爭中胡作非爲、逍遙法外的事，還是慶幸仗居然打得那麼和風細雨。有人頭上落下了冰雹，以爲半個地球狂風怒號，雷轟電閃。那個薩瓦人說，要是這個法國笨國王善於理財的話，他可以當他的公爵的膳廚總管了。因爲他的頭腦想像不出還有比他的主子更高的位子了。我們都不知不覺陷在這個錯誤中，這是個後果極大、極有害的錯誤。但是誰在腦海中，猶如在一幅畫中，想一想我們威嚴堂皇的大自然母親的形象，可以看到她臉上氣象萬千，瞬息萬變的表情，他就發現不僅是自己，還有整個王國，好似一個細小的圓點；這時人才能對事物的正確大小作出判斷。

這個大千世界，有人還把它看做是恆河一沙、是一面鏡子，我們必須對鏡自照，從正確角度認識自己。總之我希望把世界作爲我的學生的教科書。形形色色的特性、宗派、判斷、看法、法律和習俗，教會我們正確判斷我們的這些東西，提高我們的判斷力去認識其不足和先天缺陷：這可不是輕鬆的學習。國家歷經動亂，百姓受盡滄桑，要我們知道我們的歷史也不會產生大奇蹟。那麼多的名字、那麼多的凱旋與征服，都已湮滅在遺忘中，居然還希望抓十個輕騎兵，攻下一只因陷落而出名的雞棚，欲要因此名垂青史，豈不是笑話。那麼多極盡奢華的外交排場，高官顯爵前簇後擁的宮廷禮節，使我們見慣君臨天下的驕傲與自豪，再見到金碧輝煌的場面也不會眨一眨眼睛。千千萬萬人已先我們埋在地下，鼓勵我們不要害怕到另一個世界跟他們結伴。其他事也是如此。

畢達哥拉斯說，我們的人生猶如民眾大集合的奧林匹克運動會。有的人鍛鍊身體爲了獲取比賽的榮譽，有的人帶了貨物出售爲了謀利。還有的人——那也不是不好——來此沒有其他目標，只是觀看事情如何和爲什麼是這樣進行的，作爲其他人人生的觀賞者，以此作出判斷和調整自己的人生。

從這些例子都可以適當提取出一切最有益的哲學觀點，然後人的行爲又可以哲學及其原則作爲試金石。要告訴孩子，

人可以祈求到什麼，
辛苦掙來的錢該用在哪裡，
祖國、父母對我們有什麼期望，
上帝要你做什麼，給你確定什麼任務，
我們生來是什麼，目的是什麼。

——柏修斯

什麼要知與什麼要不知應該是學習的目的；什麼是英勇，什麼是克制與正義；雄心與貪婪、奴役與服從、放縱與自由之間有什麼區別；什麼是識別眞正與切實的滿足；對死亡、痛苦與恥辱應該怕到什麼程度。

困難如何避免，如何忍受。

——維吉爾

什麼事促動我們前進，心中那麼多波動又是什麼道理。我覺得兒童啓智課文，裡面的內容必須在今後可以調整他的習慣與意識，教育他認識自己，讓他知道如何死得有意義，活得有價值。至於七門自由藝術，一開始應授以使我們心靈自由開放的藝術。

這七門藝術對我們養性怡情都是有益的，其他一切東西也是有益的。但是讓我們選擇直接和實際用得上的那種。

如果我們懂得把人生的各方面都限制在適當與自然的範圍內，就會發現目前沿用的大部分學科都是用不上的。即使在有用的學科中，過於廣泛和深入的東西也是很不實際，我們不妨也將其摒棄，按蘇格拉底的教育觀，在我們的學習中限制缺乏實用性的學科傳播。

大膽做個聰明人，行動吧！

生活中畏縮的人就像那個鄉下人，

等著水退後才敢過河，

可是河水流上千年也不會枯。

——賀拉斯

教孩子星相學，第八星球的運轉，然後又是他們自己的星相，這是絕對的幼稚。

雙魚座、標誌激情的獅子座、
西方海中的摩羯座有什麼力量。
——普羅佩提烏斯

昴宿星座、牛郎星座
對我又能做什麼？
——阿那克里翁

阿那克西米尼寫信給學生畢達哥拉斯說：「死亡與奴役總是近在眼前，我還有什麼心思去玩星座的祕密？」（因爲那時波斯國王正在準備戰爭攻打他的國家。）每個人都應該這樣說：「當我時時受野心、貪婪、魯莽和迷信的襲擊，內心又存在著人生中其他類似的敵人，我還會去對地球的運行胡思亂想嗎？」

教會了如何使他變得聰明與優秀的東西後，那時才跟他說什麼是邏輯、物理、幾何和修辭。由於有了相當的判斷力，他選上無論什麼學科，都會很快精通。授課方式可以採取閒談或課文講解，有時教師給他準備有利於這樣教育目的的作者選段，有時給他提供詳細講解的精華篇章。如果教師自己不熟悉某些書籍，對其中的要義比較陌生，爲了完成自己的意圖，可以請某個文人來輔助，逢到需要時提供必要的材料，整理後發給孩子。

誰還會懷疑，這樣授課不是比希臘語法學家加札更輕鬆、更自然。加札只會講些晦澀難懂、索然無味的教條，空洞枯燥的字句，叫人無法領會，也不會啓發心智。依我說的，心靈就會找到哪裡有糧食、哪裡得到營養。結出的果子碩大無比，也更快成熟。

令人不解的是，在我們這個世紀事情竟會發展到這個地步，即使對於有識之士，哲學也是個空洞虛幻的字眼，無論在大眾心目還是實際生活中都是毫不實用，沒有價值。我相信個中原因是詭辯學家霸占了通往哲學的道路。

給哲學畫上一副皺眉蹙額、猙獰可怕的臉譜，使孩子不得接近，這是大錯特錯。是誰給哲學戴上了這個蒼白醜陋的假面具？其實沒有什麼比哲學更加輕鬆愉快樂呵呵，我差點還要說挺逗人的呢。它只勸誡說歡度時光，好好享樂。愁眉苦臉的人在那裡只說明他待錯了地方。

語法學家德梅特利烏斯，在德爾斐神廟遇到一群哲學家坐在一起，對他們說：「要麼是我錯了，要麼你們那麼平靜愉快，不是在熱烈討論。」其中一個人，梅加拉的赫拉克利翁對此回答說：「只有研究希臘動詞『我扔』是否有兩個人，或者研究『更壞』、『更好』比較級，『最壞』、『最好』最高級如何派生的人，才在討論問題時皺眉苦臉的。哲學推理歷來都使討論的人高高興興，非常愉快，不是皺著眉頭，滿臉喪氣。」

身子不適，讓人看出心靈不安，
欣喜愉悅也可猜測，
因爲面孔表現出這兩種狀態。

——朱維納利斯

心靈裡留住了哲學就會健康，也會促進身體健康。心靈的安詳平和也會反映在外，用哲學的模子塑造人的外表，最終養成他溫雅自豪、輕捷活潑、滿足和氣。智慧的最顯著的標誌是長樂；猶如月亮王國裡的事物，永遠清朗。這是三段論的胡謅使學哲學的弟子沾上不白之冤，而哲學本身是無辜的，他們只憑道聽塗說而接觸哲學的。哲學的職責不是按照憑空想像的本輪說，而是透過自然、可以觸摸的推理，去平息心靈的風暴，學習笑的渴求與熱望。哲學的宗旨是美德，不是像經院派說的，高高豎立在陡峭崎嶇的山頂上高不可攀。

接近過哲學的人，相反會認爲它是種植在一片美麗肥沃、繁花如錦的平原上；從那裡看下面事物一目了然。你若熟悉地址，也可透過綠樹成蔭、花草點綴的道路，愉快地走在一條平坦的緩坡上，猶如走上了天穹之路。崇高的品德，美麗、昂揚，令人生愛，既溫存又勇敢，跟尖刻、乖戾、害怕和束縛水火不相容，它以本性爲指引，跟機緣和快活做朋友；還有人與品德從來無緣，因這個缺陷，於是把哲學說成是個愚蠢、愁眉苦臉、愛吵架、痛苦、凶相畢露、陰沉的怪物，佇立在偏僻山頂的荊棘叢裡嚇唬過路人的鬼魂。

我的教師認識到讓學生心中對美德充滿敬意，還要在心中同樣或更多充滿感情；要會對他說，詩人反映了大眾的情操，讓他就像手指碰上一樣切實領會，奧林匹克諸神在通往愛神維納斯小室的路上，比在通往智慧女神雅典娜小室的路上，灑下更多的汗水。

當孩子有自我意識時，給他介紹布拉達曼或安琪麗克[1]作爲嬉樂的伴侶。一個美得天眞活潑、大方，英氣勃勃，但不是男相；相比之下，另一個美得有點病態，矯揉造作小心眼；一個穿男式衣衫，戴閃光的頭盔，另一個穿裙釵，戴鑲珠無邊帽。

要是他作出的選擇與女人氣的弗里吉尼牧羊人[2]大不相同，教師會認爲他在愛情上也陽剛氣十足。那時教師再教他一門新課：眞正美德的價值與崇高在於實施時感到輕鬆愉快，做了有用的事不感到任何困難，兒童與大人、老實人與細心人都可以同樣去做。它的推行工具是調解，不是強制。蘇格拉底是美德的第一個寵兒，有意識地放棄強制，而是自然輕鬆地進入了這個境界。這是人生樂趣的乳母。她使樂趣正正當當，也使它們可靠和純潔。她若壓制樂趣，就會讓人急不可待要嘗試。她取消她所拒絕的樂趣，刺激我們轉向她所留下的

---

① 義大利詩人阿里奧斯托（一四七四—一五三三）《憤怒的羅蘭》中兩位性格相反的女主角。

② 指希臘神話中的帕里斯，特洛伊王子。阿佛洛狄忒助他誘走斯巴達王墨涅拉俄斯的妻子美人海倫，遂引發歷時十年的特洛伊戰爭。

樂趣。她把天性所需要的樂趣讓我們充分享受，如慈母般的盡情滿足，而不至於過度（或許我們不願說節制是我們樂趣的敵人，因爲要在酒客未醉前制止他喝，食客未脹胃前制止他吃，好色者未變禿子前制止他玩）。

如果她得不到一般人的命運，她就避開它、放棄它，給自己創造另一個屬於自己的命運，不再搖擺彷徨。她知道怎樣富有、強大和有學問，躺在有麝香味的床墊上。她愛人生，她愛美、光榮和健康。但是她的特殊使命是知道如何有節制地使用這些財富，也知道這些財富時時在消失。這個使命艱難，然而更加崇高，人生過程中沒有它就會不合自然規律、動盪、崎嶇，那樣就避不開那些暗礁、荊棘和妖魔鬼怪。

如果這位學生另有一種不同的稟性，愛聽奇談怪論，勝過聽美妙的旅行和聰明的討論。戰鼓聲使同伴熱血沸騰，他聽到卻轉過身去給別人叫去看街頭的藝術表演。他以自己的愛好認爲滿身風塵從戰鬥中凱旋而歸，不比在網球場或舞會上大出風頭更歡快、更怡然，對這樣的人我沒有其他辦法，只有讓他的教師早早趁沒人在場時把他掐死，或者送他到某個像樣的城鎮裡當糕點師，即使他是個公爵的兒子，因爲根據柏拉圖的教導，培育孩子不是按照他們父親的資質，而是他本人的資質。

既然哲學是教導我們生活的學問，兒童時代和其他時代都可以從中得到教育，爲什麼不能也教他們哲學呢？

黏土又溼又軟時，應該趕快行動，
讓靈活的轉盤把它塑造成功！

——柏修斯

當人生過去後才有人教我們怎麼生活。許多學生染上了梅毒，才學到亞里斯多德關於節欲的課程。西塞羅說他就是活上兩個人生，也不會花時間去讀抒情詩人的作品。我覺得這些詭辯學家眞是庸碌得叫人可憐。我們的孩子更爲緊迫，他只是在人生的最初十五、六年期間求學，其餘的歲月投身於行動。

必要的教育要在那麼短的時間完成。時間不要濫用，刪去辯證法中一切繁瑣、牽強附會的東西，這些改善不了我們的生活；選擇簡單明白的哲學論述，其實比薄伽丘的故事還要容易理解。孩子從餵奶時起就能夠接受，這比學習識字與書寫還重要。哲學中討論人的衰老，也討論人的誕生。

我贊同普魯塔克的看法，亞里斯多德讓他的大弟子亞歷山大聽了興奮不已的，不是三段論法的組成技巧或者幾何原則，而是關於勇敢、膽略、慷慨、節欲和保持大無畏精神的訓誡。當他還是青春少年時，亞里斯多德讓他帶了這份精神武器去征服全世界的帝國，隨軍只有三萬名步兵、四千匹戰馬、四萬兩千埃居。普魯塔克說，亞歷山大還是非常尊重其他藝術與學科，讚揚它們高雅怡情；但是儘管他饒有興趣，要讓他本人熱心推廣還不是一件易事。

年老年少，都可找到心靈的支柱，
對於白髮人更是一種傾訴。

——柏修斯

伊比鳩魯給邁尼瑟斯的信是這樣開頭的：「但願少年時不避開哲學，老年時不厭煩哲學。」這好像在說，誰不這樣做，不是還沒有機會活得幸福，便是再沒有機會活得幸福。

說了這麼多，我可不願意人家把這個孩子當成囚犯。我不願意把他交給一位喜怒無常的教師。我不願意損害他的心靈，像時下的要求，約束他每天十四、五小時工作，像個腳夫那樣辛苦。由於生性孤僻憂鬱，不知愛惜地過分專注於學習，而我們聽之、任之，我認爲這也不好。這會使他們拙於辭令與人交談，錯過更好的工作機會。

我見過多少同時代的人貪求知識，而傻了腦袋？卡涅阿德斯就是書讀得瘋瘋癲癲，連刮鬍子、修指甲也無暇顧及。我不願意別人的不文明與粗野損及他儀表堂堂。法國的智慧在古代早有定論，歷史悠久卻不長久。說眞的，我們今日看到的法國孩子，其溫雅舉世無雙；但是他們一般都夠不上我們所抱的期望；長大成人後毫無出眾之處。我聽到那些有識之士說那樣的學校遍地皆是，孩子送了進去都被教得傻裡傻氣。

對我們那個孩子來說，一間書房、一座花園、桌子與床、獨處時、有伴時、白天與晚上，一切時間、任何地方都是可以用來學習的。因爲哲學作爲判斷與習慣的培訓師，將是他的主要課目，也就有融入一切的特權。演說家伊索克拉特在一次宴會上，有人請他談談自己的藝術，他回答說：「現在不是做我會做的事，現在是做我不會做的事。」大家都認爲他說得很有道理。因爲大家相聚在宴席上是爲了說說笑笑、品嘗美食，在這時候發表演說或者引起修辭學辯論，豈不是不倫不類，大煞風景。

其他的學科也可以這樣說，但是哲學有一部分談的是人與他的義務職責，這是所有聰明人一致的評語，因而爲了使交往融洽，在宴席和遊戲中都不應拒絕談哲學。柏拉圖把哲學請到了他的餐桌上，我們看到它如何使賓主都感到輕鬆，時間與地點十分合適，雖則實際上是在講述最高尚、造福大眾的理論：

對窮人與富人同樣有用，
老的小的忘了它皆要受損。

——賀拉斯

因此，毫無疑問，他不會比別人閒著。但是就像我們在藏畫室裡慢慢欣賞，走的步子即使比走往一個既定的目的地要多上三倍，也不會叫我們疲憊；我們的授課也是這樣，都像是不經意間談了起來，不限定時間與地點，天南地北海聊，將在不知不覺中結束。

遊戲與運動將占一大部分學習：跑步、角鬥、音樂、舞蹈、狩獵、騎馬、練習刀槍。我希望在塑造他的心靈同時，也培養他的舉止、待人處世與體魄。這不是在鍛鍊一個心靈、一個身體，而是在造就一個人；不該把這兩者分離。如柏拉圖說的，不應該訓練中顧此失彼有所偏重，而是同樣訓練，就像一根轅木上同時駕馭兩匹馬。聽他這麼說，好像沒有給予體格鍛鍊更多的時間與關注，還認爲精神與身體可以同時進行，而不是相反。

此外，這類的教育要寬嚴並行，不是像時下所做的那樣，不是讓孩子去接近文藝，而是讓他們看到的盡是恐怖與殘酷。請不要給我談暴力與強權。依我之見，沒有東西比它們更加戕害和迷誤善良的天性。您若想要他懂廉恥、怕懲罰，就不要讓他對此麻木不仁。但是要讓他對他應該蔑視的汗水、寒冷、狂風、烈陽和各種風險麻木不仁。在穿著、床鋪、飲食方面不要養成他嬌生慣養；讓他適應一切。不要他做個娘娘腔的小男人，而是強壯的青少年。

不論童年、中年、老年，我一直這樣相信、這樣判斷。但是特別令我不悅的是我們大部分學校的這種教育法。若多一點寬容，說不定危害性要減去不少。這是一座眞正的少年犯拘留所。在他們沒有墮落以前就懲罰他們墮落，才使他們眞正墮落了。不妨在他們上課時候去看看，您只聽見孩子的求饒聲和教師的怒吼聲。對著這些幼小害怕的心靈，面孔鐵青，手執鞭子趕著他們，這算是什麼樣的啓智求知的好方法？這種方式極不公正和有害。

在此還可以加上昆體良的精闢見解，他說這種專橫的師道尊嚴會帶來嚴重的後果，特別是體罰的使用。教室裡放滿花草，要比懸掛鮮血淋漓的柳條合適得多！我讓教室洋溢歡樂喜悅，出現花神與美惠之神，就像哲學家斯珀西普斯在他的學校裡所做的一樣。什麼對他們有利，要愉愉快快去做。有益孩子健康的肉加的是糖水，有損孩子健康的肉加的是苦水。

妙的是柏拉圖在《法律篇》中十分關注他的城市青年的娛樂與消遣，詳盡闡述他們的賽跑、競技、唱歌、跳高、舞蹈等活動，還說古代把這些事的掌管和主持工作交給了神：阿波羅、繆斯和密涅瓦。

他談及他的體育觀發揮了無數的看法；對於文藝則涉獵不多，好像只是在提到音樂時才專門談一談詩歌。

在舉止習慣中避免有怪異行為，視同如交流與社交中的大敵，像妖魔一樣可怕。亞歷山大的御廚總管德莫豐，在陰影下會出汗，在陽光下會發抖，誰對他的體質不感到驚訝？我還見到有人聞到蘋果味比遇到火槍射擊還要躲得快。有人怕老鼠，有人看到奶油或拍羽毛床墊就反胃，像日爾曼的尼庫見不得公雞，也聽不得公雞啼。

這裡面或許有什麼隱情，但是依我看來及早注意是可以克服的。這方面我受教育之惠很多，當然這一切沒有少費心，除了啤酒以外，我對任何果腹的東西一律很合胃口。當身體還聽話時，應該讓它適應一切生活方式與飲食習慣。只要胃口與意願尚可控制下，應該放心大膽讓青年去適應各個民族與地區的生活，若有需要，甚至也可以放縱荒唐一下。

按照習俗的需要訓練他。讓他會做任何事，但是愛做的只是好事。卡利斯提尼斯因為不願意陪著他的主人亞歷山大大帝狂飲而失寵於他，即使那些哲學家也對他這個行為不以為然。他該跟他的親王一起笑、一起玩、一起尋歡作樂。我甚至要他在尋歡作樂中，比他的同伴精力更充沛、興致更高。他不去做壞事不是因為力氣不濟，竅門不懂，而是沒有這個心。「不願做壞事與不會做壞事，有天壤之別。」（塞涅卡）

我想向一位領主表示敬意，他在法國從不像常人縱情作樂；我問他在德國為了國事一生中有多少次在貴賓面前喝醉過。他確曾為此喝醉過，回答我說有過三回，還都說了出來。因而我知道沒有這份天賦要為國家效勞還眞會遇到莫大的困難。

我經常注意到阿西皮亞德斯的卓越天性不勝欽佩，不管環境如何不同都能應付自如，身體毫無損傷。時而比波斯人還奢華侈靡，時而比斯巴達人還刻苦樸素；在斯巴達是個棄邪歸正的人，在愛奧尼亞是個追求享受的人，

任何衣著、境況、命運，
亞里斯提卜都滿不在乎。

——賀拉斯

我要把弟子培養成那個樣，

穿上破衣毫不在乎，
穿上華服毫不矯飾，
貧富皆瀟灑的人讓我讚美。

——賀拉斯

這些就是我講授的課。實施的人比知道的人獲益更多。您明白了他，就會聽他；您聽了他，就會明白他。

在柏拉圖的對話中有人說：「上帝不是要談哲學就是學習許多東西和探討藝術！」

重中之重的藝術是生活的藝術，
靠生活而不是靠學習獲得。

——西塞羅

弗里阿斯人的君主萊昂問畢達哥拉斯，③他教什麼學科、什麼藝術？他說：「我不懂學

③ 原文爲赫拉克里德斯。據《七星文庫·蒙田全集》注解，應爲畢達哥拉斯。按此改正。

科，也不懂藝術，但我是哲學家。」

有人指責第歐根尼，說他什麼也不懂卻去搞哲學。他說：「就是這樣才更適合我。」

赫格西亞斯請第歐根尼給他念一本書，他回答說：「您眞逗，您選擇無花果時要選眞的、天然的，不是畫出來的；您選擇生活行爲時爲什麼不選眞的、自然的、不是寫出來的呢？」

他學了課本知識後不要多說，而要多做，在行動中反覆貫徹。要看他做事是否審愼小心、行爲是否善良公正、談吐是否優雅有見地、得病時是否剛強、遊戲時是否謙讓、享樂時是否節制，口味上對肉、魚、酒或水是否挑剔、經濟上是否處理得當。

> 誰不把學問當作炫耀的話題，而當作生活的準則；
> 誰就懂得自律，遵守本人的原則。
>
> ——西塞羅

我們的人生過程才是我們言行的眞實鏡子。

有人問澤克斯達姆斯，斯巴達人爲什麼不把他們的勇武條例寫成文字，給年輕人閱讀，他回答說：「這是他們要讓年輕人去對照行動，不是去對照書本。」拿我們中學的拉丁語學生比一比，到了十五、六歲，花了那麼長時間只是學習說話！世界上充滿廢話，從來沒有見到一個人會說話太少，而總是會說話太多。我們半生歲月就隨之而去了。他們讓我們用四到五年聽單詞、做句子；然後又用同樣長的時間寫成一篇長文，內分四、五個部分；然後又至少再用五年學會把這些編制成一篇精雕細刻的文章。這種事還是讓那些以此為生的人去做吧！

一天去奧爾良的路上，我在克萊里這邊的平原上遇到兩位藝術教師正往波爾多去，一前一後相差五十步。在他們身後較遠處，我發現一群人，為首的那位主人就是已故的德．拉．羅什富科伯爵大人。我的一名隨從向走在前面的教師打聽，在他後面過來的貴族是誰。那人沒有看到隨後還有一大幫人，以為是指他的同伴，風趣地說：「他不是貴族，他是語法學家，我是邏輯學家。」

而我們這裡相反，要培養的不是語法學家或邏輯學家，而是貴族。讓他們閒著就閒著，我們其他地方還有正經事呢！但是我們的弟子要懂的是事情，懂了事情話自會來的，即使話不是立即跟上，他也會慢慢說出來的。我聽過有些人謙稱自己不善於辭令，裝得滿腹經綸，但是缺少口才，無法把它們表達出來。這是個托詞。您知道我對此是怎麼看的嗎？這是他們學到的觀念不完整，理解也不清晰，沒法梳理和領會其中的道理，也就不能夠闡明，這是他們還沒有做到心中有數。

看到人家在創作時結結巴巴說不清楚，您可以判斷他們的工作還不到分娩的時刻，只是還在懷孕，只是還在不成形的胚胎。就我而言，我堅持，而蘇格拉底也這樣說，誰心裡有了一個明確清晰的概念，總是能夠表達出來的，用義大利的貝加莫土語，若是啞巴還可用臉部表情。

牢牢抓住主題，語言必然跟在後面。

——賀拉斯

還有塞涅卡把自己的散文也說得詩意盎然：「事情熟稔於心，語言隨之而來。」西塞羅則說：「事物推動詞語。」他不懂什麼希臘語奪格、連詞、名詞和語法；他的僕人和小橋上的賣魚婆也都不懂。您若有意，可以跟他們談得非常投機，使用語言規則有時幾乎不比法國最好的文科教師遜色。他不必懂修辭學，也不用先來一段開場白吸引「公正讀者」的注意；他不用操心去知道這些。說實在的，樸實無華的眞理發出光彩，使任何華麗的描繪相比之下都會黯然失色。

文字精雕細刻只對取悅大眾有用，他們吃不下更有分量和營養的肉，塔西陀筆下的阿佩爾④就是明證。薩莫斯島的使者前來覲見斯巴達國王克里昂米尼，準備了一篇聲情並茂的長

④ 原文爲阿弗爾。據《七星文庫·蒙田全集》注解，塔西佗說到的是阿佩爾。按此改正。

篇演說，要打動他對波利克拉特暴君發動戰爭。國王讓他們把全文念完，對他們說：「講話的開頭部分已經記不起來；也影響到了中段；只聽到你們的結論，那是我不願意做的。」我覺得這是一個絕妙的回答，給喜歡掉書袋的人當頭一棒。

另一人又怎麼樣呢？雅典人要在兩位建築師中選一人建造一項大工程。第一位裝腔作勢，針對這工程的主題事前準備了一篇美麗的演說，爭取到民眾的好感。但是另一位，只說了三句話：「雅典各位大人，那位說到的事，我都會做到。」

當西塞羅的辯才達到登峰造極時，許多人都不勝欽佩；但是小加圖只付之一笑，說：「我們有個討人喜歡的執政官。」不論放前還是放後，有用的名言佳句總是討喜的。即使與前言後語都不搭配，其本身也可以欣賞。我則不是這樣的人，認為押韻對的就是好詩；讓他高興時就把一個短音節拉長吧！這無傷大雅。如果他的創新受人歡迎，如果他的思想與判斷得到良好的效果，我說這是一位好詩人，但是個不諳韻律的人，

他的詩情高雅，但是文句粗糙。

——賀拉斯

賀拉斯說，在他的作品中要看不出一切斧鑿痕跡和格律，

抹去韻腳與音步，改變詞序，
把開頭的詞放到最後的位置，
看出詩人的心意遍布其間。

——賀拉斯

即使這樣也不會誤了他；詩篇依然很漂亮。米南德答應寫一齣喜劇，日子近了他還沒有著手寫，對人家的責怪這樣回答：「結構都已醞釀成熟，只待塡進詩句就可以大功告成。」他已胸有成竹，其餘的細節也就不在話下。

自從龍沙和杜·貝萊使我們的法國詩歌享有盛名以來，我還沒見過一個小學徒，寫句子不是誇誇其談、抑揚頓挫，像在學他們的樣。「聲音響亮，內容空洞。」（塞涅卡）在普通人眼裡，從來沒有那麼多的詩人。但是他們的韻腳雖易學，龍沙的豐富描寫和杜貝萊的精微創新，絕不是他們能夠摹寫一二的了。

但是，如果有人用三段論繁瑣的詭辯伎倆強迫孩子學習：「火腿讓人想喝，喝了就能解渴，火腿是用來解渴的。」那該怎麼辦呢？讓他對此一笑置之。一笑置之還比回答更微妙。

讓他向亞里斯提卜借用這句俏皮的反駁：「捆上了綁也給我麻煩，我爲什麼再去給他鬆綁？」有人建議克里西波斯用辯證法技巧去對付克里昂特斯，克里西波斯對他說：「你跟兒童去玩這些把戲吧！別把成年人的正經思想引到這條歧路上去。」如果用這些愚蠢的遁詞：「晦澀難解的詭辯」讓孩子去相信一個謊言，這是危險的。但是如果這些遁詞不產生效果，只是讓他發笑，我也看不出爲什麼要讓他防著不去接觸。

世上就有一些愚人，爲了一句妙言，不惜跑出一里路去追；「有的人不是讓詞句去適應題目，而是離開題目去尋找詞句可以適應的東西。」（昆體良）另一人說：「有些人爲了用他們喜愛的一個詞，不惜去做他們本來無意去做的題目。」（塞涅卡）

而我更願把一個好句子扯下，縫在身上，而不是扯下我的思路去用上好句子。相反，要讓語言服務主題、緊跟主題，法語若表達不清，就讓加斯科涅語去表達！我主張內容突出能夠占領聽者的想像，以致他竟記不起原話。我喜愛的語言是一種樸實無華的語言，口頭的與書面的都是如此；滿含激情、簡短有力，不要四平八穩，也不要亢奮急促。

衝擊心靈的文體才是好文體。

——盧卡努

寧可難懂也不要討厭、做作、淩亂、鬆散、胡謅；每段要自成一體；不迂腐、不經院式、不訟師式，但是寧可是士兵式，像蘇托尼厄斯這樣稱朱利烏斯・凱撒的語言；儘管我不太明白他爲什麼這樣說。

我曾樂意模仿我們年輕人這身隨隨便便的打扮，大衣斜披，披風搭在一隻肩上，一隻襪子不拉直，這種怪異裝扮表現目空一切的自豪感和散漫的藝術性。可是我覺得在語言上更適宜應用。任何形式的做作，尤其表現在法國式的開心與自由上，對於朝廷大臣是不合適的。而在一個君主國家，每個貴族都應該按朝廷大臣的方式去訓練。因而我們何不稍稍偏向自然與放鬆。

我不喜歡服裝上露出接頭與線腳，同樣，在一具美麗的肉體上也不可以看見骨骼與血管。

為眞理服務的言辭應該樸實無華。

——塞涅卡

有誰說話前思後想的，除非他要說得矯情十足。

——塞涅卡

追求生動使我們偏離內容，造成實質的損失。

使用奇裝異服引人注目，是小氣行為。同樣，語言上使用怪句子與生僻字，是出於一種幼稚迂腐的奢望。我只求使用巴黎菜市場裡說的話！語法學家亞里斯多芬對此一竅不通，還指責伊比鳩魯用詞簡單和他那只要求說得明白的演說目的。模仿說話由於容易全民都會做到。模仿判斷和創新，就不是那麼快見效。大部分讀者由於找到了一件相似的袍子，錯誤地認爲他們都有相似的身材。

力量與靈氣是借不來的，服飾與大衣可以借來借去。常與我往來的人之中，大多數說話都像我的《隨筆》，但是我不知道他們思想像不像《隨筆》。

（據柏拉圖說）雅典人注重說話內容豐富、措詞文雅；斯巴達人要求簡短扼要；克里特人講究理念豐富重於語言豐富。克里特人要勝過其他人。芝諾說他有兩類弟子，第一類他稱爲語史學家，求知欲強，是他的得意門生；另一類是文體愛好者，他們只關心語言，這不是意謂說得好不是件好事，但總沒有做得好那麼好，而且一輩子爲了這件事忙乎，怎麼叫我不煩。

我首先要做到的是熟悉自己的語言，其次與我常打交道的鄰居的語言。希臘語與拉丁語無疑是美麗嚴謹的語言，但是要學好需花太大的代價。我在這裡介紹我自己試過的一種方法，要比通行的簡易得多，有意者不妨一試。

先父竭盡個人之力，在學者和有識之士之間進行過各種研究，要創造一種良好的教育形式，發現了目前的流弊。有人對他說，我們現在花費多年去學習古希臘人和羅馬人輕易會說的語言，這是我們爲什麼達不到古希臘羅馬人博大精深的唯一原因。我不相信這是唯一原因。

幸好父親找到了替代辦法，在我喝奶和開口說話前，把我交給了一位德國人。那人不懂我們的語言但精通拉丁語，後來客死法國時已成了名醫。父親有意重金禮聘，要他對我日夜耳提面命。他還請了兩個學問稍差的人跟隨我左右，減輕德國人的工作。那些人對我只說拉丁語。至於家裡其他人，立下一條不可違背的規矩，就是他本人、母親、僕人、侍女只要跟我一起，儘量用他們每人學到的拉丁詞混在句子裡跟我說話。

人人都獲益匪淺。父親與母親學了足夠的詞彙可以聽懂，遇上需要還足夠應付使用，侍候我的其他僕人也是這樣。總之，由於我們之間經常用拉丁語交談，連帶四鄰的村莊也受到了影響，有不少工匠和工具的拉丁名稱在當地生了根，還沿用至今。而我已過了六歲，聽懂的法語或佩里戈爾方言不比阿拉伯語多。沒有刻意去學，沒有書本，沒有語法或規則，沒有鞭子，也沒落過眼淚，我就學成了拉丁語，跟我的學校老師懂得一樣純正，因爲我不可能把它混淆和竄改。因此，按照學校規定的作文課上，給其他學生出題目是用法語寫的，給我是一篇用蹩腳拉丁語寫的文章，由我改寫成道地的拉丁語。

著有《論羅馬人民集會》的尼古拉・格魯奇，亞里斯多德的注釋者紀堯姆・蓋朗特，蘇格蘭大詩人喬治・布坎南，法國與義大利公認的當代最優秀的演說家馬克・安東尼・繆萊，都做過我的家庭教師，經常對我說我自幼學習拉丁語，用來得心應手，他們簡直不敢跟我交談。布坎南後來我見過，當了已故的德・布里薩克元帥大人的幕僚，他對我說他正在準備寫一部兒童教育的著作，要拿我的童年教育做例子；因爲他那時正在調教元帥的兒子德・布里薩克伯爵，我們都知道他日後多麼高尚勇敢。

至於希臘文，我幾乎一竅不通。父親計畫讓我透過一種遊戲結合練習的新方法強化學習。我們兩人對壘，交替背誦變格；就像有的人玩下棋來學習數學與幾何。有人向父親提過建議，其中一條是讓我對學問與做人道理感興趣，不能強迫我的意志，而要我自己產生欲望；在溫情與自由中培育心靈，不要嚴厲與束縛。有人認爲早晨把孩子驚醒，從睡眠中突然強拉出來（他們比我們睡得沉），會損害他們嬌嫩的頭腦，我要說父親做得到了迷信的程度，他要用一個什麼樂器聲喚醒我，我身邊也從不缺少一個演奏的人。

從這個例子可以推知其餘一切，並且借此推薦這樣一位好父親的謹愼與愛心，作出這樣細緻的教育安排，若沒有得到應有的果實，那就不是他的過錯了。這裡面有兩個原因：土地貧瘠，不宜種植；因爲儘管我身體結實健全，天性則溫和好說話，同時還無精打采，昏昏欲睡，以致人家沒法叫我擺脫閒散，甚至叫我去玩也不行。看在眼裡的東西會很好理解。魯鈍的外表下，頭腦裡的想像卻很大膽，看法也超過自己的年紀。思維慢，要我想到哪裡就是哪裡。理解遲鈍，創見不多，最要不得的是記憶力差得令人難以相信。因此父親在我身上沒有得到什麼有效的成果也就毫不奇怪了。

其次，像病急亂投醫的人，到處去詢問各種各樣的看法。我的好父親極端害怕他那麼關心的事情失敗，最後竟附和大眾的意見，也就是像一群鶴，跟著前面的飛，當那些曾經用他從義大利帶回的啓蒙教本教過他自己的人紛紛離開以後，也就屈從習俗，六歲時把我送入了當時辦得欣欣向榮，也是法國最好的居耶納中學。

在那裡，即使他有心也不可能要什麼加什麼，給我選擇足可勝任的家庭教師，在學科的其他方面給我保留有悖於校規的特殊做法。畢竟，這是一所學校。我的拉丁語立即走下坡路，此後由於生疏也就完全荒廢了。新教育對我的好處就是讓我一步跨進高年級班。因爲在十三歲離開學校時，我完成了（他們所稱的）我的全部課程，事實上沒有一點可以讓我學以致用的東西。

讀了奧維德《變形記》裡的故事很開心，也使我初次對書籍感到興趣。因爲，約七、八歲時，我避開其他一切玩樂偷偷去讀這些故事。尤其這種語言是我的母語，這本書我讀來最容易，從內容來看也最適合我這樣幼年的人。諸如《湖中的朗斯洛》、《阿馬迪斯》、《波爾多的于翁》這類兒童喜愛的低俗讀物，我連個書名也不知道，更不用說內容了，因爲我的紀律是很嚴格的。

我在閱讀其他規定的課文時更加無精打采。那時，正好碰巧遇到了一位很有見地的輔導老師，他知道怎樣跟我與跟我同樣胡來的人心照不宣。這時，我一口氣讀完了維吉爾的《埃涅阿斯紀》，然後泰倫提烏斯，然後普洛圖斯、義大利喜劇，總是被溫情的故事深深吸引。假若他當時發了瘋禁止這類閱讀，我相信我從學校帶走的只是對書籍的憎恨，我們的貴族階層差不多都是這樣的。

那位教師處理得很巧妙。他裝做什麼都沒看見，只讓我暗中貪讀這些書來刺激我的欲望，同時又和藹地引導我在正規課程上作出努力。因爲父親把我交給那些教師，要求他們的主要品質是和顏悅色，溫存寬厚。因此我的毛病就不外乎鬆垮懶散。要提防的不是我做壞事，而是我不做事。沒有人預測我會成爲壞蛋，而是我會成爲廢物。大家在我身上看到的是遊手好閒，不是詭計多端。

我覺得事情果然是這樣來了。在我耳邊聒噪的是這樣的埋怨聲：「無所事事，對親友冷漠無情，對公共事務漠不關心；私心太重。」最不公正的人不說：「他爲什麼拿了？他爲什麼不付錢？」而說：「他爲什麼不免了？爲什麼不給？」

人家要我只是做這類額外工作，我會樂意接受。但是他們要求我去做我不該做的事，態度比對待自己該做沒做的事還嚴厲，那就不公正了。當他們罰我做某件事時，抹煞了這個行動的好處，以及爲此要向我表達感激之情；其實我主動做的好事應該說分量更重，由於我並不欠誰什麼。財富愈是我的，我愈是可以自由支配。可是我若是把自己的行動巧言花語粉飾一番，可能就可以把這些責難擋了回去。我要告訴某些人的是，他們不要因爲我可以做得更多，而今做得不夠而那麼生氣。⑤

同時在我心靈中，還會頻起波瀾，對外界之物作出可靠坦率的判斷，關在房內獨自細細

⑤ 根據《七星文庫・蒙田全集》的注解，上段文字口氣激烈是蒙田任波爾多市長時對外界批評的回應。

思忖。最主要的是我堅決相信我的心靈絕不會向強力與暴力投降。

我是否該提一提我童年的這些優點，如神態自信，聲調輕快，動作靈活，才會符合我所扮演的各種角色？因爲不到年齡，

我才剛到十二歲，

——維吉爾

我在布坎南、蓋朗特、繆萊的拉丁悲劇中，扮演主角，戲在居耶納中學隆重上演。安德莉亞斯・戈維亞努斯校長在這方面，也與他職務中的其他方面，堪稱法國最了不起的中學校長，無人可望其項背。我也被大家視作爲行家好手。這個活動我不反對貴族子弟參加，也見過我們一些親王自己上臺客串，像古代王公一樣認眞可嘉。

在希臘，貴族子弟以演戲爲職業也是允許的：「他向悲劇演員阿里斯頓透露自己反對羅馬的計畫。阿里斯頓出身名門，家財萬貫，他的職業並不辱沒他的身分，因爲在希臘演戲不是件下賤的事。」（李維）

我總是指出譴責這些娛樂的人說話不妥當，拒絕正規戲班子進入大城市，剝奪老百姓大眾娛樂的人不公平。良好的市政管理不僅要把市民組織起來出席嚴肅的宗教儀式，也要參加文體活動；那樣才會增加交往與友誼。再說，在行政長官和眾人面前舉行，還有什麼比此更

加規規矩矩的娛樂呢？行政長官與親王出資舉辦一些文體活動娛樂大眾，顯示父母官的好意，在人口眾多的大城市有專門的場地提供給這樣的演出，借此消除隱蔽的壞事，我認爲這是合情合理的。

再讓我們言歸正傳，重要的莫過於激發孩子的渴求與熱情，否則培養出來的只是馱書本的驢子。對驢子才要用鞭子抽打保住滿口袋的學問；學問要做到有用，不是讓它留在我們的房間裡，而是要與它成親。

第二十七章　憑個人淺見去判斷眞僞，那是狂妄

輕易相信別人與被別人說服，被我們歸之爲單純與無知，或許這不是沒有道理的。因爲從前好像聽說過，「相信」猶如心靈上的一道痕跡，心靈愈軟愈鬆，愈易留下印記。「增加的砝碼必然使天平傾斜，目睹的事實也會影響思想。」（西塞羅）心靈愈空愈沒有分量，一有論點壓上去，就會輕易下沉。這就是爲什麼兒童、庸人、女人和病人最容易偏聽、偏信。但是另一方面，也是一種愚蠢的自大狂，對一切不易信以爲眞的事都輕蔑地斥之爲胡說。這是自認爲智力過人者的通病。

我從前就是這樣。當我聽說死人還魂、卜算未來、蠱惑、巫術，或者我沒法認眞對待的故事，

夢魘、魔法、奇蹟、女巫，
黑夜幽靈，帖薩里亞鬼故事。

——賀拉斯

我對於受這些荒唐事愚弄的老百姓深表同情。現在我覺得自己那時至少也同樣値得可憐。不是後來的經歷使我的見解超過最初的輕信（這與我的好奇心無關），而是理智使我明白，一口咬定某件事是假的和不可能的，這就是在頭腦裡對上帝的意志和大自然母親的威力預設了限度和界線。把它們納入我們自己有限的能力與知識範圍內，豈不是天大的愚笨。

若把自己理解不了的東西都稱爲怪事與奇蹟，那麼會有多少怪事與奇蹟不斷地出現在我們眼前？想一想我們掌握的大部分事物都是穿過多少雲霧，進行多少摸索才認識到的；當然我們會覺得，這是習以爲常而不是知識增多，才使我們不再感到事物的奇異性，

今日誰都見多識廣，
再也不欣賞頭上光明的殿堂。

——盧克萊修

這些事物若初次顯現在眼前，我們會覺得它們跟其他事同樣神奇，甚至更神奇。

它們若在今天向凡人顯示，
驀然落到我們面前，
還是會被認爲比什麼都神奇，
什麼都沒有它那麼不可思議。

——盧克萊修

沒見過河的人遇到第一條河，會認爲這是海洋。在我們看來是最大的東西，我們會斷定它們

是大自然同類物中的巨無霸。

其實一條河不大也無所謂，

沒見過更大的人以爲源遠流長。

一棵樹、一個人也如此。無論哪個種類，

較大的看來總是碩大無比。

——盧克萊修

「眼睛看慣的東西，思想也會習以爲常；思想也不再對常見的東西表示驚奇，尋找原因。」（西塞羅）

事物的新奇要比事物的大小，更容易引動我們去尋找原因。

在對大自然的無限威力作出判斷時，必須懷有更多的敬意，對我們的無知與軟弱有更深的認識。世上有多少事得到可信賴的人的證實，但都令人難以置信，如果我們不能信服，至少對它們不要遽下結論。因爲判定它們絕無可能，這是一個魯莽的預測，自以爲能夠確定極限在哪裡。如果大家理解「不可能」與「不尋常」之間的差別，「違背自然規律的東西」與「不同於日常看法的東西」之間的差別，既不輕易相信，也不輕易不信，他們就會遵循古希臘七賢之一開倫推薦的那條規則：「無物是多餘的」。

在傅華薩的《聞見錄》中讀到，駐貝亞恩的弗瓦伯爵，在卡斯提爾國王胡安在朱貝羅特戰敗後第二天，就得到了這個消息，獲悉的方式卻讓人付之一笑；據編年史裡記載，洪諾留教皇在菲利普·奧古斯都國王在芒特逝世當天，就下令在義大利全境舉行國葬，同樣不甚可信。因爲這些證人還沒有足夠的權威，令我們把他們的話作爲依據。不是這樣的嗎？

如果說普魯塔克，除了援引古代的幾個例子以外，還說他從可靠來源知道，在圖密善時代，安東尼烏斯在德國戰敗的消息早在當天就已傳開，可是隔好幾天才在羅馬公布，如果說凱撒認爲往常情況下傳聞走在事件前面，我們是不是可以說，這些老實人跟在大眾後面聽到什麼、信什麼，就因爲不像我們這樣耳聰目明嗎？當大普林尼高興運用他的判斷力時，還有什麼比它更細緻、更清晰、更敏銳、更不摻雜虛榮。對他的高深學問暫且不談，我認爲這還在其次。在判斷與學問上，我們在哪方面勝過他？然而，任何哪個小學生都可以用謊言來說服他，願意給他上一堂自然進化課。

布歇在書中說到聖美拉里的聖物顯靈時，我們讀過也就算了；他畢竟聲譽不高，我們還可任意駁斥。但是就此把這類故事都一股腦兒否定，我覺得極不妥當。那位偉大的聖奧古斯丁證實說自己在米蘭目睹一個盲童在聖傑爾瓦斯和聖普羅泰修斯的聖物前恢復了視力。在迦太基，一個新受洗的婦女給另一個婦女劃個十字，治癒了她的癌症。聖奧古斯丁的親信赫斯珀里烏斯，用基督聖墓上的一抔土，把鬧得他家雞犬不寧的精靈趕走了。這抔土後來送到了教廷，把一個癱子突然治好了。一位婦女在賽神會上用花束碰了聖艾蒂安的遺骸盒，再用它來擦一雙瞎眼，重見光明；還有許多聖跡，他都說是親眼見過的。

對他與他請來作證的兩位教廷主教奧雷利烏斯和馬克西米努斯，我們能說什麼呢？說他們無知，頭腦簡單，輕易相信，還是居心不良和矇騙別人？在我們這個世紀，還有誰會那麼不怕難爲情，說自己在美德與善心，在學問、判斷力和才能上，可與他們相比？「他們不用提出任何理由，憑威望足以把我說服。」（西塞羅）

把我們不理解的東西不放在眼裡，這種魯莽行爲除了本身包含輕率荒唐，還有危險和嚴重後果。因爲，根據自以爲是的理解，你給眞理與謊言劃定了界線；之後可能還有比你已否認的更爲奇妙的事物非要你相信不可，你又不得不捨棄這些界限了。在我們的良心上，在我們所處的宗教分裂中，帶來了那麼多混亂的，我認爲莫過於天主教徒放棄自己的信仰。當他們拋下正在爭論的議題留給對方去繼續，還覺得自己做得很克制，很識大體。

但是，他們沒有看到在你開始後撤讓出地盤時，對於向你衝鋒的人會有多大好處，只會是鼓勵他得寸進尺，除此以外，他們選擇的那些無關緊要的議題，其實是非常重要的問題。要麼完全服從我們教廷政策的權威，要麼完全放棄。不是由我們去確定我們應該服從到什麼程度。

還有，我因爲嘗試過才敢說這樣的話。從前我利用這種自由作出一些個人的選擇與分類，對某些看來空洞或奇異的教規陽奉陰違。後來跟學者交換看法以後，我覺得這些教規都有一個廣泛堅固的基礎，只是愚蠢與無知才使我們薄此厚彼不給予同樣的尊重。我們怎麼不想一想我們在作出判斷時感到多少矛盾？多少東西在過去被我們視爲金科玉律，而今天成了無稽之談？貪圖虛名與追求新奇是我們心靈的兩大禍害。追求新奇使我們到處伸出鼻子，貪圖虛名又使我們對什麼都武斷和遽下結論。

第二十八章　論友愛

我僱了一位畫家，觀察他作畫的方式時，引起我模仿他的念頭。他選擇牆壁中央最佳的部位畫上一幅畫施展他的才華；四周的空白上他畫滿怪物，這都是荒誕不經的圖案，用奇形怪狀來表現畫的魅力。那麼我在這裡寫的，實際上還不是一些身子長著不同的肢體，沒有一定形狀，任意拼湊，不成比例的妖魔鬼怪嗎？

美女的身軀長著一條魚尾巴。

——賀拉斯

我接著追摹我這位畫家的第二階段，但是這塊精華部分是我不可企及的。因爲還不到那個功力，敢去按照藝術法則嘗試畫一幅內容豐富、手法精緻的畫。我想到去借重艾蒂安·德·拉博埃西的一篇文章，使我這部作品的其餘部分得以沾光。這篇論文他題名爲《自願奴役》；但是不知道這回事的人後來也適當地給它取名爲《反對獨夫》。當時他少年氣盛，寫成一篇評論文，提倡自由抨擊暴君。其中篇章在有識之士之間傳閱，備受重視與推崇，因爲這是部好作品，內容極爲豐富。

然而這還不能說是他最好的作品。當他到了更加成熟的年齡，我認識了他；如果那時他能和我一樣有計畫把自己的奇思遐想形諸於筆墨，我們就可以讀到許多稀世佳作，可使我們非常接近古代的榮譽，因爲在天賦方面，我還沒見過誰可以與他匹敵。但是他身後留下的就是這篇文章，而且還事出偶然，我還相信稿子散落以後他自己再也沒有見過；還有就是因我們的內戰而出名的元月敕令的回憶錄，也可能以後會在哪裡找到出版的地方。

以上是我從他的遺物中整理出來的所有稿子。他在病篤時立下遺囑，充滿愛心囑咐，除了我已請人出版的論文集以外，還讓我繼承了他的藏書室和文稿。我對那部論文集尤爲感激，因爲它是我們初次見面的媒介。在認識他以前很久，已見過那部書，使我第一次聽說他的名字，這樣開始了我們之間日益深厚的友誼，彷彿這是上帝的安排，開誠布公，實心實意，肯定舉世罕見，男人之間尤其絕無僅有。要建立這樣的友誼需要多少機緣，三百年能夠遇見這麼一次已是鴻運高照了。

我們走向交往，不是別的，好像完全受天性的驅使。亞里斯多德說優秀立法者關心友誼要多於正義。盡善盡美的交往就是友誼。一般來說，由欲念或利益，公共需要或個人需要建立和維持的一切交往都不很高尚美好；友誼中摻入了友誼之外的其他原因、目的和期望，就不像是友誼了。

自古以來的這四種情誼：血緣的、社交的、待客的和男歡女愛的，不論單獨或合在一起，都達不到這樣的友誼。

子女對待父輩，不如說是尊敬。友誼靠交流而培育，他們之間差別太大不可能存在交流，交流也可能妨害親情的責任。父輩的一切祕密思想並不是都可以向子女直說的，否則會過於隨便有失體統；還有規勸與指正是友誼的第一要素，子女對父輩很難這樣去做。

以前有過一些民族，根據習俗孩子殺死父親；還有一些民族，父親殺死孩子，這是爲了掃除雙方有時可能彼此造成的障礙，從自然規律上一方的存在取決於另一方的毀滅。古代有些哲學家唾棄這種天然習俗，可以亞里斯卜提爲證。有人逼著他說，孩子是他生的，應該對他們有親情，他開始吐口水，說這確是他生的，但是我們身上也會生蝨子和小蟲。另有一個證人，普魯塔克勸他跟他的兄弟和解，他回答說：「我不會因跟他出自同一個洞裡而對此重視。」

兄弟這個名字確實美好又充滿情意，也出於這個原因他與我聯結在一起。但是財產分與不分，一個富一個窮，這都會大大損害和疏遠這種兄弟情誼。兄弟並行等速走在同一條道上前進，還免不了經常磕磕碰碰，產生衝突。此外，志趣相投，脾性默契產生這些眞正美好的友誼，怎麼會一定存在於兄弟之間呢？父子的性格可能截然不同，兄弟也會如此。這是我的兒子，這是我的親戚，但是會是個凶惡的人、討厭的人、愚蠢的人。還有，自然法則與義務要我們保持友好關係，我們的選擇與自由意志也就更少。最能表明我們自由意志的莫過於感情與友愛。

這不是我在這方面沒有體驗到一切可能有的感情。我有個最好的父親，直至風燭殘年依然寬容之至。出身的家庭，也以父子情深、兄弟和睦而聞名，並爲世人楷模。

誰都知道我愛兄弟猶如父輩。

——賀拉斯

雖然對女人的感情也出自我們的選擇，但沒法與之相比，也不屬於同一類。我承認情欲的火焰更旺、更熾烈、更灼人。

女神也了解我們，

在關懷中包含溫情的痛楚。

——卡圖魯斯

但是這種火焰來得急去得快，波動無常，躥得忽高忽低，只存在於我們心房的一隅。友愛中的熱情是普遍全面的，時時都表現得節制均勻，這是一種穩定持久的熱情，溫和舒適，絕不會讓人難堪與傷心。在愛情中還有一件事，就是我們得不到時反而有一種瘋狂的欲望：

恰如獵人追逐野兔，

不管嚴寒酷暑，穿山越嶺，

捕獲了不再在意，
逃跑了則死不甘心。

——阿里奧斯托

愛情進入友愛結束階段，就是說不再意志投合，愛情會消退、會厭倦。肉欲的目的是容易滿足的，愛情也會因它享受到了而失去。友愛卻相反，期望得到它，則會享受它，因爲這種享受是精神上的，友愛在享受中提高、充實、昇華，心靈也隨之淨化。

在這種完美的友愛之下，也曾有飄忽的感情在我心裡停留，更不用提拉博埃西，他在那些詩篇已作太多的表白。因而這兩種情欲我都有過，彼此並不排斥，但是兩者也不能相比：友愛展翅高飛繼續前進，鄙夷地瞧著愛情遠遠地在底下踮著腳走路。

至於婚姻，這是一個交易市場，只有入市是自由的（期限受到約束和強制，絕非我們的意願所能支配），這個市場一般是爲其他目的設立的，其中需要清理千百種外來的糾紛，弄不好聯繫就會切斷，熱情之路就會轉方向。而友愛除了友愛本身以外，沒有其他閒事與牽連。

這種神聖的友愛是靠默契與交流滋養的，老實說，女人資質平庸，達不到這樣的默契與交流；她們的心靈也不像堅強得可以忍受那麼緊的套結、那麼久的束縛。當然，如果沒有這個，如果可以建立這樣一種串聯自由與自願，不但心靈得到完全的享受，身體也參與結合，整個人全身心投入，這樣可以肯定友愛會更豐富、更完滿。但是還沒有例子說明女性達到這一點，古代哲學流派也一致同意把女性排斥在外。

另一種親密的希臘式愛情也理所當然地爲我們的習俗所不容。那種愛在習慣上情人之間的年齡差別很大，寵倖程度也不一樣，也不符合我們這裡要求的情投意合和諧一致：「這種友好的愛究竟是什麼？爲什麼一個醜的年輕人；一個美的老頭就沒人愛？」（西塞羅）當我對此這樣說時，我想柏拉圖學院提到的情景也沒有對我否定。維納斯的兒子在情人心中燃起對花季少女的初戀，這一種毫無節制的熱情劇烈澎湃，造成一切魯莽行爲，也爲他們所容許的；但是這種初戀僅僅建立在以身體生殖作爲假象的一種外表類上。這在精神上是不可能的，精神表現是隱藏的，它還只是剛剛誕生，處於萌芽的前期。

品行低下的人有了迷戀，他追逐的手段會是財富、禮物、封官許願以及其他卑劣的交易，這是柏拉圖派所唾棄的。心靈高尚的人有了迷戀，採用的手段也會是高尚的：哲學教育，學習尊重宗教，服從法律，爲國捐軀，宣揚英勇、謹慎與正義的範例。愛的人用心修飾自己的靈魂，使之美麗高雅，能被對方接受，身體已漸漸失去風采，盼望以精神交流建立一個更爲密切長久的聯絡。

當這種追求達到成熟，那時被愛的人透過一種精神美的媒介，心中孕育對精神的欲望。（他們並不要求愛的人在追求愛的時候從容愼重，而要求被愛的人在這方面做得一絲不苟，因爲他要對內心美作出判斷，這是很難識別與不易發現的。）精神美是主要的，肉體美是次要的、偶然的；這恰是愛的人的反面。由於這個原因，他們更推崇被愛的人，證實奧林匹斯諸神也偏愛被愛的人，高聲斥責詩人埃斯庫羅斯在阿喀琉斯和派特洛克羅斯的戀愛中，把愛的人這個角色給了阿喀琉斯，讓這個青春年少的小夥子當上了希臘第一美男子。

達成相互一致後，友誼中最有價值的核心部分發揮作用，占主導地位，他們說從這裡產生對己對人都非常有用的果實。這也是接受這種習俗的國家的力量所在，公正與自由的主要捍衛者。阿莫狄烏斯和阿里斯托吉頓之間健康的愛就是證明。他們於是稱之爲神聖崇高的。在他們看來，暴君的殘暴與民眾的懦弱才對它充滿敵意。

總之，要說到學院派的主張有什麼稱道之處，就是認爲愛最後歸結爲友愛，這跟斯多葛派對愛的定義倒也並不相違：「我們被一個人的美吸引時，愛就是要獲得其友誼的一種嘗試。」（西塞羅）再來說我對友誼更平易更公允的描述：「當性格與年齡達到成熟與穩定時，才能對友誼作出完整的判斷。」（西塞羅）

目前，一般所說的朋友與友誼，只是認識與交往，由某種機會或偶然性促成的，我們的心靈透過它進行交談。而我說的友誼，則是兩人心靈彼此密切交流，全面融爲一體，覺不出是兩顆心靈縫合在一起。如果有人逼著我說出我爲什麼愛他，我覺得不能夠表達，只有回答：「因爲這是他，因爲這是我。」

除了我理解以及我能夠予以明確說明的東西以外，促成他與我成爲知交的還有我說不清的緣分。尚未謀面，只在別人嘴裡聽到對方的消息就超出常情地促進彼此的好感，就相互希望結識，我相信這裡面有什麼天意。我們聽到名字就先擁抱了。

偶然在城裡的一次大集會上，我們初次相遇，眞是一見如故，說話那麼投機、彼此那麼仰慕，從此以後，再也無人比我們更加知心了。他寫了一首傑出的拉丁諷刺詩，後來發表了出來。詩中對我們相認不久就心領神會，那麼迅速默契無間，都作了辯解與說明。生命易逝，相見又恨晚，因爲我們兩人都快近而立之年，他還比我長幾歲，不能再讓時光虛度，按照正常慢悠悠的交友模式，事前要有長時間小心翼翼的交談。

我們的友誼就是自成一格，除了友誼以外別無他想。這不是一種特殊的因素，也不是兩種、三種、四種，一千種；而是所有這一切混合而成的精髓，我也說不清是什麼，它控制了我的全部意志，帶著它陷進和消失在他的意志中；它也控制了他的全部意志，帶著它陷進和消失在我的意志中，懷著同樣的饑渴、同樣的激情。我說的消失，是眞正的消失，屬於我們自己的什麼都沒留下，不分是他的還是我的。

羅馬執政官對提比略·格拉古定罪以後，追捕所有與他有過密謀的人；當列里烏斯在執政官面前問蓋烏斯·布洛修斯（格拉古的最主要的朋友），他願意爲朋友做什麼事，布洛修斯回答說：「任何什麼事。」

「怎麼任何什麼事？」他又問，「假如他命令你放火燒掉我們的神廟呢？」

「他絕不會命令我做這樣的事。」布洛修斯反駁說。

「要是他命令呢？」萊利烏斯又追問一句。

「我會服從命令的。」他回答。

史書上說，如果他眞是格拉古的密友，他就犯不上最後說出這句大膽的心裡話去頂撞執政官，他不應該放棄他對格拉古的意願的信任。然而，指責這是一句煽動性回答的人，沒有領會到這其中的奧祕，沒有料到他其實對格拉古的意願能做什麼、知道做什麼，都瞭若指掌。他們不是因爲是同胞而成了朋友，不是因爲做朋友而成了朋友，不是因爲都與國家爲敵，都爲了實現野心、製造混亂而成了朋友，他們就是朋友。他們完全情投意合，也完全掌握彼此脾氣性情的轡繩，靠美德與理性行爲操縱這輛馬車（就像不裝上這個是不能夠駕馭的），因此布洛修斯的回答恰到好處。

如果他們的行動不協調，他們就不是按我所說的朋友，也不是他們這樣的朋友。在這方面，我的回答不會比他更好。如果有人問我：「假如您的意志命令您去殺自己的女兒，您會殺嗎？」我只有同意。這並沒有證明我同意這樣做，只是我毫不懷疑我的意志，也毫不懷疑朋友的意志。我對我的朋友的意圖與判斷是確信不疑的，任何人說任何理由都不能推翻我的信念。他的任何行動不論以什麼面目出現在我面前，我都會立即找到它的動機。我們的心靈步調一致地前進，相互熱忱欽佩，這樣的熱忱出自彼此的肺腑深處，我不但了解他的心靈猶如了解自己的心靈，而且還更樂意相信他，超過相信我自己。

但願不要把一般人的普通友誼歸於我這一類；我對這些友誼，甚至其中最好的友誼，也像別人有同樣的認識。但是我勸大家不要混淆了它們的規則，不然就會犯錯。身處在那四種友誼中，要轡繩在手，謹慎小心。情誼不是密切得可以讓人不必擔心疏遠。開倫說：「愛他時想著有一天會恨他，恨他時想著有一天會愛他。」這個警句用在我說的至高無上的友誼上是可惡的，用在普通平常的友誼上是清醒有益的；針對它們，必須引用亞里斯多德的那句老話：「我的朋友啊，朋友是沒有的！」

效勞與利益是其他一般的友誼的養料，在高尚的交往中這不屑一提。理由是這會混淆我們的意願。我心中的友誼——不管斯多葛派怎麼說——並不因我給人家危難時幫了忙而有所增加，正如我爲自己服務也不會對自己表示任何感激，同樣由於這樣的朋友的一致是眞正完美的一致，根本不去想什麼是義務或不義務，至於恩情、盡責、感激、請求、道謝以及這類區分你我與包含差別的用詞，在他們之間遭到憎恨與驅逐。他們的一切都是共有的：意願、想法、判斷、財產、妻兒、榮譽與生命，根據亞里斯多德的非常恰當的定義，他們會成了一個雙身子靈魂，於是也不可能給予對方什麼和借用對方什麼。

這說明爲什麼立法者，爲了把婚姻尊崇爲想像中多少帶有神聖意義的結合，禁止夫妻之間有什麼饋贈，願意以此說明一切都應是他們共有的，在一起沒什麼可以分割的。如果說在我談的友誼中一個人能夠給另一個什麼，這應該是接受好處的人讓他的同伴表示感激。因爲兩方最突出的願望就是給對方做好事，提供物質與機會的人也就是慷慨的人，他滿足朋友去處於他的位子做他最渴望做的事。哲學家第歐根尼缺錢花的時候，他不說向朋友借錢，而是說向他們討錢。爲了說明這類事在實際上是怎樣做的，我舉出一個古代的例子，眞是匪夷所思。

科林斯人歐達米達斯有兩個朋友，西希昂人卡里塞努斯和科林斯人阿雷特斯。他的兩個朋友很富，他自己很窮，臨死前立下這樣的遺囑：「我遺贈給阿雷特斯的是對我母親晚年的供養；給卡里塞努斯的是把我的女兒出嫁和贈給她盡可能豐富的嫁妝；若兩位被遺贈人中有一人先過世，我要在世的人承接我給他的這份遺贈。」

最初看到這份遺囑的人付之一笑。但是他的繼承者獲知內容以後都欣然接受。其中一位，卡里塞努斯五天后也過世，就由阿雷特斯替代繼承。他悉心贍養這位母親，從自己的五塔蘭財產中分出兩塔蘭半給自己的獨生女做嫁妝，另外兩塔蘭半給歐達米達斯的女兒做嫁妝，並在同一天給她們舉行了婚禮。

這個例子幾乎是完美的，除了有一種情況，就是朋友不能是多數。因爲我說的這種完美友誼是不可分割的，每個人都把自己全部給了對方，再也留不下什麼給別人。相反，他還遺憾自己不能一化爲二、爲三、爲四，自己沒有好幾個心靈、好幾個意志，統統都奉獻給一個對象。一般的友誼是可以分享的；可以愛這一位相貌好、愛另一位性格隨和、再愛一位慷慨大方，有的慈愛似父輩、有的情誼像兄弟等；但是這個友誼占有和支配著我們的心靈，是不可能一分爲二的。如果兩人同時要求你幫助，你奔向誰呢？如果他們要求你做兩件相反的事，你怎麼安排呢？如果有件事一人要你保守祕密，另一人又有必要知道，你怎麼應付呢？

專一、壓倒一切的友誼容不得其他一切義務。我信誓旦旦不去洩露的祕密，我不用假惺惺就能透露給的另一個人就是我。兩人同心同德已是了不起的奇蹟，有的人說三個人同心同德，這是不知道這種友誼高不可攀。凡有可以比擬的東西就不是極致的。有人假設我對這兩人的愛不分上下，他們相互愛也愛我，也不亞於我愛他們。那是他把唯一、統一的友誼庸俗化成了大眾的友愛。而那種友誼即使走遍全世界也是很難尋到的。

這個故事的下文非常符合我剛才說的：歐達米達斯在需要時向朋友求助，看作是對他們的好意與恩惠。他讓他們做了他這份慷慨贈與的繼承人，即是授予他們如何給他做好事的方法。毫無疑問，他做的事要比阿雷特斯做的事更顯出友誼的力量。總之，對於從來沒有體驗這種友誼的人是很難想像其威力的。尤其令我稱道不已的是那位士兵對居魯士一世的回答。士兵的馬剛才在比賽中獲獎，國王問他那匹馬想賣多少錢，願不願意去交換一個王國，士兵說：「陛下，當然不會的，不過要是我找到值得交心的人，我很樂意換來跟他做朋友。」

他說得不錯：「要是我找到」；因爲要找泛泛之交的人有的是。但是我說的那種，遇事商量要推心置腹，毫無保留，一切心機都必須開誠布公。

人與人的關係只需顧及一頭時，於是大家也僅僅防止這一頭出現任何不足之處。我的醫生、我的律師信什麼宗教無關緊要。他們好意給予我的服務與這層考慮都扯不到一起去。我跟爲我做事的人的主僕關係也是如此。我從不過問一個僕人近不近女色，我要知道他是不是勤勞。我擔心趕驢的不是賭錢，而是笨手笨腳，擔心廚師的不是愛罵人，而是做不好菜。我不會出頭跟大家說該做什麼，出頭說的人已夠多了，而是我做的是什麼。

我這樣做，你可以按你的方法做。

——泰倫提烏斯

我跟愛說笑和不拘謹的人在餐桌上不拘禮節。在床上，首先是美，其次是體貼；在交談中，首先是能幹，哪怕不婉轉。其他事也如此。

就像阿格西勞斯，被人撞見騎著一根棍子跟他的孩子在玩，要求看見的人什麼都不要說，等他自己當了父親，認爲心裡也有這份父愛，會使他對這個行動作出公共的評判。對那些試過我說的那種友誼的人，我希望也這樣說。但是深知這樣一種友誼實屬少有，與時下常見的友誼天差地遠，並不期待會找到公正的法官。因爲古代給我們留下的文獻中，談到這個題目我覺得跟我所說的感情相比平凡遜色。在這點上，事實要超過哲學的教條：

對雋智者來說，什麼都及不上一位好友。

——賀拉斯

古人米南德說，就是遇見朋友影子的人也是有福了。他當然有理由這樣說，尤其這話他是有感而發的。如果我回顧一生，說眞的，蒙上帝的恩寵，除了失去過一位這樣的朋友，我過得非常平靜舒適，無憂無慮，心境愉悅，滿足於自然基本的需要，也不思其他；我要說的是，若把這樣的生活跟我與那位朋友怡然相伴的那四年相比，那就只算是煙雲，昏暗無聊的黑夜。自從失去他的那天，

這天永遠讓我傷心思念，
（神啊，這是你們的旨意！）

——維吉爾

此後我過得無精打采；若遇上快樂的消遣，不但不能給我安慰，反使我加倍懷念他的不在。我們各人爲整體的一半，我覺得我偷去了他的一份。

今後再也不追求快樂，
既然他已不再與我分享生活。

——泰倫提烏斯

我已那麼習慣於到哪裡都是以第二個自居，而今竟好像只剩下了一半。

啊！假若命運奪去了我的半個靈魂，
另半個我留在這裡做什麼用？
既然它對我已不再可親，勉強圖存。
那天何不使我們同時沉淪！

——賀拉斯

做什麼、想什麼，我都會對他思念；猶如他也會這樣對我思念。他在學問與品德上超過我何止千里，同樣盡友誼之責時也是如此。

爲什麼要爲我的悲悼臉紅？
爲什麼痛哭我的知友不能放聲？

——賀拉斯

兄弟，失去了你我多麼不幸！
隨著你而去的還有這些歡樂，

那是你的溫情友誼帶給我的！
你走了，我的幸福也隨之破碎，我的兄弟，
隨著你，兩人的靈魂一起葬入墳裡。
你的死亡也帶去了我生活中
勤讀的悠閒與思索的樂趣。
我再也不能跟你說話，聽你說話？
比我生命還親的，兄弟啊，
永遠愛著你難道也見不著你？

——卡圖魯斯

但是讓我們聽聽這個十六歲少年說些什麼。

因爲我發現這部作品後來被人懷著不良意圖出版了，那些人企圖製造混亂，改變政策，毫不在乎這是否有利於局勢的改進。他們還把自己寫的其他文章夾在裡面，我決定收回在此刊登的諾言。爲了作者的名聲不致在對他的思想行動不夠熟悉的人中間受到影響，我告訴他們這篇文章不過是他少年時代撰寫的習作，主題也屬老生常談，在各種書籍裡成千處出現。

我毫不懷疑他對自己寫的東西是相信的，因爲他做事認眞，就是在遊戲時也不說謊。我還知道若由他自己來選擇，他寧可出生在威尼斯而不是薩爾拉；這是有道理的。但是他還有另一條格言，深深銘刻在他的心靈上，就是非常虔誠地服從和嚴守他出生地的法律。哪個公民也不及他奉公守法，更熱心促成國家的安寧，敵視時局動盪和改革。他只會運用自己的力量去消除動亂，而不會去推波助瀾。他的思想是按照前幾個世紀的模式形成的。

於是，我將用另一篇文章，來代替這篇嚴肅的作品，也是在那個年代寫的，但是更加輕鬆活潑。

第二十九章

艾蒂安・德・拉博埃西的二十九首十四行詩——致德・格拉蒙夫人，吉桑伯爵夫人夫人，這次奉上的詩沒有一篇是我寫的，至於拙作不是您都已有了，就是我再找不出值得您一讀的了。但是我希望這些詩篇不論在哪裡出現，都在篇首冠上您的大名，承蒙高貴的科麗桑特·當杜安指教，使作品增輝不少。

把這部詩集獻給夫人，我覺得是再合適不過了，因爲在法國沒有哪位夫人在詩歌欣賞與運用上能與您相比。還有您天賦一副好嗓子，音域寬廣，音色豐富，百萬人中也難得一見，所以，也無人能像您給詩歌平添那麼多生氣和活力。①

夫人，這些詩篇值得您珍愛，您將會同意我的看法，加斯科涅還沒出過更有創意和更優雅的詩篇，說明完全出自大家之手。此前我出版過他的詩，題獻給您的至親德·弗瓦先生，如今您不用爲只有其中一部分而妒羨了。這二十九首詩有一種我說不出的更強烈的激情熱火，由於他創作時正當風華少年，充滿高尚美好的憧憬，這一切有朝一日我會在夫人耳邊細說。

他的其他詩篇都是以後求婚時爲了博取妻子的歡心而寫的，已經透露出我說不清的做丈夫的矜持。有人認爲詩絕不適合用打情罵俏的題材，我同意他們的看法。

① 十六世紀，法國詩歌可以吟唱。

這些詩篇或許還有其他版本。②

② 據說，蒙田生前出版的版本都附有這些十四行詩。又據猜測，一五八八—一五九二年間這些詩出過單行本，使蒙田在全集中刪去。但是單行本至今未有人見過。如今這二十九首詩不收在蒙田全集內，而附於注解補充部分，譯本中就不收入了。

第三十章　論節制

我們身上彷彿有邪氣，凡經我們觸摸的東西，原本是美好的，也都成了醜惡的。美德是好事，假若我們懷著過分急切強烈的欲望去抓住它，就會變成壞事。有人說美德不能過分，因爲過分就不是美德，他們玩起了文字遊戲：

追求美德過了頭，
理智的人可成瘋子，正常的人可成痴子。

——賀拉斯

這是一條微妙的哲理。人可能太愛美德，又過分做好事。那句聖言是用來糾正這個偏頗的：「不要看自己過於所當看的……要看得合乎中道。」（《新約・羅馬書》）

我見過一位大人物，爲了顯得虔誠，超出同類人的任何做法，反而損害了自己的宗教名聲。①

---

① 指法國國王亨利三世，爲了表示虔誠，加入了鞭笞派教派，引起西克斯特五世教皇的嘲笑，對法國駐梵蒂岡的代表說：「你們的國王，凡是當神父要做的一切事，他沒有不做的。而我一樣也沒有做，還是當上了神父。」

我喜歡性情中允平和。過分，就是做好事，即使沒有冒犯我，也使我驚訝，不知如何說的好。波薩尼亞斯的母親是第一個控告，也是第一個拿起石頭砸死自己的兒子；獨裁者波斯圖繆斯，由於兒子年少氣盛，擅自領先衝出兵陣，成功撲向敵人，卻下令把他處死。這在我看來並不公平，而且莫明其妙。我並不喜歡向人推薦，也不要求模仿這麼一個野蠻、代價昂貴的美德。

弓箭手一箭打過了靶子，就像打不到靶子一樣，都是沒有命中。迎頭撞上強光與瞬間跌入黑暗，同樣叫我眼睛發花。在柏拉圖的著作中，加里克萊說極端的哲學是有害的，建議不要陷入太深，越過利益的界限；節制的哲學令人愉悅方便，不然會使人變得野蠻惡毒，蔑視大家的宗教與法律，敵視人際交往和大眾娛樂，不能參加任何政治管理，對人對己都毫無幫助，只能自絕於社會。他說的是實話，因爲哲學走上極端會束縛我們天生的爽直，使我們鑽進牛角尖，偏離天性爲我們開闢的平坦大道。

我們對妻子的愛是天經地義的，但是神學還是不放過要加以約束和限制。我好像從前在聖多馬的著作裡讀到，他譴責近親結婚，其中有一條理由是這可能導致對這樣一位妻子的愛不加節制。因爲丈夫按理應全心全意愛她，如今又加上了一份親情，毫無疑問，這番親上加親會讓丈夫越出理性的範圍。

男人的道德規範，如同神學與哲學，滲透到一切領域。沒有一件私人和祕密的行爲，能逃過它們的視線與管轄。批評它們恣意妄爲的人眞是少不更事。那些女人，交歡時什麼部位都可以讓人看，要脫衣就醫時則羞得不願暴露。所以在這些規範方面，我要向丈夫說的是，任何人要是熱情太旺盛了，不加節制，即使跟妻子行房事也是應該排斥的。這也會像在私通中讓人誤入歧途，放浪、縱欲過度。初嘗禁臠後迷戀肉欲而不能克制，不但荒唐，還對妻子也是有害的。至少她們從別人那裡學會了不怕難爲情。其實我們需要時她們總是能滿足的。在這方面我只是聽其自然，簡單行事。

婚姻是一種宗教的神聖結合；因而從中得到的樂趣也應該是節制嚴肅，還帶點古板。這應該完全是一種謹慎、有意識的肉欲。因爲它的主要目的是傳宗接代，有的人就產生這樣的疑問，當我們已不存在得到這個果實的希望時，還有她們過了妊娠年齡或者已經懷孕時，是不是還允許尋求她們的懷抱。按照柏拉圖的說法，這是行凶殺人。有的民族，尤其是穆斯林憎惡跟懷孕女子做愛，也有許多不跟月經期女子同房。敘利亞王后齊諾比婭只是爲了受孕才接受她的丈夫；有喜以後，懷孕期內讓他自由行動，再要受孕時才讓他有權利進入房內；眞是婚姻的崇高好榜樣。

柏拉圖還從一位好女色的窮詩人那裡聽來這個故事。朱庇特有一天欲火難熬要跟妻子行房事，還沒等到她躺上床，就迫不及待把她按倒在地板上，興頭上根本忘了他剛才在天庭與諸神作出的重大決定，還誇說他眞幹得過足了癮，就像第一回背著他們的父母奪去她童貞的那次。

波斯國王帶了後妃出席宴會，席間酒喝得他們血脈賁張，按捺不住情欲，就讓她們退出不用再作陪，而是召來那些他們毋須尊重的女人縱情作樂。

尋歡作樂，寵倖賜賞，並不是人人都有份的。伊巴密濃達下令把一名浪蕩子關進牢，佩洛庇達向他求情，要求放他自由；他不答應，卻把青年給了也爲他求情的本家姑娘，說這個情可以放給一個情人，但不配放給一位將軍。

索福克勒斯在官署裡陪同伯里克利，偶然遇見一名美少年經過，對伯里克利說：「這裡有個好美的小夥子！」伯里克利對他說：「對別人可能是好事，對行省總督卻不是，他不但手要乾淨，眼睛也要乾淨。」

羅馬皇帝埃利烏斯・維勒斯，當皇后埋怨他寵倖其他女人，回答說他是逢場作戲偶爾爲之，因爲婚姻代表榮譽與尊嚴，不是搞風流韻事的。我們古代經史作家不無尊敬地提到一位女子，因爲不願意陪同丈夫荒淫無度，而把他趕出了家門。總之，任何一種行樂不論如何正當，放任不加節制必須受到譴責。

說實在的，人難道不是一種可憐的動物嗎？他剛好憑天性有能力去享受唯一充分純然的樂趣，又立刻辛辛苦苦用理智去壓抑這個樂趣；要不是處心積慮自添煩惱的話，人其實並不很嬌弱：

我們都在巧妙地增加自己命運之不幸。

——普羅佩提烏斯

人的智慧在愚蠢地賣弄聰明，想方設法去刪減屬於我們的情欲的數目與快樂。就像它樂於勤奮地施展詭計去粉飾我們的痛苦、麻木我們的感情。如果我可作主，我就會創造另一條更自然的道路，說實在的，也就是方便純潔，我也因此可能足夠堅強去做到適可而止。

雖然我們精神與肉體方面的醫生，彷彿經過串通密謀似的找不到治癒的道路和身體與精神的良藥，卻會施用折磨、痛苦和苦難來代替。節前守夜、齋戒、穿粗毛麻衣、遠地單獨流放禁閉、終身監禁、笞杖和其他刑罰，都是爲了這個目的而引進的，只要它們是眞正的苦刑，讓人痛徹心肺就可以。

有一個加里奧就遇到這樣的事，他被送到萊斯博斯島上流放，在羅馬有人得到情報說，他在那裡日子過得很好，施加在他身上的刑罰卻被他用來過得樂滋滋的；這樣羅馬改變主意把他召回，在家裡跟妻子一起過，命令他待在那裡，讓他感覺這是他們強加的一種刑罰。

因爲對於齋戒能夠增強體質、輕鬆感覺的人，吃魚比吃肉更有胃口的人，這些對他們不再是良方。就像在醫學上，把藥吃得津津有味的人，藥對他是不起作用的。苦藥難嚥才對他們的病情有幫助。對於用慣大黃的體質，使用大黃就是糟蹋。必須使用觸動胃的藥才能治癒胃病；這裡就有一條共同規則，物反相剋，也就是以毒攻毒。

這種看法跟古代的那則記載倒有相符之處，想到以屠殺生靈來祭祀天地，這是所有宗教普遍信奉的儀式。近在我們的祖先時代，穆拉德二世攻占科林斯地峽時，屠殺了六百名希臘青年祭奠父親的亡靈，讓這些血補贖死者生前的罪孽。在我們這個時代發現的新大陸，跟我們的大陸相比還是塊純潔的處女地，這種做法也到處存在。他們所有的偶像都是浸透人血，各種殘酷的事例駭人聽聞。有活活燒死的，有烤到半生不熟再拉出火堆剖腹掏心的。還有把人，甚至包括婦女，活活剝皮，鮮血淋漓的拿來穿在身上，或給別人做面具。

也有同樣多堅貞獻身的事例。因爲這些可憐的人牲——老人、女人、兒童——幾天前主動要求施恩，讓他們充當犧牲，跟著在場的人唱歌跳舞走上祭臺。墨西哥國王的使臣們對費南特·科爾特斯大談他們君王的偉大，說他有三十位封臣，每位封臣可以召集十萬名戰士，他住在天底下最雄偉美麗的城裡。還跟他說他每年要向神供奉五萬名人牲。他們說的也是實情，他跟鄰近的大民族不斷開戰，不但是鍛鍊本民族青年，更主要是抓獲戰俘去做人牲。在另一座城鎮裡，爲了歡迎這位科爾特斯，他們一次殺了五十個人牲。

這事我還沒有說完呢。這些民族中有人被他征服過，派了人去感激他，尋求他的友誼。使臣向他獻上三件禮物，還說：「大王，這裡是五名奴隸；你要是個威武的神，平時吃的是血與肉，那就把他們吃了，我們以後再給你多帶些；你要是個慈悲的神，這裡是香杜和羽毛；你若是個人，那就收下這裡的禽鳥和水果。」

第三十一章　論食人部落

伊庇魯斯國王皮洛士看過羅馬人派來迎戰他的軍隊的部署後，進入義大利時說：「我不知道這些是什麼樣的野蠻人（希臘這樣稱呼所有的外族），但是我看他們的布陣一點不野蠻。」希臘人對弗拉米尼率領進入他們國家的軍隊也說過同樣的話。腓力從一座小山頭看到普布利烏斯·蘇爾比修斯·加爾巴指揮的羅馬軍隊，在他國土裡的駐兵營秩序井然，也這樣評價。以此說明，必須防止自己輕信世俗之見，用理智的思考去作出判斷，不要人云亦云。

我與一位老朋友長期來往，他在本世紀發現的另一塊大陸上生活了十一、二年，維爾蓋尼翁在那裡登陸後取名爲「南極法蘭西」。發現一個幅員遼闊的國家，這件事值得深思。我不知道我是否能保證今後不會再有這樣的發現了，因爲那麼多位比我們重要的大人物這一次都錯了。我擔心我們眼睛大、肚量小，好奇心多於理解力。我們什麼都要擁抱，抱著的只是一陣風。

柏拉圖引述梭倫的話，說他在埃及塞依斯城聽祭司說，從前在洪水以前，有一座大島叫亞特蘭提斯，直接正對著直布羅陀海峽入口，面積比亞、非兩洲總和還要大。說島上的國王不但占有這座島嶼，還曾經擴展到過內陸大批土地，東到非洲埃及，北至歐洲托斯卡納，準備跨入亞洲，占領地中海沿岸直至黑海海灣的所有民族；爲了達到這個目的，他們穿過西班牙、高盧、義大利，一直來到希臘，那裡有雅典人支持他們。但是不久以後，雅典人、他們自己以及他們的島嶼都被洪水淹沒。看來非常可能這場水災造成的破壞，使地球的居住地帶發生了奇異的變化，就像有人說是海水分離了西西里島與義大利。

天崩地裂使地球分成幾塊，據說
原本這幾大洲都是連成一片的。

——維吉爾

賽普勒斯與敘利亞分離了，埃維厄島與維奧蒂亞陸地分離了，然而也有原來分離的土地，鴻溝之間塡滿泥土與沙子而連成一片，

這片長期荒蕪，只可行舟的沼澤地
養育許多城市，承受沉重的鐵犁。

——賀拉斯

但是這座島嶼不大可能是我們不久前發現的新大陸。因爲它那時幾乎跟西班牙接壤；現在兩者相差一千兩百多里，洪水要把它推移到那麼遠，其威力是不可思議的。再說，近代人透過航行，差不多已經發現這不是一座島嶼，而是一片廣袤的陸地，一邊與東印度，一邊又與兩極底下的陸地相連接；或有斷裂的地方，都是極小的海峽或低地，連個島嶼也稱不上。

在這些地層裡面，就像在我們的身體內，好像也有運動，有的是自然的，有的是發燒引起的，我的家鄉多爾多涅那條河，我想起它當年朝著右岸傾勢而下，二十年間漫流到許多地方，沖去了好幾座大建築的基礎，我認爲這是不可輕視的變動，因爲它若一直以這個速度流動，今後也不停止，地球的面目就會徹底改變。但是河流經常會改道，有時偏向這一邊，有時偏向另一邊，有時又安分守己。

且不說突發的洪水，這裡面的原因已略知一二。我的弟弟達爾薩克領主，在梅多克海邊看到自己的一塊土地被海水挾帶的泥沙蓋沒，有些房頂還露在外面。他的地產變成貧瘠的牧場，收入也相應減少。居民說，最近以來海水推進得那麼快，他們已失去四里路的土地。沙子是海的先行官，可以看到這些流動的沙丘，領先海水半里地在步步進逼。

古代還有一則文獻記載了這個發現，那是在亞里斯多德的著作裡，如果那部小書《曠古奇聞》確是出自他的手筆的話。他在書裡說一些迦太基人走出直布羅陀海峽，橫渡大西洋，行駛了很長時間，最後發現一座物產豐富的大島，森林密布，河流寬深，遠離所有陸地。他們，後來又有其他人，被島上的溫和氣候和適宜耕種所吸引，攜家帶眷前來開始定居。迦太基的領主看到他們國內人口逐漸減少，正式頒布禁令，誰都不能再遷往那裡，違者處以死刑，還把新移民趕走，據說害怕他們一代代繁衍生息，取代他們，損害他們的地位。亞里斯多德說的這座島也不符合我們的新大陸。

我在文章開頭說的那個人樸實單純，這樣性格的人說的證詞不會是假的，因爲思想靈活的人好奇心大，觀察到的東西也更多，但是他們妄加評論；爲了說得振振有辭，讓人信服，禁不住會對歷史稍加竄改，他們不會向你說出事物的原來面目，他們眼中看到了什麼總是要把它偏向一點和遮蓋一點。爲了使自己的見解有分量，吸引你的注意力，不惜添枝加葉，誇張渲染。

所以必須是一個非常忠厚的人，或者非常單純的人，他想不出東西胡編，也不會把一件胡編的事說成像眞的似的，也不借用什麼道理。我說的那個人就是這樣，除此以外，他還好幾次介紹他在旅途中認識的水手與商人給我。所以我很滿意他提供的情況，也就不去打聽那些宇宙學家是怎麼說的了。

我們需要地形學家給我們專門講述他們曾經去過的地方。但是，他們見過巴勒斯坦，這點勝過我們，卻往往利用這個優勢講述世界的其他地點給我們聽。我要的是各人寫各人知道的東西，知道多少寫多少，不但這方面如此，在其他方面也是如此。因爲某個人可能對一條河或一處泉水的自然狀態有特殊的研究與經驗，對於其他東西就只是一般知識而已。然而他爲了讓人走一走這塊彈丸之地，卻著手描寫地球全貌。許多弊端都是從這個毛病而來的。

現在言歸正傳，根據我聽說的情況，我覺得那個國度裡沒有什麼是野蠻和殘酷的，除非大家把不合自己習俗的東西稱爲野蠻罷了；就像事實上，我們所謂的眞理與理性，其標準也只是憑藉我們所處國家的主張與習俗而已。我們這裡的宗教是完美的，政體是完美的，一切的一切都是十全十美的。而他們都是野蠻的，就像我們把天然環境中按照自身進程成長的果子稱爲野生的一樣。其實，應該稱爲野蠻的，倒是被我們人工歪曲、脫離共同秩序的那些人。在前面所說的那些人身上，眞正的、有益的、天然的美德與特性更加強烈活躍；在後面所說的那些人身上，這些美德與特性都被磨滅了，而去迎合惡俗的情趣，追求歡樂。

生長在這些地域中的野生水果，味道鮮美可口，絕不比我們的遜色，完全符合我們高尚的口味。人工創造會勝過偉大萬能的大自然母親，這是沒有道理的。我們用自己的想像胡亂添加在美麗豐富的自然創造物上，已把它們悶得窒息。只要那裡還閃爍著大自然的純潔光芒，可使我們那些虛妄低俗的裝飾黯然失色，令我們汗顏無地。

自然成長的常春藤更茁壯，
荒山洞裡的野草莓更鮮美，
野外的鳥歌聲更幽婉。

——普羅佩提烏斯

我們費盡心機也造不出小鳥的窩，它的結構、它的美與它的用途；也編不出小蜘蛛的網。柏拉圖說，世間萬物無不是大自然、機緣或人工製造的；最大最美的都是大自然與機緣製造的，而人工製造的則最差最不完美。

這些民族依我看來在這個意義上是野蠻的，就是還沒受到人的思想的干擾，還沒脫離原始的淳樸。指導他們的還是自然法則，還沒受我們的法則連累而退化。但是令我感到遺憾的是，從前那些比我們有更強判斷力的人存在時，怎麼就沒及早認識他們，看到他們的純潔？我還可惜利庫爾戈斯和柏拉圖沒有聽說他們，因爲我覺得我們在這些民族中實際看到的東西，不但勝過用詩意描述的黃金時代的種種圖像，用想像虛構的幸福人生的一派胡言，還超越哲學的構思與期望。他們想像不出我們在實際上見到的那麼純潔質樸的眞性情，也不相信我們的社會只要依靠一些人爲的智巧與協調就可以維持的。

我要對柏拉圖說，在那一個國家裡沒有交易，不識文字、不懂數目，沒有官名、沒有政治特權；沒有主僕關係、沒有財富與貧困；沒有合同、沒有繼承、沒有分割，勞動都很清閒，對人不論親與非親一律尊重；沒有衣服、沒有農業、沒有礦業，不釀酒、不種小麥。謊言、背叛、隱瞞、吝嗇、嫉妒、誹謗、原諒，這些字眼都聞所未聞。他認爲他所想像的共和國離這樣完美的境界有多遠：「諸神創造的新人。」（塞涅卡）

首先是大自然給他們定下這些規則。

——維吉爾

此外，他們還生活在一個風景優美、氣候宜人的國度裡；據證人對我說，很少看到人生病，還向我保證從沒見過有人寒顫、生眼病、牙齒不全或老態龍鍾。他們沿海而居，後面有高山爲屛障，海山間隔有一百多里寬，魚與肉都十分豐富，與我們這裡的大不相同，僅煮一下就食用，沒有其他佐料。第一個外人騎了一匹馬進去，雖然來過幾次與他們也有交往，他這樣的坐姿引起他們極大的恐慌，在把他認出以前就用箭射死了。

他們的房屋極長，可以住兩三百人，用大樹的樹皮蓋成，一頭固定在地，到了頂部相互支撐不倒，猶如我們的大穀倉，倉頂垂落到地上，可充作側壁。他們有的木材極硬，用來切東西，做刀劍和烤肉架。他們的床是用棉布做的，懸掛在房頂上，好像我們船上用的床，一人一張，因爲妻子與丈夫是分開睡的。他們日出即起，起後立即進餐，一天就只吃這一頓。吃飯時不喝東西，像蘇伊達斯詞典①說的某些東方民族，用餐以外才喝水。他們一天喝好幾次，每次喝足。

他們的飲料是用根鬚熬成的，顏色猶如我們的波爾多紅葡萄酒。他們只喝溫熱的。這類飲料只能保存兩三天，味道微辛、不會使人醉、健胃，不習慣的人喝了會腹瀉、喝慣的人覺得很爽口。他們吃的不是麵包，而是一種類似浸過的芫荽根的白色食物，我嘗過，味道甜，嫌淡。

他們白天跳舞。青年帶了弓箭去打獵。一部分婦女則忙著給他們溫飲料，這是她們的主

---

① 拜占庭時代的一部專門研究異教文化的詞典。

要工作。早晨大家開始吃飯前，會有一位老人對全屋的人訓誡，從一頭走到另一頭，嘴裡好幾次重複同樣的話，直至走完一圈（因爲這些房子約有一百步長）。他只叮囑他們兩件事：英勇殺敵、溫柔待妻。而他們也不會忘記表示這份感激，叨念說是他們的妻子給他們配製和溫熱飲料的。在許多地方，就是在我家裡，也可看到他們的床、繩子、劍、打鬥時使用的木護腕、一頭開孔的大棍子，跳舞時用它的聲音打節拍。他們全身不留毛髮，刮得比我們乾淨得多，用的是木頭或石頭做的剃刀。他們相信靈魂永生，得到神靈庇護的靈魂就住在天邊太陽升起的地方；受詛咒的靈魂則住在西方。

他們還有一些我說不出名分的祭司和占卜師，很少在百姓中間露面，住在高山上。他們一到，好幾個村子（我說的一座糧倉，也就是一個村子，中間相隔約爲法國一里地）舉行莊嚴隆重的大集會。這位占卜師當眾講話，鼓勵大家保持美德，盡到職責。但是他們全部倫理只包括這兩條：英勇作戰、熱愛妻子。占卜師爲他們預測未來和他們應對後會有什麼樣的結果，鼓動他們去打仗還是不打。但是遇上他的預言不準，事情的發展跟他的預言不符，那時他若被大家逮住就會千刀萬剮，指控爲僞師。由於這個原因，占卜師只要出錯一次，就再也看不見了。

預言術是神的恩賜，因而胡說八道是一個必須懲罰的欺騙行爲。在斯基泰人中，占卜師說話不靈驗，就被人四肢捆綁，躺上裝滿野蕨的大板車，被牛拖走燒死。管理凡人凡事的人，做了什麼事總還可以原諒，但是另一些人在我們面前吹噓自己超凡入聖、神通廣大，是不是應該對他們說話無信，膽敢欺騙而嚴懲不貸呢？

他們跟高山後邊、內陸地帶的民族發生戰爭，全身赤裸上陣，攜帶的武器就是弓箭和木頭劍，一頭削尖就像我們的長矛。他們作戰的堅定性令人吃驚，不死傷流血絕不收兵，因爲他們從來不知道什麼是潰敗與害怕。每個人把他殺死的敵人首級作爲戰利品，掛在自己的房屋門口。對於俘虜，關押時期只要自己能想到的儘量予以優待，過了一段日子後，俘虜的主人召集朋友開個大會，他把一根繩子繫在俘虜的臂上，他拿住一頭，隔開幾步遠，害怕被他襲擊，把另一條手臂也這樣交給他的摯友，他們兩人當著大家的面，用劍把俘虜砍死。然後再把他烤熟，共同享用，還留下幾塊送給缺席的朋友。從前斯基泰人這樣做，人們認爲是爲了果腹，這裡是一種極端的復仇方式。

事情所以如此，那是看到葡萄牙人跟他們的敵人聯盟，抓獲他們以後用另一種方法處死，那就是把他們下半身埋在土裡，用箭射他們上半身，然後再把人吊死。因爲他們認爲從另一個世界來的這些人，在他們的鄰國散播了許多作惡的鬼主意，在耍陰謀搞詭計方面遠遠勝過他們，有機會也不會不報復，而且比他們還厲害，所以也就放棄了原有的方式而用了這個方式。

我們看到這種行爲實在駭人聽聞，我認爲這不應該，但我還眞心認爲不應該的是我們在評論人家的錯誤時，對自己的錯誤熟視無睹。我想吃活人比吃死人更加野蠻，把一個還有感覺的身體千刀萬剮，一片片燒烤，讓狗和公豬咬他、啃他（這個我們不但在書本中讀到，還親眼看到，記憶猶新，不是發生在宿敵中間，而是在鄰居與同胞之間，更可惡的還是以虔誠與宗教作爲藉口），比他死了以後再烤再吃更野蠻。

斯多葛派首領克里西波斯和芝諾，的確曾認爲在我們需要時把屍體當作食物充饑，這並沒有什麼不好。就像我們的祖先，被凱撒圍困在阿萊塞城中，爲了忍住圍城帶來的饑荒，決定食用老人、婦女和其他在戰爭中無用的人的肉體。

> 據說加斯科涅人用這樣的食物
> 延續自己的生命。
>
> ——朱維納利斯

醫生並不怕爲了我們的健康，把屍體用於各種用途，有的內服，有的外敷。說到原諒我們平時常犯的這些錯誤，如背叛、不忠、暴政、殘酷，那時看法就會非常不一致。

我們可以稱這些民族野蠻，但要從理性的規則來看，不要從我們的規則來看，我們在各種野蠻方面超過他們。他們的戰爭高尚慷慨，也可同樣得到對這個人類通病的溢美之辭。他們之間的戰爭，唯一起因是比誰更勇敢。他們不會爲了征服新土地而打仗，因爲他們享受著這天賜的富饒，不用辛苦勞作就可提供一切生活必需品，物質那麼充足根本無須去擴展邊界。

他們也知道幸福所在，大自然給他們多少，也正是他們希望得到的多少。超過需要的也是多餘的。他們對同輩的人相互稱兄弟，對小一輩的人稱孩子，而老人是大家的父親。他們讓共同的繼承者完全掌握他們的未分財產，也無特殊權利，只是大自然在土地上的出產歸於它的創造物。

如果鄰近的民族跨過山頭進攻他們，並且戰勝了他們，其勝利成果是榮譽，是繼續做個勇武美德的主人，因爲戰敗者的財物是用不上的，班師回到自己的家園，那裡什麼必需品都不缺，還不缺這份大智慧，就是會幸福享受自身的處境，別無他求。這些人反過來也是這樣做的。他們不向俘虜要求贖金，只要求對方承認自己是戰敗者並進行懺悔。

可是整個一個世紀，個個俘虜都是寧願死，也不願在態度和語言上收斂不可戰勝的豪氣。沒有一個俘虜不是寧可被殺被吃，也不討饒要求不死。他們毫無顧忌地虐待俘虜，爲了讓他們覺得保命重要，時常以眼前的死亡相威脅，今後要受怎樣的折磨，會上怎樣的酷刑，砍斷四肢，送上人肉宴吃掉。做這一切的唯一目的是從他們嘴裡說出討饒的軟話，或者引起他們要逃跑的想法，從而可以神氣地認爲把他們嚇著了，逼得他們醜態畢露。若仔細理解，眞正的勝利也在於這一點：

戰敗的敵人承認對方贏了，

這時才確立了勝負。

——克洛迪安

匈牙利人驍勇善戰，並不乘勝把敵人逼得走投無路。因為敵人認輸以後，他們就放他走了，不侮辱、不要贖金，最多要他保證從此不再用武力與他們為敵。

我們在敵人身上占了不論多少好處，這些好處都是一時的，算不得是自己的。拳頭大、胳臂粗，這是腳夫的需要，不是美德的需要。身手靈活是一種死板的、肉體的能力；使敵人失足倒下，或借陽光使他眼睛發花，這靠的是機緣；劍術高明，這是一種技藝，有時懦夫、草包也能掌握。人的聲望與價值在於心氣與意志；這才是真正的榮譽所在；勇，不是四肢結實，而是心靈堅毅；勇，不存在於你的馬匹和武器的價值上，而在我們自身的價值上。那個人倒下了，還英勇不屈，「他跌倒了，就跪著戰鬥。」（塞涅卡）死亡迫在眉睫的人不喪失一點信心；氣息奄奄時還瞪著輕蔑的目光注視著敵人；他不是被我們而是被命運擊敗的；他被殺了，但是沒被征服。

最勇的人常常命運多舛。

所以壯烈失敗抵得上勝利大捷。薩拉米斯、普拉提亞、邁卡萊和西西里，這四場性質相近的勝仗，也是陽光下難得見到的輝煌戰果，但是它們的榮耀即使加在一起，也很難跟列奧尼達斯國王以及他的士兵在溫泉關壯烈犧牲相比。

在戰鬥中誰的求勝心比得上伊斯柯拉斯將軍的求敗心更加豪放，更加引以爲榮呢？誰求生比他求死還更加機智巧妙呢？他受命守衛伯羅奔尼撒的某處峽谷，抵擋阿加迪亞人。由於地形不利、兵力懸殊，覺得自己不可能完成這個任務，決定與敵人對陣的一切兵力必須留在原地不動；另一方面，如果完不成使命，不但有辱於他自己的，還有辱於斯巴達的恢宏英名，他不走兩個極端，而採取如下的折中方法。把部隊中的青年精兵保存下來送回後方，以備日後爲國報效、保衛社稷；其餘的人若犧牲了也損失不大，他留下來跟他們同守隘口，以死抵抗，即使失守也要給敵人造成最大的傷亡。

事實果然如此，阿加迪亞人從四面八方把他們團團圍住，一番大屠殺以後，把他與他的部下都用劍刺死。若要給勝利者豎立豐碑，不是更應該獻給這些失敗者嗎？眞正的凱旋，其任務是戰鬥，不是逃命；勇者的榮譽在於痛擊敵人，不是毆打敵人。

再回頭來說我們的故事，這些囚犯不管人家怎麼虐待，根本沒有投降之意，反而在這兩三個月的監禁期間表現得很快活，還催促監守快快給他們考驗；向監守挑戰、謾罵、侮辱，責備他們膽小，數落他們以前幾次戰役中是他們手下敗將。

我手裡還有一名俘虜作的一首歌，唱的就是這類嘲諷：他們有種的話就過來吧！圍在一起把他吃掉；別忘了他們吃的也有自己的老爺和老爹，這些人統統都被他吞下肚裡當養料。他說：「你們這些可憐的瘋子，這些肌肉、筋絡、血都是你們自己的，難道認不出這裡面有你們祖輩的五臟六腑嗎？仔細嘗嘗，還可以嘗出你們自己的肉味呢！」

說到這類事沒有一點野蠻成分。有的人說到他們在臨死以前被押到刑場的執行情景，他們對著施刑者吐口水，表示輕蔑。事實上他們在嚥氣以前沒有一刻不在語言上或態度上進行挑釁對抗。按我們的標準來說，這些人確實很野蠻；因爲，要麼是他們存心野蠻，要麼是我們野蠻，兩者必居其一。他們的表現與我們的表現相差之大令人吃驚。

這些男人有好幾個妻子，勇敢的名聲愈大，妻子的數目也愈多。他們的婚姻中有一件好事值得稱讚，那就是我們的妻子醋性大發，往往不許我們去接受其他女人的好意，而他們的妻子同樣妒忌時，卻是幫他們去獲取這樣的好意。她們關心丈夫的榮譽勝過一切，也就處心積慮去結交盡可能多的友伴，這也是丈夫的美德的一種標誌。

我們的妻子會高呼：「奇蹟！」其實沒什麼奇蹟；這是婚姻中的固有美德，而且是最高美德。在《聖經》中，亞伯拉罕的妻子撒拉、雅各的妻子利亞和拉結，都把她們美麗的婢女獻給丈夫。利維婭爲了滿足奧古斯都的欲望作出犧牲。德尤塔魯斯國王的妻子斯特拉托妮凱，不僅讓自己美貌出眾的貼身侍女去侍候丈夫，還精心撫育她的孩子，支持他們繼承父親的王權。

如果大家就此認爲，這一切都是由於在習俗上簡單卑恭地服從，懾於祖訓的權威而做的，沒有什麼道理，不提出自己的看法，也是頭腦笨得沒有其他主意，這樣的話實在有必要請他們不要太自滿了。除了剛才我提到的那首戰歌以外，我還有一首，那是情歌，開頭是這樣的：

「赤鏈蛇，別遊啦；別遊啦，赤鏈蛇，讓我的姐姐照你的花樣做一條漂亮的大緞帶，我好送給我的女友，你的美麗與花斑叫她看了中意，也可以永久存在下去。」

這第一段是歌中的疊句。我對詩歌略通一二，敢說這樣的詩情中沒有絲毫野蠻的意味，倒是十足的阿那克里翁式抒情風韻。他們的語言還是一種溫和的語言，發聲悅耳，詞尾接近希臘語。

他們之中有三個人，完全不知道到這塊腐朽之地來求知識，有朝一日會讓他們付出失去安逸幸福的代價；不知道這樣的交往會使他們國破身亡；我猜想他們的敗落已有一段時期了，這些可憐蟲爲了追求新異事物而受了騙，離開他們溫馨的天地，到我們盧昂這裡來看看：來時正值老國王查理九世還在城裡。國王跟他們談了很久，給他們看我們的生活方式、我們的排場、美奐美輪的城郭。

然後有一人問他們的看法，要知道他們最欣賞的是什麼。他們回答說三件事，我已忘了第三件是什麼，爲此感到遺憾，但是其餘兩件還記得很清楚。他們說首先覺得奇怪的是在國王身邊圍著那麼多身材魁梧、留鬍子、持武器的大漢（他們好像說的是衛隊中的瑞士兵），竟低頭哈腰聽一個孩子的話，而不是在這些大漢中選擇一個人來發號施令。

第二件事（他們的語言中有一種說法，把人分爲這一半、那一半），他們發現在我們中間有的人什麼東西都有，多得滿滿實實，而另一半人則在他們的門前求乞，餓得皮包骨頭，還奇怪的是這一半人饑寒交迫，居然能夠忍受這樣的不公平，不掐住那些人的脖子或者放火燒了他們的房子。

我跟其中一個人談了很久，但是我的那位通譯聽不明白我的話，頭腦笨拙無法領會我的意思，使我未能談得很盡興。我問他地位崇高可以得到什麼樣的好處（因爲這是一位武官，我們的水手稱他是王），他跟我說打仗時走在最前列；問到他率領多少人，他指了指一塊空地，意思是這塊地容得下多少人就是多少人，這大約有四、五千人。不打仗時他的特權也就結束；他說他留下的還有這個，就是他要走訪屬於他管轄的村莊時，有人給他在村莊林子的荊棘地裡走出一條路，讓他可以順利透過。

這一切都已經不錯的了，不是嗎？因爲他們不穿褲子的啊！

第三十二章　神意不須深究

未知事物是招搖撞騙的眞正領域與題目。首先，新奇本身叫人肅然起敬；其次，這些內容非常人理智所能理解，也讓大家無從反駁。因此，柏拉圖說，談神的本質比談人的本質容易討巧滿足，因爲聽者對此一無所知，也就可以把一件玄妙的事說得天花亂墜，神乎其神。

由此形成這樣的局面，愈鮮爲人知的事愈有人深信不疑，愈是胡說八道的人愈裝得煞有介事，如煉丹的、相命的、辨眞僞的、看手相的、看病的「這一類人」（賀拉斯）。我還不揣冒昧加上另一些人，如解釋神意的方士、術士，他們對每件意外的事都說得出原因，還看出人間萬物不可理解的命理中含有的神旨祕密。雖然世事變化無常，矛盾不斷，使他們從東方到西方四處奔走，他們還是不停地追逐這顆金球，用同一支筆劃出白晝與黑夜。

在一個印第安民族，有這種可嘉的祭禮，在某件事上或戰鬥中失利時，他們當眾向他們的太陽神要求寬恕，彷彿做了一件錯事，把他們的禍福歸之於天意，由神對他們審判和說理。

對於一名基督徒來說，相信萬物都來自上帝，都出自祂神聖的、不可知的智慧，並懷著感激的心情接受一切就夠了，然而不論這些事物以什麼面目出現，都要從好的方面去想。但是我覺得這種做法不妥，怎麼能以我們自己的行爲事業順利與興旺來堅信和支持我們的宗教呢？我們的信仰有足夠的其他基礎，不用偶然事件來樹立它的權威。因爲老百姓聽慣了這類頭頭是道、聽了又稱心如意的理論，當事與願違，損及自己的利益時，就有可能動搖虔誠信仰。

比如在我們爲了宗教的這些戰爭裡，在拉羅什拉貝伊一役中占了上風的人，大肆慶祝這場偶然的勝利，把這次好運說成是上帝對他們一派的肯定。但是不久在蒙孔都和雅爾納克兩地失利，又推說是父的鞭策和懲罰，若不是老百姓可以任意擺布，這樣做很容易讓他們覺得，豈不是從同一個口袋可以取出兩種糧食，全憑同一張嘴吹熱和吹冷。最好還是把事情的眞正依據告訴他們吧！

最近幾個月，在奧地利的唐・胡安指揮下，聯合艦隊對土耳其人打了一場漂亮的大勝仗；但是上帝也很高興有幾次讓我們看到自己吃過類似的敗仗。

總而言之，用我們的尺度去衡量神的旨意，這種生硬的做法必然使神的旨意受到損害。異端的主要領袖阿里烏斯和他的僞教皇利奧，在不同時間內卻遭受非常相像的慘死（因爲兩人都因腹痛退出爭論，到了廁所就暴死在那裡）；若有人要給這件事找個理由，借當時情景誇張爲神的報復，那麼也應該加上埃利奧加伯勒斯皇帝之死，他是在小室內被殺的。但是這證明什麼呢？艾里尼厄斯也遭到同樣的命運。

上帝要教我們明白除了這個世界的好運與厄運以外，好人有其他東西可以期望，壞人有其他東西需要害怕，這些都在他的掌握之中，主會根據看不見的天命來安排，不讓我們愚蠢地圖謀私利。有人要根據人的理念來攫爲己有是自不量力。他們貪多必失，勞而無功。聖奧古斯丁跟對手爭論時舉了一個很好的例子。這是一場由記憶的武器，而不是由理智的武器決定勝負的衝突。

太陽要給我們多少光輝，我們就應該心滿意足地接受多少光輝；誰若要在身上照到更多的光輝而抬起了眼睛，由於懲罰這種大不敬行爲而使他喪失了視力也不要感到驚訝。

天意豈是誰人能夠知曉？命數豈是誰人能夠猜透？

——《所羅門智訓》

第三十三章　不惜一死逃避逸樂

我看到大多數古訓在這點上是一致的：生活中苦多於樂時，那是到了該死的時刻；活下去只有遭罪與受苦，那是違反自然法則，正如這些古希臘諺言說的：

要麼活著無憂愁，要麼死去挺快活。

生活累人時，就要想到死。

活得辛苦不如死得乾脆。

榮譽、財富、地位以及其他我們稱之爲福氣的種種恩寵與好處，在理智好像無法說服我們放棄它們，不要去承受這份新的重擔時，竟然不惜去死以求擺脫，我還沒有見過誰主張和做過這樣的事，直到我偶然讀到了塞涅卡的那一段話爲止。他勸皇帝身邊一位有權有勢的重臣盧西里烏斯，改變驕奢淫逸的生活，不貪戀塵世的功利，退居山林，過平靜超脫的生活。盧西里烏斯對此提出一些困難，塞涅卡就對他說：「我的意見是你放棄這種生活，或者放棄人生；我勸你採取一種最溫和的方法，慢慢解開而不是切斷你打的死結，除非解開不了，那就把它切斷。沒有人會膽子小得寧可一直搖搖晃晃，而不願意一下子跌倒在地。」

我原以爲這個勸誡很符合斯多葛的苦行主義，沒想到出自伊比鳩魯，他在給伊多梅紐斯的信中說過完全相同的話。

我還想起在我們這些人中間有過類似的做法，但是帶著基督徒的克己態度。普瓦蒂埃的主教聖奚拉里，是埃里厄斯異端邪說的死敵，在敘利亞時聽到報告說，他的獨生女兒阿布拉，被他隨同她的母親留在國內，被當地最有名望的貴族追著求婚，因爲女兒有教養、美麗、富有，還正當花季。

（我們看到）他是這樣寫給女兒的，要她對對方提出的榮華富貴都不要放在心上；他在旅途中已爲她物色到一門地位更崇高的親事，一位具有另一種權勢與氣度的丈夫，他將送給她的長袍與珠寶，其價值是無法計算的。他的意圖是讓她對世俗的享受都不感興趣，而全身心奉獻給上帝；但是要實現這個目的，最便捷可靠的道路，他覺得就是讓女兒去死。於是他日夜許願、祈禱，懇求上帝早早讓她離開塵世，召到神的身邊去，果然天遂人願，因爲他回家以後女兒不久也就過世，他表現出一種奇異的喜悅。

這人做得顯然比別人過分，一開始就採取這樣的辦法，在別人最多是一番附加的心願而已，這到底是他的獨生女兒。

但是我還是要說一說故事的結尾，雖則原本不打算這樣做。聖奚拉里的妻子從他那裡聽到女兒的死亡完全是按照他的意圖與計畫進行的，女兒又多麼高興離開而不是留在這個塵世，對天堂的永福產生一種強烈的嚮往，竭力懇求丈夫也爲她這樣做。上帝在他們共同的祈禱下，也在不久以後把她召了去，這樣的喪事正是皆大歡喜，非同尋常。

第三十四章　命運與理智經常相遇在一條道上

命運變幻無常，在我們面前展現的面貌也就千變萬化。這不也是在明白無誤地伸張正義麼？瓦朗蒂努瓦公爵凱撒·波齊亞決心要毒死科爾內托的紅衣主教阿德里安，他的父親亞歷山大六世教皇偕同他到梵蒂岡吃晚飯。公爵事先差人送了一瓶毒酒交給膳司總管，囑他好好看管。教皇在兒子以前到，要求喝酒，膳司總管以爲這是瓶好酒，交給他就是給教皇喝的，就倒了一杯敬教皇；公爵本人恰在上點心時趕到，以爲他自己的那瓶酒還沒開過，也就拿來了喝；這樣父親立即暴死，兒子長期受病痛折磨，命運還更加悲慘。

有時候命運好像有意跟我們作對。德斯特雷領主是旺多姆殿下的軍旗手，里克領主是阿爾斯霍特公爵的隨從副官，雖分屬對立的部隊，但都在追求封凱澤爾領主的妹妹（在前線相鄰的兩支部隊常有這樣的事），里克領主求婚成功；但是在婚禮那天，不幸的是新郎在上床以前，要去逞能來取悅新娘，離家到了聖奧梅爾附近跟人交了手，交手中德斯特雷領主占了上風，把他捉了當俘虜；爲了擺足威風，德斯特雷迫使那位夫人

離開年輕郎君的懷抱，
讓一個冬天，又一個冬天，
在漫漫長夜中燒盡了他們的烈火。

——卡圖魯斯

親自來向他求情，把他的俘虜客客氣氣還給她；人也的確是放了，法國貴族從不拒絕夫人的要求。

君士坦丁（一世），海倫娜的兒子，創立了君士坦丁帝國；多少世紀以後，又是一個君士坦丁（十一世），也是海倫娜的兒子，斷送了君士坦丁帝國。這不像是巧妙的命運安排嗎？

有時候，命運喜歡跟奇蹟爭高低。我們知道克洛維斯國王圍困昂古萊姆時，城牆自個兒坍塌，如有神助似的。布歇援引某位作者的話，虔誠者羅伯特二世國王在圍城時，偷偷離開前線溜回奧爾良慶祝聖埃尼昂節，正當他彌撒做到中途頂禮膜拜時，圍城的城牆不攻自破了。這跟我們在米蘭戰爭中發生的事恰恰相反。朗佐統帥在爲我們包圍阿羅納城時，命人在一堵大牆下埋炸藥。這堵牆突然被炸離地面，又直挺挺落下豎在地基上，被困的人還是安然無恙。

有時候，命運還會治病。費雷斯的亞遜胸口長了個膿瘡，醫生都已束手無策，他一心要擺脫折磨，即使死了也甘心，在一次戰役中奮不顧身衝進敵陣，他被刺穿身子，恰巧傷在病患處，膿瘡破裂，這下子治癒了。

命運在藝術技藝方面，不是還超過畫家普羅托蓋納斯嗎？畫家畫了一條疲勞的狗，全身所有部位都感到很稱心，但就是狗嘴裡的口水畫得不中意，對自己的畫發脾氣，拿起一塊沾滿各種顏料的海綿朝它扔了過去，要把畫都擦掉；命運讓那塊海綿恰好扔在狗嘴上，在上面留下了正是藝術家想畫而畫不出的藝術效果。

有時，命運不是在指導我們，改正我們嗎？英格蘭伊莎貝爾女王率領一支軍隊去支援兒子反對她的丈夫，要從澤蘭回到王國內；她若按原計畫抵達港口必然完了，敵人都在那裡等著她；但是命運卻不顧她的意願，讓她在一個安全地點登了陸。那位古人，拿起石頭要砸狗，卻砸死了自己的老娘，不是很有理由念一念這句詩嗎？

命運比我們更有主意。

——米南德

蒂莫利昂在西西里島阿德拉諾暫住，伊塞特召了兩名士兵要殺他。他們決定在他獻祭時動手。他們混在人群中，正在相互發信號趁機會下手時，突然來了第三個人，在其中一位頭上狠狠砍了一劍，死在地上，自己拔腿就跑。那位同伴以爲自己被人識破，脫不了身，奔到祭臺，答應把一切都招供出來要求寬恕。

正當他在交代陰謀過程時，那第三個人被大家當作謀殺犯抓住了，推推搡搡穿過人群到了蒂莫利昂和會上的顯貴面前。這時那個人大叫饒命，說他殺死的只是殺他父親的凶手，他運氣來得正好，當場有人證明他的父親確是在利恩泰奈人的城裡給那個他報了仇的人殺死的。他由於這件巧事得到了一大筆賞金，既報了父親的仇，又救了西西里父母官的一命。這樣的命運在討回公道方面，是任何人精心制訂的法律也難以達到的。

最後一個例子。在這件事上還不是清楚說明命運總是傾向於善良與赤誠之心嗎？伊格納蒂烏斯父子被羅馬三執政放逐，決定做出驚人之舉，把自己的生命毀於父子倆之手，也不讓暴政者得逞施加酷刑；他們手握寶劍朝著對方奔去。命運指揮著他們的劍頭，兩劍都立即奪去他們的生命，爲了表彰這麼美好的父子情，還讓他們有力氣從洞穿的身子裡抽出鮮血淋漓的手臂與寶劍，相互緊緊擁抱再也一動不動，劊子手無法把他們分離，只得一口氣割下兩人的頭顱，讓兩具屍體始終尊嚴地貼在一起，傷口對著傷口深情地吮吸著對方的血與殘留的生命。

第三十五章　論管理中的一個弊端

先父，從他只是依靠經驗與天性這點來看，可以說是個明辨是非的人；從前他對我說，他一直想把城市建設成什麼都有的機構，誰有什麼事要辦，就去找專門的官員，把你的事務記錄下來辦理。比如說，我有珍珠要出售，我要找出售的珍珠。某人要找個伴一起去巴黎；某人要找個有某種專長的僕人；某人要找個東家；某人要找個工人，某人這個，某人那個，人人都按照他的需要。這種互通資訊的做法給大眾交往帶來不少方便。因爲大家隨時隨地需要別人的說明，若互不了解，人會陷入絕境。

我聽到下面這件事，感到是本世紀的奇恥大辱。有兩位非常傑出的學界人士，因爲沒有足夠的食物，就在我們眼前活活餓死，那是義大利的李流士・葛列格里烏斯・吉拉爾都斯和德國的塞巴斯蒂亞努斯・加斯塔里奧。我相信若知道他們情況的話，會有成千個人用非常優厚的條件聘請他們，或者前去幫助他們。

世界到底還沒有墮落到這個地步，使我不相信有人願意誠心誠意利用繼承的財富，在盡情享受的同時，也去幫助具有特殊才能，有時被厄運逼得走投無路的奇人做到衣食無慮。他們至少可以提供適當幫助，沒有理由不使這些人感到滿足。

在持家方面，我的父親用這套辦法，我只知道讚賞，卻從不去照辦。管家手裡有一本帳簿，上面記載著不必由公證人代勞的小筆收支交易；除此以外，他還要一名手下人當祕書，在一本日記簿上記下所有值得保留的家事，日復一日，成了家史回憶錄，當時間開始抹去這些記憶時，回頭來看非常有趣，當需要查閱時又非常方便，省去我們不少麻煩。某工程什麼時候開始的？什麼時候完成的？哪些大人帶了扈從來家裡作客？住了多久？我們的旅行、我們的外出、婚禮、喪事、聽到的好消息、聽到的壞消息；主要工作人員更動；諸如此類的事。這樣的老習慣，我認爲恢復是很有意思的，各人可以各做。而我眞是個傻子，居然把它中斷了。

第三十六章　論穿戴習慣

不論走到哪裡，我不得不打破習慣的約束，因爲這個問題嚴重阻擋我們的每條通道。値此寒冬季節，我想到那些新發現的民族——比如我們說的印第安人和摩爾人，一絲不掛走在路上是因爲天氣炎熱，不得已的做法，還是要保持原始狀態？

《聖經》說，「在日光之下所行的一切事上……眾人所遭遇的都是一樣。」有識之士在考慮這些事時，必須區分自然規律還是人爲規律，他們卻常常套用世界的普遍規則，這裡面是不能存在弄虛作假的事。世上的其他物種生來有皮毛甲殼來維持自己的生存，唯有我們一出世嬌裡嬌氣，沒有百般呵護就難以存活，這眞是叫人不敢相信。

所以我認爲，既然莊稼、樹木、動物和一切有生命的東西，身上天然就有足夠的覆蓋物抵擋風吹雨打，

> 幾乎所有東西身上都有裘皮、鬃毛、鱗甲、老繭或硬殼。
>
> ——盧克萊修

我們從前也是這樣的；但是就像用人造光弄暗了日光，我們也用人爲的方法削弱了天賦的抵抗力。顯而易見的一件事是，習慣使原本未必辦不到的事變得辦不到了。那些不知道衣服爲何物的民族，有些差不多跟我們住在同一片天空下。身上最嬌弱的部分，如眼睛、嘴、鼻子、耳朵，總是裸露在空氣中。農民還是像我們的祖輩，胸部與腹部也是裸露的。如

果我們出生後只是穿短裙和短褲，大自然毫無疑問會在我們飽受四季摧殘的部位長上厚厚一層皮，就像我們的手指和腳底。

爲什麼好像難以置信了呢？在我與我家鄉的農民之間穿衣的差別，要遠遠大於他與身上什麼也不穿的人的差別。

有多少人，尤其在土耳其，因信仰而赤身裸體！

不知哪個人看到一名乞丐在寒冬臘月穿了一件襯衣，跟一個裘皮裹得嚴嚴實實的人同樣有精神，問他怎麼挺住的，他回答說：「先生，您的面孔都露在外面，而我全身都是面孔。」

義大利人談到佛羅倫斯公爵的一名弄臣，好像是這麼說的，他的主人問他穿得這樣差是怎麼禦寒的，他自己就受不了這樣的冷，弄臣說：「您照我的辦法做，我把我所有的衣服都穿在身上了，您也把您所有的衣服都穿在身上，那就跟我一樣不會冷了。」馬西尼薩國王已到風燭殘年，出門還是不戴帽子，不論颳風還是下雨。據說塞維呂斯皇帝也一樣。

希羅多德說，別人和他都注意到，在埃及人與波斯人的戰爭中，死在戰場上的那些人中，埃及人的頭顱明顯要比波斯人硬得多，原因是波斯人的頭上先是戴帽子，長大了又戴頭巾，而埃及人從小就剃髮，不戴帽子。

阿格西勞斯國王直到老年還是冬夏兩季穿同樣的衣服。蘇托尼厄斯說，凱撒總是走在部隊前面，大多數時間步行，不戴帽子，不管豔陽天還是下雨天；人家說漢尼拔也是這樣，

他光著腦袋
任憑天空挾著暴風坍下來。

——西流斯・伊塔利庫斯

一位威尼斯人在（緬甸）勃固王國住了很久，最近從那裡回來，在書中說在勃固王國男人和女人都赤腳，即使騎在馬上也是，身上其餘部分都不露在外面。

柏拉圖作出很妙的建議，爲了全身健康，腳與頭除了自然的保護以外不需要其他遮蓋。先被波蘭人選了當國王，後又做了我們國王的那個人，①實在是本世紀最偉大的親王之一，從不戴手套，不論是冬天還是什麼別的天氣，從不換下他室內戴的那頂便帽。

我外出不習慣解開扣子或不繫衣帶，致使鄰近的農民覺得不這樣照做很彆扭。瓦羅認爲，有人要求我們在上帝和長官面前脫帽，這樣做的目的更多在於強壯我們的體格，不受天氣的影響，而不是表示敬意。

既然說到了寒冷，法國習慣穿花色衣服（我是例外，學父親的樣，只穿黑與白），那就另外再說件事。軍事長官馬丁・杜・貝萊說他出征盧森堡途中，天寒地凍，軍中的酒要用大

---

① 指法國國王亨利三世，一五七三年當選爲波蘭國王，不久又繼承了他的二哥查理九世的王位，當上法國國王（一五七四－一五八九）。

小斧頭劈開，按重量分給士兵，他們放在籃子裡帶走。奧維德說的事兒跟這個差不離：

> 酒取了出來還保持罐子形狀，
> 這不是飲料，而要一塊塊下嚥。

墨奧提斯湖的沼澤地冰凍三尺，米思里代蒂茲的副將跟敵人進行一場步戰，取得勝利；到了夏天又跟他們進行一場水戰又贏了。

在普萊桑斯附近，羅馬人與迦太基人開戰遭受很大的不利，他們衝鋒時凍得手腳冰冷，血液凝結，而漢尼拔則在全軍營地升火給士兵取暖，還按隊伍分發油脂，讓他們塗抹在身上舒鬆筋骨，封閉毛孔，抵擋呼嘯而過的冷風寒氣。

希臘人從巴比倫撤退回國，所要克服的艱難困苦在歷史上是出了名的。他們在亞美尼亞高山中遭遇可怕的雪暴，根本不知道到了什麼地方，走哪條路。完全死死地困住在原地，一天一夜沒吃沒喝，大部分牲口都死亡；他們中間好多人送命，好多人被雪珠和雪光打瞎了眼睛，好多人四肢凍傷，好多人全身僵硬不能動彈，雖然神智還清醒。

亞歷山大見到有一個地方在冬天，把果樹埋在地下以防霜凍。

說到穿衣問題，墨西哥國王一天換四次衣服，從不重複，把穿過的衣服不斷布施或賞賜給別人；廚房裡和餐桌上的碗盆用品也同樣不使用兩次。

第三十七章　論小加圖

我這人沒有以己度人的通病。很容易去相信跟我想法不同的各種事物。我採取了一種形式，不會像有些人那樣要求大家跟自己一樣。我相信，也想像得出，千百種形式不同的生活；跟大家相反的還更容易相信我們之間的不同，而不是我們之間的雷同。絕對不要求別人跟著我按照同樣的條件與原則生活，僅僅從他本身的模式去考慮他這個人，絕不把別人扯在一起進行比較。

我本人不禁欲，還是眞心誠意地承認斐揚派和嘉布遣會的禁欲主張，欣賞他們的生活方式；我還在想像中使自己處於他們的地位。

我愛他們、敬重他們，更因爲他們跟我不同。我尤其希望別人評論我們時要區別對待，不要按共同的模式來審視我。

我本人軟弱，絕不影響我對強者的精誠毅力抱應有的看法。「有的人只讚揚那些自己善於模仿的事。」（西塞羅）我自己只會在泥地裡爬行，對於有些英雄人物的高風亮節還是歎爲觀止。對我來說重要的是正確保持自己的判斷力，雖然我的行動不一定正確，這樣至少使這個主體部分不受損害。當我的兩腿走不動時，意志正常還是很重要的。在我們生活的這個世紀，至少在我們這部分地區，一切那麼死氣沉沉，我不說美德的實踐，就是美德的思想也是極端缺乏的；好像美德僅是學派的一句口號：

美德僅是一句話、一段聖木，

這是他們的想法。

這種事他們不理解也應該尊重。

——賀拉斯

——西塞羅

這是掛在小室牆上的小配件，或者是放在嘴邊、聽在耳裡的好聽話。美德行為也不像個美德行為，徒有其表，毫無其實，因為導致我們去做的竟是利益、榮耀、恐懼、習慣和其他與此無關的原因。我們現在實行的正義、勇敢和好意，由於涉及他人和在公眾面前的形象，也可以稱為是美德；但是從做的人來說，根本不是美德，那是另有目的、另有動機。美德就是為美德而做的，不摻雜其他因素。

波薩尼亞斯指揮的希臘軍隊，在普拉提亞大戰中，戰勝了馬多尼烏斯和他的波斯軍隊，戰勝者按照他們的慣例，論功行賞時把勇敢的頭功歸於斯巴達人。斯巴達人是美德的優秀裁判官，當他們決定要把當天英勇的榮譽發給哪個人時，發現阿里斯多德莫斯在戰場上不顧生死，最為勇敢，但是他們並沒有把那枚獎章頒發給他。因為他在溫泉關戰鬥中受過批評，他這次表現出色完全是要爭回名譽，決心英勇犧牲以贖前愆。

我們的判斷力是病態的，跟隨墮落的世風亦步亦趨。我看到當今大多數英才，都裝作聰明要給古人的高風亮節抹黑，加上卑鄙的說明，編造無聊的事因緣由加以輕侮。

這實在高明之至！誰給我提個最了不起、最純潔的好事，我可以給它按上五十個似是而非的壞意圖。對於樂意捕風捉影的人，上帝知道他們內心什麼主意想不出來！他們在汙蔑別人時伶牙俐齒，其實不是聰明，而是笨拙與粗魯。

有人在詆毀這些先賢時煞費苦心，毫無顧忌，而我也願意用同樣方式盡綿薄之力頌揚他們。在智者一致同意的推薦下作爲世人模範的少數賢哲，我個人毫不猶豫去推崇，只要我的看法不失時機與有道理。但是還應該相信不管我們說得多麼有力，還是遠遠及不上他們的德操。正直者的責任是盡心弘揚人間美德。當我們對他們的嘉言懿行表現出情緒激昂時，並沒有什麼不妥。

那些人做的事恰恰相反，他們這樣做或是出於惡意，或是由於我剛才說到的那個缺點，把賢人的信仰框住在自己的能力範圍內。也或者如我相信的，他們的視野不夠寬廣，目光不夠清晰，根本無法想像原始純潔狀態下的美德；也從未有過這方面的陶冶。普魯塔克說，在他那個時代，有人把小加圖的死因歸之於他對凱撒的畏懼，這使他很有理由感到惱火，可以從這件事推測，還有人把他的死因歸之於他自己的野心，更會使他感到冒犯。蠢人啊！小加圖正是懷著小人之心，更多於爲了榮譽，才做了一件慷慨正義的好事，這位人物眞正是好樣的，大自然選擇他讓我們看到人的勇氣與堅定可以達到什麼程度。

但是我在這裡沒有資格探討這個豐富的課題。我只是把五位拉丁詩人對加圖的讚美羅列在一起作個比較，這有助於了解加圖，附帶也了解這些詩人。一個受過良好教育的青年會發現最初兩位詩人與其他詩人相比，顯得沉悶，第三位更有朝氣，但過於激昂反而顯得捉襟見肘；他會注意到第四位在詩情上超過他們不少，那人才是他鼓掌佩服的人。至於最後一位，要領先別人許多，這個差距讓他指天發誓說是任何人的智慧也難以追上的，他只會驚奇，他只會發呆。

這裡妙的是，我們的詩人要多過評詩的人和唱詩的人，做詩要比懂詩更容易，低水準的評詩可以用格律和規則，但是優秀、獨具慧眼、鞭辟入裡的評詩則超越一切規則與理性。誰能堅定自信地看出詩之美，他用的不是肉眼，就像閃電霹靂也不是肉眼所能感覺的。

詩之美不用我們評判，詩之美奪魂攝魄。善於探究詩之美的人感染到激情，在講解與朗誦時也會把激情感染其他人；就像磁鐵不單吸針，還讓針也沾上磁性去吸引其他的針。在劇院這看得更清楚，繆斯的神聖靈感首先讓詩人激動，去發怒、去傷心、去憎恨，身不由己受情緒的控制，然後又透過詩人去感動演員，透過演員去感動廣大觀眾。這是穿針引線，把一個個串在一起。

從童年起讀詩就會使我感同身受，心潮澎湃。但是這樣強烈的感受在我是天生的，對不同形式的感情也會有不同形式的反應，不存在更高和更低的反應（因爲這總是每種類型中最高的那種），但是色彩上還是有所差別。首先，是歡快流暢機智；後來是感情細膩高雅；最後是成熟淡泊有力量。以奧維德、盧卡努、維吉爾舉例說得更加清楚。以下是我們的詩人進入了競技場。

其中一位說：

加圖在世時就比凱撒偉大。

——馬提雅爾

另一位說：

加圖若能戰勝死亡，就會所向無敵。

——馬尼利烏斯

第三位談到凱撒與龐培的內戰，

諸神偏愛勝者的事業，
而加圖選擇敗者的壯烈。

——盧卡努

第四位在讚揚凱撒時說：

天下都已歸順，
唯有加圖誓死不屈。

——賀拉斯

唱詩班的教師，羅列羅馬最偉大的人物以後，以這句話結束：
給他們制定法則的是加圖。

——維吉爾

第三十八章　我們為何為同一件事哭和笑

我們在史書中讀到，安提柯對兒子非常不滿，因爲他剛才在一場爭鬥中把他的敵人皮洛士國王殺了，提了頭顱來獻給他；他看到頭顱卻號啕大哭了起來。還有洛林的勒內公爵打敗勃艮第的查理公爵後，不久也爲他的死亡惋惜，還在他的葬禮上服喪。在奧雷戰役中，蒙福爾伯爵戰勝查理·德·布盧瓦，贏得了他的布列塔尼公爵封邑，戰勝者看到敵人的屍體，深表哀悼。但是讀了這些不應該立刻驚叫：

普天之下，人的心靈
都隱藏這些不同的感情，
臉上表現時而喜悅時而陰鬱。

——彼特拉克

有人把龐培的首級獻給凱撒時，史書記載說他轉過頭去，彷彿看到了醜惡、慘不忍睹的情景。他們兩人長期一起商量國家大計，同舟共濟，相互協助，建立聯盟，所以不應該認爲這個舉動完全是裝腔作勢，像這位說的：

他想這回可以安心當岳丈了。

眼淚是擠出來的，
呻吟發自歡愉的心。

——盧卡努

因爲，雖然我們大部分行爲實際上只是門面與裝飾，有時也可能是眞心的，
繼承人當面哭，背後笑。

——普布利流斯·西魯斯

然而在評判這些事時，必須考慮我們的心靈怎樣經常受各種情欲的衝擊。就像我們的軀體內是各種體液的大匯合，根據我們的性情其中一種占主導地位；同樣，我們的心靈內也有各種不同的活動衝擊它，必然也有一個活動統率全域。

但是這種優勢並不一直保持下去，我們的心靈變化不定，那些原本較弱的活動也會趁勢反撲，收復失地。從這裡看出不但孩子一切都天眞地從本性出發，經常爲同一件事哭和笑，而且我們中間有人雖則很想出外旅行，在跟家人和朋友道別時，誰也不能吹噓不會感到勇氣受挫；眼淚若沒有完全流出來，至少踏上馬鐙時會黯然神傷。不管好人家的女兒心裡燃著怎樣的熱情，還是要把她們從母親的脖子上拉下來，送到夫婿家，不管這位好心的同伴怎

麼說：

維納斯是不是跟新娘有冤仇，
還是爲了哄騙快活的爹娘，
在房前床邊流幾滴眼淚？
眼淚也可能不是眞的！上帝幫幫我吧！

——卡圖魯斯

一個人人皆曰可殺的人死了，還是有人悼念也是不奇怪的。

當我斥責僕人時，眞的是火冒三丈，不是裝模作樣罵幾聲；但是怒氣發過以後，他若對我有所要求，我還是樂意幫他忙；我立即把這一頁翻了過去。當我罵他笨蛋蠢驢，不是要他一輩子背這個名聲，也不想收回這句話後立即再稱他是正人君子。沒有一種品質只配我們擁有，而且永遠擁有。如果自言自語算不上是個瘋子行爲，沒一天我不聽到心裡在罵自己：「大笨蛋！」這絕不是在說我自己眞是這樣的人。

誰看到我在妻子面前一會兒冷若冰霜，一會兒春風滿面，認爲這都是裝的，他就是個傻子。尼祿下令淹死自己的母親，跟她分手時突然動了情，對這次母子訣別感到厭惡與憐憫。

有人說太陽散發光芒不是連續不斷的，它是不停地把一束束新光照射著我們，以致我們辨別不出而以爲是連續的了：

太陽，不歇的乙太之源，火的洪流，
使天空永遠白晝如新，
光明接著光明。

——盧克萊修

我們的心靈也是巧思紛呈，細流無聲。

阿爾塔巴努斯無意中看到他的姪子澤爾士，問他爲什麼剛才神色大異。澤爾士正在考慮他的軍隊無比強大，要透過赫勒斯旁海峽去進攻希臘。起初看到有成千上萬人歸他指揮躊躇滿志，面露欣喜之情。但是繼而就在同時想到那麼多的生命至遲在本世紀內就要消失，不由皺起眉頭，傷心得落下了眼淚。

我們曾經堅定不移地報仇雪恥，爲勝利而歡天喜地，可是也因而落眼淚。我們不是爲了勝利而落淚，事情沒有絲毫變化，只是我們不是懷著同一顆心去看待它，看到的是另一副面目。因爲每件事都有不同的側面、不同的光線。心頭想起血緣之親、昔日的情誼，根據不同情況會激動一時，但是輪廓的閃現那麼突然，我們無法把握。

說到速度，什麼也比不上
思想的閃動，要來就來，
思想靈活多變，超過任何
置於目光下、落入感覺中的物體。

——盧克萊修

由於這個原因，要用這一系列斷斷續續的閃念構築一個物體，必然會出差錯。蒂莫利昂經過深思熟慮大義滅親之後，他哭了，他哭的不是祖國恢復了自由，他哭的不是暴君，他哭的是他的兄弟。當他的一部分職責完成後，另一部分職責又要他履行了。

第三十九章　論退隱

且不去對退隱生活與職業生活作詳盡的比較。至於被野心與貪婪用來作爲擋箭牌，說什麼我們生來不是爲自己，而是爲大眾的漂亮話，也可以放心大膽讓正在興頭上做著的人去評說吧！

由他們捫心自問吧！世人對地位、職務、人間利祿的追求，不恰好是從公眾那裡獲取個人利益嗎？在我們這個時代，爲了達到目的採用惡劣手段，正好說明結果是得不償失。說起野心，還正是它使我們想到了退隱，因爲退隱不就是逃避社會嗎？退隱不就是可以逍遙自在了嗎？善與惡是無處不在的。可是，假若貝亞斯的「壞人要占大多數」這句話說得對，假若正如《傳道書》說的「一千男子中我找到一個正直人」，

好人寥寥無幾，不會多過
底比斯的城門或尼羅河的河口。

——朱維納利斯

這在群眾中的傳染是非常可怕的。對壞人不是學樣，就是憎恨，這兩種態度都是危險的，因爲他們人數眾多就會去模仿他們；因爲他們與我們不同就會去憎恨他們。

出海的高人很有道理去注意同船的人別是些墮落的人、不敬神明的人、作惡的人，跟他們來往是會帶來不幸的。

貝亞斯乘的船在海上遇到了大風浪，有了危險，船上人求神保佑，貝亞斯對他們開玩笑說：「別出聲，別讓他們覺察你們跟我在一起。」

還要舉一個更加緊急的例子，葡萄牙國王曼努埃爾派往印度的總督阿爾布蓋克，在一次極爲危險的海事中，舉起一名少年扛在肩上，唯一的目的是把他們的命運串在一起，孩子的無辜讓他也在神明的恩寵中沾光，化險爲夷。

這並不是賢人在哪裡都不會生活滿意，甚至在官宦群中也會孤獨；但是貝亞斯說，若有選擇的話，可以看到他們就躲，需要時就忍受；但是由他來說，他採取逃避。如果他還必須拿著別人的罪惡去爭辯，那就更加不像會擺脫掉自己身上的罪惡了。

夏隆達斯把一心跟壞人來往的人當壞人那樣懲罰。

最不易交往的是人，最易交往的也是人，不易交往是由於他的罪惡，易交往是由於他的天性。

安提西尼斯對於有人責備他跟壞人交往，回答說醫生在病人中間還是活得好好的，我覺得聽到的人並不會滿意。因爲醫生固然爲病人的健康服務，但是傳染、長期診察病人、治療病人也會影響自己的健康。

我相信，退隱的目的都是一樣的：生活得更加悠閒從容。但是大家並不一定找對途徑。經常他們以爲離開了工作，其實只是改變了工作。管理一個家庭並不比治理一個國家更少受折磨。人的心思不論用到哪裡，總是全力以赴。家事雖則沒那麼重要，麻煩一樣也不少。我們擺脫了官場與商界，並沒擺脫生活的主要煩惱。

消除煩惱的智慧與理性，
不是躲進只見天涯海角的地方。
——賀拉斯

野心、貪婪、患得患失、害怕、欲念並不是換了地方就會離開我們的。

憂愁跳上馬背後，跟著騎士奔走。
——賀拉斯

經常進了修道院、講學堂裡還是跟著我們。沙漠、岩洞、苦修鬃衣、齋戒都無法使我們免除：

致命的箭永遠插在腰間。
——維吉爾

有人對蘇格拉底說，某人旅行歸來心境並沒有絲毫好轉。蘇格拉底說：「我相信也是，他是帶著憂愁一起走的。」

到異國他鄉去尋找什麼？
離開家園又能離開自己什麼？

——賀拉斯

如果不首先解除心靈的重擔，晃動只會使重擔更重；就像船上的貨物裝穩時行駛更輕鬆。要病人搬動位置，給他的是痛苦不是舒服。傷口愈撥弄愈痛，就像木樁愈搖晃，陷入土內愈深、愈牢固。所以離開人群是不夠的，換個地方是不夠的，應該排除的是心中的七情六欲；我們應該自制自律。

我剛才掙斷了鎖鍊，你對我說。
是的，如同狗，終於把鏈條拉斷，
逃跑中頸上還拖了一大段。

——柏修斯

我們到哪裡都帶著我們的鎖鍊；這不是完全的自由，我們還是轉過頭去看留在後面的東西，總是牽肚掛腸。

心地不純會遇到多大的危險！
我們不斷進行徒勞無益的奮鬥！
心靈在火中受怎樣的煎熬！
驕奢淫逸在我們心中
造成多少恐怖與禍災！
靡費與懶惰又何嘗不是如此呢！

——盧克萊修

我們的病鎖住了我們的心，心又無法擺脫自己，

心靈一旦出錯就無法補贖。

——賀拉斯

所以必須把心引回和擺正位子；這是眞正的退隱，在城市與王宮可以做到；但是獨自更

容易做到。

這樣，我們做到閉門謝客，深居簡出，一切喜怒哀樂取決於自己，擺脫與他人的一切聯繫，自覺自願自由自在生活。

斯蒂爾波從他的城市的那場大火中逃生，妻兒財產都已失去，馬其頓國王德梅特利烏斯・波利奧塞特見他在家鄉遭遇如此重大的災難居然臉無懼色，問他有沒有受到損失。他回答說不，感謝上帝，他本人毫髮無損。哲學家安提西尼斯說過這樣的俏皮話，一個人應該隨身帶上會漂流的食品，遇上海難就可以逃命。

有識之士認爲只要自己在，就什麼也沒有失去。當諾拉城被蠻族摧毀時，波利努斯主教失去一切，也當了俘虜，向上帝這樣祈禱：「主啊，不要讓我感覺這場損失，因爲神知道他們絲毫沒有觸動我的根本。」使他內心豐富的財富，使他心地善良的善事都還完好無損。這樣說來就是要會選擇什麼是寶藏，它們不會遭受到天災人禍，深埋在誰也不能走近、除了我們誰也不會洩露的地方。

我們需要有的是妻子、孩子、財產，尤其重要的是儘量保持健康；但是不能迷戀得讓我們的幸福都依賴於此。應該給自己保留一個後客廳，由自己支配，建立我們眞正自由清靜的隱居地。在那裡我們可以進行自我之間的日常對話，私密隱蔽，連外界的消息來往都不予以進入。要說要笑，就像妻子、兒女、財產、隨從和僕人都不存在，目的是一旦眞正失去了他們時，也可以安之若素。我們的心靈要能屈能伸；它可以自我作伴；它可以進、可以退、可以收、可以放；不怕在退隱生活中感到百無聊賴，無所事事：

> 你在孤獨中也彷彿是一群人。
>
> ——提布盧斯

安提西尼斯說，美德是自我滿足：無須約束、無須語言、無須行動。

我們一千個慣常的行動中，未必有一個跟我們有關。你看到那個人冒著亂箭，氣得不顧死活爬到廢墟頂上；另一個人全身傷痕，又冷又餓，臉色蒼白，怎麼也不給他開門，你以爲他們在那裡是爲了自己嗎？他們在那裡是爲了另一個人，這人他們或許從未見過，正是閒在一邊享樂，對他們的死活絕對不操一點心。

那一位衣服邋遢，臉上眼屎鼻涕，半夜以後從書房裡出來，你看到以爲他在書本中探究爲人之道，如何更正派、更滿足、更聰敏嗎？別這麼想！他要麼因此死去，要麼用普洛圖斯的詩句格律，拉丁字的眞正寫法去教育後代。虛名浮譽是流轉人間最無用的假金幣，但是誰不是心甘情願用健康、休息和生命跟它們交換呢？我們自己的死亡沒引起我們足夠的擔心，還要搭上老婆、孩子、親人的性命。我們自己的工作帶來的辛苦還不夠多，還要把鄰居與朋友弄得焦頭爛額。

人眞是怎麼想的，竟會愛東西更勝過愛自己？

——泰倫提烏斯

從泰勒斯的事例來看，把一生韻光年華奉獻給了世人的那些人，退隱也是理所當然的。爲他人度過了大部分歲月，把最後一段歲月留給自己。爲我們自己和安逸多作考慮與打算。安度退隱生活不是一件輕而易舉的事。既要使我們有事消閒，又不爲其他事操心。因爲上帝給我們留出了時間安排搬家，我們要爲此作好準備。整理行李，早日與親友告別，擺脫對人對事的強烈依戀。必須解除這些束縛性的義務，此後可以愛這個或那個，但是不要太放在心上。

這就是說，讓今後的一切屬於自己，但是情意不要過於密切，以後分離時不致拉下我們身上的一塊肉或一層皮。人世中最重要的事是知道如何屬於自己。

這是我們跟社會分手的時候了，既然我們已不能帶給它什麼。無物可以出借的人，也就不要向人求借什麼。我們的力氣正在衰退，也就要量力而行。誰能把親友的熱心幫助推掉，而由自己操勞，那就這樣做吧！年老力衰，使人變得無用、累贅、討人厭，讓他不要變得使自己也覺得討厭、累贅、無用。讓他自鳴得意、自我寬慰，尤其要自我約束，對自己的理智和良心既尊重也害怕，這樣他在人前犯了錯不會不感到羞愧。「足夠自尊的人確實是

不多的。」（昆體良）

蘇格拉底說，青年應該受教育，成年人應該有所作爲，老年人應該退出一切民事軍政，逍遙度日，不擔任任何公職。

從氣質上來說，應用這些退隱箴言有適合的也有較不適合的。有些人優柔寡斷，遲疑不決，不善於受人役使也不善於役使別人，從天性與思慮來說，我屬於這類人，他們就更能適應這句忠告，而那些活動積極的人什麼都要抓，什麼都要管，什麼都很熱心，一有機會就自告奮勇，自我介紹，自我奉獻。我們對於這些偶然的和發生在身邊的諸事，若感興趣，可以插手，但是不必作爲我們主要的生活內容，它們不是，況且，無論理性與天性都不願意這樣做的。

我們爲什麼要違反規律，憑他人的權勢來決定自己的喜樂？事前設計命運的不幸，強行放棄掌握在手裡的方便，許多人這樣做是出於虔誠，少數哲學家這樣做是出於哲理，生活不求諸於人，睡硬地、剜眼睛，把財產扔到河裡，自找苦吃（有人想透過今世受苦達到來世享福；有人有意生活在社會最底層，就再也不會往下跌），這種做法是在追求一種過分的美德。天性更爲剛毅堅強的人使藏身處成爲景仰之地。

窮的時候，我讚揚因陋就簡，
過日子儉樸；若命運好轉，

生活寬裕，那時我會高聲說，
在世上活得幸福與自在
必須有建立在良地上的物產。

——賀拉斯

我不用走得那麼遠，手頭已有足夠的事。我只需做到在命運的寵倖下作好失寵的準備，在生活的安逸中儘量想像落難時如何對付。就像在和平時期，要讓自己習慣於刀馬弓箭的操練，彷彿置身在戰爭的日子裡。

哲學家阿凱西洛斯家道富有，使用金銀器皿，我讀了以後並不認爲他這人言行不一；他不是放棄不用，而是大大方方地適當使用，更使我尊重。

我注意到自然需要可以降到什麼限度。看到家門邊那個可憐的乞丐常常比我還快活與健康；我就設身處地，嘗試體驗他的心情。再用同樣的方式去體驗其他例子，雖然我想到死、貧困、受氣、疾病都近在眼前，一個不如我的人尚且能夠耐性忍受，我很容易下決心不必爲此擔憂。

我不相信智力魯鈍會勝過思維清晰，或者理智的力量及不上習慣的力量。認識到這些身外之物極不可靠，在充分享受之餘，不會不祈告上帝，最迫切的要求就是讓我對自己以及自己內心的財富感到滿足。我見到一些身強力壯的青年，在衣箱裡從不忘記放一大堆藥，遇上感冒時服用，這樣想到藥就放在身邊，也就不會那麼擔心了，因此必須這樣去做。此外，如果覺得自己會染上更嚴重的疾病，那就帶上治療和麻痺的良藥。

處在這種生活中應該選擇做的事，必須是一不費力、二不乏味；不然的話，過這種休閒生活就沒有意思了。這取決於每個人的情趣：我這人一點不適合管家事。愛好的人也應該做到適可而止。

> 要財物服從人，不是人服從財物。
>
> ——賀拉斯

按照薩羅斯特的說法，管理家務是另一種奴役。其中也有可取之處，如從事園藝。色諾芬就說居魯士當過園丁。這個工作有兩個極端，有的人艱辛操勞，緊張不安，全心全意投入工作；有的人懶散無比，任憑一切自生自受，我們必須找到介於兩者之間的方法，

> 德謨克利特讓羊群啃齧他的麥田，
> 當時他海闊天空想入非非。
>
> ——賀拉斯

讓我們聽聽小普林尼在退隱問題上，對他的朋友科納利烏斯・魯弗斯提出什麼勸告：「你現在過著悠閒自在的隱居生活，我勸你把那些下賤的勞務讓僕人去做，自己專心著書立說。」他的意思是從聲望來說。這跟西塞羅的心情相似，西塞羅說過退出官場後要利用退隱時間寫文章名傳千古：

天下人不知道你的才能，
滿腹經綸不也歸於無用？
——柏修斯

當一個人談到退出這個世界，那時好像很有理由看看身邊的事。然而這樣的人做事也不徹底。他們總結自己的一生，以備不在世時應用；但是他們計畫中的果實，還企圖從一個他們已經不存在的世界去獲得，這豈不是可笑的矛盾？出於虔誠而尋求退隱的人，他們的想像中也不乏勇氣，確信上帝的諾言會在另一次生命中兌現，從道理上倒也說得過去。

他們心裡裝著上帝——無比善良與無所不能的對象；心靈有了依託，願望也可予取予求。悲傷與痛苦對他們也有好處，用來企求終生健康和永福：死亡也可以欣然接受，藉以通往完美的境界。嚴厲的清規戒律在習慣中也就不以爲苦了。肉欲依靠實現才保持旺盛，也因克制而受壓抑。單是爲了得到一個永樂的人生，也有正當理由去犧牲今生今世的快活舒適。誰在心中燃起熱火，對宗教生活充滿期望，眞實而又持久，即使在退隱中也活得有滋有味，與其他形式的人生是完全不同的。

可是這個忠告的目的與方式並不令我滿意。這只是讓我們從狂熱改爲痴迷而已。執迷於書籍跟其他事一樣費心，同樣有害於健康，健康才是主要的考慮對象。我們不能沉溺其中，喪失志趣。就是這種樂趣，斷送了持家的、貪財的、愛作樂的、野心勃勃的人。賢人經常教導我們要提防欲念的作祟，辨別眞正、完全的樂趣與摻雜著痛苦的樂趣。

他們說，大多數樂趣引得我們上鉤以後就把我們掐死，就像埃及人稱爲腓力斯提人的那些壞蛋。如果我們沒有喝醉以前就會頭痛，那就要注意別喝得太多了。但是逸樂爲了蒙蔽我們，往前直走，不讓我們看見帶來的後果。讀書是愉快的事，但是讀得太多，最終會讓我們失去最爲重要的樂趣與健康，那就把書放下。有人認爲讀書的好處不能夠彌補健康的損失，我也是這樣想的人。

比如有人覺得自己長期受病痛的折磨而衰弱了，最後求助於藥物的幫助，給自己適當加強某些生活規則，而不再越雷池一步。退隱的人對日常的生活感到厭煩無趣，也必須以理性來調節，沉思熟慮好好設計。他必須放棄任何種類、任何形式的勞動，避免感情衝動，做到清心寡欲，並且選擇最合自己脾性的道路，讓每人選擇他應走的道路。

——普羅佩提烏斯

不論家務、學習、狩獵和其他任何活動，都要做得盡興，但是也到此爲止，越過界線就會遇上麻煩。我們保留工作與活動，也僅是保持良好狀態，防止好逸惡勞養成了懶散。有些學問枯燥無味，艱深費解，大多數是迫於生計而勉爲其難，這就讓那些還在爲塵世效力的人去做吧！至於我，只喜歡那些有趣易讀的作品，讓我精神舒暢，不然就是那些讀了感到寬慰和勸導我如何處理生死大事的作品：

徜徉於清新宜人的樹林中，

尋思著賢哲君子的作爲。

——普羅佩提烏斯

更賢明的人心靈堅強有力，能夠做到心情平靜如鏡。我的心如同凡人，必須借助肉體的舒適才能支撐。歲月已經剝奪我隨心所欲追求快樂，我必須針對這另一個人生季節樹立和培育我的志趣。時光先後一個接一個奪走我們手中的人生樂趣，必須用牙齒和爪子把它們牢牢咬住抓住：

接受歡樂之果，享受我們的人生，
有一天你只是塵土、影子與往事。

——柏修斯

至於小普林尼和西塞羅向我們提出光宗耀祖的目的，這不在我考慮之列。與退隱生活最格格不入的心態就是雄心勃勃。榮耀與休息這兩件事不能同存於一個屋簷下。依我看來，那些人只是身子退隱於山林之間，心靈念念不忘俗事，比從前捲入更深：

糟老頭兒，你靠著別人的耳朵活著嗎？

——柏修斯

他們後退只是爲了跳得更高，爲了憑藉更強的衝勢穿過人群。你是不是有興趣看到他們差點兒達到了目標？讓我們把兩位哲學家伊比鳩魯和塞涅卡的觀點比較一下，他們分屬兩個極不相同的學派，一位寫給伊多梅紐斯，另一位寫給盧西烏斯，都是各自的朋友，勸他們放棄公務與高位過退隱生活。（他們說）你們漂泊浪跡直至今天，到海港邊頤養天年吧！你們大部分歲月風光十足，餘下的日子就隱蔽著過吧！你若不捨棄果實，就不可能要你捨棄工作。爲了這個原因，別再計較名望與榮耀了。

讓昔日功勞的光輝亮堂堂照著你，一直深入到你的洞窟裡，這是危險的。把他人的讚譽帶來的歡樂，隨同其他歡樂一起拋掉吧！你的知識與能力倒是不用擔憂，若要使自己日臻完美，它們是絕不會失去其功效的。讓我們提一提那個人，當有人問他爲什麼花那麼多精力去從事那麼少人理解的一門藝術時，他回答說：「人少我不嫌，只有一個我不嫌少，一個沒有我也不嫌少。」

他這話說得不錯，你和一個同伴，彼此來說都是一座合適的舞臺，你和你自己也可以做到這樣。讓大眾對你是一人，讓一人對你是大眾。已往無所事事，閉門謝客，還要從中得到榮耀，這是懦夫的野心。應該學學野獸，他們把洞穴前的腳印清除得乾乾淨淨。你應該尋求的不再是讓大家議論你，你應該尋求的是自己議論自己。

讓你自己回到心裡，但是首先要準備在心裡接納你。你若不知道自律，把你交給自己那就是一樁蠢事。個人獨處和與人相處，都會處理不好的。直到你能夠做到對待自己也不敢稍有怠慢，直到你對自己也會羞慚和尊敬，「讓腦子裡裝滿高尚的思想」（西塞羅），時刻不忘加圖、福西昂、阿里斯蒂德斯，即使瘋子在他們面前也行爲規規矩矩，讓他們來監督你的一言一行吧！若有不良意圖，出於對他們的敬重也會加以糾正的。

他們會讓你保持這樣的心態，自得其樂、自力更生，把你的心思都花在某些有限的樂事上；選定了哪些是眞正的財富，理解它們的同時又享受它們，心滿意足，不要妄想長生不老和虛名浮譽。這才是眞正的追求天性的哲學應該提出的忠告，不是前面兩位——普林尼和西塞羅——所提出的誇誇其談、華而不實的哲學。

第四十章　論西塞羅

對上述兩對人的比較（西塞羅與小普林尼、伊比鳩魯與塞涅卡）還可再提一筆。從西塞羅與小普林尼（以我看他的性情跟他的舅父和養父大普林尼很少有相似之處）的著作中，可以找出無數極端虛榮的證據。其中有一條，就是他們堂而皇之地要求當時的歷史學家在史冊中不要忘了他們。命運似乎有意刁難，史冊已經消失很久，卻把這些不光彩的軼事流傳至今。

但是這些高官顯爵的品位低下還不止於此，他們會在家長裡短的閒談中，甚至還利用寄給朋友的私信去沽名釣譽。這些私信有的錯過了時機沒有寄走，也竟拿來發表，還冠冕堂皇說什麼不讓自己的成就與辛勞湮沒無聞。羅馬帝國的兩位執政官，主管世界事務的兩名不可一世的官員，利用休閒時間，客客氣氣編寫一封美麗的信札，讓人讚揚他們善於掌握他們奶媽的語言，這豈不是妙事一樁嗎？以此爲生的普通小學教師也不會做得更差勁吧？

如果色諾芬和凱撒的雄才遠遠及不上他們的辯才，我不相信他們會把它寫下來的。他們尋求傳之後世的不是他們的言辭，而是他們的所作所爲。如果完美的語言表達可以給一位大人物帶來適當的名聲，那麼西庇阿和列里烏斯不會容忍一名非洲奴隸分享他們運用拉丁語言得心應手的喜劇帶來的光榮，因爲這部作品出自他們兩人之手，寫得精美絕倫足以證明這點，連署名作者泰倫提烏斯自己也承認的。①要我不相信這件事，那會跟我鬧得不歡而散的。

要讚揚一個人，卻提出不合他身分的一些優點（雖然値得一提）和一些非主要的優點，這總有點像是嘲弄和侮辱。就像讚揚一位國王，說他是好畫家、好建築師、好火槍手或好奪標騎手。這些讚美只有與其他合適的讚美一起或隨後提出，如稱頌國王雄才大略、武功文治，否則就不會讓他引以爲榮。這樣說了後再說居魯士精通農業、查理大帝有口才和文才，才使他們覺得臉上有光。

我見到在我這個時代這種風氣很盛行，那些以寫作成名和作爲天職的大人物，都否認自己刻苦學習，裝得文理不通，有意不懂這種下等人才需要具備的本領，我們老百姓也認爲俊彥人物要表現出其他更爲卓絕的品質。

在晉謁腓力二世的使團中，有德摩斯梯尼的同伴讚揚這位國王長得美、能言善辯、好酒量；德摩斯梯尼說這些讚美適用於一個女子、一個律師和一塊海綿，而不適用於一位國王。

---

① 指喜劇《阿代爾夫》，作者泰倫提烏斯在序言中暗示西庇阿與列里烏斯也曾插手編劇工作。蒙田對此深信不疑。

讓他面對反抗的敵人所向披靡，
當對方匍匐在地時寬大仁慈。
——賀拉斯

善不善於狩獵與跳舞，都不是國王的職責所在，
讓別人學會打官司，用儀器測量
天體運動，命名金光閃閃的星星，
他的韜略是治國安邦平天下。
——維吉爾

普魯塔克還進一步說，在這些非主要方面表現那麼傑出，這無異是顯示沒有把餘暇與學問放在正途上，原本應該用在更爲實際有用的地方。因此馬其頓國王腓力聽到他的兒子亞歷山大大帝在宴會上唱歌，跟最好的音樂家一較長短，對他說：「你唱得那麼好，不覺得丟臉嗎？」也是這一位腓力，跟一位音樂家討論他的藝術時，音樂家這樣對他說：「陛下，願上帝保佑，對這樣的事懂得比我還多，那是不幸之至。」

一位國王應該能夠像伊菲克拉特那樣回答。一位演說家罵罵咧咧這樣追問他：「你是

什麼，裝得那麼神氣活現？你是軍人嗎？你是弓箭手嗎？你是長矛兵嗎？」「這些我都不是，但是我知道怎樣指揮這些人。」

伊斯麥尼亞被人誇爲傑出的吹笛手，安提西尼斯認爲這並不說明伊斯麥尼亞的價值。

當我聽到有人要對《隨筆集》的語言說些什麼，我有自知之明，寧可他保持沉默。要損害詞義的時候絕不去追求詞藻華麗，尤其平鋪直敘要勝過轉彎抹角。我可能是錯了，如果其他作家在這方面比我掌握更多的材料；如果有作家不論好與差，能夠在紙上撒播下更充實，至少更具體的種子。爲了收錄更多的文章，我只放上各篇的開頭。我若再加以發揮，就會把這部書的篇幅增加好幾倍。

此外我還列入一些全憑體會的故事，誰願意巧妙整理，不愁寫不出無數的隨筆。無論是這些故事，還是我的引證，都不是僅僅作爲範例、權威或花絮使用的。我對它們的看法並不僅限於對我有用這點來說的。它們往往要超越我的議論，包含著更豐富更大膽的思想種子，還發出更悅耳的弦外之音，對我這個不願借題發揮的人如此，對其他聽懂我的曲調的人也是如此。再回頭來論說話的道德，我不覺得盡說壞話與盡說好話之間有什麼選擇餘地。

「說話四平八穩不是男子漢作風。」（塞涅卡）

先哲說，說到學問就是指哲學，說到行爲就是指道德，一般來說這對所有門第和等級都是適用的。

這在另外兩位哲學家②身上也有相似之處。他們在寫給朋友的信中也作出要流芳百世的許諾，但是方式不同，抱著良好的目的去迎合其他人的虛榮心。因爲他們對朋友寫道，如果只想流芳百世，決定繼續掌管國家大事，害怕別人勸其準備接受退隱和退休，那麼大家倒不用爲此擔心了；尤其他們對於後世已有足夠的威望，完全可以回答說，單憑他們的書信，已可像他們爲國效力一樣使自己名揚天下。

除了這點不同以外，這也不是一些意義空洞、內容貧乏的書信，裡面字句經過仔細選擇，精心排列，抑揚頓挫恰到好處，充滿雋智，讀了不但變得更有口才，還更加聰明，不但教會我們說得好，還做得好。讓我們自鳴得意而於事無補的伶牙俐齒見鬼去吧！除非像人們說的，西塞羅的辯才登峰造極，演說通篇有血有肉。

我還要說一則關於他這方面的故事，以便讓我們接觸到他的本相。他要在大庭廣眾演說，但是時間太緊迫來不及充分準備。他的一名奴隸埃羅斯走來告訴他演講會延至第二天再開。他聽了高興之至，爲了這條好消息給奴隸恢復了自由。

至於書信，我要說的是我的朋友堅持認爲我在這方面可以有所作爲。如果我有談話的對象，也很樂意用這種形式來發表豪情壯志。我必須有我以前有過的那一種交往，它吸引

② 指伊比鳩魯與塞涅卡。

我、支持我、鼓舞我。因爲像有些人那樣對著風討論，我也只會陷入空想。我是弄虛作假的死敵，不會捏造出幾個假名來進行嚴肅的討論。面對一位友好的強手，我也會更加專心自信，要勝過瞧著一群人的不同面孔。我若不取得更好的成就是會失望的。

我寫文章完全隨自己個性，天生詼諧含蓄，與人議論則很拙劣，不管怎樣我的語言就是太急促、凌亂、斷斷續續、與眾不同；我不擅長寫禮節性書信，除了一連串說得好聽的客氣話以外，毫無實質性內容。我沒有天賦，也不想寫熱情洋溢、殷勤周到的長信。我並不相信這套，也不喜歡說過頭的話。這與現行的做法相去甚遠。因爲從前不是這樣俗不可耐地濫用這些字眼：什麼人生、心靈、虔誠、崇拜、農奴、奴隸，這些詞俯拾即是，以致當他們再要讓人感覺一種更爲強烈、更爲尊敬的意願時，就不知道用什麼方式表達了。

我痛恨被人看來像個阿諛者；這使我很自然地說話語氣乾巴巴的、直率生硬，在不認識我的人看來還有點輕侮。我對我最敬重的人最不講禮節，心裡輕鬆也就走得快，這樣步子就忘了矜持；對我嚮往的人自豪地奉獻綿薄之力；對我可與之推心置腹的人也最少自我說明。我覺得他們見了我的誠心就會知道這點，語言的表達反會歪曲我的用意。

歡迎光臨、告辭、感謝、致意、願意效勞，這些我們待人接客中的禮儀客套，我不知道還有誰比我更加笨口拙舌，我找不到話說。

我也曾寫過一些求情信和推薦信，收信人無不覺得寫得枯燥無味，毫不生動。

義大利人是尺牘的大出版家，我相信我已蒐集了一百來種，覺得阿尼巴爾・卡洛的書信集最佳。從前我在眞正熱情衝動下，也曾提筆給幾位女士塗寫過一些書信，若還存在世上的話，可能還可找出幾頁値得百無聊賴、神魂顚倒的青年一讀。

我的書信總是即寫即發，那麼匆忙倉促，雖然書法潦草得叫人難以忍受，還是喜歡自己寫，而不勞他人代書。我找不到人能夠追隨我的思路，也不謄寫一遍。我已讓認識我的大人物，容忍我的塗塗改改、不折疊、不留邊白的信紙。我最費心寫的信寫得最糟糕；我若寫得拖泥帶水，這說明我心不在焉。

我願意不打腹稿就起筆，第一句寫完接上第二句。今日的書信裡花絮與前言多於實質內容。由於我喜歡同時寫兩封信，而不是寫完一封，封好再寫一封；總是讓這個任務交給另一個人去做。因而，當信的內容寫好後，樂意讓另一個人去添上這些冗長致詞、建議、請求，寫在信的結尾部位。並希望有什麼新的做法讓我們免去這些囉嗦話。還有一連串的身分頭銜，好幾次爲了不出差錯，乾脆空著不寫，尤其是給司法與財政部門的官員。

職務的變動那麼頻繁，不少榮譽職稱孰大孰小，叫人實在難以確定和排列，得來也都不容易，出錯與遺漏都是一種冒犯。我還認爲在我們印刷的書名頁和扉頁添上這些頭銜，也是庸俗不堪。

第四十一章　論名聲不可分享

在人世種種痴心夢想中，最普遍認可的是名望與榮譽，爲了得到它們，甚至不惜拋棄財產、安寧、生命與健康。其實後面這些才是實際有用的財富，而追求的只是沒有形體、不可捉摸的虛影與空谷迴響：

名望用甜蜜的聲音迷倒了
多少英雄好漢，那麼美好，
其實只是一個回聲、一個影子、一場夢，
風一吹就消失得無影無蹤。

——塔索

這屬於人的劣根性，即使哲學家好像也對它情有獨鍾，遲遲不能擺脫。

這是最難治的頑疾：「對心靈正在提升的人也從不放過誘惑。」（聖奧古斯丁）理智也從未這樣明白地指責名聲是一種虛榮。但是虛榮的根子在我們身上扎得那麼深，不知道哪個人能夠眞正徹底擺脫。當你說出一切理由，信誓旦旦地否定它，它會對你的理由進行緊迫迂回戰術，使你難以應付。

因爲，像西塞羅說的，那些批判名聲的人，還是要在他們作品的書名頁寫上自己的名字，要以蔑視榮譽的手法給自己贏得榮譽。其他東西都可以成爲交易對象，朋友需要時我們交出財產與生命；跟別人分享名聲，讓別人分沾光榮，這還是很少見的。

卡塔魯斯·盧塔蒂烏斯，在與辛布賴人作戰時，煞費苦心要制止士兵在敵人面前逃跑，自己混到逃兵中間假裝膽小怕死，爲了讓他們覺得是在追隨自己的將官，而不是逃避敵人。這是犧牲自己的名聲來爲他人遮醜。

當查理五世皇帝在一五三七年進軍普羅旺斯時，有人說安東尼奧·德·萊瓦看到他的國王決心御駕親征，本人也認爲這是無比榮耀的大事，還是表示反對意見，勸他放棄此行，其目的是讓作出這個英明決斷的榮譽全歸於他的主上。他提出了自己的看法，而國王力排眾議，高瞻遠矚，完成了這場英雄業績；他犧牲自己來提高國王的威望。

色雷斯的使節爲布拉齊達斯的逝世向他的母親阿基利奧尼斯弔唁，過分頌揚他，甚至說當今沒有第二人可以與他匹敵。母親不接受摻有私人情誼的過譽之詞，當眾宣布說：「請不要對我說這樣的話，我知道在斯巴達城內有好多人比他更偉大、更英勇。」

在克雷西戰役中，威爾士親王還很年輕，率領一支先鋒部隊。主要戰事也是在這裡發生的。隨行的領主感到這場硬仗不好打，要求愛德華國王就近馳援。國王打聽兒子的情況，得到的答覆是他還活著騎在馬上，他說：「這場戰局已經持續了很久，我現在跑去搶了他的戰功，這對他只有害處；不論遇有什麼不測，勝與敗都是他的。」他依然按兵不動，知道自己若去參戰，有人會說若沒有國王的增援就會全軍覆沒，把勝利的榮光歸於他：「全部的功

勞總好像是最後的增援者獨力完成的。」（李維）

羅馬有許多人認爲，一般人中間也這樣傳說，西庇阿的豐功偉績一部分要歸功於列里烏斯，然而列里烏斯總是提高和維護西庇阿的威望與榮耀，從不計較個人得失。

斯巴達國王泰奧蓬普斯，當有人對他說國家伏在他的腳下，這是由於他治理得法，回答說：「還是應該說老百姓知道服從。」

繼承爵位的女子，儘管性別弱勢，還是有權參加貴族院的司法討論，並表示意見。同樣，教會中的貴族，儘管他們有神職，也有權利在戰爭中輔助我們的國王，不但可帶著親朋好友，自己也可親身參戰。在布文戰役中，博韋的主教跟菲列普・奧古斯都並肩作戰，衝鋒陷陣非常英勇；但是他好像沒有權利在這項血腥殘暴的執職中分享果實與光榮。那天他親手降服了好幾個敵人，隨即交給了他遇到的第一個貴族，是殺、是關皆由他作主，他自己則不作處理。就是這樣他把威廉・德・索爾茲伯里伯爵交給了讓・德・內斯爾老爺。出於同樣微妙的良心考慮，他願意把人打死，而不是打傷，因而他戰鬥時只使用大錘子。

今日，若有人被國王斥責動手打到了一位教士身上，他會矢口否認說，他只是把他打倒在地，踩在腳下。

第四十二章　論我們之間的差別

普魯塔克曾經說過，獸與獸之間的差別不如人與人之間的差別那麼大。他說的是智力與素質。的確，在我的想像中，我覺得伊巴密濃達怎麼跟我認識的一個人——我是指思維正常的人，竟會那麼不同，以致我要加強普魯塔克的說法，要說某人跟某人的差別，要比某人跟某個獸的差別還大：

啊，人可以勝過人好多！

——泰倫提烏斯

天與地相差多少度，人與人智力也相差多少度，也就是說無法測量。

但是說到對人的評價，妙的是世間萬物都是以其本身價值來評價，唯獨我們人除外。稱讚一匹馬矯健挺拔，

眾口交譽這是一匹千里馬，
競技場上歡呼聲中奪得了桂冠。

——朱維納利斯

而不是誇獎牠的馬具；一條獵兔犬要跑得快，而不是由於牠的項圈美；一隻鳥要有強健的翅

膀，而不是套繩和腳鈴。為什麼我們對人不是也評價他的本質呢？他有大批隨從、一座華麗的宮殿、多大名氣、多少年金，這些都是他身外之物，不是身內的品質。你不會買一隻被打悶包的貓，你若買馬討價還價，必然要卸去牠的護身甲。你要看牠赤裸著毫無遮蓋；若是蓋著，像古代讓親王挑選馬匹，蓋的也是次要部位，不是讓你看著美麗的毛色和寬闊的臀部開心，而是主要仔細觀察牠的腿、眼睛和蹄子，這些是關鍵的器官。

習慣上國王們相馬，
讓待售的馬駒全身遮蓋，
免得腿子軟的，因其長得俊美，
昂首闊步，迷惑了買主。

——賀拉斯

評價一個人時，為什麼把他包得嚴嚴實實的評價呢？他向我們展現的並不是他的部分，把可以據此眞正評價他的部分向我們隱瞞了起來。你要看的是劍的鋒口，不是劍的鞘子，可能劍一出鞘，你看了之後一個子兒也不會掏。應該看人的本身，不是看他的穿戴。一位古人就說得非常有趣：「要知道為什麼你覺得他高大？你把他的高跟鞋也算上啦！」

底座不屬於塑像。量人身高不要算上他的高蹺；讓他放下財產與頭銜，讓他穿著一件襯衫到面前來。他有沒有足以擔當職務的強壯靈活的體魄？他的心靈怎麼樣？他的心靈是否美麗、高尚、生來健全？靠自身還是靠別人豐富起來的？是不是好運起了作用？他面對出鞘的寶劍是不是睜著兩眼鎮定自若？不論嚥氣還是斷頭而死，他都不放在心上？他沉著、平靜、滿足？這是必須看到的，並以此評價我們之間的極端差別。

他是不是明智，有主見，
貧窮和鎖鍊都嚇不到他，
勇於克制感情，不慕名利，
不露聲色，待人圓滑，
如滾動光潔的圓球；
他不受命運的控制，永不言敗？

——賀拉斯

這樣的人勝過王國和封邑不可以道里計：他本人足夠組成一個帝國。

聰明人塑造自己的命運。

——普洛圖斯

他還有何求呢？

我們難道看不見大自然
無非要我們大家無病無災，
內心平靜享受人生，
不用操心，不用害怕？

——盧克萊修

拿我們這夥粗人跟他比較，愚蠢、下賤、低三下四、彷徨，總是受不同情欲的衝擊，徘徊再三，取決於他人。天地之差距也不過如此。而且我們在生活中那麼盲目，竟連自己也不覺察。我們若看到了一個農民和一個國王、一個貴族和一個賤民、一個官員和一個平民、一個富人和一個窮人，立刻在我們眼裡出現巨大差異，其實他們的差異可以說只是在褲子上而已。

在色雷斯，國王與平民的區別很有趣，也很誇張。國王有專門的宗教，自己的神，不允許他的臣民崇拜：這個神是商神墨丘利。他看不上臣民崇拜的戰神瑪斯、酒神巴克科斯、月神狄安娜。

這只是停留在表面上，實質並沒有區別。

因爲，這就像喜劇演員，你看他們在臺上扮演公爵和皇帝；但是轉眼之間，他們又變成可憐的僕人和腳夫，這才是他們天然原始的身分，皇帝也是如此，雖然他在公眾面前的排場看得你眼花繚亂，

他身上大塊翡翠閃閃發光，
嵌鑲在黃金托座上，還穿著
由維納斯漂染的海綠色衣裳。

——盧克萊修

到了幕布後面再看這位皇帝，只是個普通人，還可能比卑賤的小民還卑賤。「那人是心裡幸福。這人是表面快樂。」（塞涅卡）

膽怯、彷徨、野心、怨恨與嫉妒照樣使他激動，跟別人沒兩樣：

金銀財寶、扈從侍衛
都驅散不了縈繞心頭的
痛苦與不安。

——賀拉斯

即使在自己的三軍之中，也戰戰兢兢，心驚膽顫，像被掐住了脖子。
畏懼與憂慮占據了人心，

刀光劍影，飛箭流矢也趕不跑，
大膽地活在帝王將相中間，
不會被金山銀山騙倒。

——盧克萊修

發燒、頭痛、痛風饒不了我們就饒得了他嗎？當沉重的歲月壓上他的肩頭，皇家衛隊中的弓箭手能給他卸下來嗎？當死亡的恐懼使他全身僵硬，內閣大臣齊集在身旁能讓他安心了嗎？當他醋性大發，恣意妄爲，我們脫帽致敬能使他恢復常態嗎？床頂蓋上了金線珍珠帳幔，對他的陣陣惡性腹瀉也無能爲力：

只因爲床上鋪了大紅刺繡衾枕，
就相信你發高燒要比
躺在粗布褥子上退得更早？

——盧克萊修

亞歷山大大帝的諂媚者，讓他相信自己是朱庇特的兒子。有一天，他受了傷，瞧著自己傷口流血，說：「嗨，你們說怎麼樣？這不也是鮮紅純然的人血嗎？不是荷馬讓諸神傷口中流出的那種血吧？」詩人赫爾莫多羅斯寫詩歌頌安提柯一世，詩中稱他是太陽之子；而安提柯一世偏要說反話：「給我倒便桶的那個人很清楚，根本不是這麼一回事。」

不管怎麼說，人總是人；若是他出身低賤，占領了天下也不會改變他這一點：

讓姑娘在他身後追，
讓玫瑰在他腳下開。

——柏修斯

如果這是個粗魯愚蠢的人，那又怎麼樣呢？沒有魄力與精神消受不了享樂與幸福：

人的心靈是什麼就表現什麼，
用得好的就好，用得糟的就糟。

——泰倫提烏斯

財富的好處，即使很實在，還必須有感覺才能品嘗。使我們幸福的是享受，不是占有：

房子、金錢、大堆青銅黃金，
主人生病時不會治癒
他身上發燒，靈魂煎熬。
必須保養身體才能享用財富。
人患得患失，屋房對他是什麼？
猶如給眼疾患者看畫，給痛風病人上藥！
水壺不乾淨，倒進的東西也不能喝。

——賀拉斯

他是傻子，就品不出味道；如同感冒的人享受不了希臘美酒的醇厚，或者一匹馬不會欣賞人家放到牠背上華美的鞍子。如柏拉圖所說的，健康、美貌、力量、財富等一切稱爲好的東西，對於正常的人是好事，對於不正常的人是壞事，壞事反過來也一樣。

再說，身體與健康都有危機時，這些身外之物又治得了什麼？肉身感到針刺，心靈受到折磨，對於統治世界也會興趣索然。痛風一旦發作，即使做皇上、稱陛下也沒用，

枉有金山與銀山，

——提布盧斯

他還不忘了他的宮殿與他的威風？他生氣時，他的王位就能叫他不面紅耳赤，臉色蒼白，咬牙切齒，像個瘋子？他若是個能幹有教養的人，王國增添不了他多少幸福：

你有健康的脾胃、五臟和腿腳，
國王的財富不給你帶來什麼。

——賀拉斯

他看來這只是鏡花水月。是的，可能他贊同敘利亞國王塞勒科斯的看法，誰知道了權杖的重量，看到它跌在地上就不敢去撿回來。他說這樣的話是指一位賢明君王肩負的重擔。

治人實在不是容易的事，既然治己就已遇到那麼多的困難。至於發號施令看起來很愜意，考慮到人的判斷力低下，對於面目不清的新事物選擇困難，我竭力贊同這樣的看法：跟在人後比走在人前要方便輕鬆，順著現成的道路往前和不用爲他人負責，這是良好的精神休養：

低首下心服從，遠遠勝過
一意要把國家操縱。

——盧克萊修

此外居魯士說，指揮者不比他指揮的人強就不配指揮。

但是據色諾芬記載，敘拉古希倫國王還說過，在享受歡樂方面，他們也及不上普通人，東西多又來得容易，使他們全然嘗不到我們嘗到的鮮味。

愛得太爛會使愛乏味，
一盆菜太多會把胃吃壞。

——奧維德

我們認爲唱詩班的兒童熱愛音樂嗎？唱多了會讓他們感到厭惡。宴會、舞會、化裝舞會、競技，只是那些不常看而想看的人看了才高興；但是看慣了的人就覺得乏味，沒什麼好看；跟女人處膩了的人，女人也不會令他心動。不讓自己忍受一點渴的人，就不知道解渴是多大的樂趣。街頭藝人演的鬧劇叫我們開心，對演的人卻是苦活。事情就是這樣，有時候喬裝改扮，能夠過一下平民百姓的生活，使親王歡喜若狂，這是他們的節日，

王公大臣經常喜歡改變一下生活：
光潔的桌子、簡陋的屋頂、沒有地毯掛壁，

卻可解開他們的愁眉。

——賀拉斯

太滿使人倒胃口和膩煩。就像那位土耳其皇帝在後宮有三百佳麗任他挑選，什麼樣的胃口看了不敗壞呢？他的一位祖先不帶上七千多名養鷹人不去獵場，這算是什麼狩獵的興致與排場？

除了這點以外，我相信這種豪華氣派實在叫人難以去享受溫馨的樂趣：太招眼太突出了。

我還認爲他們還更需要深居簡出，少惹是非。因爲對我們只算是失禮的事，發生在他們身上百姓就會評論爲暴政、藐視法律。除了愛作惡的天性以外，這些人還以控制與踐踏民間禮儀爲樂。說來也是，柏拉圖在《高爾吉亞》一文中，稱在城邦裡爲所欲爲的人爲暴君。因而揭露和發表他們的罪惡，往往比罪惡本身傷害更大。每個人都怕刺探和監控，他們更是連舉止與思想也都受人注意，全體人民都認爲有權有道理來評議他們。汙點落在凸出明亮的地方看起來更大，小皰與疣長在額上就比別處的刀疤還顯眼。

這說明爲什麼詩人編造朱庇特的愛情故事總不像是他本人幹的。在那麼多說成是他的風流韻事中，我覺得只有一件他才做得有點帝王相。

但是還是回到希倫國王。他也說起當了國王多麼不自在，無法自由外出旅行，在王宮的四牆內猶同囚犯，做什麼事身邊都圍著一群討厭的人。說眞的，看到我們的國王孤獨地坐在餐桌前，旁邊簇擁著那麼多說著話盯著看的陌生人，我經常感到的是憐憫多於羨慕。

阿爾豐沙國王說，這方面毛驢的處境遠比國王強：牠們的主人還讓牠們有自由啃草地，而國王卻沒法從他們的奴僕那裡得到這樣的待遇。

我再異想天開也想像不出，坐在馬桶上時有二十來個人看著，這給一個有理性的人的生活帶來什麼樣的方便；一個人有一萬法郎年金，曾經攻占過卡薩列蒙菲拉托，或者守衛過錫耶納，他會比一個富有經驗的好僕人把國王侍候得更舒服周到。

做國王的好處差不多都是想像中的好處。各種級別的財富都可以有王權的氣勢。凱撒那時稱在法國掌司法權的大小領主都是小國王。的確，除了不用陛下稱號以外，他們生活比我們的國王還有過之無不及。在遠離京都的那些省份，以布列塔尼爲例，一名閒居在家、奴僕成群的領主，你看看那個排場、請客、扈從、職司、服務與儀式。他的思想好高騖遠，什麼事比國王還像個國王。

他一年一次聽到談起他的國君，彷彿提到的是波斯國王；也只是借助他的祕書在宗譜上提到什麼古代的親屬關係才認識他的。說實在的，我們的法律是夠自由的，王權的威嚴在一位法國貴族的一生中只觸動他兩次。我們中間那些靠攏王室，甘願效勞來光宗耀祖和獲得厚賞的人才是眞誠的歸順。那些願意靜坐家中、太平無事管理家族的人，可以像威尼斯公爵一樣自由自在：「很少人受奴役束縛，更多人是自願束縛。」（塞涅卡）

希倫尤其指出這樣的事實，他看出自己對一切相互的友誼與交往都是無緣的，而友誼與交往則是人類生活中最令人滿足與甜蜜的果實。因爲，某人的一切成就有意無意間都是我促成的，我能從他那裡得到怎樣的感激與善意的表示呢？看到他無力對我表示拒絕時，我能對他謙卑的言辭與彬彬有禮的敬意太當一回事嗎？我們從心存畏懼的人那裡得到的稱頌算不上是稱頌，這些敬意不是對我而生的，而是對王權而生的：

君臨天下最大的好處，
就是老百姓懾於你的淫威，
還不得不歌功頌德。

——塞涅卡

我不就是看到昏君與明君，被人恨的與被人愛的，得到的頌歌誰都不少；侍候前任的場面與禮儀，同樣用於侍候後任。我的臣民不非議我，這不說明他們愛戴我，既然他們要非議也不能非議，我怎麼就把它往好處想呢？沒有人由於我與他有友誼才追隨我，因爲沒有充分的來往與共同點不可能做朋友。我身居高位使我無法與人交往，因爲差異過於懸殊。他們出於禮貌與習慣追隨我，而且追隨的不是我而是我的財富，目的是增加他們自己的財富。他們對我說的與做的一切都是表面文章。我凌駕他們的強大威力，處處在約束著他們的自由，我看到自己的周圍做什麼都在掩人耳目。

朱利安皇帝有一天聽到朝臣稱讚他執法公正，說：「這些讚美若來自那些我作出相反判決時也敢指責與批評的人，我聽了會感到由衷的驕傲。」

當親王的一切眞正的惠澤，其實跟小康人家沒有什麼區別（騎飛馬、喝瓊漿玉液，那是神的事）；他們的飲食與睡眠跟我們沒有兩樣；他們的刀劍並不比我們防身的刀劍更鋒利；他們的王冠既不遮陽也不擋雨。戴克里先當皇帝時受百姓愛戴，被命運寵倖，遜位退隱後享受家庭生活的樂趣。不久以後，國家又需要他回來重執朝政，他對勸進的人說：「如果你們看到我在自家的庭園裡種的樹多整齊，種的瓜多香甜，就不會這樣勸我了。」

據阿那卡齊斯的看法，最好的執政之道是一切以美德爲先，捨棄罪惡，其餘都可以一視同仁。

當皮洛士國王打算進軍義大利，他的聰敏的謀士西奈斯勸他對自己的野心虛榮有自知之明，他問：「啊，陛下，策劃這樣的大行軍要達到什麼目的？」

「我要當義大利的霸主。」國王回答乾脆。

「那麼然後呢？」西奈斯又問。

「我前往高盧和西班牙。」另一位說。

「然後呢？」

「我再去征服非洲；等我最後征服了全世界，我可以休息，心滿意足地生活。」

「以上帝的名義，陛下，」西奈斯依然往下問，「跟我說說爲什麼就不能現在心滿意足地生活呢？爲什麼不從此刻起就到你想去的地方去安家呢？免得在那時以前還去做那麼多的工作，遭遇那麼多的危險。」

這是他不知道給欲望設下界限，
眞正的歡樂到哪裡爲止。

——盧克萊修

我覺得這句古詩對這個問題說得特別巧妙，並以此作爲此文的終結：「各人的性格造就各人的命運。」（科內利烏斯·尼普斯）

第四十三章　論反奢侈法

我們的法律試圖在飲食和衣著上限制揮霍無度，其方式好像與其目的適得其反。眞正的辦法是喚起人們對黃金與絲綢的蔑視，看成是虛榮與無用的東西。而我們卻在宣揚這些的氣派與珍貴，這樣來要求大家捨棄，實在是一種很荒謬的做法；因爲宣揚只有王公國戚才吃鮮魚、穿絲絨、佩金飾帶，對老百姓則明令禁止，這豈不是抬高這些東西的身價，引得每個人都想享用嗎？

讓國王們毅然放棄顯示高貴的標誌，他們有的是其他標誌。在這方面揮霍濫用，親王比其他人更難辭其咎。茲舉許多國家爲例，我們可以學到足夠的、從外表上突出我們地位的好方法（說實在的我認爲這對於一個國家是必要的），而不讓這類明顯的腐敗與弊端滋長成風。

令人驚訝的是衣著，這事看似無關緊要，卻可以輕而易舉地令大家立即仿效。亨利二世國王駕崩，在朝廷上穿布衣戴孝不到一年，可以肯定的是在大眾眼裡，綾羅綢緞已經身價大跌，誰若穿了這種衣服，肯定被人當作市民看待。醫生與外科大夫才是這樣裝束。雖然人人穿著大同小異，還是有不少地方明顯表現出品位的差別。

在我們的軍隊裡，穿油膩的羊皮軍衣突然蔚然成風，鮮亮華麗的衣衫則受到指責與輕視！

讓國王開始放棄這類開支，不用詔書和敕令，要不了一個月就可以完成；我們大家也會跟進。法律只需從反面規定除了街頭藝人與妓女，誰都不得穿紅戴金。查萊庫斯想出這一招整頓了洛克里人的奢靡風氣。他的法令是這樣說的：有自由身分的女子不可帶有一個以上的女僕，除非在酒醉的時候；也不可夜裡走出城外；也不可身上佩戴金銀首飾，除非是妓女花娘。除了皮條客，男人不可戴金戒指，穿米萊特城衣料做成的精製袍子，透過這些特例引起羞恥之心，也巧妙地讓公民遠離無益於身心的多餘享受。

以名利誘使人們服從，是非常有效的方法。我們的國王要進行這類風尚改革，什麼事都可辦到；他們的愛好就是法律。「親王無論做什麼，都像在頒布聖旨。」（昆體良）法國各地都以王室的規則為規則。那塊難看的前門襟，大大暴露我們的陰私部位；笨重肥胖的緊身衣，穿上根本不再像是自己，也不方便佩掛刀劍；那條娘娘腔的長髮辮；在送給朋友的禮物上要親吻，向他們致意時要吻我們的手——從前這個禮節只向親王使用；要一名貴族走進一個禮儀場所，腰間不佩劍，衣著寬鬆隨便，彷彿剛從小間走出來；不管祖上的做法和這個王國裡貴族的特權，要求我們不論處在什麼地方，有王上在周圍遠遠的也要脫帽，不但有他們在場，有其他一百位國王在場也這樣做，要知道我們大大小小的王數不勝數。還有其他類似的、引進的新花樣；對這一切他們都不要不高興，它們不久就會消失和遭到指責的。

這些是浮在表面的謬誤，但不是好兆頭。我們得到預警，看到牆壁剝落開裂，大樓也就搖搖欲墜了。

柏拉圖在《法律篇》中認為，聽任青年隨心所欲變換服飾、舉止、舞蹈、運動和唱歌的形式；一會兒按照這個標準，一會兒按照另一個標準，搖擺不定評論事物，追逐時尚，對推行者頂禮膜拜，這對城邦造成的危害比瘟疫還大；風俗也從這裡開始腐敗，古代的一切禮制也會遭到唾棄與蔑視。

除非是徹頭徹尾的壞事，一切事物的變化都使人心存疑懼，如季節、風向、食物和性情的變化；沒有規律是眞正堅如磐石，除了上帝自古以來建立的規律；從而沒有人知曉其起源，以及從前是否不一樣。

第四十四章　論睡眠

理智告訴我們要在同一條路上往前走，但不一定要以同一個速度；賢人不受制於情欲而偏離正道，他可以在不損害責任的情況下，讓情欲加快或放慢步伐，而不要像個無情的巨人呆立著一動不動。即使他是美德的化身，我相信衝鋒陷陣時他的脈搏也比赴宴入席時跳得快。心火上攻、情緒激昂，還是免不了的。因此，那些大人物在處理事關成敗的政務軍機時，照樣鎮靜自若，一如往常，連睡眠也不縮短，實屬少見。

亞歷山大大帝，在指定要與大流士進行激戰的那天早晨，很晚還是沉睡不醒，帕爾梅尼奧只得進入他的臥室，走近他的床，用名字叫了兩三聲才把他叫醒，正好趕上交戰時刻。

奧東皇帝決定在當夜自殺，把家裡的事安排妥當，把錢分發給僕人，磨快了準備拿來自刎的寶劍，只是等著要知道他的朋友是否已經安全撤退，這時卻呼呼大睡起來，他的貼身男僕還聽到他的鼾聲。

這位皇帝之死與偉大的加圖之死有許多相像之處，甚至有這樣的事：加圖準備好了自殺，但是他等待別人給他帶來消息，他安排撤退的元老們是否已經離開尤蒂卡港出海了，這時他沉沉睡去，鄰室的人還聽到他的呼嚕聲。他派往港口的人叫醒他，對他說風浪使元老們無法啓碇開航，他又派了個人去，在床上倒頭又睡著了，直至那個人來向他保證他們確已走了。

我們還可把他跟亞歷山大的另一件事作比較。當卡蒂利那叛亂時，保民官米泰勒斯要頒布命令，召龐培帶兵回到城裡，他的煽動引起一場危險的大風暴，只有加圖一人反對，爲此米泰勒斯與他在元老院相互謾罵威脅。第二天，這項計畫將要在廣場上實施，米泰勒斯除了有民眾的擁護和爲龐培的利益密謀的凱撒的支持以外，還會帶領大量不顧死活的外籍奴隸和刀劍手；而維護加圖的只有他自己的信念；因而他的家人、奴僕和許多正直的人都十分擔憂。有的人預感事態嚴重，整夜齊集一起，不休息、不喝不吃。就是他的妻子和姐妹只會在他的家裡痛哭發愁，而他反過來勸慰每個人。

像平時那樣吃過晚飯，走去上床，一覺沉睡到天亮，一名官署同僚來把他叫醒才去參加唇槍舌劍的交鋒。從他此後的一生來看，我們對這個人的勇氣深有了解，完全可以斷定，他的行爲出自一顆高尚的心靈，想到的事更爲宏遠，因而一切到了他的腦海中都不過成了些稀鬆平常的事。

在西西里戰勝塞克斯圖斯．龐培的那場海戰中，奧古斯都在戰事即將開始時竟沉沉入睡，朋友來叫了才醒來，去發出戰鬥信號。這卻讓馬克．安東尼後來責怪他，沒有膽量睜著眼睛去看自己軍隊的陣勢，直至阿格里巴來向他報告他戰勝了敵人的消息後才敢來見士兵。

至於小馬略，他的表現還要糟糕。在跟蘇拉作戰的最後一天，他布置了陣勢，發出戰鬥信號後，就躺倒在一棵樹的樹蔭下休息，睡得那麼死，他的部下撤退潰逃才勉強把他鬧醒了，戰鬥的經過他一點也沒見到。他們說這是工作極度疲勞、缺乏睡眠，致使體能實在支撐不住。

這方面醫生將會說出睡眠是否那麼必要，以致會影響到人的生命。因爲我們看到馬其頓國王佩爾修斯在羅馬當囚犯時，就是不許睡覺而被折磨死的；但是普林尼又舉出例子，有人不睡覺活了很久。

希羅多德的書中說有的民族半年睡眠半年醒著。

賢人埃比米尼德的幾位傳記作者，都說他連續睡了五十七年。

第四十五章　論德勒戰役

在我們的德勒戰役中，充滿咄咄怪事。但是對吉茲王爺的名聲並無好感的人，喜歡提出他率領那支龐大的軍隊，在陸軍統帥閣下受敵人炮火猛擊時，卻按兵不動、拖延時間，他是難辭其咎的。他應該冒險進攻敵人的側翼，而不是等待進攻敵人後軍的良機，從而遭受那麼重大的損失。

除了戰局結果提供的證明以外，誰要是願意心平氣和地討論問題，我認爲他會不難跟我說，不論是將軍，還是每個士兵，他們的目的和目標是獲得全域的勝利，零星的戰果不論有多大的好處，都不應該叫他們偏離這一點。

同馬查奈達斯的一次遭遇戰中，菲洛皮門派去許多弓箭手和投槍手，要打一場前哨戰。敵人先把他們沖散，又快馬加鞭追逐他們作樂，勝利後又沿著菲洛皮門的陣地馳過。雖然他的士兵都按捺不住，菲洛皮門還是堅持陣地不動，也不迎著敵人營救自己人；眼看著對方追逐和殘殺，當他看到敵人的步兵與騎兵完全分離，便向步兵營發起猛攻。儘管那些都是斯巴達人，但自以爲勝券在握而開始鬆懈，這時他抓住時機進攻，一下子把他們打垮，接著才去追趕馬查奈達斯。這一戰例跟吉茲王爺的戰例相差無幾。

阿格西勞斯與比奧舍人的那場激戰，據身歷其境的色諾芬說，是他見過的最艱苦的戰鬥。阿格西勞斯不願利用命運提供的良機，讓比奧舍人的隊伍在面前經過，再從他們身後進行襲擊，可以預見到勝利是十拿九穩的，但是他認爲這樣做是詭計多於勇敢，爲了表現自己的英雄氣概，他選擇從正面發動進攻；但是他遭到迎頭痛擊，並受了傷；最後被迫抽出身來，使用他一開始放棄的計畫，下令自己的部隊分散，讓比奧舍人浩浩蕩蕩開過去。

接下來，當他們透過後，注意到他們隊伍凌亂，就像自以爲已經脫險，毫無後顧之憂。這時他下令追擊，從側翼進攻。但是這樣還是沒法打得敵人潰不成軍，落荒而逃。他們緩緩撤退，氣勢不衰，這樣一路進入到安全地帶。

第四十六章　論姓名

蔬菜的種類不論有多少，都包含在「沙拉」這個名稱下。同樣，在談論姓名這個題目時，我也就此做出一盤大雜燴。

每個民族都有幾個名字，我不知爲什麼帶有貶義，在我們這裡有讓、紀堯姆、伯努瓦。同樣，在親王譜系內也有幾個名字受到命運的青睞，在埃及有托勒密，在英國有亨利，在法國有查理，在佛蘭德有博杜安，在我們古代阿基坦有紀堯姆，有人說居耶納這個名字就是從那裡來的，這也算是冷不防的巧合，就是在柏拉圖的書裡也沒有這麼難念的名字。

同樣，還有一件小事，因爲情節奇怪，而且有目擊者，還是値得一提。說英國國王亨利二世的兒子諾曼第公爵亨利，在法國大宴賓客，貴族出席人數多得要分組編排。爲了好玩就把名單以姓氏相同劃分，第一組是紀堯姆，有一百一十位騎士都坐在有這個姓氏的桌子上，還不算那些普通貴族和侍候的人。

以客人的姓氏排席次，這很有趣。同樣有趣的還有羅馬吉特皇帝以肉類的第一個字母依次上菜。以M開頭的菜一起上的有：羊肉、小野豬、鱈魚、鼠海豚等。其餘皆照此辦理。

同樣，俗語說名好運旺，這裡指的是名望、名聲；此外還有名字漂亮確有方便之處，容易念、容易記，因爲王公大臣我們都常見，也不會輕易忘掉；在那些伺候我們的人中間，我們一般都是指派和使喚那些名字最容易上口的人。我看到從加斯科涅來的一位貴族，亨利二世國王從來不曾把他的名字念準過。對王后的一名宮女，他居然只用姓氏稱呼，因爲她父親起的名對他好像實在太拗口了。

蘇格拉底認爲父親應該用心給孩子起個好名字。

同樣，據說在普瓦蒂埃建造大聖母院就起因於這個故事。一個生活放蕩的青年住在這個地方，在路上帶回了一個妓女，到家一問名字叫瑪利亞。他聽到我們救世主的母親的神聖名字，肅然起敬，立刻感到強烈的宗教感情。他不但立即放她回去，還終生行善。由於這次神跡，就在青年居住的地方蓋起了一座聖母堂，後來又擴建成我們今日看到的大教堂。

這種虔誠是透過字的發音，聽在耳裡直抵心靈。另一種同樣的虔誠是透過感官的傳輸而達到的。畢達哥拉斯跟一群青年在一起，他感覺他們在燈紅酒綠的節慶中昏了頭，正在密謀要去褻瀆一家女修道院，於是令唱詩女改變音調，用一種沉悶嚴肅的揚揚格樂曲，徐徐地平靜他們騷亂的心情。

同樣，子孫後代會不會說我們今日的改革是細緻扎實的，不但打擊了謬誤與罪惡，使世界充滿虔誠、謙卑、服從、和平和各種美德，甚至還去革除舊教名：查理、路易、弗朗索瓦，而讓人間都是更有宗教氣息的名字，如瑪土撒拉、以西結、瑪拉基。我的一位鄰居貴族，認爲舊時代比我們這個時代優越，忘不了那個時代貴族名字的顯赫氣派：唐·格呂梅登、格達拉岡、阿格西朗，只要一聽名字的音色，他就覺得自己跟皮埃爾、吉約、米歐爾不是同一類的人。

同樣，我十分感謝雅克·阿米奧，他在一篇法語演說辭中保持拉丁名字原封不動，不任意改動和增刪使之法語化。最初好像有點彆扭，但是他的《普魯塔克》一書影響久遠，這種做法在我們看來也就不足爲奇了。我經常希望用拉丁文撰寫歷史的作者，應將我們的名字保持原樣，因爲若把沃德蒙（Vaudemont）改成瓦爾蒙塔努斯（Vallemontanus），滑頭滑腦，變成了希臘式和羅馬式名字，我們也就不知身在何處，找不到北了。

作爲總結，我們法國用土地和封邑來稱呼人，這是一個惡俗的習慣，造成的後果很壞，也比世上任何事更容易混淆和模糊家族的淵源。一個家族的幼子得到一塊封地，他以這塊地命名，受人認知，不能正正當當把它放棄。他去世後過了十年，土地歸了外人，這一位也照此辦理，請想一想我們對這些人還能了解多少。我們不用往別處去尋找例子，只須看我們的王室，多少封邑、多少名上加名；可是譜系的本源卻不得而知了。

這些變更那麼隨心所欲，以致到了我這個時代，誰要是福星高照，飛黃騰達，無一不是安上連他老爸也不知道的新譜系頭銜，還往名門望族上靠。默默無聞的家族走了運，什麼顯赫的名字都能冒充。法國有多少貴族自稱是王族一脈的？我看要超過其他國家。

我的一位朋友不是有趣地說過這麼一件事嗎？他們好幾位貴族聚在一起，其中有兩位爭了起來。一位由於爵位與沾親帶故的關係有了特權，的確比一般貴族有更高的地位。在談到這份特權時，有人爲了與他比個高低，一個提到出身，另一個提到另一個出身；有的提到姓氏相近，有的提到族徽紋章相像，有的還抬出一份古代譜牒；最差的也是某個海外藩王的曾孫。

到了開飯時刻，我的這位朋友沒有上桌，反而深深鞠躬往後退，請在座各位原諒他，他竟冒昧地與他們混在一起直至現在才離開；因爲剛剛獲知他們古老的世系後，他開始按照他們的爵位向他們致敬，自己是不配坐在那麼多的親王中間的。他這番嘲弄後，接著就破口大罵：「我們祖宗滿足於我們現在的地位，看在上帝份上，你們也就滿足了吧！如果我們能夠清清白白守住自己的地位，已經是不錯的了。不要把祖宗掙來的財產散盡爵位敗落；拋掉這些愚蠢的幻想吧！只有厚顏無恥的人才會有幻想，才會把它們搬出來喋喋不休。」

紋章跟姓氏一樣都是算不得準的。我的紋章是藍底上灑滿金色三葉草，中間是一隻金色的獅爪子，四周環繞唇形花。這個圖案有什麼特權專門待在我的家門內呢？一個女婿可能會把它帶往另一家族；哪個破落戶買主又把它作爲自己的第一批紋章：還有什麼比這更多變動和混亂嗎？

但是考慮至此我又想到另一個話題。世人爲之紛爭不已的光榮與名聲，爲了上帝不妨就近仔細觀察是建立在什麼基礎上的。我們那麼辛辛苦苦追求的名望又是以什麼爲依據的？總的來說，不論是皮埃爾或紀堯姆有了名望以後，就小心保存、時刻關心。然而希望眞是一種需要勇氣的天賦，在人心中有時會引申到無限、無邊、無止境。這是大自然賜給我們的一個開開心心的玩具。

這位皮埃爾或紀堯姆，說到頭來不就是一個聲音嗎？或是三、四筆劃的字嗎？首先是改動那麼容易，以致我要問由誰來沾那麼多勝利的光榮，蓋斯坎、格萊斯坎或蓋阿坎？這可比琉善《母音判斷》一書中讓Σ與T打官司更有道理，因爲這可不是一個無足輕重的獎狀。

——維吉爾

關係重大，這牽涉到爲了這些字母中的哪個字，那位著名的陸軍統帥效忠法國王室，進行了多少次圍城與戰役，死傷和關押了多少人。

尼古拉・德尼佐（Nicolas Denisot）關心的只是他名字中的字母，顛來倒去改換結構成了達爾齊努瓦伯爵（Conte d' Alsinois），還用他的詩與畫編出一篇光榮史。歷史學家蘇托尼厄斯只愛他的名字的意義，他不用父姓「列尼」而用「特朗基呂斯」（意爲「平靜」）作爲他的拉丁名字，來繼承他的著作的名聲。誰能相信貝亞爾統帥只是借了皮埃爾・泰拉伊的軼事才有了名聲？安東尼・埃斯卡林竟眼睜睜讓普林船長和扈從男爵偷去了那麼多海陸兩地的運輸苦勞與戰爭功勞。①

此外，這些筆劃乃是千人共用的。在全世界民族中同名同姓又有多少？在不同的民族、不同的世紀、不同的國家又有多少？歷史上有三位蘇格拉底、五位柏拉圖、八位亞里斯多德、七位色諾芬、二十位德梅特利烏斯、二十位狄奧多爾，猜猜還有多少歷史不曾記載

---

① 指他們本人的生平不爲人知，而借著這些外號或假名下的軼事而彰顯。

的。誰又能阻止我的馬夫取名大龐培？縱然如此，當我的馬夫日後死去，或者另一位在埃及掉了腦袋，有什麼方法或力量把這個響亮名字和生花妙筆下產生的榮耀，加到他們身上而爲此得益呢？

你以爲亡靈與骨灰會在乎這點嗎？

——維吉爾

這兩位勇武不相上下的英雄好漢，伊巴密濃達和阿非利加的西庇阿，在聽了我們嘴裡流傳的讚美後，會有什麼想法。伊巴密濃達聽到的是：

我的戰功摧毀了斯巴達的光榮。

——西塞羅

西庇阿聽到的是：

起自墨奧提湖太陽照耀的地方，

無人功績及得上我輝煌。

——西塞羅

這些話甜蜜動聽，哪個活人聽了都會心裡癢癢地激起競爭欲望，也就貿然把自己的感受用到了死人身上，異想天開地讓自己相信他們也會有這種感覺。讓上帝去知道吧！

然而，

希臘、羅馬或蠻族的統帥，
都爲這些理由血脈賁張。
這支持著他們，不辭艱險，
求名更多於求德。

——朱維納利斯

第四十七章　論判斷的不確定性

這句詩說的好：

語言有充分餘地說好或者說壞。

——荷馬

一切事情都可以順著說與反著說。例如：

勝利的漢尼拔不知
如何去獲取勝利的果實。

——彼特拉克

誰要贊同這個觀點，向我們的民眾說明最近沒有乘勝追擊到蒙孔都是錯的；或者，誰要指責西班牙國王不知利用他在聖康坦對我們的優勢，他就可以說犯這個錯誤是由於心靈陶醉於自己的好運，心態滿足於出師大捷，已得的勝利已無法消化，也就不思去擴大戰果。他已抱個滿懷，再也不能多抓，也就承受不起命運把這麼一份貴重的財富再交到他的手裡。

他若給敵人重整旗鼓的機會，又能得到什麼好處呢？對方潰不成軍，驚慌四逃時還不敢或不知道追擊，當他們重新集結休整，懷著憤怒與復仇的心理反攻時，又怎麼能夠希望他敢於痛擊呢？

當命運開始逆轉，恐怖籠罩一切。

——盧卡努

總之，除了他剛才遭受的失敗以外，還有什麼可以盼望的呢？這不像擊劍，以擊中的點數定出勝負；打仗只要敵人不倒下，就要重新開始，再接再厲，只要戰爭沒有結束就談不上勝利。在奧里庫姆城附近的那一仗中，凱撒遭到慘敗，被逼入絕境，他對龐培的士兵批評說，他們的統帥不知道克敵制勝，否則他是完了；輪到他有這樣的機會時就窮追不捨了。

但是爲什麼不反過來說，這是人心不足，欲壑難塡，不知道讓貪婪適可而止；是濫用上帝的恩寵，要突破對凡人規定的限度；勝利以後再度冒險，是再一次讓勝利隨命運擺布；軍事藝術中最智慧的一條規則是不把敵人逼入絕境。蘇拉和馬略聯合作戰打敗了瑪律西人，看到對方還有一支殘餘部隊，他們絕望之餘會像瘋獸似地反撲，都主張不要等著他們過來。弗瓦殿下打贏拉文納一仗後，若不是過分熱衷於窮追那些殘餘部隊，也不致送命而使勝利遜色不少。然而他的例子讓人記憶猶新，倒使昂吉安殿下在塞裡索勒免受同樣的不幸。攻擊一個被你逼得只有一戰求生的人，是很危險的；因爲事出無奈會叫人奮不顧身；「困獸咬人咬得狠。」（波西烏斯．拉特羅）

張開大口一副凶相，絕不輕易輸掉。

——盧卡努

這說明爲什麼斯巴達國王白天戰勝了曼蒂尼亞人，法拉克斯勸他不要追擊那些逃出重圍的一千名阿爾戈斯人，讓他們自由離去，免得他們在悲痛不幸中索性拼個死活保全大節。阿基坦國王克洛多米爾打贏以後，還在落荒而逃的勃艮第王爺貢德瑪律後面緊追不捨，逼得他回頭迎戰。但是他的固執使他失去了勝利果實，因爲他這次送掉了性命。

同樣，讓士兵裝備華麗炫耀，還是簡樸實用，若要選擇的話，贊成第一種主張的有塞多留、菲洛皮門、布魯圖斯、凱撒等人。他們認爲讓士兵看到自己這一身戎裝，感到體面光榮，鼓勵他們作戰更加勇敢頑強，像保護自己的財產那樣保護盔甲。色諾芬說，亞洲人因這個原因帶了妻妾和細軟財物隨軍上戰場。但是另一種主張的人認爲應該加強士兵捨命而不是保命的思想；前一種方法會使士兵加倍害怕去冒風險；還有令敵軍更加渴望勝利去搶奪死者的貴重遺物。

有人指出，從前這件事大大鼓舞了羅馬人去攻擊桑尼恩人。敘利亞國王安條克給軍隊配上華麗的裝備對抗羅馬人，他指著他們問漢尼拔：「羅馬人對這支軍隊滿意了吧？」漢尼拔回答：「他們對這支軍隊滿意嗎？我想肯定很滿意，不管他們如何貪婪。」利庫爾戈斯不僅禁止他的手下裝備華麗，還不許掠奪戰敗敵人的財物，他說讓艱苦樸素也在戰鬥過程中閃閃發光。

在圍城和其他場合，我們有機會靠近敵人，會放任士兵用各種各樣的指責去挑釁、輕蔑和辱罵他們，可以平白無故，不需要理由。因爲這個道理是不可忽視的，就是讓自己人放棄以後一切寬恕和妥協的希望，向他們說明對於被自己橫加侮辱的人不要抱僥倖心理，唯一圖存的方法就是戰而勝之。

但是維特里烏斯對奧東這樣做時遇到了挫折。奧東的士兵實力較差，長時期脫離戰事，被舒適的城市生活消磨了鬥志。維特里烏斯對他們百般辱罵，說他們膽小如鼠，捨不得拋下羅馬的女人和花天酒地的生活，這惹惱了他們，反而使他們勇氣陡增，比任何激勵的話還有效，做到了別人無法做到的動員，向他撲了過來。確實，當辱罵觸到了痛處時，會使原本無心爲國王的爭吵賣力的人，轉而爲自己的爭吵賣命了。

保存一支軍隊的首領至關重要，敵人的目標也主要在斬首行動，其他的目標都取決於它的成功；考慮到這兩點，好像對這條意見不容置疑：許多重要將領在激戰前都要喬裝改扮一番。然而這種方法帶來的弊端不見得比我們想要避免的弊端小，因爲部下認不出將領，也就無從從他的表率作用和同甘共苦中汲取勇氣，士氣就會大大低落。看不到他平時的標識與旗幟，會認爲他已陣亡，或者感到大勢已去而逃之夭夭。

從歷來的經驗來說，我們看出這有時對己方有利，有時對敵方有利。在義大利跟執政官列維努斯的作戰中，皮洛士遇到的事在我們看來就有這兩副面目。因爲他把自己的盔甲交給了德摩加克里，隨即躺在德摩加克里的盔甲下，因此保全了性命，但是也遇到另一件倒楣事，就是輸掉了這一仗。亞歷山大、凱撒、盧庫盧斯在作戰時喜歡穿著華麗，顏色鮮豔發亮，引人注目。亞基斯、阿格西勞斯和那位偉大的吉里波斯則相反，上戰場全身遮得嚴嚴實實，不穿任何帝王服飾。

在法薩羅戰役中，龐培受到的責備中，有一條是他按兵不動，原地等待敵人，以致（我在此照抄普魯塔克的原話，他說得比我好）「這削弱了最初衝鋒激發的猛勁，同時也挫傷了戰士交手的銳氣，一般說來銳氣比什麼都重要，當雙方在急促對撞中，銳氣使心中充滿威勢和怒火，在奔跑中殺聲震天，勇氣激發了起來，而今則壓制士兵的鬥志——可以這麼說——使之蕩然無存」。

以上是普魯塔克對這件事的論述。不過要是凱撒輸了的話，也有人會這樣反過來說，最強大穩固的陣地是堅守不動的陣地，停止進軍，可以根據需要收縮戰線，保存力量，這比變換陣地，在奔跑中喪失一半力氣豈不是要強得多？此外，軍隊是由那麼多不同部門組成的大團體，它在急速轉移時行動步調不可能做到那麼一致，不讓陣形變樣或切斷，先頭部隊會在同伴還未作好支援以前就跟敵人交手了。

在波斯兩兄弟醜惡的內訌中，斯巴達人克萊亞科斯指揮居魯士方面的希臘部隊，不慌不忙率領他們去進攻，但是離開還有五十步時他下令跑步，希望借短程突擊；既可保持隊形與體力，也可利用人體衝撞與箭矢發射來占優勢。有人在他們的軍隊中用這個方法解決這個難題：敵人衝過來，你們嚴陣以待；敵人嚴陣以待，你們衝過去。

查理五世行軍進入普羅旺斯時，弗朗索瓦一世國王可作兩種選擇：搶先到義大利迎擊他，或者待在本土候著他。他認爲保護自己的家園免遭兵燹之災，在他的兵力掌握下也可源源不斷運送援助物資，這是上策。可是由於戰爭的需要必然隨時造成許多破壞，這類事在自己的土地上發生就很不好說；比如農民看到自己的財產被自己的軍隊而不是被敵人的軍隊掠奪，就不會輕易忍受，很可能在我們中間引發暴動和騷亂；放任士兵搶劫掠奪，在自己的境內是不允許的，卻是對付戰爭嚴酷的一種補償；除了軍餉之外沒有其他收入，離妻子與老家才兩步遠，這就很難讓士兵履行職責；誰擺上桌布就誰埋單請客；進攻要比防守輕鬆許多；在腹地打仗失敗引起的震動，其影響之大一定會牽動全域，因爲恐懼這種情緒是會傳染的，也最容易讓人相信、最迅速擴散，聽到城門外響起這個風暴的城市，可能已經準備讓他們尚在發抖、喘不過氣來的將士退回來，但在這驚心動魄的時刻，那些人極有做壞事的危險。不管怎樣弗朗索瓦一世選擇了召回阿爾卑斯山那邊的軍隊，等候敵人過來。

可是他也可以反過來想，由於他在自己國土上，身邊都是朋友，他不會得不到種種便利，河流道路全向他效忠，給他運輸糧食餉銀萬無一失，甚至不用護送；危險愈是迫近，他的臣民愈是忠心耿耿；有那麼多城市和屏障確保安全，將由他根據機會與利弊來支配戰局；他若願意拖延時間，可以從容待在營帳內看著他的敵人一籌莫展，被種種動搖軍心的困難弄得焦頭爛額；若是闖入到一塊充滿敵意的土地上，左右前後都要防範攻擊；若發生疾病沒有辦法替換和擴大軍隊，也無法把傷病員安置室內；得不到餉銀、得不到軍糧，除非靠搶劫，沒有時間休整和喘息；對地點和地形一無所知，無法使他們避免偷襲與埋伏；他們打了敗仗，無法拯救殘部。這兩方面的例子從不少見。

西庇阿認爲到非洲去進攻敵人的國土，要比他待在義大利保家衛國打擊敵人好；他這樣做贏了。而相反的例子是漢尼拔在這同一場戰爭中，爲了保衛自己的國土放棄攻占異國而垮了臺。雅典人讓敵人留在自己的國土上而進軍西西里島，遭到相反的命運。但是敘拉古國王阿加托克里不顧國內的戰事進軍非洲，卻遇上了好運。

因而我們常說的那句話很有道理，事態的發展與結果，特別在戰爭中，很大部分取決於命運，命運不會迎合和屈從我們的推斷與算計，如這幾句詩說的：

經常，魯莽者成功，謹愼者失敗。
命運對理直氣壯的訴狀充耳不聞，
還像閉著眼睛在四下亂走。
冥冥中有一種力量，
支配、主宰、驅使世人受制於它的法則。

——馬尼利烏斯

若能充分理解，就會覺得我們的意見與決斷也同樣取決於命運，命運把它的混亂與不確定性帶進我們對事物的判斷。

在柏拉圖《對話集》中，蒂邁歐說我們的推理匆促輕率，因爲我們的判斷跟我們人一樣都有很大的偶然性。

第四十八章　論戰馬

我這人學語言只會死背硬記，至今不知道什麼是形容詞、連詞和奪格，這下子倒成了語法學家。好像聽人說過，羅馬人把有的馬稱爲「轅外馬」或「右牽馬」，讓人用右手牽著或用於驛站，充分休息以備不時之需。這也是我們把戰馬稱爲「destrier」（用右手牽的）的出典。我們的騎士傳奇中一般「走在右邊」，也有「陪伴」的意思，有的馬經過訓練可以雙雙成對疾馳，不套絡頭、不配鞍子，羅馬貴族甚至全身武裝也可在狂奔中從一匹馬跳到另一匹馬背上。紐米迪亞騎兵手牽第二匹馬，爲了戰鬥激烈時換乘坐騎：「我們的騎士在奔跑中換馬，他們也習慣每人帶兩匹馬，往往在鏖戰中拿著武器從一匹疲勞的馬跳到一匹精神十足的馬上，騎者身手矯健，良駒又那麼善解人意。」（李維）

許多坐騎經過訓練會救助牠們的主人，誰挺著一把出鞘的劍過來就會撞向誰，誰攻擊和挑逗就舉起蹄子、露出牙齒撲向誰；但是牠們更多傷害到的是主人的朋友，而不是敵人。還有牠們鬥在一塊，就很難把牠們分開，只好聽任牠們鬥到結束。波斯將領阿爾底比烏斯在與薩拉米斯國王奧奈西盧斯一對一廝殺時，騎上了這麼訓練的一匹戰馬，後果非常嚴重；因爲這叫他送了性命。當他的坐騎撲向奧奈西盧斯時，奧奈西盧斯的提刀馬童一槍刺進他的兩肩之間。

據義大利人說，在福爾諾瓦戰役中，國王被敵人緊迫，國王的坐騎舉起蹄子又尥又踢，把他救出重圍，不然他就會喪命：若是眞的，倒是一大幸事。

馬木路克人自誇擁有世上最聰明的戰馬。據說，這些戰馬半是天性半是訓練，根據某種信號和聲音，會用牙齒叼起長矛和標槍，在激戰中遞給主人，能夠辨認和識別敵人。提到凱撒，還有偉大的龐培，說他們超群絕倫的本領中包括精湛的騎術。凱撒年輕時，騎上馬背不用韁繩，雙手倒放在背後讓牠狂奔。

由於天公有意把這位人物與亞歷山大造就成軍事奇才，你也可以說還特地爲他們配備了兩匹良駒。大家都知道亞歷山大的「牛頭駒」，因爲那匹馬頭像牛首，除了主人以外不讓別人上背，也只讓他訓練。牠死後得到追封，造了一座以牠名字命名的城市。凱撒也有一匹良馬，前掌宛如人腳，蹄子也修成趾甲狀。牠也只許凱撒乘坐和調教，死後凱撒畫了圖像獻給女神維納斯。

我坐上馬背就不思下來，因爲覺得不管身體好壞，這是最舒適的坐姿。柏拉圖介紹騎馬有益於健康，普林尼也說可以改善腸胃與關節。既然我們騎上去了，就趕著走吧！

色諾芬的著作中可以讀到一條法律，禁止有馬的人徒步旅行。特洛古斯和朱斯提努斯說，帕提亞人習慣上，不但騎了馬去打仗，還去辦一切公事與私事：做生意、談判、聊天、散步。自由人與奴隸之間最明顯的差別是自由人騎馬，奴隸走路；那是居魯士國王規定的制度。

羅馬歷史上有許多例子（蘇托尼厄斯在提到凱撒時特別強調這點），說將領在緊急時刻命令他們的騎兵下馬，爲了不讓他們有機會逃走，也因爲他們期望這類戰鬥占優勢；李維說：「羅馬人無疑最擅長這樣做。」

羅馬人爲了防止不久前征服的人民叛亂，第一條措施就是收繳他們的武器和馬匹，因而我們在凱撒的書裡經常讀到：「他下令交出武器，牽來馬匹，送上人質。」今日土耳其皇帝不允許帝國內的基督徒和猶太人擁有自己的馬匹。

我們的祖先，尤其抗英戰爭期間在一切重大的和約定日期的戰鬥中，大部分時間都是全體下馬步戰，完全依靠士兵的體能力量，驍勇和身手矯健——這些是跟榮譽與生命同樣珍貴的品質。不管在色諾芬書裡克里桑塔斯說了什麼，你是把自己的價值與命運押在了你的坐騎上；牠的傷口與死亡也影響到你的死亡；牠的畏懼或暴躁也會讓你膽怯或不顧死活。如果牠不聽從你的馬銜或馬刺，這就涉及到你的榮譽了。因而依我看來難怪步戰要比馬戰更加頑強激烈了，

他們一起後退，一起進攻，
戰勝與戰敗，誰都不會逃跑。

——維吉爾

他們打仗看來爭奪得更爲激烈，我們今天是一觸即潰：「第一聲吼叫、第一次衝鋒決定了勝負。」（李維）在遭遇如此巨大偶然性時所用的東西，應該儘量歸我們掌握。因而我建議選擇最短，用起來最得心應手的武器。顯然憑手中的一把劍，要比短銃打出去的子

彈更爲可靠，短銃包括許多部件：火藥、火石、擊發機，其中發生小故障就會讓你死於非命。

你也沒法保證這一顆子彈在空中會落到哪裡：

讓風規定子彈的路線，
力量來自寶劍，善戰的民族
都用雙刃劍打仗。

——盧卡努

說到短銃，我將在古今武器比較中再詳細談一談；這個武器除了讓人聽了耳邊一震以外——大家對此已逐漸習慣，我相信並無多大效果，但願有朝一日放棄使用。

義大利人所使用帶火的標槍，更爲可怕。他們稱爲「法拉利卡」（Phalarica），類似投擲武器，頭裝三叉鐵杵，可以穿透鐵甲兵的身體；有時在野戰中用手投擲，有時在保衛被圍困的城池時用機械發射。槍桿一頭裹廢麻，蘸有樹脂和油，飛出去前點燃了火，打在人身和盾牌上，燒得武器與四肢都無法施展。可是我覺得到了短兵相接時，也會阻礙進攻者的行動；戰場上到處都是這些燃燒的棍棒，對扭成一團的雙方都帶來不便，

法拉利卡在空中呼嘯而來，
落地時聲如霹靂。

——維吉爾

他們還有其他手段，用慣了非常順手，我們從未見過，覺得不可思議，他們也以此彌補自己缺少火藥彈丸的劣勢。他們投出的標槍那麼有力，經常可以刺穿兩塊盾牌和兩個鎧甲兵，把他們串在一起。他們的投石器在準確性與距離上也不稍差：「他們用投石器把卵石遠遠地打向大海中的小圓環，熟練後不但可以打到敵人的頭顱，還可打中臉上任何部位。」（李維）

他們的排炮也似我們的排炮雷聲隆隆：「炮彈打在牆上驚天動地，困在城裡的人嚇得心驚膽戰。」（李維）我們的高盧兄弟歷來接受需要更大勇氣的肉搏戰，在亞洲，最恨這些捉摸不定飛來飛去的武器。「傷口大嚇不倒他們；傷口大而且深更引以爲榮；要是一個箭頭或一顆石彈鑽進肉裡，只留下一條肉眼難辨的裂痕，這時想到爲這麼一點小傷死去，就會又羞又恨，滿地打滾。」（李維）這情景跟中了火槍也差不多。

一萬希臘人在不幸的長途撤退中遭遇一個部族，被他們用硬弓長箭打得落花流水。尤其箭身之長，用手撿起來可以當作標槍投擲，穿透盾牌和鎧甲。狄奧尼修斯在敘拉古發射實心粗箭和巨石的投射器，射程遠、速度快，跟我們的發明已相差不多遠。

還不要忘記一位皮埃爾．波爾先生的滑稽騎騾姿勢，他是神學家，蒙斯特爾萊說他習慣像女人一樣，側身騎在騾背上在巴黎城裡閒逛。他還在其他地方說加斯科涅人有些馬非常了得，會在奔跑中急轉彎，法國人、庇卡底人、佛蘭德人和布拉邦特人都視爲奇蹟，據他的原話說：「這是他們少見多怪。」

凱撒在談到施瓦本人時說：「在馬戰中，他們經常會跳下馬背進行步戰，馬匹經過訓練都呆在原地不動，需要時再迅速上馬。根據習慣，使用馬鞍是最卑鄙膽小的行爲，他們看不起那些使用的人，因而也不怕以寡敵眾。」

我從前有一次非常驚訝，看到一匹馬被人調教得用一根小棒就可以任意指揮，轡繩放在耳朵上，這在馬西利亞人是家常便飯，他們騎馬都不用鞍子和轡繩。

馬西利亞人專騎光背馬，
駕馬不用馬嚼而用鞭子。
——盧卡努

紐米迪亞人騎馬不用馬嚼。
——維吉爾

「不繫馬嚼的馬走路姿勢不美，奔跑中好像頸子發僵頭朝前。」（李維）

阿爾豐沙國王，在西班牙建立了紅綬帶騎士團，給他們訂了幾條規則，其中一條是禁止騎騾，不分雌雄，否則罰款一個銀馬克，這是我剛從格瓦拉的書信集中讀到的。有人說他的書信是「金玉良言」，這個評語跟我的大不相同。

《侍臣》一書說，從前一位貴族騎騾要受到指責（阿比西尼亞人則相反，地位愈高，愈接近他們的主子普魯斯特．約翰，愈認爲騎騾是種榮譽）；色諾芬說亞述人總是把馬拴在馬廄裡，因爲這些馬都頑劣凶悍；還因爲解韁繩與上鞍子費時間，爲防止敵人突然襲擊時耽誤而遭受損失，從不在沒有壕溝和屏障的地方安營紮寨。

他的那位居魯士國王，精通騎兵戰術，要求馬匹像自己那樣，在訓練專案中非得流大汗才能得到應有的那份飼料。

斯基泰人在戰爭中迫於形勢，取馬血解渴充饑，

薩爾梅舍人喝飽馬血求生存。

——馬提雅爾

克里特人被米泰勒斯團團圍住，除了喝馬尿以外，找不到任何水解渴。

爲了證實土耳其軍隊的維持管理費用遠遠低於我們，他們說士兵只喝清水，只吃米飯和

一些醃肉米，這樣每人可以輕易攜帶一個月的糧食，除此以外還要像韃靼人和莫斯科人那樣，知道在馬血裡加鹽過日子。

西班牙人到來時，新印度的新民族將這些人和馬匹，都視作是高於他們種性的神與獸。在被征服後，有人前去求和告饒，帶給征服者黃金和肉食，還不忘向馬匹獻上一份禮，像對人似地說上一通話，把馬的嘶叫看成是和解與休戰的語言。

在近處的印度，自古乘大象是王公的榮耀，其次是坐四匹馬拉的大車，第三等是騎駱駝，最低的等級是騎馬和坐一匹馬拉的小車。

我們這個時代，有人記述在這些地域的國家有人騎牛代步，牛身上鞍子、腳蹬、籠頭一樣不少，騎著很舒服的樣子。

昆圖・法比烏斯・馬克沁斯・呂蒂里亞努斯在跟桑尼恩人作戰時，看到自己的騎兵衝鋒三、四次還攻不破敵人的陣線，採取意見卸下馬籠頭，用馬刺狠狠刺馬，結果什麼也擋不住牠們狂奔，把敵人衝得人仰馬翻，武器落了一地，給自己的步兵打開了通路，使敵人傷亡慘重失敗。

昆圖・弗爾維烏斯・弗拉古斯同凱爾特伯里亞人作戰時也下過同樣的命令：「給馬取下籠頭，朝敵人奔去，馬的衝勢會更足：這種做法常使羅馬騎兵取得成功，贏得榮譽……馬卸去了籠頭，突破敵軍陣地，又回過頭來再衝，使敵人損兵折將，血流成

河。」（李維）

從前，韃靼人給莫斯科大公派去使節時，大公要採用這樣的禮節：他走到他們面前，敬上一杯馬奶（他們嗜喝的飲料），他們喝時有奶滴落在馬鬃上，必須用舌頭舔去。巴雅塞特皇帝派軍隊到了俄羅斯，遭遇一場可怕的雪暴，苦不堪言，不少人爲了找東西蔽體禦寒，竟主張殺死馬匹，掏空馬腹，鑽進去吸收求生的熱量。

巴雅塞特跟帖木兒苦戰失敗後，原本可以騎了他的阿拉伯母馬逃走，但是他不得不讓牠在一條小溪邊上喝得痛快，這樣馬的身子發涼發軟，很容易被敵人追了上來。說讓馬撒尿會使馬鬆勁，這話是對的；但是讓牠飲水，我倒認爲這使牠歇歇力，更有勁頭。

克里瑟斯沿著薩爾迪斯城，發現有些牧場上有大量的蛇，部隊的軍馬吃得胃口大開，希羅多德說這對他的戰事是一種不祥之兆。

我們稱有鬃毛和耳朵的馬才是一匹完整的馬，不如此就不合格。斯巴達人在西西里打敗雅典人，班師回敘拉古，一路上耀武揚威，其中一件事是把敗軍的馬剃光鬃毛，牽著作爲凱旋儀式。亞歷山大跟一個叫達哈的部族打過仗。他們兩人一組騎了馬去參戰；但是在交戰時，一個人下馬。就這樣一人在地上，一人在馬上，輪流著打。

說到騎術精嫻高超，我不認爲有哪個民族勝過我們。我們習慣稱呼一名好騎手時強調他的勇敢多於強調他的技巧。我認識的最內行、最穩紮、最有風度的馴馬師是卡爾納瓦萊先生，他給我們的亨利二世國王當差。我見過他兩腳立在馬鞍上讓馬奔馳，卸下馬鞍拋在地上，回馬時又把它撿起，裝好坐在上面，始終不抓馬韁繩；他騎馬跨過一頂帽子，轉身箭箭射中帽子；他一腳點地，一腳掛在馬鐙上，任意撿起地上的東西；還有許多其他特技，他是以此謀生的。

我以前在君士坦丁堡也曾見過兩人同騎一匹馬，快跑中輪流跳馬背。還見過一人用牙齒給馬套籠頭、上鞍子。還見過另一人在兩匹馬中央，一腳踩一個馬鞍，胳膊上還站一個人飛奔；這第二人站得筆直，奔跑中還射箭百發百中，有許多人在飛奔的馬鞍上拿大頂，馬具四周還插著尖刀。

在我的童年，看見過蘇爾莫納親王在那不勒斯騎一匹烈馬做各種各樣的雜技，在他的膝蓋與腳趾下夾著幾枚硬幣，彷彿釘在馬身上似的，說明他的坐姿紋風不動。

第四十九章　論古人習俗

國人除了以自己的風俗習慣評判以外，沒有其他人格完美的標準與規則，我認爲這還情有可原；因爲這是人的通病，不但庸人有，差不多人人都有，都以他們自己的生存環境來決定自己的看法與好惡。當大家看到法布里蒂烏斯或列里烏斯不是我們這樣穿著打扮，就覺得他們舉止動作像個化外人。這我也能接受。

但是我埋怨的是他們缺乏主見，極易受時下權威的擺布與愚弄，爲了討好時尚可以每個月改變意見與看法，出爾反爾，無一定見。以前胸衣的衣撐做在胸中央，他們舉出充分理由說這放的正是地方；幾年後衣撐落到了兩腿之間，他們就嘲笑從前的做法荒唐，不可忍受。現在是這種穿法，就去嘲笑從前的穿法，語調激烈，眾口一詞，這豈不是一種怪癖，見風使舵的看法嗎？

由於我們的風尚變化既突然又迅速，即使全世界的裁剪師都發明創造，也供應不了足夠的新款新花樣，必然某些淘汰的款式經常會重新時興，時興的款式又會淘汰。因而同樣的看法在十五年到二十年之間，會有兩、三回不但是不同、還是截然相反的變動，而且還說變就變令人難信。我們中間還沒有這樣的聰明人，不被這種矛盾的說法說昏了頭、迷糊了眼睛、迷糊了心。

我願意在此羅列我還記得的古人的若干做法，有一些跟我們的相同，有一些跟我們的不同，讓我們在心中明白人事永遠是在變化的，從而有更明確、更堅定的判斷力。

我們所說的「裹了披風鬥劍」，這在羅馬人中間已很常見，凱撒說過：「他們把披風裹在左手，右手拔劍出鞘。」從那時開始我們便有了這個惡習，至今還是隨時可見，路上攔住遇到的人，問他是誰，他若拒絕回答，就一頓辱罵和找機會尋釁。

古人每天飯前有洗澡的習慣，就像我們取水洗手一樣平常。起初他們只洗胳膊和腿腳；後來按照世上大部分國家已經延續了幾世紀的習慣，他們赤身裸體在摻藥物和香料的水裡洗，因而用清水洗澡被認爲是生活樸素的標誌。最講究與嬌貴的人每天全身塗香料約三、四次。他們還去除身上的毛，就像法國女人一段時期以來拔除額上的毛，

> 給胸上、臂上、腿上除毛。
>
> ——馬提雅爾

儘管他們有專用的油膏：

> 她用香膏抹皮膚，用滑石磨皮膚。
>
> ——馬提雅爾

他們愛睡軟床，睡墊子已表明在吃苦了。他們躺在床上吃東西，姿勢跟現代的土耳其人差不多，

那時埃涅亞斯在他的高床上吃了起來。

——維吉爾

有人說小加圖從法薩盧斯戰役開始以來，爲時局惡劣而愁眉不展，總是坐著吃飯，過一種更清苦的生活。

他們吻大人物的手表示尊敬和親熱。他們對朋友打招呼時也相互親吻，像威尼斯人：

我用親吻和親切的語言問候你。

——奧維德

向一位大人物求情或致敬，觸摸他的膝蓋。哲學家伯西克里，克拉特斯的兄弟，不是把手放到人家的膝蓋上，而是生殖器上。被他觸摸的人粗暴地推開他，他還說：「怎麼，這不是跟膝蓋一樣都是你身體的一部分嗎？」

他們跟我們一樣飯後吃水果。他們用海綿擦屁股（讓女人毫無意義地忌諱這樣的用語吧）。所以海綿這個詞在拉丁語中是個髒詞。海綿縛在一根棍子上，從這則故事上得到證明：說有個人要被帶走當眾餵野獸，他要求解手；沒有其他東西自殺，就把木棍連同海綿塞進咽喉窒息而死。他們結束房事後，用撒了香粉的羊毛擦私處：

我不會給你什麼，除非私處用羊毛擦過以後。

——馬提雅爾

在羅馬的十字街口放著罐子和半截子水桶，給行人小便，

熟睡的兒童經常在夢中，

撩起衣服對著撒尿的水桶。

——盧克萊修

他們在兩餐之間吃點心。夏天有小販賣冰塊鎮葡萄酒。冬天感覺葡萄酒還不夠清涼的人也會用雪。貴族都有人斟酒切肉，還有弄臣取樂。冬天肉放在爐子上端到桌面，還有流動廚房，我就見過一切餐具就跟著他們走。

達官貴人們，把菜留著自己用吧！

我們可不喜歡邊走邊吃。

——馬提雅爾

夏天，在他們的底層客廳裡，經常在管道裡灌滿了清水，水裡養了許多活魚，賓客可以自選，逮到了按自己的方式煮燒。魚一直——現在還是——享有這個特權，讓顯貴們學好廚藝把魚煮來吃。因而味道也比肉要鮮得多，至少對我來說如此。但是在窮奢極欲，紙醉金迷方面，我們能夠做到的確已不輸他們，因爲我們的意志已像他們那樣萎靡，而氣勢卻還不足，不論做好事或壞事的能力都不能望其項背。因爲這兩者都必須具備剛強的毅力，那是我們無法與他們相比的；心靈不是那麼堅強，也就沒有計謀做出大好事，也做不出大壞事。

從他們的席次來說，居中者爲高位。寫文章和說話次序先後就沒有高低之分，這可從他們的著作中看得很清楚。他們說：「奧庇烏斯和凱撒」，也隨意說：「凱撒和奧庇烏斯」，說「我與你」和「你與我」也並無差別。這說明爲什麼我以前在法語版普魯塔克《弗拉米尼傳》中，看到有一段提到伊托利亞人和羅馬人共同贏得一場勝利後相互嫉妒爭功，好像有點強調在希臘詩歌裡，先提伊托利亞人，後提羅馬人，只是在法語中有點含糊不清。

女人在蒸氣浴室中也讓男人進去，還用男僕給她們擦身子擦油。

男奴腰繫黑圍裙侍候你，
而你赤身裸體橫陳在熱水桶裡。

——馬提雅爾

她們自己撲粉吸乾汗水。

西多尼烏斯．阿波利奈里斯說，古代高盧人前腦留長髮，後腦勺剃光，這種髮式借本世紀的陰柔輕佻風氣又重新出現了。

羅馬人一上船就付費給船夫，我們則到碼頭之後再付。

繫好騾子、收好船費，
一小時輕易過去。

——賀拉斯

女人睡在靠牆的床上，所以凱撒被稱為「尼科梅迪國王的床內側」（蘇托尼厄斯）。

他們喝酒停停喝喝。在酒裡摻水，

這個小夥子手腳俐落，
法萊里酒太熱，
趕快取身邊的泉水摻上。

——賀拉斯

我們的僕人也在那裡動作笨拙。

啊，伊阿諾斯，背後沒有人
用雪白的手向你做犄角，裝驢耳朵，
也不像阿普利亞的狗渴了伸舌頭。

——柏修斯

阿爾戈斯和羅馬女人服喪時穿白色衣服，我們的女人以前也這樣，我的意見若有人聽，應該繼續這樣穿。

有幾部書整個都是討論這個問題的。

第五十章　論德謨克利特和赫拉克利特

判斷是處理一切問題的工具，無處不用。正因爲如此，我在這裡寫隨筆時，也利用任何機會進行判斷。即使對一點不懂的問題，我也要試用一下，探測蹚水可以蹚到多遠；接著發覺水太深要把我淹了，我就回到岸邊；意識到不能再往前去了，這就是判斷的一種效應，而且還是最值得一提的效應。

有時遇到一個沒有實際內容的題目，我試圖找論據使它有血有肉；有時判斷一個重大、有爭論的問題，會找不到任何屬於自己的觀點，那條路已有那麼多人走，只能踩著別人的腳印過去。這時判斷要做的就是選擇它認爲最佳的道路，從千百條道路中說出這條還是那條才是最好的選擇。

我是命運提供給我什麼就議論什麼。對我來說一切論點都是好的。我也絕不企圖把它們說透，因爲我看不到任何東西的全貌。那些答應讓我們看到全貌的人也做不到。每件事物都有幾百副面孔和肢體，我只能抓住其中之一，有時一眼帶過，有時略加觸摸，有時緊緊摁到骨頭。我不往最寬處，但盡我所知往最深處探索。經常喜歡從前人未加注意的方面著手。我對一個我不熟悉的命題，也會大膽深入探討。這裡寫一句，那裡寫一句，算是各篇文章拆下來的樣品，零零星星，沒有計畫，也不作承諾，也不在乎一定要寫得好，也不因做來有趣就一成不變做下去。我還是依然懷疑與不確定，保持我的根本宗旨——這就是無知。

一切活動都暴露我們的本性。這同一個凱撒的心靈，從他組織和指揮法薩盧斯戰役看得出來，從他安排聲色犬馬的盛宴也看得出來。判斷一匹馬，不但要看牠在練兵場上操練，還要看牠走步，甚至看牠在馬廄裡休息。

心靈的功能有高尚的也有低下的，誰看不到這點，就不能對它有所認識。心靈平靜時，或許對它觀察得最清楚。情欲的風暴會吹著它向高處飄升。此外，它會專注在一件事上，全力以赴，從不會同時處理兩件事。心靈處理事情不是根據事情本身，而是根據它自己本身。

事情可能都有它本身的重要性、尺度和條件。但是事情臨到我們，心靈就會按照自己的意思去任意修飾。死亡對於西塞羅是可怕的，對於加圖是可盼的，對於蘇格拉底是無所謂的。健康、良心、權威、知識、財富、美以及與以上這些相反的東西，在進入心靈時都脫去了自己的衣衫，而接受心靈給予的新衣衫和它喜歡的花色：褐色的、綠色的、淺的、深的、刺目的、柔和的、深刻的、表面的。每個心靈都是各選各的，因爲它們不是共同去檢驗它們的風格、規則和形式：各個心靈在自己的領土上都是王后。所以不要在事情的外在品質上找藉口，責任在於我們本身。

我們的善與惡也全在於我們自己。燒香許願要面向我們自己做，不必面向命運做，命運對我們的品行是毫無作用的。反而我們的品行會影響命運、塑造命運。我爲什麼對餐桌上嘮嘮叨叨、吃吃喝喝的亞歷山大不作評論呢？他下象棋時，這種幼稚可笑的遊戲觸動和使用了他的哪根腦神經？（我討厭和躲避下棋，這實在算不上是種遊戲，要玩又過於嚴肅，費那麼大的精力不去做些正經事那才是難爲情。）他在準備那場光榮的印度遠征時也沒那麼忙碌；還有另外那個人在講解《聖經》中那段有關人類永福的章節時也是如此。

且看這類可笑的娛樂在我們的心靈裡會膨脹和重要到何種程度；它的每根神經是否都綳緊了；它如何給每個人充分認識自己、正確判斷自己的依據。在任何其他時刻我都不能把自己審察得那麼透徹。哪種情欲不在攪動我們心靈？憤怒、傷心、仇恨、急躁、急於求成的野心，在這件事上更可原諒的倒是急於求輸。把曠世奇才用在雕蟲小技上，這不是大丈夫所爲。我在這個例子上說的話也適用於其他一切。人的一舉一動、一言一行都在突出和顯示這是怎麼樣的一個人。

德謨克利特和赫拉克利特是兩位哲學家，前者認爲人生虛妄可笑，公開露面時總帶著嘲弄的笑臉；赫拉克利特，對這同樣的人生悲天憫人，終日臉帶愁容，兩眼含淚，

跨出門檻離家時，
一個笑來一個哭。

——朱維納利斯

我更喜歡第一種品性，不是因爲笑比哭更討人喜歡，而是因爲它更瞧不起人，更嚴厲譴責我們；我覺得根據我們的所作所爲，怎麼輕視也不爲過。對於惋惜的事，惋惜與同情之中又帶有幾分欣賞；對於嘲諷的事，又認爲它無比珍貴。我不認爲我們心中的苦惱會多過虛

榮，機靈會多過愚蠢；我們沒那麼多不幸，但是實在空虛，我們沒那麼可悲，但是實在下賤。

因此，第歐根尼推著他的木桶獨自閒逛，對亞歷山大大帝嗤之以鼻，①把我們視爲蒼蠅或充滿氣的尿泡；他實在是個尖酸刻薄的法官，在我看來比外號「人類憎恨者」的蒂蒙更加公正。因爲被人恨的東西才被人認眞對待。這一位期盼我們遭逢不幸，一心巴望我們完蛋，避免跟我們交往，如同怕跟惡毒墮落的人一起充滿危險；而第歐根尼根本不把我們看在眼裡，我們騷擾不了他，即使接觸也改變不了他，他躲開我們不是害怕，而是不屑與我們爲伍。他認爲我們既做不出好事，也做不出壞事。

布魯圖斯邀斯塔蒂里入夥陰謀反對凱撒，斯塔蒂里對他的回答如出一轍。他認爲這件事是正義的，但是不認爲參與的人值得他出力一起去做。這符合赫格西亞斯的學說，他說賢人做什麼都應該只是爲自己；因爲只有他自己才值得他人去做什麼；這也符合狄奧多羅斯的學說，他說賢人爲了國家利益冒險，卻爲了庸人危及自己的智慧，這是不公正的。

我們這些人固有的處境是既可笑又好笑。

---

① 指第歐根尼在路上遇亞歷山大大帝，不但不回避，還令亞歷山大大帝讓路，別擋住他的陽光的那則著名軼事。

第五十一章　論言過其實

從前一位修辭學家說，他的職業是把小事物說得大、顯得大。這就像鞋匠給一對小腳丫做上一雙大鞋子。在斯巴達靠吹牛說謊爲職業就會挨抽鞭子。我相信阿基達默斯國王聽到修昔底德・德・米萊的回答肯定會表示驚訝。國王問他與伯里克利角鬥誰更強，他回答說：「這不好驗證；因爲我在角鬥中把他摔倒在地，他卻說服在場觀看的人說他沒有倒地，於是他贏了。」

有人讓女人戴上面紗，塗脂抹粉，這爲害不大；因爲不能看到她們處在自然狀態，不是大不了的損失；而其他人要欺騙的不是我們的眼睛，而是我們的判斷，要歪曲和敗壞的是事物的本質。像克里特、斯巴達這樣的城邦，局勢穩定，治理有方，並不重視雄辯家。

阿里斯托給修辭學下了個聰明的定義：說服老百姓的技術；蘇格拉底、柏拉圖則說是騙人和拍馬的藝術；有人從大道理上否定它，在自己的訓誡中到處使用。

伊斯蘭教人禁止向孩子傳授修辭學，因爲它無用。

雅典人發現修辭學的使用在都城裡有上升趨勢，這是很有害的，下令把煽動情緒的主要篇章，連同前言和結論部分一齊刪去。

修辭學的發明，是爲了操縱和煽動一群烏合之眾和暴徒。這個工具專門用於病態政體，就像是藥。在那些庸人、無知的人或任何人獨占一切的國家，如雅典、羅德島和羅馬，在那些局勢紛爭不已的地方，演說家才應運而生。的確，在這些共和國裡，很少人是不靠口才而平步青雲的；龐培、凱撒、克拉蘇、盧庫盧斯、蘭圖盧斯，都是慷慨陳辭以後得到極大的支持，最後登上權柄的高位，他們依仗口才更多於軍隊；這與太平盛世的看法是相悖的。

因爲L・沃盧姆努斯當眾演說，支持Q・法比烏斯和P・德基烏斯當選爲執政官，他說：「這些人是爲戰爭而生的，建功立業的大人物，打舌戰也毫不示弱，是眞正的執政人才；頭腦精明，說話服眾和博學多才，可以管理城市，當副執政主持民事裁判工作。」

當政局一片混亂，內戰的風暴攪得人心惶惶時，羅馬城內雄辯家如沐春風，就像一塊沒有開墾的荒地上野草叢生。這樣看來，由單獨君主控制的政府沒有其他政府那樣需要這種東西；因爲百姓大眾愚昧輕信，耳邊聽了甜言蜜語，很容易受到操縱和誤導，不會用理智去審察和認識事物的眞相；這種輕信態度，我要說，在君主個人身上是不容易存在的；良好教育與好言規勸也較爲容易使他免受這種毒藥的危害。在馬其頓和波斯就沒出過一個有名氣的雄辯家。

我剛才跟一位義大利人談過話，才引起我說了上面一番話。他曾給已故的紅衣主教加拉法當過膳食總管，直至主教過世。我請他談談他的差使。他神色嚴肅把這門講究口腹之欲的學問，一本正經地說了一通，彷彿在跟我講神學的大道理。他向我細分不同的胃口：饑餓時的胃口、上了兩、三道菜後的胃口；什麼方法吃了只不過使胃舒服，什麼方法引動得胃口大開；調料使用方法，一般的、特殊的，針對菜餚的特點和作用；不同季節的沙拉也不同，有需要加熱的，也有需要冷食的，如何配製花色使它們賞心悅目。在這之後，又說到上菜的順序，其中的微妙大有講究。

怎樣切兔肉，如何斬雞塊，
當然都大有學問。

——朱維納利斯

言辭裡充滿崇論閎議，就像在發表治國大略。這使我想起我的朋友：

太鹹啦！燒糊啦！淡啦！恰到好處！
下次就照這樣做！我教他們，
以我淺薄的學識盡心盡力。
總之，德梅亞，我要他們
拿了鍋子當鏡子，教他們毫不留一手。

——泰倫提烏斯

埃米利烏斯·波勒斯從馬其頓回來，宴請希臘人；希臘人對他宴會的組織安排大加讚賞；但是我這裡說的不是他們做了什麼，而是他們說了什麼。

我不知道別人聽了是不是與我有同感。當我聽到我們的建築師躊躇滿志，大談壁柱、下楣、挑簷、科林斯和陶立克柱型，還有他們類似的行話，我不由自主地想到阿波里東宮；實際上，我發現那是指我家廚房上那幾條質地單薄的横檔。

當你聽到有人說替代、隱喻、諷喻這類語法詞彙，那不是像在指某個罕見冷僻的語言現象嗎？其實是涉及你的女僕嘮叨的用語。

還有一種與此相近的花招，就是用羅馬人的顯赫官銜來稱呼我們的官吏，然而他們在職務上沒有絲毫相似之處，更沒有那樣的權威與權力。這種做法我相信，總有一天會說明我們這個世紀的荒謬絕倫，把古代榮耀了幾世紀的一、兩位人物的最光輝稱號，不恰當地加到我們中意的人身上。稱柏拉圖是神，這是舉世公認的，誰也不會嫉妒。然而義大利人，他們自詡整體上跟他們那個時代的其他民族相比，更爲雋智明白事理，這話有點道理，但是不久前卻把那個尊號安到阿雷蒂諾頭上，這一位除了說話詼諧刻薄確有高明之處，但是經常牽強附會，莫明其妙。就算他口才高明，我看不出他有什麼才能超越他同一世紀的大多數作家；更不用說跟古人的神號相去甚遠了。

「偉大」這個詞，我們卻動輒加在並不比群眾偉大的親王身上。

第五十二章　論古人的節儉

遠征非洲的羅馬將軍阿提利烏斯·列古魯斯，正當他進攻迦太基節節勝利，聲名如日中天的時候，寫信給共和國說他總共只有七阿龐土地，完全交給一個佃農管理，他偷了他的耕具逃之夭夭。將軍擔心妻兒受苦，要求請假回家照料。元老院委派另一個人管理他的產業，並給他添置了被盜的工具，還下令他的妻兒皆由國家供養。

老加圖從西班牙回國任執政官，賣掉了他役使的那匹馬，爲了節省把牠帶回義大利的一筆海運費。在薩丁島當總督時，出外訪客都步行，只帶一名官員給他拿袍子和祭祀物品；往常還是自己提箱子。他很自豪自己的袍子價錢最多不超過十埃居，一天在菜場花費不超過十蘇，他在鄉下的房子外牆從來不刷塗料石灰。

西庇阿·伊米利埃納斯打過兩場勝仗，出任過兩屆執政官，赴任總督只帶七名僕人。有人說荷馬只有一名僕人，柏拉圖有三名僕人，斯多葛派首領芝諾一名也沒有。

提比略·格拉古，雖是當羅馬第一號人物時，因公出差每天只得到五個半蘇。

第五十三章　論凱撒的一句話

如果我們有時樂於反省，如果我們留出觀察他人和了解外界事物的時間，用於審視我們自身，很容易發覺人體的結構其實是一些脆弱易損的器官組成的。對什麼事物都不會稱心如意，即使有欲望與想像也無能力去選擇我們所需要的東西，這不是人性不完美的一個顯著證明嗎？還有一個極好的證據，那就是如何找到人的最大幸福，歷代哲學家對這個問題一直爭論不休，現在還在爭論，將來還會永遠爭論下去，得不到結論，達不到一致；

要的東西得不到？說什麼也不要別的。
要的東西有了，就再要另一個，
欲望永遠存在。

——盧克萊修

不論遇到了什麼、享受了什麼，我們還是覺得不滿足，去追逐未來與未知的事物，尤其現有的東西沒能使我們心醉。依我看，不是這些東西不夠令我們心醉，其實是我們對待它們有點兒病態，神經錯亂，

他看到世人需要的一切，

差不多都已在世人手邊。
有人榮華富貴，
還有兒孫替他們光宗耀祖。
然而沒有人不心煩意亂，
毫無理由地受不必要的折磨！
他明白問題出在那顆心，
灌注的就是瓊漿玉液，
盛器的缺點會使它腐蝕敗壞。

——盧克萊修

我們的欲望遊移不定；既不知道留住什麼，也不知道適當享受。人認爲問題出在那些東西，於是胡思亂想其他不知道不了解的東西，認定了這是他的渴求與期望之所在，於是頂禮膜拜；像凱撒說的：「由於人的劣根性，我們對從未見過、隱蔽與陌生的事物更相信、更畏懼。」

第五十四章　論華而不實的技巧

世上自有一些技巧，實屬窮極無聊，有時還以此求人賞識；如詩人寫詩，通篇的詩句都用同一個字母開頭；我們還看到古希臘人，用長短節拍不一的詩句，組成雞蛋、圓球、翅膀、斧子等圖案。還有人把興趣放在計算字母可以有多少種排列，發現這個數目多得令人難以置信，這在普魯塔克的著作中也有記載。

某人訓練有素，能把一粒小米投向針眼，技巧嫻熟、百發百中；當有人介紹他時，請對方送他禮物作爲對這一絕技的獎勵，那人很有意思，以我看來也很恰當，送了這位藝人七、八十升小米，免得這門藝術疏於練習。我覺得這人的做法是很正確的。

凡事由於稀罕、新鮮，或者艱難就推薦它，而不問其有無益處與用處，這說明我們對事物的看法有缺陷。

不久前在我的家裡玩過一場遊戲，看誰能找出最多的能用於兩個極端的事物來。比如Sire，這是個稱謂，可以用於我們國家內地位最高的人——國王，也可以用於普通的可憐蟲，如商人，不用於處在中間的人。我們用Dame稱高貴婦女，用Damoiselle稱中層婦女，又用Dame稱最低層婦女。

張在桌子上面的天蓋只用在王府和客店裡。

德謨克利特說，神和牲畜的感覺要比人靈敏，人排在中間。羅馬人在節日與喪日都穿同樣的衣服。極度恐懼與極度奮勇都攪亂腸胃，增加排泄。

那瓦爾第十二位國王桑丘的兒子加西亞五世，外號「哆嗦漢」，說明勇猛與畏懼都使人四肢發抖。還有一位，別人侍候他穿盔甲時，見他皮膚發顫，有意把他要冒的風險說得小些試圖安慰，他對他們說：「你們不了解我。如果我的肉體知道我的心要把它帶向何處，肉體就會嚇得趴下了。」

陽萎可以是做維納斯遊戲時的冷淡和乏味，也可以是縱欲和亢奮過度引起的。極冷與極熱都會灼傷烤熟。亞里斯多德說，鉛製的把柄在冬寒中會像受高溫那樣融化。欲望與滿足會使快感部位上下都隱隱作痛。在忍受人生不幸的感情與決心中，既有愚蠢也有智慧。賢人藐視苦難、控制苦難；其他人對苦難渾然不知；後者可以說是面對坎坷，前者是背向坎坷；前者對坎坷仔細斟酌掂量，作出如實的調查與判斷，然後鼓足勇氣一躍而過。

他們沒把不幸放在眼裡，而把它踩在腳下，因爲他們有一顆堅毅剛強的心靈，命運之箭打在上面，必然會反彈和磨去鋒芒，造成不了傷害。中庸的人處在這兩個極端之間，看到苦難、感覺苦難，但忍受不了苦難。童年與老年在頭腦簡單方面是一致的；吝嗇與揮霍都是出於多多益善的欲望。

也許可從表面上來說，在未獲得知識以前有一種愚昧型的無知，在獲得知識以後有一種知識型的無知。知識會產生和造成後一種無知，同樣也會瓦解和消除後一種無知。

頭腦單純、求知欲不強、知識不多的人，可以培養成好基督徒，他們虔誠順從，眞心實意信任，遵守清規戒律。智力平凡、能力中等的人會產生謬誤的看法。他們停留在字句的表面意義，把我們視作不學無術的人，看到我們依照老傳統行事，自以爲是地說成是簡單愚蠢。才華出眾的人更穩實、更有遠見，是另一類的好基督徒。他們透過長期虔誠的探索，深得聖書中包含的眞諦，感受到教廷行政法體現的神意。

正因爲如此，我們看到其中有些人帶著出色的成果和堅信，從第二級達到最高境界，猶如進入了基督教智慧的極地，帶著寬慰、感恩、洗心革面的習慣和謙虛，享受勝利的喜悅。我並不把另一些人歸在這一境界，那些人爲了擺脫人們對他們過去錯誤的懷疑，爲了要別人對他們放心，對我們進行的事業採取極端、不愼重和不公正的態度，不斷地橫加指責，任意抹黑。

樸實的農民是誠實的人，誠實的人還有哲學家，或者按我們這個時代的稱謂，性格堅強，頭腦清醒，受到全面良好教育的人。中庸的人，既不屑坐上第一排愚昧型無知的位子，又夠不上坐另一排位子（兩頭不著地，就像我與許多其他人），他們是危險的，成不了大事，又惹人討厭；這些人給世界添亂。可是，我本人儘量往後退縮，坐上第一排天然位子；我曾經試圖離開那裡也是枉然。

純樸自然的民間詩歌稚拙清麗，從這方面可以與藝術上完美的詩歌媲美，加斯科涅的田園歌如此，從那些沒有學術傳統，甚至沒有文字的國度傳播過來的歌謠也如此。處於這兩者之間的平庸詩歌，被人唾棄，沒有榮光、沒有價值。

但是，心智開放以後，我發現一般都會發生這樣的情況，把一個並不複雜的工作搞得複雜，把一個並不生僻的題目搞得生僻；當我們的創造力被激發以後，它會發現無數這樣的例子，我在此也就只說這麼一句話。這些隨筆若值得一評的話，依我看會出現這樣的情況：它們不太符合普通人的興趣，也不太獲得俊彥英才的青睞；前者理解不夠，後者又理解太過；我的隨筆可能會在中間地帶艱苦度日。

第五十五章　論氣味

據說有些人，如亞歷山大大帝，由於出奇的不同體質，汗水散發一種香氣；普魯塔克和其他人還探索過其中原因。一般人的身體結構則相反，最好的情況是沒有氣味。氣息潔淨好聞也無非是聞不得刺鼻的氣味，就像健康兒童的氣息。所以普洛圖斯說：

> 女人沒有氣味就是最好聞的氣味。

這也就像常言說的，女人最悅目的動作是無意中不知不覺的動作。聞到添加的香味，令人有理由懷疑使用者是不是要掩蓋身上天生的怪味。古代詩人就此寫過這樣的俏皮話：散發香味，即是散發臭味，

> 柯拉西努斯，你笑吧！我們身上聞不著氣味。
> 我寧可無氣味也不要有香味。
>
> ——馬提雅爾

還有：

波斯圖莫斯，香味撲鼻的人其實是氣味刺鼻。

——馬提雅爾

可是我非常喜歡周圍散發香味，對臭味深惡痛絕，還比誰都會遠遠地就聞到：

我的鼻子舉世無雙，不論嗅章魚
還是夾肢窩的麝香，
比獵犬搜尋躲藏的野豬還靈光。

——賀拉斯

我覺得氣味愈純淨自然愈好聞。這是女人尤其關心的事。在遠古蠻荒時代，斯基泰女人洗澡以後，在全身和面孔撲上厚厚一層當地產的草藥，要接近男人，先卸妝，覺得自己又光滑又香。

有一件妙事，就是不論什麼氣味沾上我的身子就不散，我的皮膚很容易把它吸收。有人埋怨大自然，怎麼不讓人生來就有器官向鼻子送香味，這個人錯了。因爲香味是自然散發的，但是與眾不同的，我有滿把鬍子用來做這件事。我若把手套或手帕湊到鬍子前，香味就會整天留在那裡。這也透露出我是從哪裡來的。青年時代摟緊了接吻，親熱纏綿，有滋有味，一沾上鬍子會幾小時不散。

可是，透過人員接觸、空氣傳染的流行病我很少會染上；從前在我們的城市和軍隊裡曾有過好幾種流行病，我都得以倖免。在蘇格拉底著作裡讀到，曾有好幾次瘟疫肆虐雅典城，他都沒有離開，也唯有他不曾傳染。

我認爲醫生可以對氣味作出更多的用途。因爲我發覺氣味會改變我，根據它們的性質影響到我的心情。這也使我同意這樣的說法：在教堂廟宇裡燒香和灑香料，自古以來就在所有國家和所有宗教中普遍實行，顯然在於愉悅、喚醒和清淨我們的感官，使我們更易進行靜修。

爲了對此作出判斷，我多麼願意參加這些大師傅的廚藝，他們知道用異國香料，烘托肉食的味道；特別是在突尼斯國王的宴席上，那次他到那不勒斯跟查理五世皇帝會談。他們在肉裡塞進了各種香料植物，極盡奢華，按照他們的配製，一隻孔雀與兩隻野雞要花上一百杜加托；當禽鳥切片時，香味不但飄溢宴席廳，甚至擴散至宮殿內其他房間和鄰近的宅第，久久不散。

我選擇住宿時，首先關心的是遠離惡濁臭氣。威尼斯與巴黎，這是兩座美麗的城市，一個由於沼澤地，一個由於汙泥塘而氣味難聞，影響我對它們的喜愛。

第五十六章　論祈禱

我在此提出一些尚在醞釀、還未定型的遐想，就像有人公布一些可疑的問題供各個學派討論。這不是爲了證明眞理，是爲了尋求眞理。我提呈給那些不但有心調整我的行動與寫作，還樂意調整我的思想的人判斷。不管是譴責還是讚揚，對我都是可以接受的和有用的，因爲我若說了什麼無知與不恰當的話，違背了羅馬天主教廷使徒的神聖教規，也該認爲罪不容誅，因爲我爲天主教而生、爲天主教而死。我一貫尊重教會審查的權威，可以對我任意處置，我還是要在這裡大膽進言。

我不知道我是否錯了，但是既然蒙聖恩眷顧，有些祈禱詞就是由上帝親口一字一句口授筆錄的，我總是覺得我們應該比今天用得更加頻繁。如果我說了算數，飯前飯後、起床就寢以及一切習慣上進行祈禱的特殊活動中，我希望基督徒都念主禱文，即使不是獨自用，至少也每次用。

教會可以根據宣教的需要選擇範圍更廣、內容不同的祈禱文，因爲我知道其實質與宗旨還是一樣的。但是應該優先突出主禱文，讓老百姓總是掛在嘴邊念念不忘，因爲該說的話主禱文裡都說到了，適用於任何場合。這是我走到哪裡都在使用的唯一祈禱文，反覆念從不改變。

因此我頭腦裡記得牢牢的就是這個。

最近一段時間我在想，我們不論計畫什麼和做什麼都求助於上帝；不管是什麼樣的需要，不論在什麼地方，我們由於自身的軟弱而要求幫助，從不考慮時機合適還是不合適，就是要呼喚上帝；不管我們處於什麼境地，有什麼行動，即使是見不得人的勾當，也呼喚上帝及其法力；這種謬誤的做法不知是從哪裡來的。

上帝確是我們唯一的保護人，在每件事上都可以幫助我們。還讓我們有幸訂下那份天父與人的親密盟約。主既公正又慈愛和萬能。但是更多使用的是正義而不是權力，根據人間公理而不是個人要求來寵倖我們。

柏拉圖在他的《法律篇》中，總結出關於信仰神的三種有害觀點：神是不存在的；神不管人間世事；面對我們的許願、祭祀、犧牲，神都有求必應。據他說，第一種錯誤在人從童年到老年期間不是一成不變的；後兩種錯誤倒會一以貫之。

神的正義與萬能是不可分的。求助神的力量去做一樁壞事，那是徒勞。心靈必須純淨，至少在祈禱的時刻，還要摒除邪念，否則反而會徒取其辱。我們請求神寬恕時假仁假義，滿含不敬與憎恨，這不但不能贖罪，反而會罪上加罪。我看到有人動輒祈求上帝，接著行動中又看不見任何改進與補贖，這樣的人我不會讚揚。

夜間外出偷情，
用高盧帽子蓋住額頭……

——朱維納利斯

信教但是行爲可憎的人，其作風好像要比生活糜爛、我行我素的人更該指責，因而我們的教會天天拒絕那些怙惡不悛的人入教，參加儀式。

我們按照習慣祈禱，說得更恰當是在嘴上念誦祈禱文。這只是表面行爲。

令我不悅的是看到他們飯前祝福、飯後謝恩都劃三個十字禮（尤其叫我樂不起來的是這個我尊敬並常用的手勢，在打哈欠時也用），而一天中的其他時刻看到他們懷著仇恨、做事吝嗇、不正義。上帝的時間給上帝，其他的時間做壞事，彷彿在進行調配與補償似的。同一個心地的人做出這麼不同的事來，在這些事的銜接與交替上不感到絲毫脫節與變化，看到這點眞叫人歎爲觀止。

罪惡與公義能夠這麼和諧協調地存在於同一人身上，又能做到心安理得，需要有多麼了不起的心腸啊？一個人滿腦子想的是損人利己，在神靈面前又覺得這些東西醜惡不堪，當他跟上帝說話時又能說什麼呢？他回心轉意了，但是突然又故態復萌了。如果正如他說的，看到代表神的聖物和聖像震動他的內心，懲罰他的靈魂，不管補贖是多麼短暫，畏懼會使他捫心自問，立刻去抑制他身上一貫難馴的罪惡。

但是那些人明知罪大惡極，還是要把一生押在靠罪惡得到的果實與利益上，對他們又怎麼辦呢？我們有多少爲世人接受的職業行當，其本質卻是罪惡的！

有一人向我坦白說，他一生就是在爲一個宗教宣道服務，這個宗教據他說是可惡的，與他的信念背道而馳，他這樣做的目的是爲了不致失去自己的威信與工作的崇高，但是他在心裡怎樣爲這番話受罪的呢？在這件事上他們用什麼語言向神的公義交待的呢？他們的悔疚顯然是在粉飾罪過，對上帝和對我們都缺乏令人信服的根據。他們眞這麼魯莽不補過、不悔改就要求寬恕嗎？我認爲這些人跟前面所說的人沒什麼兩樣；頑固是很難克服的。他們裝模作樣的看法那麼悖理與浮躁，使我覺得簡直是匪夷所思。他們向我們擺出的是一種無法消除的病死狀態。

我覺得這些人的想像力神奇極了，在過去幾年，只要誰在宣揚天主教義時表現出清醒的頭腦，他們就按例說這是假裝的，爲了安撫他甚至認爲不管他表面怎麼說，他內心的信念不會不按他們的步調改正。那麼自信會說服人家不得去信奉相反的東西，這眞是無可奈何的病態。還有更加無可奈何的是他們在思想上那麼肯定，他寧可今世的命運遭到難測的曲折起伏，也不願對永生抱著期望和擔心失去。我說這樣的話他們可以相信，如果說我青年時代曾有什麼抱負，那就是決心去克服隨著近年宗教改革而來的危險與困難。

我覺得教會禁止對《大衛詩篇》中聖靈口授的聖歌予以任意、貿然、不恰當的使用，這不是沒有道理的。我們日常生活中提到上帝必須畢恭畢敬、全神貫注。這個聲音是太神聖了，不能只是爲了練習嗓音或者取悅耳朵去唱。這應該出自我們的心靈而不是舌頭。沒有理由讓一名店鋪學徒在胡思亂想中隨口哼哼，自娛自樂。

同樣沒有道理的是讓這部充滿神蹟、事關信仰的聖書，任意擱放在過道和廚房裡。從前這是奧祕，今天成了閒談資料。這麼一種嚴肅可敬的研究絕不是可以湊個空在鬧哄哄中進行的。這是必須靜心鑽研的工作，這裡還必須加上祈禱書中的這句序言：「潛心祈禱」。正襟危坐，體現出專心與尊敬。

這不是凡夫俗子的學習，而是奉上帝之召專務研讀的人的學習。惡人與無知的人讀了反而會變壞。這不是到處宣說的趣聞，這是要恭恭敬敬頂禮膜拜的經史。有人很可笑，用民間語言轉述，以爲這下子把它通俗化了！他們不理解，書寫的精華僅僅存在於文字中嗎？還用我多說嗎？稍微拉他們去接近，他們就往後退縮。純然無知，完全信任他人，也比誇誇其談、助長狂妄與魯莽更有益，更懂道理。

我還相信，這麼一種重要的宗教經典，人人都自由地用各地方言來宣揚，這樣做弊大於利。猶太人、穆斯林以及幾乎所有其他民族，都接受和尊重他們聖人事蹟當初孕育時使用的語言，不允許任何篡改與變動，這不是沒有道理的。我們知道在巴斯克和布列塔尼不是有相當能幹的法官可以承擔這項翻譯工作嗎？萬國基督教會沒有作出過比此更嚴格、更莊嚴的判決了。在布道和說話時，語言交換是含糊不清的、自由的，變動的、也是零星的；因而這不是完整的原意。

我們的一位希臘歷史學家對我們的時代批評得很有道理，說基督教教義落在毫無教養的藝人手裡在大庭廣眾宣揚，每人都可以隨心所欲地解說；他還說我們這些託上帝之福領會神聖教義的人尤其應該感到羞恥，竟讓那些無知之徒信口開河褻瀆，就像從前貴族禁止蘇格拉底、柏拉圖和其他賢人議論和調查德爾斐島的教士做了些什麼。他還說各派貴族對神學問題並不熱忱，但是愛發脾氣；熱忱來自神的理性與公義，行動上有條有理；但是熱忱受人的情欲支配，會變成仇恨與嫉妒，產生的不是小麥與葡萄，而是稗子與蕁麻。

恰如另一個人也這樣說過，他向羅馬狄奧多西皇帝進言，紛爭不會緩和教會的分裂，反而會加劇分裂，鼓動異端邪說；必須避免一切教義上的筆墨官司和爭辯，乾脆回歸到古人制訂的關於信仰的規矩條例。拜占庭皇帝安德羅尼庫斯在宮中見到兩位大臣，正在與洛帕迪烏斯對一個重大論點爭論不休，訓斥了一通，甚至威脅說再不停止要把他們都拋進河裡。

我們今日的婦女與孩子，給年齡更大、經驗更豐富的人講解教會法規，在這方面柏拉圖《法律篇》第一條就是禁止他們去追究民法制訂的理由，民法應該代替神的諭旨。柏拉圖還加了一句，允許年長的人相互或者跟官員交換看法，只要年輕人和不信教的人不在場就行。

有一位主教曾寫到在世界的另一端，有個島嶼，古人稱爲迪奧斯寇里德島，①島上盛產各種樹木果蔬，空氣清洌，島民是基督教徒，有教堂和祭臺，只用十字架裝飾，沒有其他聖像。嚴格遵守齋戒和節日，按時向教士交付什一稅，潔身自好，一生中只能有一個女人。他們對自己的命運非常滿足，身處大海之中卻不知道使用船隻，他們心地純樸，對於他們那麼

---

① 即今日印度洋中索科特拉島。

篤信的宗教竟不問一句其來歷。異教徒則是熱烈的偶像崇拜者，令人難信的是他們對自己的神所知道的僅僅是名字與塑像。

歐里庇得斯的悲劇《美那里普》老本子的開場白是這樣的：

> 啊，朱庇特，除了你的名字，
> 我對你一無所知。
>
> ——普魯塔克

我年輕時也曾見過有人抱怨說，有的文章只談人文哲學，從不提及神學。然而這話反過來說也有幾分道理。神學有其特殊地位，就像王后和女當家；她所到之處都以她爲大，從不當副手或屈居從屬地位。語法、修辭、邏輯的例子，以及戲劇、娛樂和公開演出的題材，更應當來自別處，而不是一部那麼神聖的著作。對待神的道理要比對待人的道理更加崇敬虔誠，要獨立按照它們的風格研究。神學家寫文章太人文化，這樣的錯誤屢見不鮮，更多於另一個錯誤，那是人文學家寫文章又太少神學化。

聖克里索斯托姆說：「哲學如同無用的奴僕早已被逐出了神學院，當他經過這座典藏神聖學說的聖殿，連張望一眼的資格也沒有。」人的語言有它自己的俚俗方式，使用時不應該像神的語言那樣尊貴、威嚴和有權柄。於是我就使用「未經規範的詞句」（聖奧古斯丁）來讓它說出諸如：機緣、命運、機遇、禍福、神等其他字眼，按照其固有的方式。

我提出的是人的想法，我本人的想法，也僅僅作爲人的浮想獨自考慮，絕不是受命於天而定出的法則，不容許懷疑與爭論，這是意見，不是神意。我按照我的意思論述，不是按照上帝的意思論述，就像學童提出他們的習作；以供別人批改，不是批改別人。以世俗的方式，不是以神學的方式，但是總有濃厚的宗教性。

人家說這話也不是沒有理由，那就是除了明確宣布信教的人以外，其他人對宗教只能泛泛而談，這個規定並不有損於實際好處與公義，可能也是在命令我還是閉嘴爲宜吧？

有人對我說，即使不是我們教會中的人，平時談話時也不許使用上帝的名義。他們也不願意在感歎與驚呼中使用上帝的名義，不管是作證還是比喻。我認爲他們是對的。在我們的人際交往中，不論以何種形式提到上帝，態度都應該嚴肅虔誠。

在色諾芬的著作中好像有這麼一段話，他指出我們應該少向上帝祈禱，因爲要祈禱就要聚精會神，滿腔誠意，讓心靈經常進入這種狀態很不容易；不然我們的祈禱不但無用還有害。我們說：「原諒我們吧！就像我們原諒那些冒犯我們的人。」不能向神獻出一顆不記仇恨、不抱怨的心時，這樣說又有什麼意思呢？我們還不就是在呼喚上帝幫助我們密謀做壞事，加入不義行動。

這些事你只能當面對神講。

——柏修斯

守財奴爲了徒然保存他那多餘的財富向上帝祈禱；野心家爲了勝利與願望的實現向上帝祈禱；盜賊利用上帝幫助他克服實施罪惡勾當時遇到的險阻與困難，或者對自己輕而易舉割斷了過路人的脖子表示謝恩。他們站在他們即將越過或炸掉的房子牆角裡，做他們的祈禱，用心和期望都是充滿殘酷、邪念和貪婪。

要在朱庇特耳邊祈禱的話，
不妨向斯泰烏斯去說。——天哪，好心的朱庇特！
他會叫道；朱庇特對我會說這樣的話嗎？

——柏修斯

那瓦爾王后瑪格麗特談起一位青年親王的事，雖然她沒有提到他的名字，他的顯赫地位讓人一猜就知是誰了。他出門跟巴黎一位律師的妻子幽會結歡，途中要穿過一座教堂。他做這個勾當，每次往返經過這個聖地都一定會祈禱和念經。我可以讓你們去猜，滿腦子色瞇瞇思想，他利用神的恩典幹麼？然而王后提起這事是爲了說明他異常虔誠。但是，這不是僅靠這件事可以證實女人不適宜談論神學。

心靈骯髒、還受撒旦控制的人，不可能突如其來做一個眞正的祈禱，在信仰上歸順上帝。誰在作惡時呼喚上帝幫助，就像小偷割錢包時要求法官支援，或者就像說謊者以上帝名義作證：

我們低聲做罪惡的祈禱。

——盧克萊修

很少有人敢於公開他們私下向上帝提出的祕密要求，

在神廟裡不許悄聲許願，
而要大聲祈禱，這不是人人做得到的。

——柏修斯

因此，畢達哥拉斯派要求祈禱必須當眾進行，人人都能聽見，這樣就不會向上帝提出非分不法的事，像這一位，

他高喊：阿波羅！然後蠕動嘴唇，
怕別人聽到：美麗的拉凡娜女神！②
允許我去騙人，裝得公正善良，
用黑夜遮蓋我的罪行，用烏雲掩飾我的偷竊。

——賀拉斯

諸神答應俄狄浦斯的不正當的祈求，同時又給予他嚴厲的懲罰。他祈禱讓他的孩子同室操戈，來決定國家繼承問題。看到自己的話說中了又多麼可悲。不應該要求每件事都遵照我們的意願，但是遵照審慎的智慧。

事情好似是我們使用祈禱就像在使用一句口頭禪，像那些人用聖言聖語來施展巫術魔法。我們依靠字句結構、聲音、詞的排列或是我們的表面態度，來製造效果。因爲心中充滿貪欲，毫無悔改之意，也不思歸順上帝，我們呈獻的只是憑記憶而還留在嘴上的話，希望以此來補贖我們的罪過。

神的旨意比什麼都容易做到，充滿溫情，與人爲善；神召喚我們，雖則我們屢屢犯錯，

② 拉凡娜女神是小偷毛賊的保護神。

可憎可鄙；向我們伸出手臂，擁抱在懷裡，不管我們現在或者將來會如何卑微、無賴、名聲掃地。而我們必須好好珍惜作爲回報。還必須懷著感恩的心情接受寬恕。至少在我們向神走去的那一刻，心中要對自己的錯誤感到疚恨，把唆使我們去冒犯上帝的邪念視作仇敵：柏拉圖說：「神與好人都不會接受惡人的禮物。」

沒有沾上罪惡的手伸向祭臺，
不必用豐富的祭品，
只需一塊麵餅和少許食鹽，
就可平息難侍候的家神珀那忒斯的敵意。

——賀拉斯

第五十七章　論壽命

我不能接受我們對壽命長短的看法。我注意到賢哲看待壽命比時下一般要短得多。加圖對那些勸他不要自殺的人說：「我到了現在這把年紀，怎麼還能怪我過早放棄生命呢？」那時他才四十八歲。

他認爲這個年紀已很成熟，也算高壽，沒有多少人達到這個歲數。有人議論我不知什麼生命過程時，談到他們所謂的天然壽命，還可以期望多活幾年。人在自然環境中都會遭到種種不測，使原本的期望生命戛然中斷；如果運氣好躲過這些意外事件，就可以做到這點。讓人活到年高力衰，然後壽終正寢；在我們的一生中確立這樣的目標，那是多麼美妙的夢想！因爲這種死亡其實在人生中極爲罕見。

只是這種死亡我們稱之爲自然的，彷彿看到一個人跌倒折斷脖子，在河裡溺死，染上瘟疫或胸膜炎，都是違背自然的，彷彿我們日常的情境不會向我們提出這種種不便之事。我們不要聽了這些好話而沾沾自喜，而是應該把一般的、共同的、普遍的東西稱爲自然的。

壽終正寢，這是一種少見的、特殊的、非一般的死亡，不及其他死亡自然；這是排在末位的終極死亡。離我們最遠，因而也是我們最難期盼的。這其實是我們越不過的界限，也是自然法則設定禁止通行的界限。讓我們一直挨到那個時刻，已是極少給予的一種特權。這是命運格外開恩，才把這一個豁免權在兩、三百年間賜給一個人，讓他穿越漫長一生兩頭之間布下的重重障礙與困難。

因此，我的看法是我們達到的年齡，乃是很少人能達到的年齡。既然大家一般來說達不到這條線，也顯示我們已經活得夠長的了。一般的界限也是我們生命的眞正尺度，既然越過了，就不應該希望繼續超越。人生中有那麼多的死亡機會，看到別人頹然倒下，而自己幸運逃過，應該認識到還活著是鴻運高照，不同尋常，也就不太應該再繼續。

我們保持這種不切實際的幻想，也是法律的一個弊病。法律不讓一個男人在二十五歲以前能夠支配自己的財產，此後恐怕還沒有那麼多時間去支配自己的生活。奧古斯都把羅馬舊法令中的規定提前了五年，宣布男人到了三十歲就可擔任法官職務。塞維厄斯・塔利厄斯讓年齡超過四十七歲的騎士免服兵役之勞。奧古斯都又把它減爲四十五歲，讓男人在五十五歲或六十歲以前退休，我覺得這沒有多大道理。我的看法是從公眾利益出發，儘量延長我們的工作與僱用年限；但是我發現錯誤出在另一方面，就是沒有更早投入工作。這位奧古斯都自己在十九歲已當上了萬國大法官，卻要別人到了三十歲才有資格去判決一根排水管該裝在什麼地方。

我個人則認爲，我們的心靈在二十歲時已趨於成熟，今後能做的事也都該會做了。在這個年紀還不明顯具備資質，此後也不會有所表現了。天生的品質與美德，在這個階段內可以淋漓盡致發揮，否則也就無望了。

刺兒長出來時不扎人，
多半兒也永遠不會扎人了。

這是多菲內地區的民間諺語。

人類史上我所知道的轟轟烈烈大事件，不論屬於哪一種類型，在從前的世紀還是今日的時代，我想三十歲前所做的在數目上要遠遠超過三十歲後所做的。是的，經常在同一個人身上也是這樣。在漢尼拔和他的宿敵西庇阿的一生，我不是也可以放心大膽這樣說嗎？

他們年輕時得到榮耀，後半生靠著這個榮耀過日子；日後跟其他人相比還是偉人，跟自己相比則不見得是了。就我來說，我肯定從這個年紀起精神與精力減弱多於增強，衰退多於改善。有人善於利用時間，學識與經驗都隨著年齡增長，這也是可能的。但是活力、速度、毅力以及其他與生俱來的更重要、更基本的品質都在衰退遲鈍。

當歲月的重錘敲打我們的身軀，
當磨損的彈簧卡住機械，
精神會恍惚，口齒與理智不清楚。

——盧克萊修

有時是身體先衰，有時是心靈先老。我見過不少人頭腦在胃與腿腳之前就不管用了；有一種病患者並不感覺，症狀並不明確，這只會更加危險。

這次我埋怨法律，不是法律讓我們做得太久，而是讓我們做得太晚。我覺得，考慮到生命的脆弱，以及它暴露在多少日常與天然的暗礁之前，人不應該讓出生、遊閒與學習占去這麼多時間。

蒙田年表

年代	生平記事
一五三三	二月二十八日誕生於法國南部佩里戈爾地區距卡蒂翁鎮四公里的蒙田城堡，蒙田是家裡的第三個孩子，送至鄰村撫養。父親皮埃爾·埃康是個繼承豐厚家產的商人。
一五三五	父親愛好新奇事物，從義大利帶回一個不懂法語的德國人，為蒙田進行拉丁語教育。
一五三六	父親被任命為波爾多市副市長。
一五三九或一五四〇	進入法國最好的中學之一——居耶納中學。就學七年，得到不少歷史知識，欣賞拉丁詩歌，學了粗淺的希臘語。日後蒙田抱怨學校死背書本的教學法。
一五四四—一五五六	父親任波爾多市市長。
一五四六	蒙田可能在藝術學院聽哲學，聽過由尼古拉·德·格魯奇講授的辯證法。
一五四八	波爾多發生暴動，遭到德·蒙莫朗西公爵的殘酷鎮壓。波爾多市失去一切特權，包括自選市長的權利，亨利二世決定把原為終身職的波爾多市長一職改為兩年一任。

一五四九	或許由於時局騷亂和波爾多大學法學教育缺失，蒙田被父親送至著名的圖盧茲大學學習法律。
一五五四	亨利二世在佩里格建立間接稅最高法院。蒙田年二十一歲，被任命為推事。三年後這家法院又撤銷，推事被分派到波爾多法院工作。同年，猶任波爾多市長的父親成為受人重視的社會人物，得到大主教的批准，建造塔樓，把原來樸實無華的蒙田城堡修建一新，頗為富麗堂皇。
一五五四—一五五六	皮埃爾·埃康任波爾多市市長，時局艱難。據蒙田說，他履行職務付出了心血與錢財。又據讓·達那爾的《年表》，「市長大人為了城市的事務還要北上巴黎，送去了二十桶葡萄酒給他，讓他到了那座城市打點那些好意的貴族老爺。」蒙田就是在這時，隨父親和這些酒第一次去巴黎，因此還見到了亨利二世。
一五五七	蒙田進入波爾多最高法院工作。
一五五八	蒙田結識年長三歲的艾蒂安·德·拉博埃西，兩人成為莫逆，雖相交僅六年（其中兩年還不在一起），拉博埃西的斯多葛思想對蒙田的影響殊為重大。

一五五九	波爾多郊區發生毀壞聖像事件，最高法院下令組織一次賽神會，活活燒死一位波爾多富商皮埃爾·富熱爾。那時波爾多城裡有七千名胡格諾（加爾文派教徒），陰謀、暴動、處極刑頻仍，直至一五六二年一月頒布寬容法令，局勢開始好轉。蒙田到巴黎上朝，陪同亨利二世國王巡視巴黎和巴勒杜克。
一五六一	再度去巴黎。波爾多最高法院交給蒙田一個任務，解決居耶納省內非常嚴重的宗教糾紛。蒙田在巴黎住了一年半。有人猜測，但沒有證據，這是蒙田欲實現政治抱負但最終失望的時期。
一五六二	一月十七日頒布寬容法令，允許胡格諾派有集會的權利。波爾多高等法院勉強接受。巴黎高等法院六月六日要求它的成員宣誓效忠天主教，六月十日，蒙田始終在巴黎，便在那裡履行了這一儀式。十月他隨同國王軍隊前去盧昂，不久軍隊從胡格諾派手中攻下盧昂。蒙田在城裡遇見巴西土著。
一五六三	二月蒙田回到波爾多。八月十八日拉博埃西在波爾多附近英年早逝。他遺贈給蒙田不少藏書和自己的著作，還留下色諾芬《經濟論》、普魯塔克《婚姻規則》等譯稿和自己創作的十四行詩。
一五六四	閱讀和注解尼古拉·基爾《編年史》。

一五六五	跟弗朗索瓦茲·德·拉·夏塞涅結婚。妻子是一位同事的女兒，小蒙田十一歲，與蒙田生了六個女兒，只有一個倖存下來。
一五六八	父親過世。在他的五個兒子與三個女兒之間分割遺產。蒙田成了蒙田莊園的主人和領主。在繼承問題上與母親發生矛盾。
一五六九	蒙田貫徹父親的遺願，在巴黎出版了雷蒙·塞邦的《自然神學》譯著。
一五七〇	蒙田賣掉波爾多高等法院推事一職，到巴黎出版拉博埃西的拉丁詩歌和譯著。第二年結成一集問世。蒙田在拉博埃西作品的每一卷上都題辭獻給一位重要人物。 蒙田第一個孩子出世，是個女兒，兩個月後夭逝。
一五七一	蒙田三十八歲，退休，他在書房裡的一篇拉丁銘文，顯示出他當時的心志。 「基督紀元一五七一年，時年三十八歲，三月朔日前夕，生日紀念，蜜雪兒·德·蒙田早已厭倦高等法院工作和其他公務，趁年富力壯之時，投入智慧女神的懷抱，在平安與寧靜之中度過有生之年。他住在祖先留下的退隱之地，過自由、寧靜、悠閒的生活，但願命運讓他過得稱心如意！」 蒙田被法國大使德·特朗侯爵正式授勛為米迦勒勛位團騎士；九月九日被查理九世國王任命為王宮內侍。十月二十八日，女兒萊奧諾出世，這是蒙田六個女兒中唯一存活的孩子。

一五七二	聖巴托羅繆大屠殺。拉羅歇爾叛亂；內戰打得正酣，蒙田開始撰寫他的《隨筆集》。同年阿米奧翻譯的普魯塔克《道德論集》出版，成為蒙田的案頭必備書。《隨筆集》第一卷大部分成於一五七二—一五七三年。蒙田想到的主要是軍事政治事件。他大量閱讀杜·貝萊兄弟的《回憶錄》，吉夏當的《義大利史》，塞涅卡的著作也是他的床頭書。
一五七二—一五七四	法國內戰。三支王家軍隊向新教徒進攻。普瓦圖軍由德·蒙邦西埃率領，駐紮在聖埃米納，蒙田隨同居耶納省天主教貴族加入這支軍隊。但是沒有打起來，因為新教派領袖拉努拒絕作戰。蒙邦西埃派蒙田去波爾多高等法院，要求法院下令採取措施作好保衛城市的準備。
一五七三	蒙田的第三個女兒安娜出世，僅活七個星期。
一五七四	蒙田的第四個女兒出世，僅活三個月。五月十一日，蒙田在波爾多高等法院王室成員面前轉呈德·蒙邦西埃公爵給朝廷的奏摺，然後作了一個長篇發言。拉博埃西的《自願奴役》被人塞入喀爾文派一本小冊子《法國人的鬧鐘》出版。文章匿名，內容也遭篡改。

一五七六	四十二歲。蒙田命人做了一塊銘牌，一邊是蒙田紋章，環繞米迦勒的圓環，一邊是一座橫放的天平，上刻一五七六年，還寫上皮浪的格言：「我棄權。」 他寫出一部分《雷蒙·塞邦贊》。
一五七七	蒙田的第五個女兒出世，僅活一個月。 十一月三十日那瓦爾國王封蒙田為王宮內侍。
一五七七—一五七八	蒙田罹患腎結石，他的父親和祖先也曾罹患過。腎結石、痛風或風濕病使他終生受苦。 《隨筆集》第二卷的大部分是這時起至一五八〇年寫成的。
一五七八	二月二十五日，蒙田開始詳細閱讀凱撒的《內戰記》和《高盧戰記》，五個月間作出許多注解。 不久後，他又閱讀博丹的《共和國》。但是他時常翻閱的兩部著作是塞涅卡的《給盧西里烏斯的書信》，普魯塔克的《名人列傳》和《道德論集》。尤其普魯塔克是《隨筆集》的源泉。

一五八〇	三月一日，《隨筆集》在波爾多米朗傑出版社出版，第一版分為兩卷。之後，蒙田去法國、瑞士、義大利等國旅遊治病。在巴黎，蒙田把《隨筆集》獻給亨利三世。 八月，蒙田參加費爾圍城戰。在多姆雷米，拜會聖女貞德家族的後裔。 十二月二十九日在羅馬晉謁格列高利十三世教皇。
一五八一	九月七日，蒙田尚在義大利逗留，傳出他當選為波爾多市長的消息，任期兩年。他準備行裝回國。
一五八二	德·杜在他的《歷史》一書中說他「受惠於蜜雪兒·德·蒙田之處甚多，他那時是波爾多市長，待人坦誠，反對任何約束，從不加入陰謀集團，對自己的事務非常熟悉，尤其對他的故鄉居耶納省的事務有深刻的了解」。 《隨筆集》第一、二卷修改增補後合成一卷再版，主要添加了義大利詩人的章節和對羅馬客居時的回憶。這一版本在波爾多還可看到。
一五八三	蒙田再度當選為波爾多市市長，任期兩年。在第二次任期中，內戰和瘟疫都蔓延到佩里戈爾地區、阿基坦省。 他的第六個女兒瑪麗出世，僅活了幾天。

一五八四	六月十日，亨利二世國王的最小兒子安茹公爵逝世，使那瓦爾的亨利成為王位繼承者。 八月一日，蒙田開始他第二個市長任期。 十二月十九日，那瓦爾國王到蒙田，駐蹕在蒙田城堡，由城堡裡的人侍候，晚上就睡在蒙田的那張床上。
一五八五	科麗桑特成了那瓦爾國王的情婦，蒙田撰文《美麗的科麗桑特》，勸她「不要讓熱情損及王上的利益與財富，既然她願為他做一切，要更多看到他的好處，而不是他的怪脾氣。」他還努力促進那瓦爾國王和德·馬蒂尼翁元帥的相互了解。馬蒂尼翁是居耶納省總督，對法國的亨利三世甚為忠誠；那瓦爾國王是居耶納省名義上的總督，認為他們兩人過於接近。 六月十二日，經過蒙田的斡旋，那瓦爾國王和馬蒂尼翁元帥見面。 同月，波爾多市爆發瘟疫，居民大撤離。蒙田帶了家人離開蒙田城堡。他的市長任期到七月底為止，七月三十日在瘟疫尚未殃及的弗依亞，完成他最後的職責。
一五八六—一五八七	閱讀大量歷史書籍。開始撰寫《隨筆集》第三卷。

一五八八

二月十六日，蒙田前往巴黎去出版第四版《隨筆集》，到了奧爾良附近維爾布瓦森林裡，被蒙面的神聖聯盟分子搶劫。隨後他們又把衣服、錢和書籍（其中肯定有《隨筆集》的原稿）還給他。後來蒙田在信中向馬蒂尼翁講起這件不幸的事，和《隨筆集》中的敘述有些出入。這件事的過程好像是事後經過他重新編寫的。

德．古內小姐跟母親住在巴黎，對《隨筆集》的作者深感欽佩，聽說蒙田在巴黎，請母親前去代她表示仰慕之情。第二天蒙田到她住處拜訪，開始了他與「義女」的長期來往。

五月十二日，巴黎發生暴亂，設置街壘。亨利三世離開巴黎，忠於他的貴族隨同撤離，其中有蒙田，一直伴隨國王直至夏特爾和盧昂。

六月，《隨筆集》出第四版，也有稱第五版的，有六百多處增注。

七月，他回到盧昂，住在聖日爾曼郊區，風濕病發作。十日，蒙田被巴黎來的軍官逮住，押往巴士底獄，這是出於艾勃夫公爵的指使，他要拿他當人質，因為他的一名親戚被亨利三世關押在盧昂。當天晚上，卡特琳．德．美第奇王太后下令放他自由。

十月，蒙田作為旁觀者參加布盧瓦市三級會議。在德．吉茲公爵遭暗殺後，他離開該城市。

一五八九—一五九二	蒙田閱讀大量歷史著作：希羅多德、狄奧多洛斯、李維、塔西佗和聖奧古斯丁的《上帝之城》。還有他始終極感興趣的美洲和東方歷史。
一五八九—一五九二	一五八九年八月二日，亨利三世逝世。 這時期，蒙田準備新版的《隨筆集》，增添了一千多條內容，其中四分之一涉及他的生活、情趣、習慣和想法。撰寫《隨筆集》二十年來，這部書愈來愈帶個人生活色彩，趨向內心自白。蒙田在寫《隨筆集》的同時敞開自己的胸懷；他寫書，書也塑造了他。
一五九〇	六月十八日，蒙田寫了一封優美的信給亨利四世，似是他的政治生命的遺囑。 七月二十日，亨利四世從聖德尼軍營寫信給他，希望蒙田在他的身邊擔任職務。
一五九二	九月十三日，蒙田在自己房裡，面前彌撒還在進行時，嚥息離去。葬在波爾多斐揚派教堂。
一五九五	蒙田夫人和皮埃爾·德·勃拉赫交出蒙田作了增注的《隨筆集》樣書，這份稿子經德·古內小姐整理後，交給朗格里埃出版社印成精美的版本。
一六一三	約翰·弗洛里奧將《隨筆集》譯成英語。
一六一九	艾蒂安·帕斯基埃的《書信集》中，有一封寫給貝爾傑的長信，提到亨利四世時代的人對《隨筆集》的第一次深入的評論。

一六三三	馬可·基那米把《隨筆集》譯成義大利語。
一六五五	傳言在這個時期，帕斯卡與德·薩奇的《對話集》中提到蒙田，但是這篇文章的真實性尚有待探討，因為只是在十八世紀拉封丹的《回憶錄》中有這樣的記載。
一六六六	王家碼頭學派猛烈攻擊蒙田，出現在大約是尼科爾的《邏輯》一書中。這是反蒙田思潮的信號，這個思潮持續了半個世紀。
一六六九	《隨筆集》分三卷在巴黎和里昂的兩家出版社出版。
一六七四	馬勒伯朗士在《尋求真理》一書中對蒙田進行強烈的批評。
一六六九—一七二四	蒙田作品銷聲匿跡的時期。從一五九五—一六五〇年，《隨筆集》平均每兩年出一版，但在這五十六年間，沒有出過一版。拉勃呂依埃爾讚賞蒙田，反擊讓·路易·蓋茲·德·巴爾扎克和馬勒伯朗士，但是他這個評論只是到了伏爾泰時代才結果開花。
一七二四	科斯特出版社出版三卷本《隨筆集》，態度認真，注解詳細，是十八世紀的基本版本。從一七二四—一八〇一年間，《隨筆集》重印了十六版。
一七七四	德·普呂尼神父在蒙田城堡發現蒙田寫的《義大利旅記》，由默尼埃·德·蓋隆作序和注解後出版。手稿交給國王圖書館，此後失蹤，無跡可尋。

一八二二	年輕的維爾曼發表《蒙田贊》，得到法蘭西學院嘉獎，《蒙田贊》代表了那一個時代文人對蒙田的看法。
一八三一	十二月，圖書收藏家帕里佐以不到一法郎的價格在書攤上購得蒙田做了六百條注解的《凱撒傳》一書（普朗丁版）；一八五六年，此書出售時，特契納以一千五百五十法郎代杜瑪律公爵購得，公爵收入自己的圖書館，與拉伯雷的《亞里斯多芬》和拉辛注解的《埃斯庫羅斯》並列。
一八三七—一八三八	文學評論家聖伯夫在洛桑文學院開課，評論王家碼頭學派，講課內容刊載在一八四〇年和一八四二年出版的前兩卷《王家碼頭學派史》。其中談到蒙田、帕斯卡，這對於蒙田的歷史評價是一個重要時刻。
一九〇六	波爾多市出版地方版《隨筆集》，從此成為所有蒙田《隨筆集》的底本。

名詞索引

經典名著文庫 079

蒙田隨筆【第 1 卷】

作　　者 —— 蒙田（Michel de Montaigne）
譯　　者 —— 馬振騁
發 行 人 —— 楊榮川
總 經 理 —— 楊士清
總 編 輯 —— 楊秀麗
文庫策劃 —— 楊榮川
本書主編 —— 黃文瓊
特約編輯 —— 張碧娟
責任編輯 —— 李敏華
封面設計 —— 姚孝慈
著者繪像 —— 莊河源
出 版 者 —— **五南圖書出版股份有限公司**
地　　址 —— 臺北市大安區 106 和平東路二段 339 號 4 樓
電　　話 —— 02-27055066（代表號）
傳　　眞 —— 02-27066100
劃撥帳號 —— 01068953
戶　　名 —— 五南圖書出版股份有限公司
網　　址 —— https://www.wunan.com.tw
電子郵件 —— wunan@wunan.com.tw
法律顧問 —— 林勝安律師
出版日期 —— 2019 年 8 月初版一刷
2023 年 11 月初版二刷
定　　價 —— 500 元

國家圖書館出版品預行編目資料

蒙田隨筆 / 蒙田 (Michel de Montaigne) 著， 馬振騁譯．
-- 初版．-- 臺北市：五南，2019.08
冊；公分
譯自：Les Essais
ISBN 978-957-763-499-3（第 1 卷：平裝）. --
ISBN 978-957-763-500-6（第 2 卷：平裝）. --
ISBN 978-957-763-501-3（第 3 卷：平裝）

876.6　　108010301